탐구의 미학

푸른사상 비평선 8

텍스트의 매혹

김종욱

Fascination of Text

푸른사상
PRUNSASANG

너와 함께 한라산에 올랐다. 태풍이 지나간 뒤여서 적지 않은 비가 내렸기에 내심 호수처럼 넓고 푸른 백록담을 보고 싶었다. 성판악을 출발할 때 나란했던 발걸음은 어느새 한발 두발 더뎌지는 나 때문에 조금씩 어긋나기 시작했고, 마침내 너는 시야에서 사라지곤 했다. 걱정스러운 마음에 서둘러 따라가다 보면 한참을 쉰 듯한 너는 무심한듯 제 갈 길을 가고, 나는 다시 뒤쳐진 채 겨우 발길을 옮겨야 했다. 그렇게 일곱 시 무렵부터 시작된 산행은 속밭과 진달래밭을 거쳐 백록담까지 네 시간이 넘도록 멈추지 않았다. 정상에서 만날지도 모를 푸른 백록담에 대한 기대 덕분이었다.

처음 산행을 시작할 때, 세상은 온통 푸른빛이었다. 하지만 한걸음씩 내디딜 때마다 푸르름은 조금씩 물기를 잃어갔고, 마침내 키 작은 관목지대를 지나자 엉겅퀴꽃만이 드문드문 보라빛 광채를 발하는 삭막한 풍경이 눈앞에 펼쳐졌다. 땀방울이 흐를 때마다 돌아가고 싶다는 유혹이 고개를 들었지만, 그래도 한걸음 더 내디딜 때마다 푸른 백록담이 가까워지고 있다는 기대가 그 길을 걷게 하는 유일한 힘이었다. 하지만 나의 기대와는 달리 백록담은 바닥에 겨우 한 바가지쯤의 물만 채운 메마른 모습이었다. 푸른 물이 넘실거릴지도 모른다는 것은 내가 정상으로 향하기 위해 애써 빚어낸 신기루였을 뿐이다.

되돌아서는 길. 너는 여전히 생기발랄한 모습으로 저 앞에서 나를 이끌고 있다. 열 발자국, 스무 발자국 조금씩 더 멀어져간다. 하지만 고도가 낮아질 때마다 조금씩 많아지는 사람들 덕분에 이제는 네 모습이 보이지 않아도 올라갈 때만큼 두렵지는 않다. 어쩌면 내 시야를 벗어나 영영 사람들 속으로 사라져버릴지도 모른다는 생각에 아쉽기는 하지만 내가 너를 사랑하는 까닭에 네가 가고 싶은 대로 놓아 두어야 한다고 다짐했다. 그 덕분에 정상으로 향하는 사람들이 조금씩 줄어들 때마다 너와 함께 동행하고 있을 낯선 사람들로 불안했던 마음은 잦아들고, 내 눈길도 다시 푸른빛의 나무와 이끼로 가득찬 숲으로 향할 수 있었다.

너를 처음 만난 지 이제 기억할 수도 없을 만큼의 세월들이 지났다. 강산이 두 번 바뀌면 원래의 자리로 돌아오면 좋으련만 조금씩 모양만 바꿀 뿐 원래의 자리로 돌아오지 않았다. 그래도 푸른 백록담이 내가 빚어낸 신기루에 불과했다는 것을 알아차렸으니 올라가지 않고 푸른 백록담을 상상했던 것보다 못하지는 않다고 믿는다. 그 길을 걸으면서 만났던 이채롭던 풍경들을 아직도 기억한다. 그 아름다웠던 순간들이 다시 반복될 수는 없겠지만, 너와 더불어 사람을 만나고 세상을 살아갈 수 있었음에 감사한다.

부끄럽고 아쉬운 흔적들이나마 너와 함께 길을 걸었다는 사실만이라도 남아 있는 것은 기뻐할 일이다. 그 길에서 만났던 수많은 사람들, 사람 사는 모습을 보여준 소설가들과 글을 쓰는 방법을 처음 알려주고 잘못된 길을 갈 때마다 바로잡아준 선생님들과 동료들의 얼굴이 떠오른다. 함께 길을 걷고 있다는 것만으로도 언제나 내게 힘을 주었다는 것을 뒤늦게 고백하련다. 그리고 책을 묶도록 허락해 주신 푸른사상의 한봉숙 사장님과 여러분들, 그리고 맹문재 선생님께 특별한 감사를 드린다. 마지막으로 지금까지 여러 잘못들을 말없이 지켜보고 지금까지 기다려준 가족들이야말로 이 책의 진정한 주인일 것이다.

이제 산에 오를 때처럼 사람들을 보기보다는 내려갈 때처럼 길가에 선 풍경들에 눈길을 돌리고 싶다.

2012. 8
김종욱

제2부 소설 속에서 사람을 만나다

제3부 소설과 더불어 세상을 살다

제1부

소설을 읽으며 작가를 생각하다

자기에게 돌아오는 머나먼 모험

— 전경린

1.

전경린은 1995년 『동아일보』 신춘문예에 「사막의 달」이 당선되면서 문단에 모습을 드러냈다. 그리고 본격적인 작품 활동을 시작한 지 1년 만에 중편 「염소를 모는 여자」로 제29회 한국일보문학상을 수상하며 문단의 주목을 받았고, 이어 1997년에는 장편 「아무 곳에도 없는 남자」로 제2회 문학동네소설상을, 1999년에 「메리고라운드 서커스 여인」으로 제3회 21세기문학상을, 그리고 2004년에는 「청어」로 대한민국소설문학상을 수상하면서 우리 시대를 대표하는 작가로 떠올랐다.

그동안 전경린이 보여준 왕성한 활동은 우리를 놀라게 했다. 단편집 『염소를 모는 여자』(1996), 『바닷가 마지막 집』(1998)[『환과 멸』로 개제], 『물의 정거장』(2003)을 포함하여 장편소설 『아무 곳에도 없는 남자』(1997), 『내 생애 하루뿐인 특별한 날』(1999), 『난 유리로 만든 배를 타고 낯선 바다를 떠도네』(2001), 『열정의 습관』(2002), 『첫사랑』(2002), 『검은 설탕이 녹는 동안』(2002), 『황진이』(2004), 『언젠가 내가 돌아오면』(2006) 등을 쉴새없이 쏟아낸 것이다. 10년 남짓한 짧은 시간에 세 권의 단편소설집과 여덟 편의 장편소설로 폭발한 그녀의 언어들은 '정념' 혹은 '귀기'라는 수사와 함께 비평적 찬사를 받기에 모자람이 없었으며, 또한 많은 미디어들과 대중들의 사랑을 받기에 충분한 것이기도 했다.

2.

전경린은 등단 직후부터 권태로운 삶을 살아가고 있는 현대인들의 의식에 관심을 집중했다. 그녀의 단편소설에 등장하는 인물들은 유적(流謫)의 삶을 살아가고 있다. 꿈을 포기한 대가로 목숨을 구걸하여 살아남은 "잡혀온 포로"(「염소를 모는 여자」)인 것이다. 특히 가부장적인 질서 속에 놓인 여성들의 삶은 더욱 신산하기만 하다. "첩실을 둘이나 거느리고 배 아파 낳지 않은 자식을 둘이나 더 키워내"(「사막의 달」)야만 하는 삶을 견뎌야 하기 때문이다.

이처럼 가부장적인 질서가 여성에게 행사하는 사회적 폭력을 보여주기 위해서 전경린이 자주 사용한 방법은 등장인물에 대한 명명법(命名法)이다. 여러 소설들은 타인에게 불려지는 '이름'과 내면에서 우러나오는 '본성' 간의 불일치를 서사적인 출발점으로 삼는다.

> 내 이름은 이미나. My name is MINARI. 중학생이 되어 세 번째 영어 시간쯤이었을 것이다. 아직 서로 이름도 알 수 없었던 낯선 단발머리 여자애들은 까르르 웃어댔다. 그로부터 나는 미나리로 불린다. 미나리. 스물세 살의 청년이었던 남편은 나의 별명에 열광했다. 미나리, 미나리, 미나리…… . 그는 어쩌면 누군가를 향해 미나리라고 부를 수 있었기 때문에 나를 사랑한 게 아닐까? 미나리라고 부르면 쌉싸름하고 연한 이미지가 이빨 사이에서 아삭 씹힌다고 했다. 남편은 여전히 나를 미나리라고 부른다. 그것은 여자에 대한 그의

취향인지도 모른다.(「새는 언제나 그곳에 있다」)

　주인공의 삶을 결정하는 것은 '이미나'라는 이름에서 파생된 'MINARI'라는 별명이다. 학교생활뿐만 아니라 결혼생활에서도 '미나리'라는 이름은 중요한 역할을 수행한다. 하지만, 이름을 통해서 형성된 타인의 시선은 내면적 본성과는 사뭇 다르다. 다른 사람들이 '미나리'라고 부르면 "나는 유순해지는 느낌이면서 동시에 너무 작은 스웨터를 껴입고 있는 것 같은 불편한 느낌"을 받는 것이다.

　사람들이 타인과 관계를 맺으면서 가장 먼저 하는 일은 이름을 주고받는 것이다. 이때 가족 혹은 아버지에 의해서 부여된 이름은 말 그 자체의 논리에 의해서 타인에게 어떤 이미지를 형성시킨다. 그리고 대상을 표현하는 도구로 기능할 뿐만 아니라 대상을 규정하는 힘으로 작동하기도 한다. 「염소를 모는 여자」에서도 주인공의 이름은 '윤미소'이거니와, 사람들은 그녀를 만날 때마다 밝고 관대한 이미지를 연상한다. 하지만, 자신의 삶이 심란하기만 한 주인공에게 '미소'라는 이름은 불편하고 거추장스러우며 우스꽝스러울 뿐이다.

　이름은 이처럼 한 개인의 내면적 본질을 실현하는 데 도움을 주기는커녕 오히려 억압하거나 파괴하는 폭력으로 작동한다. 이름이 삶을 파괴하는 상징적 폭력으로 작동하는 경우를 우리는 「환과 멸」에서 확인해 볼 수 있다. 가부장적인 의식에 사로잡혀 있던 부모들은 딸 쌍둥이를 낳게 되자 한 아이에게 남자 이름을 붙이고 남자처럼 키우기로 결정한다. 그 결과 남성의 역할을 떠맡았던 '진'은 끝내 자신의 정체성을 찾지 못하고 방황한 끝에 자살하고 만다. 여성으로 태어났음에도 불구하고 남성의 이름을 부여받았던 진의 비극적인 운명은 가부장적인 질서와 그 속에서 권력으로 변질되는 언어의 폭력성을 여실히 보여주는 것이다.

타인과의 관계를 통해서 호명된 '이미지'와 내면에서 우러나오는 '본성'의 불일치는 전경린의 소설에 등장하는 인물들을 규정하는 근원적인 조건이다. 등장인물들은 언어를 통해서 강요된 외부적인 시선과 언어화되지 못한 채 존재하고 있는 내부적인 본성 사이에서 심각한 균열을 경험한다. 작가는 특히 정체성의 위기를 경험하고 있는 30대 여성들을 집중적으로 조명한다. 그들은 모두 아내 혹은 어머니로서의 역할만을 강요하는 가부장적 가정 속에서 무의미와 권태의 늪에 빠져있다. 아내 혹은 어머니로서의 삶은 남성들에게 종속된 노예로서의 삶이며, 자신의 정체성과는 무관한 타자의 삶이기 때문이다.

그런데, 가부장적인 질서가 지배하는 동안 평화롭고 안온한 것처럼 보였던 일상은 존재의 내면에서 울려나오는 소리에 의해 갈라지고 부서진다. "한때는 좀더 찬란한 무엇이 되어 시간보다도 더 빨리 가리라"(「염소를 모는 여자」) 꿈꾸었던 여성 주인공은 남루한 삶을 휘황찬란한 빛으로 채색하려는 의지를 되찾는다. 비록 지금은 "생의 중립국이며 완충지대"인 국도변에 작은 가게를 내고 "콧등에 점이 박힌 고양이 한 마리"를 키우며 울타리에 나팔꽃을 심겠다는 작은 꿈을 간직하는 것조차 힘겹기만 하지만, "다른 곳으로 가버리고 싶다"를 수시로 외치고, "오히려 이 반복을 삶의 배경으로 밀어낼 수 있는 자기 속의 격정을 발휘해보라고, 반복을 잊을 수 있는 세상의 숨겨진 보석 한 가지씩을 발견해내"야 한다고, "난 나 이외의 아무것도 되고 싶지 않아. 그저 나인 채로 끝까지 가보고 싶어"라고 토로한다.

물론 여성들이 고통받고 있는 그곳에서 남성들 역시 상처를 받고 있다는 사실이 간과되는 것은 아니다. 남성들 역시 세계를 다 정복한다 해도 결코 도달할 수 없는 "상실한 나라를 가진 고독한 존재"(「남자의 기원」)들이다. 그들은 어머니의 나라, 곧 모천에서 추방된 연어와 같다. 그래서 어미의 몸 안에서 "고통 모르는 담수어"로 살던 세상의 모든 아들들은 모천에서 추방당한 까닭에 잃어버린 근원을 찾기 위해 타인에 대한 공격성을 드러낸다. 여성을 억압하고, 전쟁을 일으키고, 하다못해 서바이벌 게임을 통해서라도 타인에게 상처를 입힘으로써 자신의 존재 의미를 찾고자 하는 나약한 존재인 것이다.

하지만, 유배지에서 고통을 받고 있다고 해도 남성과 여성의 존재 양상은 커다란 차이를 지닌다. 남성들은 언젠가 유배지에서 벗어나 자신의 숭고한 사명을 실현하기 위해 분투하는 영웅을 꿈꾼다. 이와 달리 여성들은 남성들처럼 고귀한 혈통을 지니고 있다고 상상할 수도 없으며, 역사라든가 사회와 같은 공적 세계로부터도 추방되어 있다. 여성들은 유배지에서 벗어나지 못한 채 남루한 인생을 살아야만 한다. 여성이라는 것은 적어도 지금 이곳에서는 영원히 벗어던질 수 없는 천형(天刑)과 같다.

그런데 전경린의 소설에서 일상을 무의미하고 고통스럽게 만드는 것이 무엇인지는 분명하지 않다. 여성을 질곡 속으로 몰아넣는 가부장적인 질서의 문제인지, 아니면 근대사회를 지배하는 경제적인 메카니즘 때문인지, 아니면 삶의 근원적인 조건으로서의 일상성인지를 분별하는 것은 쉽지 않다. 그것이 무엇이든간에 무의미하고 고통스러운 일상 속에 "헛헛한 허기"가 자리잡으면서 커다란 균열이 발생한다는 사실만큼은 분명해 보인다. 특히 여성들은 가부장적 질서가 지배하는 그곳에서 벗어나지 않는다면 이미 자신이 보아왔던 어머니처럼 남성들에게 삶을 내맡긴 채 살아갈 수밖에 없다. 이제 어머니를 닮지 않기 위해 어머니를 배반한다. "엄마처럼 산다면 살아볼 필요도 없으며, 심지어 자라볼 필요조차 없"(「안마당이 있는 가겟집 풍경」)다고 생각하는 것이다. 그런 점에서 소설 속의 여성 주인공들은 어머니를 살해하는 엘렉트라를 닮아간다.

이렇듯 삶의 주인이고자 하는 욕망 때문에 일상을 지탱해오던 존재감과 안정감은 흔적도 없이 사라진다. 자아실현이라는 블랙홀 속으로 일상의 인간관계를 유지해주던 중력도 사라지고, 모든 것은 따로따로 흩어진다. 때로는 상대방에서 치유하기 어려운 상처를 남기더라도, 때로는 파멸적인 결론에 도달하더라도, 전경린 소설의 주인공들은 이제 삶의 의미를 찾기 위한 위대한 모험을 시작한다. "어느 누구의 간섭도 받지 않고 의무도 지지 않"으며, "누구에게도 감시받거나 검토당하지 않는 인생"을 위해서 악마적이고 마성적인 것에 몸을 맡기는 것이다.

이러한 마성적인 열정 앞에서 윤리적인 금기는 아무런 의미를 지니지 않는다. 열정은 맹목적이기 때문이다. 맹목적이라는 것은 단 하나의 대상만을 갈구하는 것을 의미할 터이다. 그래서 열정 앞에서 현실을 지배하는 모든 윤리적인 금지와 제도적인 억압은 무의미할 수밖에 없다. 달리 말하면, 도덕이나 제도의 틀에 갇혀 살아가는 문명화된 인간들은 내면의 목소리를 애써 외면한 채 타인의 시선에 맞춰 자신을 왜곡하는 존재에 지나지 않는다. 언어 역시 마찬가지이다. 내면에서 울려나오는 목소리에 따라 행동하는 인간에게 있어서 타인의 말은 모두 '풍문'(「메리고라운드 서커스 여인」)일 뿐이다.

세상의 질서로부터 벗어나려는 강렬한 의지는 때로 인간이기를 포기하는 환상적인 방식으로 표현되기도 한다. "아주 흉한 색깔의 털과 커다랗게 울부짖는 곰"(「새는 언제나 그곳에 있다」)으로 변신하는 것이다. 혹은 "내가 누구인지 알고 싶"다는 욕망 때문에 보름달이 들 때면 "자신도 알 수 없는 기운에 휘말려 깊은 산 속 묘지들과 계곡과 폭포 사이를 헤매"(「달의 신부」)는 늑대 여인이 되는 것이다. 이러한 변신을 통해서 여성은 문명이라는 이름 속에 감금되어 있던 야생적인 사고를 복원한다. 문명에 순치되기를 거부하고, 타인의 시선에 구애받지 않으며, 오직 자신의 내면의 목소리에만 귀를 기울인 채 고독한 모험을 시작하는 것이다. 그녀가 집 밖으로 걸어가는 길에 "바깥은 염탐하지 않는, 자기 내부에 틀어박힌 자의 침묵과 존재와 일체가 되어버린"
'염소'가 동행하는 것은 이 때문일 것이다.

3.

전경린이 발표한 많은 장편소설들 역시 이렇듯 문명이 쌓아올린 제
도와 관심, 그리고 금기를 넘나드는 위험한 열정을 담고 있다. 파멸이
예정되어 있는 상태에서도 그들은 자신의 몸이 지시하는 방향을 따라
서 멈춤 없는 질주를 계속한다. 여성들의 몸은 더 이상 남성들의 욕망
을 위해 관리되는 대상이 아니라 자신들의 열정에 따라 생동하는 주체
가 된다. 그런 의미에서 전경린의 장편소설들은 치명적인 불륜으로 나
아간다. 이 급진적인 욕망이 성스러운 사랑으로 승화될 지 아니면 추
악한 스캔들로 타락해버릴 지도 모르지만, 외부의 시선과 내면의 본성
사이의 칼날 같은 경계선 위에서 펼쳐지고 있는 것이다.

그런데, 몸의 열정이 지시하는 방향만을 바라보면서 위태롭게 진행
되던 서사가 어느 정도 현실과 타협하는 듯이 보이는 작품이 「황진이」
이다. 작가는 황진이를 "첩첩히 막힌 벽과 거미줄 같은 세상의 제도와
관습과 규율을 훌쩍 뛰어넘을 줄 아는" 자유로운 영혼의 소유자로 그
려낸다. 「경국대전」으로 상징되는 남성적 억압이 제도화되기 시작했던
조선 전기의 부조리한 현실에 맞서 스스로 천기(賤妓)의 길을 선택함으
로써 영혼의 자유를 구가했던 인물로 재탄생시키고 있는 것이다.

주지하듯이 황진이의 삶에 대해서 우리가 알 수 있는 정보는 매우
한정되어 있다. 개성에서 태어나 조선 중종 때 활동했다는 사실만이
알려져 있을 뿐, 출생과 성장 등에 대해서는 거의 알려지지 않았다. 다
만 빼어난 미모와 뛰어난 재능을 보여주는 일화만이 야사에 전해져 올
뿐이다. 하지만, 비공식적으로 전승되고 있는 수없이 많은 이야기들은

황진이를 조선 최고의 기생이라는 수식어와 함께 신비화시키면서 팜 므 파탈로서의 이미지를 부여한다. 즉 천마산의 지족선사를 파계시키 고 화담 서경덕을 유혹함으로써 전통적인 질서를 위태롭게 만드는 위 험한 여성인 것이다.

전경린은 이렇듯 남성들의 역사에 의해서 분열을 초래하는 위험한 여성으로 규정된 황진이를 자신이 만난 운명에 슬퍼하거나 노여워하 지 않고 사랑을 통해 자기구원에 도달한 인간으로 재구성한다. 소설 속에서 그녀가 걸었던 길은 개인적인 것이라기보다는 끊임없이 반복 되는 여성의 보편적인 운명처럼 보인다. 생모였던 진현학금과 황진이 는 서로 닮은꼴로 형상화되어 있기 때문이다. 개성의 명기로 이름 높 았던 진현학금은 패주 연산군의 성적 노리개가 되지 않기 위해 스스로 장님이 되어 거문고 연주에 정진한다. 그리하여 자신의 거문고 소리를 알아주는 황진사와 운명적인 사랑을 나누지만, 신분 차이로 말미암아 딸을 정실부인에게 맡기고 아무도 모르는 곳으로 떠나고 만다. 이러한 자기희생으로서의 사랑과 열정은 황진이를 통해 다시 반복된다.

소설을 통해 창조된 전경린의 황진이는 자신의 몸을 진흙 구덩이 속 에 내던짐으로써 아름다운 꽃을 피우는 '연꽃'의 향기를 품고 있다. 그 녀는 어머니가 눈 먼 기생이었다는 사실 때문에 하루아침에 권세가의 첩실로 살아갈 수밖에 없는 서녀로 강등당하는 신분제도의 희생양일 수도 있다. 그렇지만, 황진이는 자신의 육체에 새겨진 천민의 낙인을 거부하기보다는 오히려 기생으로서의 길을 선택함으로써 자신에게 부 여된 운명을 사랑하는 방법을 배운다. 그녀가 서얼의 차별에 붙잡혀 세상을 비관하는 이사종을 가장 뜨겁게 사랑했던 것도 이 때문이다. 이사종은 사회적 금기와 제도적 억압에 의해 죽음과도 같은 삶을 살아 가다가 황진이를 만나 정신적인 재생의 길을 걷는다. 그것은 자신을 짝사랑했던 남자의 상여에 속곳을 내주어 마지막 위로를 했던 것과 다르지 않고, 전국을 유람하며 벌였던 매춘이 빈민을 구제하기 위한 보시였던 것과도 유사하다. 이렇듯 기생으로서의 황진이는 남성들에 의해서 소비되던 몸을 다른 사람들을 위해 베푸는 몸으로 탈바꿈시킨다.

> 제게 몸은 길과 같은 것이었습니다. 한 걸음 한 걸음 길을 밟으면서 길을 버리고 온 것처럼 저는 한 걸음 한 걸음 제 몸을 버리고 여기 이르렀습니다. 사내들이 제 몸을 지나 제 길로 갔듯이 저 역시 제 몸을 지나 나의 길로 끊임없이 왔습니다.

자기 몸을 내던짐으로써 자기구원에 도달하고자 했던 황진이의 꿈은 자신의 몸을 소유하려는 남성들의 시선을 교란시키고 위태롭게 만든다. 기생이 되어 첫 정을 나누었던 송도 유수가 한양으로 함께 가자고 제안했을 때 "소실이 되지 않으려고 기생이 되었습니다. 제가 택한 길이 아닙니다"라고 단호하게 거부하는 황진이의 모습이 바로 그것이다. 그녀는 만인의 연인이 됨으로써 누구에게도 소유당하지 않았을 뿐만 아니라, 천민으로서의 신분적·성적 구속에서도 벗어나 육체의 주인으로서 자아를 실현할 수 있었던 것이다. 따라서 묵암을 등신불로 만들려는 지족선사에 맞서는 행위 역시 육체적인 실존을 하찮게 여기고 정신적인 구원만을 추구하는 위선적인 관념주의에 대한 준열한 파산 선고와 다를 바 없다.

4.

전경린이 걸어가고 있는 길은 어쩌면 우리 소설이 한 번도 가보지 못한 길이다. 염소를 앞장세우고 시작된 전경린의 모험은 여전히 현재 진행형이다. 문명의 금기를 넘어선 위험한 열정은 몸을 거쳐 다시 새로운 정신의 경지로 나아가고 있다. 전경린을 따라 시작된 이 새로운 모험의 종착지에서 우리를 기다리고 있는 것이 파멸의 고통일지 혹은 환희의 기쁨일지 알지 못한다. 모든 사람들로부터 버림받은 채 처절한 고독 속에서 타인을 향한 메아리 없는 외침을 부르짖어야 할지도 모른다.

하지만 우리가 나아가야 할 길을 제시해 줄 수 있는 신적인 존재가 사라진 지 너무도 오래되었다는 사실을 잊지 말자. 이성이 빛을 잃고, 필연이 사라지고, 선과 악의 구분조차 모호해져 버린 시대에 우리를 인도할 수 있는 것은 오직 우리의 내면뿐이다. 로버트 브라우닝(Browning)이 「파라셀수스(Paracelsus)」에서 말했던 "나는 내 영혼을 입증하기 위해서 길을 나선다"라는 말은 전경린에게도, 우리에게도 여전히 유효하다. 그리고 영혼을 향한 충동이 너무 강렬하기 때문에, 때로는 앞뒤를 살필 틈도 없이 조급하게 앞으로 걸어가고만 있는지도 모른다. 강렬해서 조급한 열정은 끝까지 갈 수 있다는 착각에 빠져 있는지도 모른다.

이처럼 어디에서 출발하여 어디로 가고 있는지 알 수 없지만, 우리가 서있는 곳에서 멈추지 않고 한 발짝 움직이고 있다는 사실만으로도 충분한 의미가 있지 않을까? 시간 속에서 모든 것은 의미를 잃고 조금씩 퇴락하고 있으며, 현란했던 미래의 빛은 무미건조한 일상 속에서 날마다 초라해지고 있기 때문이다. 신의 영역에서 추방된 채 자신의 내면을 만나기 위해 무모한 여행을 떠난 이 낭만적인 작가와 동행하고 있다는 사실만으로도 우리는 행복하다.

방향(芳香)과 악취(惡臭), 그 경이로운 냄새들

— 김훈

1.

사람이 세상에 태어나면서 가장 먼저 하는 일은 숨을 쉬는 일이다. 세상과의 첫 번째 만남을 통해서 세계의 원초적인 모습은 냄새로 기억된다. 뿐만 아니라 인간은 살아 있는 한 쉬지 않고 숨을 들이마셨다가 내쉬어야만 하고, 그 호흡과정에서 후각은 늘 작동하고 있다. 살아있다는 것은 숨을 쉰다는 것이고, 숨을 쉰다는 것은 곧 냄새를 맡는다는 것이다. 냄새를 맡지 않는다는 것은 어쩌면 죽음의 다른 이름일지도 모른다.

그런데 오랜 진화의 역사 속에서 인간의 후각은 점차 퇴화의 길을 걸어왔다. 인류가 물에서 뭍으로 나오고, 엎드려 기어 다니다가 똑바로 서서 걸으면서 후각은 점차 유용성이 잃어갔다. 특히 근대로 접어들면서 감각에 대한 재평가 작업이 진행되자 후각은 잊혀진 감각 내지는 야만적인 감각으로 의미화된다. 시각이 이성과 문명을 대변하는 감각으로서 이해되면서 왕좌의 자리에 등극한 반면, 후각은 시각을 보조하는 역할만을 떠맡게 되었던 것이다. 그것은 주체의 능동적인 선택을 가능케 하는 시각과는 달리 숨을 쉬는 동안 어쩔 수 없이 세상을 떠도는 냄새를 맡아야만 하는 후각의 비주체성과 관련되어 있는 것인지도 모를 일이다.

그럼에도 불구하고, 후각은 문학 속에서 기억을 되살리기 위한 마술적인 감각으로서 여전히 중요한 역할을 담당하고 있다. 어떤 냄새가 스쳐지나가는 순간 별안간에 의식의 블랙홀에 갇혀 있던 수많은 기억들이 현재의 시간 지평으로 소환되는 것을 경험하게 된다. 마르셀 프루스트는 「잃어버린 시간을 찾아서」에서 마들렌 과자 하나가 한 사람의 일생을 불러내는 놀라운 경험을 하게 되고, 그 기억을 통해서 마술처럼 책을 탄생시켰던 것이다.

하지만, 수많은 말들로 표현되더라도 냄새는 결코 그것 자체로 표현되지 않는다. 다이앤 애커만이 『감각의 박물학』에서 말하듯이 "냄새에는 언어가 없다." 그래서 냄새를 맡아본 사람은 분명히 그것을 지각할 수 있지만, 그것을 맡아본 적이 없는 사람에게 설명하기란 불가능에 가깝다. 냄새를 표현한다는 것은 참으로 어려운 일이다. 소설가들은 다른 감각의 언어를 빌어 냄새를 마술적으로 표현하는 능력을 보여주지만, 그것은 냄새의 느낌일 뿐 냄새 그 자체는 아니다. 그래서 냄새는 결코 분석되지 않으며, 분석될 수 없으므로 자세히 묘사되지도 않는다. 냄새는 언어로 환원되지 않으며, 언어로 표현되지 않는 잉여를 지닌다.

2.

김훈의 소설을 읽다보면 자꾸 주변을 두리번거리게 된다. 어딘가에서 자꾸 스멀스멀 냄새가 피어오르는 듯한 느낌 때문이다. 그의 소설에서 가장 인상적인 부분은 시각적으로 묘사된 부분보다는 청각이나 후각적 이미지를 통해서 형상화된 부분이다. 이 점은 그의 소설이 지니는 무뚝뚝함을 말해준다. 시각적인 묘사를 완성하기 위해서는 많은 문장이 필요하다. 공들여진 문장으로 대상을 분석하고 이것을 섬세하게 표현해야 하는 것이다. 이에 비해서 냄새는 세밀한 분석을 불가능하게 한다. 그것은 한 마디의 말로 모든 것을 말해버리는 직접성을 지니고 있다.

「언니의 폐경」은 김훈의 소설적 언어가 지니는 독특한 감각성을 잘 보여주고 있다. 이 작품은 오십대의 두 자매가 남편과 헤어지고 난 뒤 홀로 살아가면서 경험하게 되는 삶의 여러 단면들을 세심하게 교차시키고 있는데, 그중에서 가장 눈에 띄는 것은 언니의 놀라운 후각적 능력이다. 그녀는 간장에 졸여지는 꽈리고추의 짭짤한 향기를 맡고도 음식의 간을 알 수 있고, 동생의 아파트에 남아 있는 냄새만으로도 남자가 생겼다는 것을 알아차린다. 그 놀라운 지각능력은 젊음을 빼앗긴 대가로 얻은 것이다. 남편이 비행기 사고로 죽고 난 뒤 경험하게 된 갑작스러운 폐경과 함께 그녀는 냄새만으로도 세상을 읽어낼 수 있는 경이로운 세계에 들어서게 된 것이다.

그래서 「언니의 폐경」에서 세계는 두 가지 냄새로 선명하게 구분된다. 형언할 수 없이 아름다운 '방향(芳香)' 과 삶이 문드러지는 지점에서 풍기는 '악취(惡臭)' 로 말이다.

냄새가 코끝을 스칠 때마다 거식증과 탐식증이 한꺼번에 밀려와 먹지도 굶지도 못했다. 고기나 생선을 요리하는 누린내나 비린내, 밥이 익어가는 냄새, 끓는 라면에서 퍼지는 조미료냄새, 욕실 하수도 구멍에서 솟아나는 썩은 냄새, 비 오는 날 옆으로 스치고 지나가는 커다란 개들의 몸 냄새에도 구역질이 치솟았다. 아침 안개의 비린내는 축축하게 늘어져서 몸에 달라붙을 것처럼 무거웠다. 고기나 생선의 비린내가 느껴질 때 구역질은 몸의 안쪽을 뒤집어 엎는 것처럼 강력하고 둥글었고, 야채와 풋과일의 비린내가 느껴질 때 구역

질은 창으로 찌르듯이 날카롭고 뾰족하게 치솟았다. 그러다가 갑자기, 희미
하고도 엷게 비린 것, 비린내가 흔적만이 멀리 남아 있는 것들이 먹고 싶어서
날옥수수나 날고구마를 깨물어먹은 적도 있었다.

등장인물이 냄새만으로 세상을 읽어내는 능력을 지녔다는 것은 작
가가 그것을 언어로 포착할 수 있는 능력을 지니고 있음을 의미한다.
그 놀라운 지각능력은 이미 「개」에서 훌륭하게 드러나 있거니와, 이 작
품에서도 동생의 가정에 찾아온 이혼의 위기를 묘사하는 과정에서 잘
나타난다. 작가는 "매캐한" 시대의 들기름과 "낮게, 멀리 퍼지는, 정처
없는" "여리고 비린 향기"를 지닌 녹차를 선명하게 대립시킨다. 그것
은 딸아이를 임신했을 때 입덧을 하면서 먹고 싶었던 욕망, 곧 예전에
가졌던 "희미하고도 엷게 비린 것, 비린내가 흔적만이 멀리 남아 있는
것들"을 발견하는 과정이기도 하다.

이러한 동생의 모습은 소설 속에서 언니가 풍기는 향기와 결합하면
서 소설적 깊이를 더한다. 오십을 넘긴 나이에 비행기 사고로 갑작스럽
게 남편을 잃은 언니는 유산 분배과정에서 아들과 시댁 일가로부터 깊
은 상처를 입는다. 하지만, 그녀는 세상을 향해 독기를 내뿜는 대신 담
담한 모습으로 받아들인다. 동생이 '구역질'을 통해서 자신의 몸 안에
들어온 이물질들을 거부하고 새로운 향기를 찾고자 했다면, 그녀는 흔
히 더러운 것으로 치부되는 생리혈을 배설함으로써 자신을 정화한다.
남편이 남해 바닷가에서 가져다 준, 연하고 향기로운 미나리에 갓을 넣
고 담근 정갈한 물김치나 혹은 꽈리고추를 넣고 간장에 졸인 멸치를
먹은 탓이리라. 그녀는 불경을 싣고 가던 '늙은 암소'였던 것이다.

그녀가 남편의 갑작스러운 사고에도 불구하고 죽음을 담담하게 받
아들이는 과정에서도 이러한 보살로서의 모습은 드러난다. 한강이 내
려다보이는 아파트에서 노을 속으로 사라지는 저녁 비행기를 무심히

바라보고 선 그녀의 모습은 풀뿌리 바로 밑에 있는 연화장 세계 속으로 들어가는 전설 속의 '사복'과 중첩된다. 불교 경전인『화엄경』에 따르면 연화장 세계란 세계의 맨 아래 풍륜(風輪)이라고 하는 거대한 축 위에 있는 '향수해(香水海)'라는 이름의 향기로운 바다 속에 있는 커다란 연꽃에 함장되어 있는 세계이다. 그 이상적인 불국토의 세계는 죽음으로부터 도피하지 않고 담담하게 소멸의 풍경을 맞이하는 자들의 몫이다. "죽음에 죽음을 잇대어 가면서 할딱거리고 꼼지락거리면서 기어이 바다로 나가는" 회귀성 물고기처럼, 죽음은 모든 존재가 궁극적으로 다가가야 할 소실점일 따름이다.

3.

김훈이라는 이름을 세상에 널리 알린「칼의 노래」와「현의 노래」에서도 이러한 감각적인 관능성은 곳곳에서 발견된다. 그 냄새는「언니의 폐경」처럼 삶과 죽음의 문제뿐만 아니라 개인과 권력의 문제를 함축하고 있다. 두 소설 속에서 권력은 향기롭기보다는 더러운 냄새를 풍긴다. 겉으로 보기에는 멀쩡해 보이지만 속으로는 깊이 썩어 들어가는 냄새 말이다. 오래되고 부패한 고름의 냄새나 역겨운 배설물의 냄새를 풍기고 있는 것이다. 권력이 아름답게 보이는 것은 그것이 냄새를 맡지 않거나 맡지 못하기 때문이지만, 그것에 가까이 다가선 순간 그 부패한 냄새는 참을 수 없는 구역질을 불러온다.

그런데, 권력이 풍겨내는 역겨운 냄새에 대해서 사람들은 대부분 무감각하다. 권력에 대한 욕망이 부패한 냄새를 맡을 수 있는 능력을 마비시켜 버리는 까닭이다. 하지만, 권력이 만들어 내는 허망한 욕망에 물들지 않고 부패한 냄새를 맡고 있는 존재가 바로 주인공 이순신과 우륵이다. 그들은 냄새로 세상을 파악할 수 있는 능력을 지녔다. 겉으로는 멀쩡하게 보일지라도 속으로 곪아터지고 있는 대상을 파악할 때 후각은 매우 유용하다. 따라서 후각은 겉으로 드러난 외면에 현혹되기 쉬운 시각과는 달리 본질에 접근할 수 있는 통로이다. 시각이 외적 형상을 인식하는 데 유용한 데 비해 후각은 눈에 드러나지 않게 감추어져 있는 내적 본질을 우리 앞에 펼쳐 보일 수 있을 것이다. 표면과의 관계에서는 시각이 적절한 감각이지만, 내면과의 상호작용을 위해서는 후각이 동원되어야 하는 것이다.

두 작품에서 권력의 썩은 냄새만큼이나 자주 등장하는 것이 '비린내'로 요약되는 전쟁의 냄새이다. 그들은 국가의 존망과 안위가 누란의 위기에 처했던 역사적 격변기를 살았다. 「칼의 노래」에서 이순신은 왜적의 침입을 받아 국가 전체가 전쟁의 불길에 휩싸였던 15세기를 살았고, 「현의 노래」에서 우륵 역시 청동기에 이어 철기문명으로 이행하던 6세기를 살았다. 비린내는 권력과 영토에 대한 남성적인 욕망이다. 그 욕망 때문에 무고한 사람들이 죽음을 맞이한다. 쇠로 만든 무기는 인간에 의한 대량학살을 가능하게 했던 것이다. 그렇듯 영토를 둘러싼 일본과 조선, 신라와 백제와 가야의 전쟁으로 시산혈해로 변한 천지에 비린내가 진동한다. 우리가 살아가고 있는 문명의 기반이었던 무쇠는 그렇게 피로 담금질되었던 셈이다.

권력자들은 어느 시대를 막론하고 칼과 창과 총으로 영토를 확장했고, 권력에 대한 예민한 후각을 지녔던 대장장이 야로와 같은 이는 권세와 영예를 위하여 용광로의 불을 지핀다. 기병과 맞서기 위해 가지극을 만들고, 가지극에 대항하기 위해 반달도끼창을 개발하고, 반달도끼창을 이기기 위해 다시 이음새 없는 투구를 발명했던 것이다. 하지만, 그들에 의해서 진화하는 문명은 언제나 죽음으로 끝을 맺는다. 현세의 영화를 누리던 가야왕들은 "고름이 강물처럼 흐르는 더러운 몸"을 덩이쇠 위에 눕혀야 했고, 쇠를 만들던 대장장이 야로는 칼을 휘두르는 이사부에게 죽음을 당한다. 그들은 쇠를 통해 상대방을 제압함으로써 소멸과 죽음에서 벗어나고자 했지만, 인간적인 숙명조차 벗어던진 것은 아니었다. 싸움을 계속할수록 적은 더욱 강성해졌고, 적을 죽임으로써 오히려 자신의 죽음을 재촉했을 뿐이다.

이러한 권력의 죽음은 자신의 영원한 안식을 위해 순장을 명하는 모습에서 거대한 아이러니를 파생시킨다. 죽은 자가 산 자를 지배하는 이 우스꽝스러운 일을 장엄한 예식으로 승화시키는 것이 바로 예술이다. 우륵의 음악 역시 이 기묘한 의식 속에서 태동한다. 국가가 생기고 권력이 발생하고, 그 속에서 모든 욕망과 폭력이 분출하는 문명의 출발점에 예술 또한 서 있는 것이다. 김훈의 상상력이 빛나는 부분은 바로 이 부분이다. 「현의 노래」는 왕의 권세를 강화하기 위해서 벌였던 죽음의 축제, 곧 순장의 위협을 피해 탈출했던 아라와 음악을 위해 조국을 배신하는 우륵을 결합시킨다. 우륵의 가야금 소리는 그렇듯 쇠로 만들어진 전쟁과 죽음의 파노라마를 조용하게 응시하며 삶을 아름답게 변모시킨다. 멸망의 길에 처해 있는 조국을 버리고 홀로 적국 신라를 향하는 우륵의 배반이야말로 위대한 예술가로서의 자질인지도 모른다. 소리는 살아있는 동안에만 소리이기 때문에 우륵은 신라의 변방에 들어가 쇠로 새로운 소리를 만들고 계고와 법지와 만덕에게 가야금·노래·춤을 가르친다.

삶은 그렇게 쇠를 맹목적으로 거부하는 것이 아니라 그것을 몸 안에 품는 것이다. 부조리한 것이나 악취를 풍기는 것도 삶의 또다른 면모이다. 이렇듯 「칼의 노래」와 「현의 노래」에서 주인공들은 현실의 악취에 무감각하지 않으면서도 현실을 초월해 있고, 죽음의 그림자로부터 도망치지 않는다. 과장된 포즈로 죽음을 향해 영웅적으로 다가서는 「칼의 노래」보다 「현의 노래」에 더 많이 공감하는 것도 그 때문이다. 우륵은 죽음과도 같은 세계 속에서 살아감으로써 자신을 완성하고 있는 것이다.

4.

이제 김훈의 문학적 출발이었던 「빗살무늬토기의 추억」을 살펴볼 차례이다. 이 작품은 한 소방서장이 화재 진압과정에서 일어난 부하 소방관의 의문의 사고사를 계기로 그의 죽음의 연원을 추적하는 줄거리로 구성되어 있다. 그런데 장철민의 죽음이 소방서장의 관심을 끌게된 것은 이전에 알함브라 호텔 화재 진압 당시에 겪었던 알 수 없는 두려움 때문이었다. 여기에서 두려움은 엄밀하게 말해 공포가 아니라 불안에 가깝다. 대상을 확인할 수 있는 공포에 비해 불안은 대상을 포착할 수 없는 것이기에 보다 근원적이라고 할 수 있다. 그래서 장철민의행적을 재구성하는 과정에서 소방서장은 자신을 재구성하게 되고, 이를 통해 자신이 살고 있는 문명과 그 역사를 새롭게 바라보게 된다.

그런데, 소설 속의 주인공이 존재의 빈틈으로서의 알 수 없는 불안과 대면하는 과정은 냄새와 깊이 연관되어 있다.

> 퇴근하는 아침의 버스 안에서 살아간다는 것을 확인할 수 있는 냄새는 늘내 몸에서 나는 이 누린내였다. 오래된 밭이 거름 냄새에 절어 있듯이, 코가그 누린내에서 익숙해져서 이제는 더 이상 감지되지 않을 듯했지만, 누린내는 몸이 차체의 진동에 흔들릴 때마다 옷과 살의 틈에서 기어나와 코끝에서얼씬 거렸다. 누린내는 호흡을 따라 몸 안으로 들어와 몸속에 절여졌고 몸의깊은 곳을 먼 북소리로 떠도는 구역질과 합쳐져서 다시 식도를 넘어와 목젖을 눌렀다. 다시 넘어오는 구역질과 누린내는 창자의 꿈틀 운동을 역으로 뒤집어 놓을 만큼 확실하게 살아있는 것이었지만, 그것들을 손으로 들여다볼수는 없었다.

불과의 전쟁을 끝마치고 돌아오는 길에서 자신에게서 풍기는 '누린내'는 그 어떤 무엇보다도 자신이 살아있음을 확인시켜 준다. 그런데 불은 기술문명에 대한 현대인들의 환상을 송두리째 부정해버린다. "새로운 건축물의 미학적 성취"로까지 평가받던 관태루는 화재로 폐허가 될 수밖에 없다. 수직구조물로 상징되는 현대문명이 불 앞에서 맥없이 도괴될 수밖에 없으며, 최신의 소방장비조차 진화과정에서는 별로 소용이 없다는 사실에서 우리는 현대문명의 나약성을 본다. 화려한 과학기술혁명 시대의 인류에게도 원시적 공격성을 상징하는 불은 여전히 인간을 죽음으로 몰아가고 문명을 무화시키는 위협적인 존재인 것이다.

현대문명에 대한 이러한 위기의식은 박물관에서 만난 신석기시대의 '돌칼'과 현대문명의 산물인 '고가 사다리차'라는 선명한 이미지의 대립으로 나타난다. 신석기시대의 유물들에는 "움켜쥔 인간의 손아귀 근육과 닿아서 닳아진 여린 굴곡의 자취"가 남겨져 있다. 하지만 현대문명의 도구들은 돌칼에 새겨졌던, 혹은 빗살무늬토기에 새겨졌던 '삶의 직접성'을 잃어버렸기 때문에 "한줌의 먼지로 바스러져 내릴 것 같은 조바심"을 일으킨다. 인간이 도구를 길들이는 것이 아니라 도구가 인간을 길들이는 현대문명의 전도성은 고가 사다리차의 자동장치 앞에서 "세상에 처음 나들이 나온 유인원의 모습"을 하는 장철민의 형상을 통해서 구체화된다. 기술문명이 제시하는 '발전'이라는 환상 속에 갇혀 삶의 직접성을 상실한 현대인들은 자신의 결핍을 문명과 기술에 의존하여 해소하려 함으로써 더욱더 기술문명의 노예가 된 것이다.

그런 점에서 볼 때 화재를 진압한 후에 온몸에서 풍기는 '누린내'는 진화가 덜 된 오래된 야만인의 냄새이다. 그것은 박물관에서 만난 신석기시대의 여자가 풍기는 "노동의 땀과 먼지와 오줌의 찌꺼기들"이 얽혀 있는 악취와 다를 바 없다. 그 악취는 현대적인 삶에서 억압되는 냄새이지만, 그것은 또한 삶의 본질을 함축하고 있는 냄새이기도 하다. 인류의 문명이 발전을 거듭하더라도 언제나 남아 있는 빈틈으로 누린내가 풍겨난다. 삶의 빈틈 사이에서 흘러나오는 냄새는 자신의 과거를 회상하도록 만들고, 더 나아가 인류의 과거로서의 신석기시대를 떠올리도록 만든다. 그것은 현대문명의 압도적인 위력 속에서 감추어졌지만, 여전히 시각적인 견고성 뒤에 잠재해 있다. 그리고 그 은폐된 위기의 징후는 냄새를 통해서 우리의 삶을 흔들어댄다. 이렇듯 냄새는 죽음으로 둘러싸인 생의 위기와 원시적 건강성을 상실해버린 현대문명의 위기를 경고하는 징후적 감각이다. 그것은 결코 아름답지 않을지 모르지만, 아름답게만 치장되어 있는 현대인의 인공적 향수 사이에서 흘러나오고 있는 것이다.

이 지점이 바로 김훈이 출발했던 지점이다. 그는 현대문명이 이룩했던 위대한 성취의 틈새에서 배어나는 위기의 징후에서 시작하여 개인과 권력의 상호관계를 거쳐 삶과 죽음의 문제에까지 이르렀다. 세상에 미만해 있는 죽음과 위기와 몰락의 징후를 포착할 수 있었던 것은 언제나 더럽고 불결한 냄새였다. 어쩌면 그는 진돗개처럼 예민한 후각을 지닌 작가인지도 모른다. 그는 이 비상한 능력을 바탕으로 현대문명과 역사를 조망해왔고, 인간의 실존을 탐색해 왔다. 그가 만들어낸 세계가 주제의식뿐만 아니라 표현의 측면에서도 돋보이는 것은 바로 그 때문일 것이다.

초라한 현실을 넘어, 다시 판타지를 넘어

— 박민규

1.

지난 2003년, 박민규는 「지구영웅전설」과 「삼미 슈퍼스타즈의 마지막 팬클럽」으로 문학동네 신인작가상과 한겨레문학상을 동시에 수상하면서 새로운 작가의 탄생을 세상에 선포했다. 두 작품은 80년대에 청년기를 보냈던 세대의 경험을 정치담론이 아닌 문화담론의 틀로 재해석했다는 점에서 대중의 관심을 이끌어냈을 뿐만 아니라, 만화·판타지처럼 본격문학의 장으로 진입하기 시작한 하위장르의 양식들을 차용하여 참신하고 실험적인 태도를 보여주었다는 점에서 평단의 호평을 이끌기에 충분한 것이었다.

작가와 비슷한 연배를 살았던 사람들은 쉽게 동의할 수 있는 바이겠지만, 1970년대 말부터 1980년대 초로 이어지는 시기는 무릇 정치적인 영역에서의 격변만을 초래했던 것은 아니었다. 매스미디어의 중심이 라디오에서 텔레비전으로 옮겨갔으며, 무미건조한 무채색을 천연색 컬러의 화려함으로 탈바꿈시키는 기술적 진보가 이루어졌다. 그 무렵 소년들을 매혹시켰던 것은 일본산 애니메이션과 미국산 TV 영화, 그리고 막 태동하기 시작한 국내산 스포츠들이었다. 이러한 이미지를 소비하면서 소년들은 여러 캐릭터들이 보여준 탁월한 능력과 도덕적 용기를 배웠고, '정의사회의 구현'에 대한 신념을 키울 수 있었다. 하지만, 역사의 본류에서 동떨어져 있는 줄도 모른 채 길들여지던 소년들의 삶은 청년기로 접어들면서 커다란 변곡점을 맞이한다. 스무 살 무렵의 청년들은 기성세대에 대한 배신감과 역사에 대한 자괴감을 떨치기 위해 일상을 속물적인 것으로 팽개쳐 버린 채 정의와 진리의 영역으로 도약했던 것이다.

그런 맥락에서 본다면 「지구영웅전설」과 「삼미 슈퍼스타즈의 마지막 팬클럽」은 어느 세대보다 정치적이었던 첫 영상세대의 경험과 무관하지 않다. 작가는 「지구영웅전설」에서 만화적 캐릭터들을 총동원한다. 주인공 '나'는 슈퍼맨, 배트맨과 로빈, 아쿠아맨, 원더우먼 등 지구를 지키는 슈퍼특공대의 활약에 매료된다. 그리고 우연한 기회에 고층건물에서 자살을 시도하다가 슈퍼맨의 도움으로 살아나 정의의 본부에 머물게 되면서 슈퍼특공대원 '바나나맨'으로 다시 태어난다. 하지만, 지구를 지키겠다는 웅대한 포부에도 불구하고 바나나맨에게 주어진 일은 원더우먼의 탐폰을 사는 것과 같은 잔심부름뿐이다. "겉은 노랗고 속은 흰" 바나나맨은 백인이 아니기 때문에 진짜 영웅이 될 수 없는 것이다.

이처럼 박민규는 프란츠 파농이 말했던 '검은 피부 흰 가면'을 차용한 바나나맨을 통해서 미국식 패권주의에 순치되는 제3세계를 거대한 알레고리로 형상화한다. 지구를 지키는 다섯 형제들은 제국으로서의 미국의 힘을 상징하는 기호이다. 각각의 슈퍼히어로들은 상상을 초월하는 물리력과 경제력, 그리고 성적 판타지를 통해서 제3세계의 육체와 영혼을 지배하는 팍스 아메리카나의 여러 모습인 것이다. 슈퍼맨의 위장 사망과 배트맨의 등장이 제2차 세계대전을 전후로 한 제국주의의 신식민주의적 변모를 강하게 암시하는 것도 이러한 까닭이다. 결국 지구적 정의를 수호하려는 제3세계 소년의 순수성은 세계를 지배하는 제국주의에 포섭되는 반어적 상황으로 귀결된다. 이러한 정치성이 만화적 상상력을 기초로 판타지라는 대중문화적 코드를 담고 있는 박민규를 다른 작가들과 구별되는 지점으로 만들어낸 것은 부언할 필요도 없을 것이다.

1980년대에 프로야구에 열광하면서 소년기를 보냈던 한 인물의 이야기를 서사적 뼈대로 삼고 있는 「삼미 슈퍼스타즈의 마지막 팬클럽」 또한 마찬가지이다. 주인공은 같은 지역에 살고 있다는 이유만으로 인천을 프랜차이즈로 삼은 프로야구단 삼미 슈퍼스타즈의 팬이 될 수밖에 없었지만, 전대미문의 패배를 거듭하는 모습 때문에 많은 상처를 안게 된다. 고등학교에 진학하면서 삼미 슈퍼스타즈와 같은 패자가 아니라 승자의 삶을 살아가기 위하여 명문대에 입학하지만, 결국에는 직장에서 퇴출당하고 아내와도 이혼하는 등 자신의 의지와는 달리 낙오자의 길로 떠밀려간다. 그리하여 경쟁에서 승리한 자를 위해서만 축제를 준비하고, 약육강식이 지배하는 지독한 정글로 변해버린 세계에 의문을 품는다. 전혀 프로답지 않게 "치기 힘든 공은 치지 않고 잡기 힘든 공은 잡지 않는" 삼미 슈퍼스타즈에서, 그리고 "해가 뜨면 마을 사람들은 일을 시작한다. 아무도 서두르지 않는다. 뛰어다니는 것은 개들뿐이고, 때가 되면 밥을 먹고, 해가 지면 잠을 잔다"는 삼천포 해변마을에서 진정한 삶의 가치를 발견하는 것이다.

이처럼 박민규의 상상력은 새로운 영상세대의 문화적 경험과 80년대의 역사적 경험에 바탕을 둔 것이다. 그가 포착한 '미국'이라는 키워드는 민족이라는 범주와, '경쟁'이라는 키워드는 민주라는 범주와 관련될 때에만 의미를 지닌다. 따라서 「지구영웅전설」과 「삼미 슈퍼스타즈의 마지막 팬클럽」은 아무것도 모른 채 주류적 가치에 대한 순치되었던 과거에 대한 하나의 현재적 주석을 붙이는 것이라고 말해도 좋을 것이다. 두 작품 모두 후반부에서 서사적인 반전을 통해서 다시 현실로 돌아오는 이원적 구성을 취할 수밖에 없었던 것은 바로 이 때문일 것이다.

2.

　현실사회를 지배하는 제국과 자본에 대한 딴지 걸기는 단편집 『카스테라』에서 우리 시대와 만난다. 특히 「삼미 슈퍼스타즈의 마지막 팬클럽」에서 보여주었던 자본주의적 경쟁에 대한 문제의식은 신자유주의 질서 바깥으로 내몰린 청년들의 절박한 삶과 만나면서 구체성을 획득하기 시작한다. 어쩌면 80년대를 살았던 많은 청년들이 속악한 현실을 거부하고 고상한 진리의 영역으로 손쉽게 도약할 수 있었던 까닭은 개발도상국 특유의 역동적인 사회 분위기 덕분이었는지도 모른다. 당시 한국사회는 노동집약적인 산업 구조 때문에 완전고용에 가까운 낮은 실업률을 유지할 수 있었고, 그 덕분에 많은 청년들은 취업에 대한 고민 없이 부조리한 현실에 저항할 수 있었으며, 근대화 초기의 높은 사회변동성은 누구나 열심히 노력하면 사회적 상층부로 진입할 수 있는 가능성이 열려 있었던 것이다.

　그런데 21세기를 살아가는 청년들에게 현실은 더 이상 가능성과 희망의 공간이 아니다. 그들은 아르바이트, 인턴과 같은 비정규직으로 겨우 생활을 꾸려나가다가 끝내는 소모품처럼 시장에서 내팽개쳐진다. 그들은 중심에 진입하지 못한 주변인이며, 경쟁에서 탈락한 패배자들이다. 그래서 사회의 중심에 들어갈 수 있는 가능성도 없이 자본이 지배하는 현실사회에서 무능력자라는 오명을 뒤집어쓴 채 끝내 버려지고 말 것이다. 그런 점에서 청년은 오늘날의 한국사회에서는 사회적 타자의 다른 이름인 셈이다.

박민규는 『카스테라』를 통해서 21세기 청년들의 삶을 다양한 방식으로 형상화한다. 「고마워, 과연 너구리야」에서 주인공은 다른 일곱 명의 인턴사원과 경쟁하는 까닭에 차비 정도의 월급에도 강도 높은 노동조건을 수용할 수밖에 없고, 끝내는 남색가인 직장 상사에게 성적 유린을 당하면서도 아무런 반항도 할 수 없는 상황에 놓여 있다. 혹은 전문대를 졸업하고 일흔세 번이나 입사시험에서 떨어진 후 유원지에서 아르바이트를 하면서 공무원 시험을 준비하거나(「아, 하세요 펠리컨」), 시간당 천 원 남짓한 시급을 주는 주유소와 편의점을 거쳐 지하철 신도림역에서 푸시맨으로 일하기도 한다(「그렇습니까? 기린입니다」). 이렇듯 박민규가 관심을 두고 있는 인물들은 대부분 아르바이트, 인턴과 같은 비정규적인 노동에 혹사당하는 젊은 청년들이다.

그런데, 과거와 크게 다를 바 없는 노동에 종사함에도 불구하고 그들이 받는 대가는 초라하기 그지없다. 이에 따라 생존을 위해서 현재의 삶에 모든 것을 맡기면서 사회적 성공이나 경제적 상승을 꿈꿀 여유조차 잃어버린다. 그들은 오직 "높은 가지의 잎을 따먹듯―균등하고 소소한 돈을 가까스로 더하고 빼다 보면, 어느새 삶은 저물게 마련이다" 더욱 심각한 것은 가난과 멸시의 굴레를 벗어나기 어려운 자신에 대해 반성하거나 분노할 여력조차 없다는 점이다. 그들의 얼굴에서 유쾌한 웃음을 찾아보기 어려운 것은 당연한 일이겠지만, 그렇다고 해서 슬픔과 분노의 표정을 발견할 수 없는 것이다.

「갑을고시원 체류기」에서 주인공은 아버지의 부도 때문에 집안이 풍비박산나자 친구 집에서 잠시 얹혀 지내지만 결국 눈총을 이기지 못하고 고시원에 입주한다. 빨간색 스포츠카로 가난한 친구의 짐을 고시원에 옮겨다 주면서 친구가 내뱉었던 말, "여기서 사람이 살 수 있을까?" 라는 물음은 주인공이 처해 있는 사회적 상황을 압축적으로 보여준다. 다리를 뻗기조차 힘든 좁은 고시원 공간에서 살아야만 하는 사람과 빨간색 스포츠카를 몰고 다니고 미스코리아와 결혼할 수 있는 사람 사이에는 아득한 사회적 거리가 놓여 있다. 그것은 이미 「삼미 슈퍼스타즈의 마지막 팬클럽」에서 보여주었던 프로페셔널과 아마추어의 경쟁 논리에 근거를 두고 있지만, 그것이 사회구조화되면서 한 개인의 노력에 의해 극복될 수 없는 것임을 상기시킨다.

「그렇습니까? 기린입니다」의 '산수'와 '수학'의 이분법 또한 크게 다르지 않다. 시간당 천 원 남짓한 시급을 주는 주유소·편의점을 벗어나 시급이 삼천 원으로 오르는 푸쉬맨이 된다고 하더라도 그것은 다람쥐 쳇바퀴 도는 듯한 '산수'의 세계일 뿐이다. 을씨년스러운 사무실로 도시락을 싸서 출근하는 아버지를 지하철에 밀어넣고, "수많은 인간들의 고통을 목격"하는 대가에 지나지 않는다. 뿐만 아니라 그 자신도 고시원과 임대아파트를 벗어나지 못할 것이다. 결국 아버지가 살았던 '산수'의 세계는 아들의 삶에 그대로 전해지는 천형이나 원죄임에 틀림없다.

이렇듯 처량한 현실 속에서 벗어날 가능성을 전혀 발견할 수 없을 때 판타지가 발생한다. 아버지와 학교, 국회의원과 대통령, 미국과 중국을 통째로 냉장고 속에 집어넣는다는 내용의 「카스테라」는 코끼리를 냉장고에 넣는 몇 가지 방법이라는 80년대식 유머를 닮았지만, 그 속에는 현실을 타락시키고 부패하도록 만드는 것들에 대한 강한 비판과 냉소가 담겨 있다. 이러한 비판과 냉소는 「아, 하세요 펠리컨」에서 산수와 수학, 성공과 실패로 양분된 세계를 탈주하려는 욕망과 결합된다. 자살한 사람이 탔던 오리배를 타고 세계를 부유하는 판타지는 「지구영웅전설」처럼 미디어의 복제로 얻어낸 '아메리칸 히어로'와는 발생과정이나 지향점에서 분명히 다르다. 오리배 세계시민연합의 판타지는 현실의 격랑 속에서 좌초되고 추방당한 '보트 피플'의 아픔이 담겨 있기 때문이다. 이러한 판타지는 「몰라 몰라 개복치라니」에서 우주적 규모로 확대된다. 링고 스타와 함께 버스를 타고 떠난 우주여행을 통해서 주인공은 지구가 공처럼 둥근 것이 아니라는 사실을 발견한다. 지구는 개복치처럼 자신의 몸을 뒤척여 "생소하고 난감한 자신의 평면", 곧 표면 속에 감춰진 이면, 성공의 신화 속에 숨겨진 좌절이라는 "복잡한 느낌의 납작"한 세계인 것이다.

이처럼 『카스테라』를 통해서 박민규는 21세기의 현실에 정착하면서 전작에서 보여주었던 80년대적 감수성과도 결별한다. 그는 「코리언 스탠더즈」에서 "동지가 간 데를 알아도, 깃발은 나부끼지 않"는 시대를 말한다. 어쩌면 그가 질책하고 있는 것은 민중을 소리 높여 외치던 80년대의 청년들이 이제는 신자유주의의 기치를 높이 들고 자기 생존을 도모하는 것을 꼬집고 있는지도 모른다. 한때 민중의 대변자라고 자처했던 그들 역시 민중을 팔아 자신의 지위를 샀는지도 모른다. 대의정치가 국민들의 의사를 팔아 자신의 권력을 장악하는 방식이라면, 대항권력 역시 같은 모습으로 변질되었음을 자각하고 있는 것이다. "이미 세계는-어떤 거짓말을 해도 그렇고 그렇게 들릴 만큼 그렇고 그런 곳이 되"어버린 것이다. 요컨대 신자유주의의 득세로 일컬어지는 자본의 논리에 포섭되어 누구의 도움도 받지 못한 채 현실적인 체념과 환상적인 위안만이 가능한 세계가 『카스테라』의 세계인 것이다.

3.

오랫동안 문학은 현실에서 패배한 자들의 삶을 그려왔다. 물론 그 패배의 의미는 시대에 따라, 상황에 따라 달라져 왔지만, 지배적인 가치에 맞서 왔던 것만은 분명해 보인다. 박민규가 보여주었던 것은 '코리언 스탠더즈'라고 불리는 지배적이고 중심적인 가치를 전복시키려는 강한 의지였다. 이 과정에서 가치의 낭만적인 전도, 장르 위계의 번복, 삶의 아이러니에 대한 발견이 이루어졌다. 하지만, 부패하고 부조리한 현실에 대한 부정의지로 충만한 박민규의 세계는 새로운 가능성을 발견하지 못한 채 머뭇거리고 있는 듯하다.

「핑퐁」의 주인공은 학교에서 '왕따' 취급을 받고 있는 인물이다. "나는 따의 전형이다. 허약하고, 겁이 많고, 눈에 띄지 않고, 공부도 못한다. 무엇 하나 잘하는 게 없다. 없을 수밖에. 무관심, 무신경, 무감각, 무소유, 그리고 평소엔 박테리아처럼 숨어 있다." 하지만 박테리아처럼 유기체의 내부에 숨어 가만히 있던 '나'는 또다른 왕따 '모아이'를 만나면서 변화하기 시작한다. 치수의 폭력에 억눌리고 있던 두 사람은 벌판에서의 탁구 치기를 통해 상호간의 소통 가능성을 모색한다.

이 작품에서 두 사람만의 탁구는 공을 주고받는 행위를 통해서 타인과 소통하는 형식이었다. 경기가 진행되기 위해서는 한 사람이 일방적으로 주도권을 행사해서는 안된다. 타자의 리시브가 존재해야만 핑, 퐁, 핑, 퐁…… 게임은 지속될 수 있다. 또한 자신이 게임에서 득점을 올린다고 하더라도 "이 순간 자신의 득점에 운이 따랐을 뿐"이라고 "럭키!"라고 외쳐줌으로써 타자를 배려하는 윤리적인 태도를 지녀야만 한다. 그래서 끝나지 않는 듀스 게임을 지속하도록 배려하는 것이 요구되는 것이다. 그렇지만, "세계가 깜빡한" 존재로서의 '나'와 '모아이'는 "인류의 구조는 탁구 자체가 불가능한 것"이라는 결론에 도달하고 세계를 '언인스톨' 시키기로 결정한다.

여기에서 우리는 박민규의 도달한 허무주의를 만나게 된다. 물론 세계를 '언인스톨' 하지 않고서는 도저히 바꿀 수 없다는 극한의 허무주의가 판타지라는 틈조차 허용되지 않는 간고한 현실 때문인지, 아니면 판타지 자체의 무용성에 대한 인식에서 비롯하는지 분명하지 않다. 작품의 결말 부분에서 세계를 '언인스톨' 시킨 후 주인공은 환상에서 깨어나 다시 학교를 향해 걸어가야만 하듯이 말이다. 다시 원점에 선 셈이다. 지금까지 현실과 판타지 사이에서 끊임없이 줄타기를 하면서 글쓰기의 자유를 만끽해 왔던 박민규는 새로운 돌파구를 찾아야만 하고, 어떤 방향을 지향해야만 하는 지점에 도달했던 것이다.

이 지점에서 박민규가 보여준 것이 「죽은 왕녀를 위한 파반느」였다. 이 작품은 얼굴 못생긴 여자라는 '21세기적 천민'에 대한 헌신적인 사랑을 내세워 지금까지 자신이 보여주었던 사회적 타자에 대한 관심을 유지하는 한편, 외모지상주의에 빠진 사회에 대한 냉소와 비판을 보여주고 있다. 뿐만 아니라 작품의 결말을 하이퍼텍스트 형식으로 열어놓음으로써 새로운 형식적 실험을 꾀한다는 점에서 여전히 박민규다운 면모를 간직한 것처럼 보이기도 한다. 하지만, 이 작품은 정작 작가의 행로를 짐작하기에는 불충분한 것이다. 한 여자에 대한 헌신적이고 지고지순한 사랑이라는 판타스틱한 로맨스는 그동안 그가 탐구했던 청년들의 초라한 현실을 제거함으로써 겨우 얻어낸 것에 불과하기 때문이다.

오히려 새로운 가능성은 단편의 영역에서 모색되고 있는 듯하다. 과학소설의 형식을 차용한 「크로만, 운」과 「깊」, 그리고 전통적인 서사문법에 충실한 「근처」와 같은 작품을 통해서 여전히 의뭉스럽게 자신의 세계를 구축하고 있다. 또한 문장 곳곳에 숨겨진 채 부조리한 현실을 날카롭게 겨누고 있는 촌철살인의 비판의식도 여전히 살아 있다. 더욱 반가운 것은 「핑퐁」을 통해서 어렵사리 획득한 타자와의 소통 가능성 또한 점차 힘을 얻어가고 있다는 사실이다. 더 이상 세계는 혼자서 견뎌야만 하는 곳이 아니라 비록 힘들고 고통스러운 길이지만 함께 보듬고 가야 할 곳으로 그려지고 있는 것이다. 그래서 박민규의 작

품이 어떤 모습으로 변하는지를 지켜보는 것은 우리 사회에서 희망의
싹이 어디에서 어떻게 자라고 있는지를 확인하는 일이 될 것 같은 예
감이다.

기억되는 아픔, 기억하는 기쁨

— 김연수

1.

김연수를 떠올릴 때마다 항상 20대 중반의 모습이 오버랩되는 것은 아마도 그의 첫 작품이 뿜어냈던 강렬한 인상 때문일 것이다. 만약 그게 아니라면 첫 작품집에서 "스무 살이 지나가고 나면 스물 한 살이 오는 것이 아니라 스무 살 이후가 온다"라고 말하던 것 때문일지도 모른다. 그래서, 지난 10년 동안 김연수는 항상 송경아, 백민석, 김경욱, 이응준, 박청호 등과 함께 문단의 새로운 감수성을 대표하는 젊은 작가로 남아 있었던 듯하다. 그것은 타인의 시선만은 아닐 것이다. 자전적인 작품인 「뉴욕제과점」에서 등단소설의 모더니즘 기법이 대단히 훌륭하다며 추어올리는 나이 지긋한 신문기자를 향해 "모더니즘이 아니라 포스트모더니즘"이라고 바로잡아야만 직성이 풀리던 그런 충만했던 세대적인 자의식도 또다른 이유였을 것이다.

그런데, 1994년 첫 소설을 발표한 지 10년만에 『가면을 가리키며 걷기』(1993)를 포함하여 『7번 국도』(1997), 『스무 살』(2000), 『꾿빠이 이상』(2001), 『내가 아직 아이였을 때』(2002), 『사랑이라니, 선영아』(2003) 등 여섯 권의 소설을 출간하며 자신만의 소설세계를 구축했다.

김연수가 자신의 소설세계를 만들어가는 과정에서 보여준 것은 서두르지 않고 목표를 향하여 차근차근 에두르는 전략이었다. 목표에 도달하기 위한 속도의 테크놀로지를 포기하고 내적 충만을 즐기기 위한 풍요의 온톨로지를 선택하고 있는 것이다. 그가 번역했던 몇 권의 책들, 예컨대 『플러그를 뽑은 사람들』이나 『달리기와 존재하기』 등에서 발견할 수 있는 삶의 방식처럼 말이다.

물론, 김연수가 다작의 작가가 될 수 없었던 이유는 「노란 연등 드높이 내걸고」와 같은 단편 하나만 읽어보더라도 금방 알 수 있다. 그가 쓰는 문장들은 격렬한 흐름을 가지고 있지 않는 대신 하나하나 오랫동안 공들여서 만들어진 것들이다. 절차탁마(切磋琢磨). 정보화로 요약되는 현대적인 언어 상황 속에서 요동치는 말들이 그의 문장 속에서 오롯이 제자리를 잡아가고 있다. 소설을 쓰면서 손쉽게 사용할 수 있는 일상 언어 대신에 잘 다듬어진 문학 언어를 만들어내려는 힘든 싸움을 하고 있는 것이다.

김연수가 언제부터 언어에 관심을 가졌는지는 분명하지 않다. 앞서 말했듯이 등단 초기의 그는 제도나 관습에 대한 거부감만큼이나 기성의 언어에 대한 거부감으로 충만했던 신세대 작가였기 때이다. 하지만, 그때에도 그의 문장이 잘 다듬어져 있었던 것만큼은 분명하다. 그런 자의식이 그의 소설을 더욱 풍요롭게 만드는 중요한 원동력인 것은 분명해 보인다.

그런 점에서 그는 동시대의 젊은 작가들보다는 앞 세대의 김소진을 닮았는지도 모르겠다. 그런데, 김소진의 언어가 투박한 아름다움을 지녔다면, 김연수의 문장은 유장한 아름다움을 지녔다. 짧지 않고 길고 오랜 호흡으로, 서두르지 않고 느긋하고 여유로운 리듬으로 한 땀 한 땀 옷감을 꿰매듯 문장을 갈고 다듬어가는 과정은 아마도 경박함을 경멸하는 작가의 성정을 그대로 보여주는 것이다.

소설가의 중요한 책무 중의 하나가 모국어의 미적 가능성을 개발하고 발전시키는 것이라고 했을 때, 김연수는 그런 의식에 투철한 대표적인 작가 중의 한 사람이라고 자신 있게 말할 수 있다. 그런 완벽주의자로서의 면모가 처음 드러난 것은 아마도 두 권의 단편집 『스무 살』과 『내가 아직 아이였을 때』에서일 것이다. 작가가 『사랑이라니, 선영아』를 발간하면서 『7번 국도』와 함께 "팬들을 위한 특별판 소설"이라고 말했던 것도 아마 비슷한 이유가 아니었을까. 그는 요즘 보기 드문, 단편의 미학에 충실한 작가이다.

2.

뉴 밀레니엄에 대한 들뜬 기대와 세기말의 음울한 불안이 교차하던 2000년 초에 발간된 단편소설집 『스무 살』에는 1980년대와 1990년대의 경계선상에 놓인 한 세대의 자의식과 정체성이 잘 나타나 있다. 이 소설집에는 스물넷의 나이에 『가면을 가리키며 걷기』라는 장편소설로 스포트라이트를 받으며 문단에 데뷔했던 그가 1994년부터 1997년에 발표했던 단편들이 실려 있다.

소설집을 발간하는 것이 그리 어렵지 않은 상황에서 3년 가까운 세월 동안 붙잡고 있다가 겨우 한 권의 소설집을 발간하는 것은 다른 무언가가 숨겨져 있는 듯이 보인다. 어쩌면 그는 이 소설집 한 권으로 자신의 20대를 벗어나고 싶어했는지도 모르겠다. 그도 이제 어쩔 수 없는 30대니까. 그가 등단할 당시, 이응준, 백민석, 김경욱, 박청호 등과 함께 문단에 새로운 바람을 몰고 온 '신세대 문학'의 주요 구성원이었지만, 이제 그는 '신세대 문학'이라는 레테르를 벗어나기 위한 힘겨운 싸움을 시작하고 있는 셈이다. 소설집 『스무 살』은 바로 그 출발점이었다.

소설집 『스무 살』에서 작가는 등장인물의 입을 빌어 80년대를 다음과 같이 규정한다. "80년대는 진지했다. 사건마다 이유와 결과가 뚜렷했다." 하지만 90년대는 삶의 열정이 사라지고 죽음의 흔적만이 남겨진 그림자의 시대에 지나지 않는다. 역사 법칙의 필연성에 대한 신념 속에서 신명을 바쳐 스무 살의 열정을 소모했던 80년대적 가능성이 사라져버린 '상실의 시대'이다. 이처럼 진정한 경험이 과거의 영역에 남겨져 있을 때 사람들은 어두운 시대의 그림자 속에서 우울을 경험하게 된다.

표제작 「스무 살」에서 잘 드러나듯 이십대는 치기어린 풋사랑과 이념의 혼돈을 겪으면서도 삶에 대한 뜨거운 열정, 혹은 삶에 대한 강렬한 갈망으로 시작되었다. 선봉에서 구호를 외치던 여학생을 뒤에서 지켜보거나, 혹은 동부이촌동에서 과외를 하며 "계급은 세습된다"라고 믿게 되기까지 이십대는 "강렬한 삶의 경험"의 연속이었다. 하지만, 세월이 지나갈수록 삶은 "뜨뜻미지근"해지고, "남는 것은 오고 가는 계절들뿐"이라는 짙은 허무만이 살아남는다. 그에 따르면 성장은 가능성의 상실과 동의어이다. 일상의 놀라운 힘에 의해 삶은 새로운 질서로 재편되고 청춘의 기억은 가끔씩 술좌석의 안주처럼 떠오를 뿐이다. 과거를 기억하지 않는 자들은 이 새로운 변화 속에서 잘 적응해가지만, 기억하는 자들은 열정의 소멸에 괴로워한다. 기억은 원죄가 되고 말았다.

「뭐져버린 도플갱어」에서도 청춘의 열정이 상실되어 가는 것에 대한 안타까움이 진하게 묻어난다. 주인공 승민은 잡지사 청탁으로 "90년대적인 공간" 대학로를 카메라에 담기 위해 노동자들의 행렬과 불꽃 터널의 환상에 매혹당한 폭주족 젊은이들을 병치시키고자 한다. 하지만 오토바이 폭주족들과 노동자의 행렬이 동일한 시간과 공간 속에 함께 나타날 수 없다는 인식에 맞닿는 순간, 달리 말해 존재했던 과거와 존재하는 현재 사이의 격차를 깨닫는 순간, 주인공은 사진 속에 담길 모든 피사체를 생명 없는 것으로 지워나가기로 마음먹는다. 「구국의 꽃 성승경」도 마찬가지이다. 결국 그들은 "어디에도 없는 여자를 찍느라 피 같은 필름을 죄다 써버렸"다.

이미 사라져버린 연대의 환영을 붙잡으려는 주인공들의 비극적인 모험이 가장 집약적으로 드러난 작품이 「마지막 롤러코스터」일 것이다. "대오를 이끄는 레닌이기보다 그에 감화돼 청춘을 불태우는 농노"이고 싶었던 젊은이들은 롤러코스터가 상징하는 스피드와 텐션의 테크놀로지에 매혹된다. 그들은 팽팽한 긴장과 열광의 삶을 살고자 했던 까닭에, 열정의 극한에서 죽음을 맞이한다. 그들의 죽음은 스스로 선택한 죽음이다. 끝 간 데 모를 열정은 죽음에 이르러서야 비로소 완성된다. 그런 점에서, 새로 개발한 비행 놀이기구의 문제점을 증명하려는 젊은이나 놀이기구의 공학적 타당성을 입증하려는 이론가가 자신의 주장을 입증하려다 죽음을 맞이하는 것은 모두 젊은 영혼들의 모험에 대한 찬가라고 할 수 있을 것이다.

김연수는 이처럼 단편집 『스무 살』을 통해 자신이 살아가는 연대를 죽은 자들의 시대로 규정한다. "너무나 개인이 무기력해졌다. 인간의 순수함은 경멸받고 있다. 인간의 희망을 논하는 대신 현란한 미디어의 폭격만이 가득하다"라고 말이다. 하지만, 사라진 연대를 리와인드할 수는 없다. 결국 「죽지 않는 인간」에서 작가는 예수와 함께 죽지 못해 대신 세상의 병을 짊어져야 하는 '카르타필루스', 그리고 환경에 적응하지 못해 멸종한 생물 암모나이트를 언급한다. 시간의 흐름에 맞춰 변화하지 못하는 것은 결국 몰락과 소멸의 길을 걸을 수밖에 없다는 것이다. 이러한 양가적인 감정은 일상이 무기력과 권태로운 것이기도 하지만, 삶의 바탕을 이루고 있다는 점을 작가는 잘 알고 있기 때문일 것이다. 스무 살 이후에도 삶은 지속되어야 하고, 또한 새로워져야만 하기 때문이다. 그것이 오징어의 진화이며, 진저리나도록 지겨운 삶의 항상성일 것이다. 「7번 국도」가 결국 서울로 올라오는 길에서 끝날 수밖에 없듯이 작가는 일상 속에서 새로운 진지전을 준비해야 한다.

3.

삶은 언제나 일상의 놀라운 힘에 의해 새로운 질서로 재편되고, 청춘의 기억 역시 시간의 침식을 받아 조금씩 스러져간다. 한편에서 과거를 기억하지 않으면서 새로운 변화에 잘 적응해가는 인물들을 발견할 수 있다면, 다른 한편에서 원죄처럼 기억을 붙안고 살아가는 자들 또한 찾아볼 수 있다. 쌍생아처럼 마주선 두 유형의 인간들, 메이저리티와 마이너리티. 『스무 살』에서 우리가 만났던 것은 바로 과거에 대한 기억 때문에 고통 받는 사람이었다.

그런데, 두 번째 단편소설집 『내가 아이였을 때』에서 작가는 자신의 유년기였던 고향 김천으로 거슬러 올라간다. 자신의 내면에 자리잡고 있던 유년의 경험을 아홉 편의 단편으로 담담하게 써내려간다. "서른이 넘어가면 누구나 그때까지도 자기 안에 남은 불빛이란 도대체 어떤 것인지 들여다보게 마련이고 어디서 그런 불빛이 자기 안으로 들어오게 됐는지 궁금해질 수밖에 없다. 자신이 어떤 사람인지 알고 싶다면 한때나마 자신을 밝혀줬던 그 불빛이 과연 무엇으로 이뤄졌는지 알아야만 한다." 이제 두 연대 사이에서 분열을 경험하던 고통스러운 모습은 찾아보기 어렵다. 아마도 서른을 전후한 시기, 그리고 아이가 세상에 나서 자라는 모습을 바라보면서 새롭게 받아들여지는 세상의 풍경일 것이다.

김연수가 기억을 통해서 재구성해 유년의 풍경은 '뉴욕제과점'이라는 김천 역전의 빵집에서 출발하여 그곳에서 완성된다. 자신이 태어나기 전부터 있었고, 자신이 성장하는 데 있어서 일용할 양식이 되었던 뉴욕제과점, 그곳은 변해가는 세태에 적응하지 못하다가 대학 졸업 무렵에 다른 사람의 손에 넘어가게 된다. 뉴욕제과점이 그렇게 국밥집이 되자, 거주할 공간이 사라진 유년의 기억 역시 천천히 사그라들었다. 뉴욕제과점 근처에도 가지 않는 것은 그와 같은 기억이 상실될까 두렵기 때문일 것이다. 하지만, "내가 이 세상에서 사라지고 나서도 아주 오랫동안 그 아이가 나 없는 세상을 살아갈 것이라는 사실"을 받아들이는 순간, 국밥집으로 변한 옛 뉴욕제과점을 다시 찾게 된다. 따뜻한 국밥 한 그릇을 먹으면서 작가는 자신의 과거와 화해하고 내면에 자리잡은 뉴욕제과점을 다시, 그리고 영원히 살아나도록 만들어낸다.

그래서 『내가 아직 아이였을 때』의 여러 풍경은 한 인물의 내면을 할퀴고 지나가는 차가운 겨울바람이 아니라 따뜻하게 보듬어주는 봄바람을 닮았다. 소설에 등장하는 여러 장면에서 문득문득 내비치는 '눈물'들은 바로 이 작가가 냉정한 모더니스트에서 따뜻한 로맨티스트로 변신하는 과정을 보여주는 것이 아닐까. 혹은 「똥개는 안 올지도 모른다」에서 온갖 패륜을 저지른 똥개의 마지막 자살 시도를 보고 눈물 짓는 어린 나의 모습은 바로 이 작가가 생래적인 로맨티스트라는 점을 보여주는지도 모른다. 「리기다 소나무 숲에 갔다가」에서 사냥을 갔다가 멧돼지와 정면으로 마주친 나와 삼촌과 도라꾸 아저씨가 모두 총을 겨누지 못한 것도 그런 맥락에서 이해될 수 있다. 멧돼지의 눈에서 집회 도중에 분신자살했던 한 친구의 모습을 떠올리는 나, 자살을 시도할 만큼 사랑했던 '물망초 여자'의 눈망울을 회상하는 삼촌, 새끼를 죽여 어미를 사냥했던 젊은 시절을 아프게 떠올리는 도라꾸 아저씨를 통해서 고해(苦海)와 같은 현실 속에서도 언제나 인간에 대한 신뢰를 포기하지 않고 있는 작가를 만나게 되는 것이다.

　최근에 발간된 『사랑이라니, 선영아』에서 유머러스하게 신세대의 사랑법을 그려내는 것을 보면서 인간에 대한 신뢰가 얼마나 뿌리깊게 자리잡게 되었는가를 확인하게 된다. 그는 동세대의 작가들처럼 다양한 대중적 코드들을 소설적 상황 속으로 끌어들이면서 끊임없이 비틀고 흔들어댄다. 다양한 지적 편력을 통해서 낭만적 사랑이라는 근대적 신화를 해체해 나간다는 점에서 이 소설은 초기 소설과 동일한 문제의식을 공유하고 있는 듯이 보인다. 하지만, 소설 속에서 유일하게 냉소를 받는 것은 소설가 진우뿐이라는 사실에서 알 수 있듯이 타인과 대상에 대한 모욕과 공격을 포함하지 않고 있다는 점에서 즐거운 유희에 지나지 않는다. 그런데, 진우만이 그렇게 냉소의 대상이 되었던 것이 무엇 때문일까? 그것은 사랑했던 기억이 없기 때문이다. 기억이 없는 사람은 사랑할 자격도, 삶을 살아갈 자격도 없는 것이다.

하현(下弦)의 어둠 속에서 찾은 희망

— 이명랑

1.

이명랑이라는 작가를 처음 본 것은 오래 전 일이다. 문학무크지 『새로운』 발간을 준비하다가 시 「에피스와르의 꽃」을 만났던 것이다. 그후 1년여 만에 그녀는 장편소설 「꽃을 던지고 싶다」를 통해서 소설가로 변신했고, 이어 「삼오식당」, 「나의 이복형제들」과 같은 장편소설을 우리 앞에 선보였다. 첫 번째 장편소설 「삼오식당」은 작가 이명랑이 자신이 거처할 세계가 '영등포 시장'이라고 선언했다고 해도 지나친 말은 아닐 것이다. 이후 이명랑이라는 이름과 함께 붙어 다닌 것은 영등포 시장이라는 공간이었다. 그녀가 발표했던 여러 소설들이 이곳을 무대로 하고 있으며, 몇 권의 에세이집 또한 그 울타리를 벗어나지 않고 있기 때문이다. 영등포 시장에서 태어나고 자랐던 경험이 작가로서의 이명랑을 특징짓는 표지였던 것이다.

그런데 「나의 이복형제들」은 동일한 공간을 무대로 삼고 있음에도 불구하고 전작과는 확연히 구별되는 특징들을 가지고 있다. 전작의 주인공들이 휑뎅그레한 시장 속에서 삶의 근거를 만들기 위해 아등바등 살아가는 시장 상인들이었다면, 이 작품은 바로 영등포 시장의 주인공이 되지 못한 타자적인 존재들을 다루고 있는 것이다. 이에 따라 시장을 지배하던 억척상인들의 농담과 해학의 언어들은 소멸되고, 그 자리에 주변부적 존재들에 대한 폭력과 멸시의 언어가 자리잡는다. 「삼오식당」을 지배하던 유쾌한 언어들은 영등포 시장이라는 공간 속에 내재한 여러 현실적 차이들을 은폐한 채 동질적인 공간으로 창조함으로써 가능했다. 그런데 「나의 이복형제들」은 영등포 시장을 서로 다른 차이를 간직한 비균질적인 공간으로 재창조한다.

「나의 이복형제들」에서 영등포 시장에 균열을 일으키는 것은 물론 문방구 옆 3층 건물의 지하실이다. 냉동 창고가 자리 잡고 있는 이 공간은 정상적인 인간이 살아갈 최소한의 요건조차 갖추고 있지 못하다. 문도 벽도 없이 오직 자신의 등을 눕힐 바닥만이 존재하는 지하실은 사람이 살아갈 방이 아니라 날짐승들이 살아갈 '둥지'와도 같다. 아니 둥지만도 못할지도 모른다. 지하실에 들어온 까치가 머리 위를 짓누르는 천장의 한계를 벗어나지 못한 채 신음하듯이 어떠한 자유나 꿈도 허용하지 않는 닫힌 공간이기 때문이다. 그 공간은 사방이 뻥 뚫려 있어 아무 곳으로나 자유롭게 움직일 수 있는 지상의 건물을 정반대로 닮아 있다.

이곳에 근육마비 증세로 온 몸이 서서히 굳어가고 있는 춘미 언니, 불법체류자 신분이라는 이유로 시장 사람들의 터무니없는 저임금을 받으며 시장 사람들의 냉대와 멸시를 견뎌야만 하는 인도인 노무자 '깜뎅이', 결혼 사기를 당해 한국에 들어온 뒤 주민등록증을 얻기 위해 몸을 팔며 살아가는 조선족 출신 다방 종업원 '머저리', 사나운 개를 끌고 다니며 시장 사람들, 특히 약자들을 괴롭히는 난쟁이 '왕눈이'가 찾아든다. 그들은 비틀어진 팔다리나 어린아이만 한 키, 검은 피부와 같이 지상의 인간들과는 다른 육체적 징표를 지니고 있다. 만신의 운명을 타고난 열일곱 살의 영원이나, 마음속의 불길 때문에 밤마다 냉동 창고를 찾아나서는 덕진도 영혼의 질병을 앓고 있다는 점에서 그들과 크게 다르지 않다.

그람시의 용어로 '서발턴(subaltern)'이라고도 부를 수 있는 이러한 존재들이 영등포 시장의 지하를 점령하면서 시장 상인들의 억척스러운 생활력은 새롭게 조명된다. 영원이와 깜뎅이에게 일자리와 거주공간을 만들어 준 '협동합시다 아저씨'의 모습에서 그것을 볼 수 있다. 그는 대학 시절의 학생운동을 자주 언급하면서 "손목을 묶고 있던 순백의 손수건"을 통해 협동의 중요성을 설파하지만, 그것은 거짓된 이야기였을 뿐이다. 그가 말하는 협동이란 '깜뎅이'를 둘러싼 충북상회 박씨와의 거래에서 분명해지듯이 시장 상인들 사이의 공동의 이익을 의미할 뿐이다. 그는 "박씨 자네는 지금 그걸 말이라고 하나? 내가 일전에 말하지 않았나. 그깟 새들도 둥지를 공유하는데 우리라고 못할 게 뭔가. 하물며 우린 사람이라는 거지, 안 그런가?"라고 말하면서 인도인 이주자의 육체를 "함께" 착취하는 공범자에 불과하다. 주민등록증이 없어 통장조차 만들 수 없는 불법체류자들은 지상을 지배하는 상인들의 공동소유물이다. 이처럼 지상의 인간들은 자신의 이익을 위해서 타인을 이용하고 착취하며, 이중장부와 같이 위선적인 행위를 일삼으면서도 조금도 부끄러워하지 않는다. 그들은 부끄러움을 모르는 강자의 도덕을 지녔던 것이다.

상인들이 지배하는 지상의 공간에서 소외된 나약한 지하생활자들이 서로의 상처를 보듬으면서 함께 살아간다고 섣부르게 생각할 필요는 없다. 그들은 오늘도 일용한 양식을 얻기 위해 시지푸스처럼 지상의 공간으로 올라가, 주인들의 냉대와 멸시와 폭력을 견디면서 그것을 배우기 때문이다. 그래서, 자신들에게 퍼부어졌던 수많은 물질적 · 언어적 폭력을 흉내내면서 누군가에게 되갚는다. 영원은 자신만의 '어둠의 공간'에 침입한 불청객들이 내미는 손을 거절하기 일쑤이다. 춘미 언니는 자신에게 쏟아져오는 모멸의 시선을 언어의 무기로 갈고 닦아서 세상에 돌려준다. 난쟁이 왕눈이는 사나운 진돗개를 끌고 다니면서 영원이를 포함한 시장통의 약자들을 괴롭히는 데서 쾌감을 얻는다.

이렇듯 지하생활자들은 자신들에게 가해진 폭력을 누군가에게 되돌려주는 일에 익숙하다. 난쟁이 왕눈이가 항상 진돗개를 끌고 다니는 것은 "누구를 물어뜯지 않고서는 잠시도 견딜 수 없을 만큼 제 자신이 가여운 까닭"인 것이다. 그래서 몸집 좋은 진돗개의 호위를 받지 못한 난쟁이는 키 큰 정상인들과 눈을 맞추는 일조차 버거워할 정도로 초라해지고 만다. 그들은 서로에게 상처를 입힘으로써 자신의 상처를 감출 수 있는 왜곡된 존재였던 것이다.

그렇다면 지상의 삶을 살아가는 자들이 던져 놓은 폭력과 비열의 찌꺼기들을 먹고 자라는 지하생활자에게 구원의 가능성은 존재하지 않는 것일까. 작가는 지하생활자들 사이에서 은밀하게 솟아나는 공감과 연민에 주목한다. 영원은 몸이 굳어가는 춘미 언니가 텔레비전 리모콘을 누를 수 없게 되자 그녀의 손가락이 되어주기도 하고, 장미다방의 '머저리'에게 국어 교과서를 구해 한글을 가르치고, 통장을 만들어 주기도 한다. 이와 함께 몸의 열기 때문에 고통스러워하는 덕진으로부터 "한 피를 나눈 오누이"처럼 서로에게 의지하고 서로를 이해할 수 있는 감정을 느끼기도 한다. 물론 그러한 감정은 주어진 감정이 아니라 만들어가는 감정이다.

그러나 수평적이고 동등한 형제애가 만들어지기 위해서는 수직적이고 권위적인 관계로부터 자유로와져야만 한다. 그들은 자신들의 대부 역할을 자임했던 '협동합시다 아저씨'를 치밀한 계획 끝에 살해한다.

그는 "손목을 묶고 있던 순백의 손수건"을 내세워 사람들을 끈으로 묶고자 했고, 영원에게 잃어버린 자신을 투사함으로써 "내일"을 보고자 했던 "죄악"을 저지른 탓이다. 즉, 영원을 자신의 분신으로 구성함으로써 궁극적으로는 자신을 완성하고자 했던 것이다. 영원은 그러한 '협동합시다 아저씨'의 계획을 박차고 지하의 공간에서 탈주한다. 깜뎅이와 머저리 역시 빅 앤 화이트 하우스의 꿈을 포기하고 함께 길을 나선다. 딸이 신들린 몸으로 살아가는 것을 용납할 수 없었던 아버지의 유언 "영원히, 멀리……. 도망가"는 이렇게 완성된다. 친부의 유일한 유품이었던 플라스틱 카메라의 필름에 '협동합시다 아저씨'의 추악한 욕망이 기록되었음은 그런 점에서 많은 것을 시사한다.

이제 영원은 몸의 열기를 식히기 위해서 바람만이 휩쓸고 지나가는 텅 빈 영등포 시장 한복판에 홀로 섰듯이 세상 밖으로 가는 길 위에 선다. 그는 영원히 지상에 안주할 공간을 만들지 못한 채 유랑의 길을 걸어야 할지도 모른다. 홀로 세상의 바람 속에서 영원한 도망자의 길을 걸으며, 세상 모든 곳을 집으로 만들고, 세상 모든 사람들을 형제로 받아들이는 길 위에서의 삶을 살아야 하는 것이다. 그런 점에서 '성(姓)'을 지워버리고 나만의 이름으로 살아가는 것은 아버지와 가족과 집의 흔적을 지우는 첫걸음일 것이다.

사실, '나의 이복형제들'이라는 제목에는 '다름'을 뜻하는 이복이라는 말과 '같음'을 뜻하는 형제라는 말이 함께 들어 있다. 하지만 '다른 어머니'는 외면되고 '같은 아버지'가 중요하게 받아들여져 온 적이 많았다. 아버지와의 동일화를 통해서 정체성을 형성해왔던 수천 년의 시간이 그런 상상적 질서를 만들어냈을 것이다. 이렇듯 남성성의 권력은 이렇게 사소하지만 결정적인 순간에 모습을 드러낸다. 그래서일까, 아버지가 파렴치한 현실과의 불륜에 빠져 있음을 알았을 때조차도 '나'는 존재의 안정감을 위해서 아버지와 타협해왔다. 세상의 모든 사람이 그를 증오하더라도 '나'만은 그를 이해하고 용서해야만 할 것 같았다. 그래서 다시 아버지의 위엄을 되찾을 수 있도록 도와주고 싶었다. 기원에 대한 탐구이자 성장의 과정으로서의 '애비 찾기'는 이렇게 시작된다. 하지만, 아버지의 불륜을 용서하는 순간 '나' 역시 현실과의 불륜에 빠진 파렴치한 아버지가 될 것이다. 아니 이미 그런 아버지가 되어 있거나 혹은 그렇게 되기를 소망하기 때문에 아버지를 용서했는지도 모른다. 우리들의 삶은 그렇게 지겹도록 반복되었다.

그런데, 이명랑의 「나의 이복형제들」은 불륜에 빠진 아버지를 결코 용서하지 않는 용기를 지녔다. 아버지를 증오해서가 아니라 '나'의 삶을 사랑하기 때문에, 그리고 아버지를 용서하지 않을 때에만 삶은 더욱 아름답게 빛날 것이기 때문에. 그래서 "생에 얼룩져 있는 그 모든 남루한 흔적"들을 감추지 않고, 그것이 내 아버지의 것일 뿐 '나'의 것은 될 수 없다고 당당하게 말한다. 아버지를 용서하고 아버지를 받아들여야만 할 것 같은 마음을 다잡아서 증오만이 남루한 삶을 빛나게 만드는 힘이라고 말한다. 아마도 작가는 '협동합시다 아저씨'를 살해하면서 현재는 과거에서 오는 것이 아니라 미래로부터 온다고 말하고 있는지도 모른다. 그 미래가 설령 갈기갈기 찢겨져 형체를 알아차리기조차 어려울지 몰라도 그런 미래에 대한 두려움 때문에 아버지를 용서해야만 한다는 강박에 사로잡히지 않겠다고 말이다.

2.

『입술』은 이명랑이 소설가로 등단한 지 10여 년이 지나 발간한 첫 번째 단편집이다. 여기에 실린 단편들은 1999년 발표된 「미니 초코파이」를 제외한다면, 모두 2004년 이후에 발표된 것이다. 2004년 장편소설 『나의 이복형제들』을 발간한 이후에 단편소설 창작에 전념했던 셈이다. 그리고 이번 작품집에 실려 있는 작품들 중에서 영등포 시장을 무대로 한 작품은 찾아보기 어렵다. 「누군가 목덜미를 잡아챘다」와 「하현」만이 영등포 시장과 관련을 맺고 있다. 두 작품 모두 영등포 시장만을 그리고 있지 않지만, 다른 공간과의 관련 속에서 영등포 시장이 등장하고 있다. 더욱이 그 속에서 그려지는 영등포 시장의 모습은 이전의 소설과는 분명한 차별성을 지니고 있는 것처럼 보인다.

이명랑의 문학적 공간이 어떻게 변화하고 있는지를 살피기 위해서는 먼저 「누군가 목덜미를 잡아챘다」를 살펴볼 필요가 있다. 이 작품의 주인공은 소설 「그들도 가끔은 포르노그라피를 꿈꾼다」를 구상하던 중 시장에서 오랫동안 고물장수로 일했던 영식이 아저씨를 만난다. 그는 1970년대부터 80년대까지 영등포 일대를 제 집 안처럼 구석구석 다니면서 영등포의 변화를 몸소 경험했던 인물이다. 그런데, 영식이 아저씨를 만나러 영등포 시장으로 가는 길목에서 낯선 경험을 한다. 아파트 단지에서 길 하나만 건너면 도착할 수 있는 가까운 거리였음에도 불구하고 심리적으로는 아득하고 멀게만 느껴졌던 것이다.

> 아파트 단지와 시장으로 통하는 골목 사이에 무슨 경계선처럼 버티고 있는 건널목 앞에 서서 신호등의 빨간불이 보행신호로 바뀌기를 기다리는 그 짧은 순간에 나는 내가 시장으로부터 얼마나 멀리 떨어져왔는지 인정하지 않을 수 없었다. 그러나 비단 나만 변한 것은 아니었다. 내 앞에 펼쳐져 있는 건널목 저편의 풍경도, 저 풍경 속에 스며 있는 소리와 심지어는 공기마저도 달라져 버린 것이다.(「누군가 목덜미를 잡아챘다」)

심리적인 거리감은 그녀가 영등포 시장 사람이 아니라는 사실에서 비롯한다. 그녀는 시장통의 구둣방 건물 삼층에서 살다가 근처 아파트 단지로 이사를 갔던 것이다. 변한 것은 아파트 단지로 옮겨간 '나'만이 아니다. 영등포 부근이 뉴타운 개발 예정지역으로 지정되면서 상인들도 시장을 떠난다. 그들이 시장에서 사라지면서 "멱살잡이와 욕지거리와 아귀다툼을 하면서도 한시도 놓지 않고 움켜쥐고 있던 생(生)의 활기마저도 함께" 사라진다. 더욱이 공판장이 있던 자리에 한 정당의 당사가 들어서면서 영등포 시장만의 활기 넘치던 풍경을 찾기 어렵다. 상인들이 떠난 자리에는 어느 곳에도 갈 수 없는 사람들만이 남는다. 자신이 태어나고 자랐던 고향은 그렇게 낯선 곳으로 변모해 버렸던 것이다.

「하현」에 등장하는 공판장 옆의 "어둠 속에서 불 밝히고 서 있는 그 식당"은 어떠한가? 그곳은 작가가 전작 「삼오식당」을 통해서 우리에게 보여주었던 매우 낯익은 곳이다. 하지만, 그곳의 풍경 역시 예전과는 전혀 다르다. 공판장이 없어지면서 "사람들의 왁자한 말소리와 넘쳐나는 음식냄새가 뒤섞여 코를 쿵쿵거리기만 해도 덩달아 괜히 배가 불렀던 그때"와는 달리 "먼지와 바람만이 드나드는 빈집의 냄새"로 가득 차 있던 것이다.

주인여자는 사내 앞에 자리를 잡고 앉아 사내가 묻지도 않는 말들을 늘어놓기 시작했다. 아파트와 백화점, 대형마트들이 하나둘 들어서고 재래시장을 찾던 사람들의 발걸음이 뜸해졌다는 얘기며 가게 앞에 전구를 내건 상인들이 지나가는 손님들을 외쳐부르는 소리와 트럭의 경적 소리로 새벽부터 살아 꿈틀거리던 공판장 건물이 이제는 이 늙은이처럼 낡아가고 있다는 이야기가 주인 여자의 한숨 뒤로 이어졌다.
주인여자가 입을 벌릴 때마다 단내가 훅 끼쳐왔다. 오래도록 입을 다물고 말을 참아온 사람들에게서만 맡아지는 냄새였다.(「하현」)

이렇듯 작가의 문학적 고향이었던 영등포 시장은 과거와는 전혀 다른 모습으로 변해버렸다. 영등포 청과시장이나 삼오식당 모두 과거의 활력을 잃은 채 조금씩 낡아가고 있었던 것이다. 더구나 소설 속의 주인공 역시 영등포 시장을 떠나 아파트 생활을 시작했다. 그것은 작가 이명랑의 모습이기도 할 것이다. 따라서 작가는 새로운 변화를 모색해야만 하는 처지에 직면한 것처럼 보인다.

설령 영등포 시장이 예전의 모습을 그대로 유지하고 있었다고 하더라도 작가적 변화는 불가피했던 것으로 보인다. 전작 「나의 이복형제들」을 통해서 그러한 징후는 이미 나타나고 있었다. 이 작품에서 영등포 시장은 과거의 「삼오식당」에서 보여졌던 활기차고 생동감 있는 삶으로서 포착되지 않는다. 오히려 어두운 지하의 공간에서 이방인으로서 살아가는 서발턴들의 우울하고 비참한 삶에 작가적 관심이 집중되어 있다. 이렇듯 지상과 지하, 표면과 이면에서 펼쳐지는 영등포 시장의 이중성이 구조적으로 포착됨으로써 작가의 시선은 더 이상 머무를 곳을 찾지 못하게 된다. 작가는 새로운 문학적 영토를 찾아 떠나야만 했던 것이다.

결국 도심 재개발 사업으로 상인들은 시장에서 쫓겨나고, 영등포 시장의 작가 이명랑 역시 그곳에서 추방된다. 이제 작가 이명랑은 새로운 문학적 영토를 찾아서 탐색을 시작한다. 그녀가 새롭게 발견한 문학적 영토는 어디일까? 이번 작품집을 통해서 그것을 단정하는 것은 불가능해 보인다. 그녀의 시선은 영등포 시장 옆에 자리한 아파트 단지에서 멈추기도 하고, 때로는 멀리 태국의 치앙라이까지 건너가기도 한다. 그리고, 여러 작품들에서는 어느 곳에도 머물지 못한 채 세상을 떠돌고 있는 인물들을 그리기도 한다. 아직까지 그녀는 자신이 머물 곳을 찾지 못하고 있는 것이다. 자신의 새로운 문학적 영토가 발견되는 순간까지 그녀의 탐색이 계속될 것이며, 작품집 『입술』은 2년 여에 걸친 탐색의 결과인 셈이다.

자신의 문학적 고향에서 축출된 채 낯선 공간을 떠돌고 있는 작가의 모습은 작품 속에서도 발견된다. 소설집에서 자주 등장하는 장소는

「연이 떴다」와 「누군가 목덜미를 잡아챘다」, 그리고 「그림 앞의 장미와 꽃병」과 같은 작품들에서 등장하는 아파트 단지이다. 이곳은 영등포 시장에서 그리 멀리 떨어지지 않는 곳에 자리잡고 있기는 하지만, 시장과는 전혀 다른 논리를 지닌 채 움직인다. 서로 다른 사람들이 한데 어울려 왁자지껄한 세계를 형성하던 시장과는 달리 아파트는 「그림 앞의 장미와 꽃병」에서 보이는 것처럼 사소한 차이가 위계를 만들어내는 공간인 것이다.

하지만, 작가는 아파트 자체의 공간적 의미를 탐구하려는 방향으로 서사를 진행시키지 않는다. 대신 작가 자신을 닮은, 소설을 읽고 글을 쓰는 '여자'를 등장시킨다. 그녀는 아파트 다용도실을 개조한 자신의 '동굴'에서 혼자서 글을 쓴다. 그녀가 글을 쓰는 것은 상처를 치유하는 방법이다. "남한테는 절대로 말할 수 없는 거. 또 있을 거야. 노트를 하나 마련해 봐. 거기다 다 써버려. 쓰다보면 기억이 날 걸? 네가 네 속에 숨겨놨던 것들이 너를 찢고 나올거야. 다 받아 적어. 그리고 묻어버려." 이렇듯 자신의 내면 억눌려 있던 수많은 응어리들을 언어로 표현함으로써 상처는 객관화되고 치유될 가능성을 얻는다.

하지만, 내면의 상처를 품어내는 말들은 타인을 향한 소통의 언어가 아니다. 여자의 글은 항상 봉인된다. 그녀는 글을 쓴 후에 항상 페이지마다 풀로 붙여버리는 것이다. 내면에 유폐되었던 말은 용암처럼 용솟음치지만, 수많은 상처의 기억들은 한 페이지, 한 페이지에 갇혀 하나의 방이 된다.

> 책상 오른쪽에 붙어 있는 서랍에서 풀을 꺼내 펼쳐진 페이지에 발랐다. 풀칠한 페이지에 옆 페이지를 대고 눌렀다. 자주 찾지 않아 문 위에 붙여 놓은 종이의 글자들이 먼지에 뿌옇게 흐려진 방 하나가 종이와 종이 사이로 사라졌다. 누군가 풀로 붙인 그 페이지들을 억지로 떼어낸다 해도 그 방의 온전한 모습을 재현해 낼 수는 없을 것이다.

어린 시절의 기억 때문에 고통 받는 또다른 사람 '그 여자'가 있다. 그녀 역시 자신의 기억에 휩쓸려 들어가지 않기 위해 나름의 방식으로 기억을 풀어낸다. "밤에는 기억에 휩쓸려 들어가지 않으려고 구슬 꿰는 일에 몰두"하는 것이다. '그 여자'가 구슬을 꿰는 일은 '여자'가 글을 쓰는 것과 다를 바 없다. 그녀는 검은 구슬을 꿰며 밤마다 기억을 지워나간다. 구슬로 채워진 상자와, 글자로 채워진 노트는 그녀들의 상처를 담고 있는 저장소이다. 누구에게도 말할 수 없어서 내면에 응어리진 채 단단하게 자리잡고 있던 상처의 기억들은 「누군가 목덜미를 잡아챘다」에서 드러난 것처럼 살기 위해서 도려내야만 했던 과거인 것이다.

과거를 찾는 시간 여행을 통해서 망각되었던 것들이 모습을 드러내자, 이명랑의 소설들은 「삼오식당」에서 볼 수 있었던 명랑하고 쾌활한 성격을 더 이상 유지하지 못한다. 그런 의미에서 1999년에 발표한 「미니 초코파이」는 이명랑식 우울의 전주곡일 것이다. 이 소설의 주인공이 간직하고 있는 상처는 가족으로부터 버림받은 기억이다. 아이를 가질 수 없었던 아버지를 둔 아이는 끝내 아버지의 세계에 발을 들여놓지 못한 채 홀로 세상에 내동댕쳐진다. 그래서 남겨진 아이는 "풍만한 가슴을 지닌 진짜 여자"가 아니라 "스물 두 살이 넘도록 생리 한 번 안 해 본" 미성숙한 여자로 자라게 된다. 결국, 아이를 갖지 못한다는 이유로 사랑하던 사람조차 떠나고 난 뒤, 그녀는 "두꺼운 블라인드를 방 끝까지 늘어뜨리고" "방문을 꼭꼭 걸어잠근 채" 세상과 단절된 자기만의 세계에 스스로를 유폐시킨다.

「미니 초코파이」에서 나타났던 것과 다를 바 없는, 세상 끝에서 버림받거나(「하현」), 다락방이나 외딴방에 감금되어 있는(「고양이가 간다」, 「사령」) 주인공의 모습은 이명랑의 소설에서 자주 발견된다. 그들은 끊임없이 세상을 향해 손을 내밀지만, 그들의 손을 따뜻하게 맞아주는 이는 거의 없다. 차가운 세계 속에 홀로 내던져진 그들은 스스로를 세계로부터 단절시킴으로써 자신을 가까스로 버텨낸다. 그리고 세상을 향해 차디찬 적의와 증오, 그리고 복수의 의지를 갈고 닦는다.

> 일직사자가 쇠몽둥이로 등을 내려치면 월직사자가 달려들어서 쇠사슬로 얽어매고는 사람의 넋을 떼어가는데, 오빠는 밤마다 꿈을 꾼다고 했어요. 쇠몽둥이로 얻어맞고 쇠사슬로 묶이는 꿈을 꾸다 일어나면 다 죽이고 싶다고 했어요. 오빠만 여기 처박아두고 편한 잠을 자고 있는 식구들을 갈갈이 찢어 죽이고 싶댔어요. 그런 말을 하고 나서는 저승사자가 눈앞에 나타나기라도 한 것처럼 벌벌 떨었어요. 그런데도 누구 하나 달려와 보지 않았잖아요.(「사령」)

> 흘러 내리는 눈물을 닦아 낼 수도 없는, 산 송장이나 다름없는 자신의 몸이, 재수 없는 병에 걸려 불구의 몸이 되어버린 자신의 처지가, 영희는 억울하고 또 억울하다. 나쁜 짓이라도 원 없이 해봤더라면 이렇게 억울하지는 않으련만.
> 억울하다 억울해
> 너무 억울해서 영희는 정말이지 지랄발광이라도 하고 싶다.(「고양이가 간다」)

하지만, 그들은 세상을 향해 온갖 독설을 퍼붓고 증오의 칼날을 벼리지만, 정작 그들의 말을 들어주는 사람은 아무도 없고, 칼을 휘두를 힘조차 없다. 그들의 외침은 소리 없는 메아리가 되어 자신들의 주변만을 떠돌 뿐이며, 자신의 영혼에 더욱 깊은 상처를 남길 뿐이다. 세상 사람들이 만들어 놓은 문턱과 경계를 넘지 못한 채 그들은 그렇게 날마다 조금씩 죽어가고 있는 것이다.

한편에 "어른이 되지 못한 계집아이"(「그림 앞의 장미와 꽃병」), 「양철북」에 등장하는 오스카처럼 세상의 질서를 거부한 채 미숙하게 죽어가는 존재들이 있다면, 다른 한편에는 세상의 질서를 일찍 깨우쳐 버린 조숙한 존재가 있다. 「정직한 너에게」에서 주인공은 바로 그런 존재이다. 그는 혼자 있고 싶었지만, 늘 혼자 있지 못했다. "혼자만의 비밀을 간직하고 싶은 계집아이의 노력은 늘 조롱과 비웃음을 끝을 맺곤 했지. 수줍음이라든가 기쁨이라든가 삶의 은밀한 비밀 같은 것들을 살포시 가려줄 뚜껑이" 없었던 것이다. 그래서 어린 나이에 이미 "'삶'이라 부르는 이 모든 자질구레함과 남루함과 끔찍함"을 알아차린 조숙한 아이는 속임수로 윗몸 일으키기를 헤아리다가 친구에게 발길질을 당한 후에도, 자신의 윗몸 일으키기 개수를 조작해 줄 아이를 찾아 두리번거린다. 그렇게 대학에 들어갔고, 돈 많은 남편을 만나 결혼하고 아이까지 낳았던 것이다. 그렇지만, 그녀가 선택한 길 역시 잘못되어 있다는 사실을 아는 데에는 그리 오랜 시간이 필요하지 않았다. 출산예정일을 앞두고 혼자서 아이의 배냇저고리와 손싸개와 기저귀감과 양말을 준비하면서 "내가 짚은 허방의 무늬"를 알아차린다. 사랑해서 결혼한 것이 아니라 "조건이 맞으니까 같이 사는 거"라는 말과 함께 남편은 아내가 내민 손을 무참히 거절하는 것이다.

자신이 태어나고 자랐던 영등포 시장에서 추방된 채 낯선 세계를 떠돌고 있는 작가는 타인을 향한 적의와 증오를 간직한 채 겨우 살아가고 있는 사람들을 발견한다. 그들이 세상을 살아가면서 힘들고 괴로울 때마다 타인의 도움을 바라며 손을 내밀지만, 세상은 항상 냉혹하게도 그들의 손을 뿌리친다. 또한 영등포 시장에서 사람들 사이를 떠돌아다니면서 하나의 공동체를 구성하던 언어는 대화성을 상실한 채 오로지 자신만을 향해 있거나, 혹은 타인을 향한 비수가 되었을 뿐이다. 말에는 진실이 깃들어 있지 않고, 행동에는 타인을 향한 배려가 사라져 버렸다. 세상에서 버림받은 존재들이 생에 대한 마지막 의지를 표현하고 있는 손길과 언어들이 그렇게 흔적도 없이 사라져가면서 세상은 '하현'의 어둠 속으로 점점 깊이 잠겨간다.

최근작인 「널래 날래 까우리로 까이라?」는 그런 점에서 작가 이명랑의 새로운 변화를 볼 수 있는 작품이다. 이 작품은 개인의 기억과 민족의 역사를 중첩시킴으로써 작가의 상상력을 더욱 확장시킨다. 소설은 라후족 마을을 방문한 한 여성의 여행기이다. 소설 속에 등장하는 라후족은 우리 민족이 그랬던 것처럼 "솟대를 세우고 집집마다 돌아다니며, 지신밟기와 흡사한 춤을 추고", "색동옷을 입고 씨름을 하고 호랑이를 숭배하며 정선아리랑 가락의 노래"를 부르는 소수종족이다. 서울과 치앙라이 사이에 엄청난 거리가 존재함에도 불구하고 두 집단 사이에 존재하는 여러 문화적 유사성을 이해하기 위해서 사람들은 라후족을 고구려 유민들의 후손이라고 추정하기도 한다. 7세기 후반 나당연합군에 의해 멸망한 뒤 "고구려의 언어, 풍속 등을 지키며 독자적으로 살았"던 고구려 유민들이 오랜 유랑의 세월을 거치면서 현재의 라후족이 되었다는 것이다.

그런데, 외세에 의해 국가를 빼앗기고 역사와 문화조차 잠식당해야 했던 아픔을 떠올리게 만드는 라후족의 마을에서 주인공 '어진'은 세상사의 추악하고 비열한 이면을 만나게 된다. "우리도 지켜내지 못한 우리의 전통을 지키며 살아가는 사람들, 한 뿌리에서 나온 사람들을 만났다는 감격까지는 아니라고 해도 그 손을 맞잡을 때 아주 작은 떨림을 경험"할 수 있기를 바랐지만, 달러의 위력 앞에 여지없이 소멸해가는 소수종족의 비애와 식민주의자들의 오만을 만났던 것이다. 주인공의 눈앞에 펼쳐진 라후족의 삶은 참혹하기 그지없다. 에이즈나 죽을병에 걸린 서양인들은 재산을 정리해 이곳으로 들어와서는 1달러 짜리를 뿌려대면서 왕처럼 살다가 죽어간다. 순결한 영혼을 지닌 소녀들은 1달러를 벌기 위해 뭔지도 모르는 병에 걸려 죽어가고, "수천년 동안 힘들게 지켜온 그네들만의 삶은 만신창이"가 된다. 뿐만 아니라 고유한 문화적 전통을 지켜오던 라후족 사람들은 태국 정부에서 운영하는 학교에 다니면서 태국 말을 배우고, 태국 문화를 배우면서 자신들의 언어와 문화를 잠식당하고 있다. '건전한' 태국 국민으로 재탄생하는 과정에서 라후족으로서의 정체성은 사라질 운명에 처해 있는 것이다.

이렇듯 세계화의 과정 속에서 달러의 위력이 소수종족의 삶을 피폐화시키듯이 국가주의의 획일성은 소수민족의 문화를 폭력적으로 소멸시킨다. 따라서 치앙라이 라후족의 삶 속에서 발견되는 제국화 혹은 물신화의 음울한 풍경은 오늘의 서울이 지나쳐 온 과거의 시간을 담고 있다. 제국화·물신화되는 과정에서 자기도 모르는 사이에 잃어버렸던 것들을 되살려주는 마술적인 거울인 것이다. 따라서 "눈 앞에 존재하는데도 보지 못하던 것"들이 이곳 치앙라이에서 새로운 의미로 구성된다.

사실, 주인공 어진은 9년 전에 태국으로 신혼여행을 왔다가 최선생이라는 인류학자를 만난 적이 있다. 그는 치앙라이에 살고 있는 소수종족과 오래 생활하면서 한국인의 뿌리에 대해서 깊이 연구하고 있었다. 이곳에서 최선생을 만난 남편은 "고구려 포로들이 과연 언제까지 중국인으로 동화되지 않고 독자적으로 살아남았는가"를 연구하는 데 몰두한다. 그런데, 지도교수가 논문의 주제와 연구성과를 가로채어 한 학회지에 소논문으로 발표하자, 남편은 세상과 맞서는 대신 더욱 비열한 방법으로 세상의 질서에 편승한다. 학원에 취직하여 논술선생으로 이름을 날리면서 순진한 후배들을 꼬드겨 원고를 쓰게 하고, 자신의 이름으로 교재를 출판하는 짓거리도 서슴지 않았던 것이다. 결국 남편은 권모술수가 판치는 세상과 싸우는 길 대신에 자신을 끝장낸 지도교수가 그러했던 것처럼 협박과 책략의 기술로 자신의 명예와 이익을 도모하는 파렴치한이 되고 말았다.

그런데 라후족 마을을 찾아가는 과정에서 과거 때문에 고통 받는 또한 사람을 만난다. 한때 대한민국 최고의 가수라는 찬사를 받으며 노래하던 아이돌 스타가 '따이 한'이라는 이름의 관광 가이드로 생활하면서 "마약을 하거나 뚜쟁이 노릇을 하면서 아무렇게나 되는대로 살아가는" 모습을 바라보게 보는 것이다. 주인공은 이혼한 남편과 따이 한의 모습 속에서 "과거의 실패를 인정하지 않으려다 더 엄청난 실수를 저지"르고, "불행을 피해 달아났다가 더 불행해진 사람의 얼굴"을 발견한다. 그리고 두 사람을 통해 비춰진 자신의 모습도 그들과 크게 다르지 않음을 깨닫는다. 마약에 취하거나 돈에 집착하거나 여행을 떠나거나 "더 불행해지지 않으려는 안간힘"뿐이었던 것이다.

이처럼 소설은 소수종족의 삶을 위협하는 물신화와 제국화의 폭력과 함께 상처 때문에 고통받는 사람들의 삶을 보여준다. 실패와 후회로 얼룩진 과거의 기억으로부터 달아나기 위해서 그들은 위악과 타락의 길로 접어들었던 것이다. 고구려라는 말만 들어도 화를 내는 전남편과, 보란 듯이 남편이 팽개친 논문의 주제로 책을 내고야 말겠다고 이곳을 찾아온 어진 자신이나, 마약에 취한 채 라후족 처녀에게 한국으로 가자고 어깨를 들썩이며 울고 있는 따이 한은 모두 자신의 과거와 힘겹게 싸우고 있는 것이다.

시간은 붙잡을 수 없지만, 한번 지나간 시간은 흔적을 남긴다. 과거를 송두리째 괄호 치고 완전히 다른 무엇이 된다고 해도 시간은 그림자처럼 우리를 따라다닐 것이다. 현재를 살아가는 한 지나간 시간의 그림자는 항상 우리 곁에 머무른다. 상처받는 것이 두려워 망각하고자 했던 것들은 온전히 그림자가 되어 현재의 삶에 깊은 음영을 드리울 것이다. 따라서 망각할 수 있다고 믿지만 망각되는 것은 아무것도 없다. 오히려 내 바깥에 있는 망각의 그림자에 나를 비춰보면서 끊임없이 사유하고 반성할 때에 현재의 진정성은 확보될 수 있다. 결국 어진은 "한순간이나마 만개한 꽃처럼 저를 몽땅 피워본 사람만이 오래 앓을 수 있다"는 사실을 깨닫는다. 과거를 망각하려는 의지는 과거와 싸우고 있다는 것을 의미하며, 그것은 무엇인가를 찾으려는 과정과도 상통한다. 절망과 타락의 심연이 깊을수록 희망을 찾기 위한 의지 역시 더욱 강렬해지는 것이다.

먼 우회로를 걸쳐 이명랑이 발견한 이 길은 「하현」의 그것과는 다를 수밖에 없다. 「하현」을 아름답게 만드는 것은 결국 현실 속에서 사라져 가는 '삼오식당'의 흔적이었다고 할 수 있다. 오래된 것들의 그림자가 냉혹한 현실을 일시적으로 감추고 있었던 것이다. 이에 비해서 「널래 날래 까우리로 까이라?」는 아무것도 존재하지 않지만, 앞으로 찾아가야 할 길이 무엇인지를 분명하게 보여준다. 그 길은 이미 「나의 이복형제들」에서 보여졌던 부분이기도 하다. 우리 안에 은폐되어 있던 수많은 상처들, 숨 쉬는 것조차 힘들 정도로 억압의 무게를 견디고 있는 우리 바깥의 배다른 형제들을 바라보아야 하는 것이다. 그 길 앞에 이명랑은 서 있다.

불면의 밤과 환영의 나날

— 강영숙

1.

　강영숙의 첫 번째 소설집 『흔들리다』를 한마디로 표현한다면 '교묘하다'가 아닐까. 현실과 환상, 의식과 무의식, 자아와 타자의 이야기들이 교차하면서 한 편의 소설로 만들어진다. 작가는 전혀 다른 것처럼 보이는 이야기들을 씨줄과 날줄로 삼아 한 편의 소설로 만들어내는 재주를 유감없이 발휘했던 것이다. 쉴 새 없이 이어지는 간결한 문장들은 이야기에 속도감을 부여하는 듯하지만, 여러 층위에서 표출되는 말은 이야기의 진행을 방해하면서 소설의 부피감을 극대화시킨다. 이야기는 결말을 향해서 달려가는 것이 아니라 멈춰 서서 끊임없이 확장되는 것이다. 그렇게 강영숙 작품은 소설적 깊이와 서사적 긴장을 획득한다.

　이렇듯 미래를 향해 달려가는 현실의 흐름에 속하지 못한 채 자신의 주변을 흘낏대는 존재들, 그래서 항상 멈칫하는 인간들은 대오에서 탈락하기 마련이다. 그들은 현실 속에서 패배할 수밖에 없으며, 세계의 광포한 흐름 속에서 상처를 입을 수밖에 없다. 세상은 언제나 한 발 앞서 나가면서 그들을 비웃고 냉대하고 파괴할 것이다.

강영숙의 소설 속에 등장하는 인물들은 바로 전쟁과도 같은 삶의 속도에서 낙오한 패배자들이다. 남편과 이혼한 후 주말마다 고속도로 위를 떠도는 여자, 침몰한 러시아 핵잠수함의 향방을 쫓는 실직자, 하루 종일 팔리지 않는 알로에 가게를 지키는 다리 저는 여자, 주체할 수 없이 몸집이 커져버린 전직 수영 선수 등은 삶의 활력을 잃어버린 채 하루하루 죽음과도 같은 삶을 살아간다. 세상은 그들에게 궁핍과 부재의 공간일 다름이다. 그래서 "바람 부는 들판에 누워, 단 십 분만이라도 편안히 쉬고 싶다는 여자"의 평범하면서도 간절한 소망은 항상 이루어지지 않는다. 그러나 "왜"라고 물어서는 안된다. "살다가 갑자기 자신도 모르는 곳에 빠질 때가 있잖아"(「바다가 사막을 만나면」) 사람들은 자신도 모르는 사이에 진창에 빠져 허우적대고 있는 셈이다. 누구의 잘못인지도 모르지만 무언가 잘못되어 있다는 느낌.

그렇듯 유목민처럼 말을 타고 자유롭게 초원을 내달리던 사람들은 이제 체계화된 근대적 일상 속에 갇혀 하루하루 죽어간다. 위대한 파우스트는 영혼을 팔아 물건을 사는 욕망의 노예로 전락해버린 지 이미 오래이다.(「청색 모래」) 초원에서 맘껏 내달리는 꿈은 실현불가능한 몽상이다. 주말마다 목적 없이 떠났던 여행은 항상 서울로 향하는 고속도로 위에서 끝을 맺는다.(「흔들리다」) 초원은, 바다는, 하늘은, 영혼의 푸른빛은 더이상 우리의 손과 발이 닿을 수 있는 곳에 있지 않다. '초원 레스토랑'에서 유목민의 자유로운 꿈은 나날이 시들어간다.

강영숙의 상상력을 규정하는 '사막'은 바로 여기에서 비롯된다. 반세기 전에 한 시인이 "병든 나무처럼 생명이 부대낄 때/저 머나먼 아라비아의 사막으로 나는 가자"고 외쳤던 것처럼 작가는 네바다 사막 한복판을 찾아간다. 그곳 네바다에는 모든 생명이 죽어버린 모래 무덤

조슈아 트리가 있다. 그곳에서 "일체가 모래 속에 사멸한 영겁의 허적"과 마주선다. 이제, 사막이라는 거울을 통해서 인간의 삶과 문명은 우리 앞에 모습을 드러낸다. 영혼을 결핍과 부재, 허기와 갈증으로 고통받도록 만들었던 삶은 사막이었던 셈이다. 한때는 초원을 맘껏 뛰놀았을 양떼들, 이제 그들은 사라지고 흔적으로만 남겨져 있다. 광대무변한 사막 한가운데에서, 인간과 문명이 끝나는 지점에서 삶은 비로소 비의를 드러낸다.

인간과 문명과 존재의 유한성에 대한 자각이야말로 강영숙의 소설에 나타나는 도저한 허무의식의 근원이라고 할 수 있다. 삶 속에서 항상 꿈꾸어왔던 오아시스와 초원의 푸른빛은 한낱 신기루에 지나지 않는다. 절대자는 심해의 푸른빛을 엿본 대가로 죽음을 요구할 것이다.(「흔들리다」) 폐허와 소멸의 공간을 경험하지 못한 자는 삶의 비의를 말할 수 없다. 삶은 절망과 허무의 우울한 반복에 지나지 않지만, 그것은 삶의 비의를 엿본 자들만이 누릴 수 있는 특권이다. 그칠 줄 모르고 타오르는 문명의 무한한 욕망 역시 부재와 무의 경험 앞에 비추어보면 한낱 미몽에 지나지 않는다. 작가는 이 부분에서 한 치의 양보도 없이 끊임없이 맞서 싸운다.

강영숙의 소설에서 작가의 분신과도 같은 인물이 변주되는 것은 이 때문일 것이다. 끊임없이 자기를 향한 모멸과 연민의 복합심리 속에서 존재의 비밀을 찾고자 악전고투하는 소설 속의 주인공들은 무의미에 내던져진 시지푸스의 모습과 닮아 있다. 시지푸스는 무의미한 반복을 통해서도 삶을 의미있게 만들 수 있다는 역설적인 세계 상황을 증거하는 존재이다. 인간의 본질에 도달하는 것도 이같은 역설적 상황에 대한 직관적 인식을 통해서만 가능한 것은 아닐까. 그런 점에서 시지푸스야말로 프로메테우스와 함께 현대인의 삶을 가장 전형적으로 보여주는 존재가 아니었던가!

2.

 강영숙의 두 번째 소설집인 『날마다 축제』 역시 첫 번째 소설집과 많은 점에서 닮아 있다. 이야기를 빚어내는 재주는 비상하되, 그 이야기의 내용은 읽는 사람을 불편하게 한다. 그가 바라본 세상은 삶의 불합리성 내지 부조리성이라는 어두운 빛깔로 채색되어 있었기 때문이다. 작가는 여전히 세계에 대한 비극적인 인식의 테두리 내에 서 있다. 그 고통스러운 자리에서 도망치지 않고 현대적인 삶의 어두운 심연을 응시하고 있는 것이다.

 강영숙의 소설은 현대적인 도시, 그것도 조그마한 중소도시가 아니라 현대적인 문명이 집약된 거대한 도시의 삶에 대한 관찰로부터 출발한다. 그가 바라본 거대도시를 하나의 이미지로 표현하자면, "수분이라고는 없이 바짝 말라버린 회청색"(「빙고의 계절」)이다. 아스팔트와 콘크리트로 채워진 인공적인 구조물만이 존재하는 회색빛 도시가 소설의 배경을 이루고 있는 것이다. 그런데, 도시는 하루에도 몇 차례씩 샤워를 하지 않으면 온몸을 먼지투성이로 만들어버리는 황사와 스모그(「오아시스」, 「댐」)로 뒤덮여 있다. 그래서 숨을 쉴 수 없을 만큼 더러운 공기로 오염된 그 거대한 육면체의 세계는 그 속에서 살아가는 생명체들을 질식시킬 듯하다. 메트로폴리스에서 "여자들이 파는 꽃은 색깔은 화려한 대신 향기가 없는 변종"(「별빛은 별빛은」)들뿐이다.

 하지만, 메트로폴리스에 어둠이 깃들면 사람들은 생기 넘친 표정으로 거리에 흘러넘친다. 삶을 유지하기 위해 자신의 욕망을 억눌러야 했던 일상이 끝나는 순간 사람들은 전혀 다른 얼굴로 밤의 시간을 영접하는 것이다. 밤의 메트로폴리스는 더 이상 풀죽은 모습이 아니다. 어둠을 모두 몰아내려는 듯 불야성을 이룬 네온사인들, 사람들을 먹일 기름진 음식냄새, 유쾌하고 밝은 사람들의 얼굴로 충만한 디오니소스적인 세계가 탄생한다. 그래서 도시의 밤은 항상 환락의 빛과 소리와 냄새로 가득 차 있다. 넘치는 술잔처럼 사람들의 욕망도 흘러넘친다. 메트로폴리스에서는 밤마다 축제가 벌어지고 있다.

「봄 밤」에 등장하는 놀이공원 매직스노랜드는 바로 현대인들의 삶과 꿈, 그리고 갖가지 욕망과 허영을 표상하는 공간이라고 할 수 있다. 사람들은 그곳 놀이공원에서 과장된 표정과 환호성으로 빛과 소리의 축제를 소비한다. 그것이 금세 끝나버릴 것을 알기에 더욱 조바심을 내며 축제 속에 완전히 자신을 내맡기는 것이다. 사람들을 그렇게 축제의 밤을 보내면서 일상의 낮 동안 일용한 양식을 얻는다. "사는데 지치는 기색이 없는 아이와 할머니"(「연인들」)처럼 말이다. 하지만, 날마다 축제를 펼치고 있는 놀이동산들이 삶의 비루함을 감출 수는 없다. 축제가 반복될 때 축제는 더 이상 축제가 아니다. 그것은 다만 일상일 뿐이다. "이곳의 축제는 아무렇게나 시작되었다가 아무렇게나 끝"(「날마다 축제」)나는 일상일 뿐이다.

메트로폴리스의 밤 축제는 또한 신성의 영역과 맞물려 있지 않으며, 삶의 전면적인 전복을 가져오지도 않는다. 사람들이 축제에 참여하지 못하고 구경만 하는 관객으로 전락해버리면서 축제의 주인은 사라져버렸다. 그래서 "번지드롭 위의 사람들은 기계장치가 이끄는 대로 소리를 지르고 마른침을 삼키고 오그라드는 심장을 쥐어짜며 매달려" 있다. 매직스노랜드가 인공호수에 의해 떠받치고 있는 것처럼, 놀이공원의 축제는 인위적으로 구성된 가짜 축제인 것이다. 그런 면에서 볼 때 놀이공원 입구에서 '가짜' 던킨 도넛 한 봉지를 들고 서 있는 주인공의 모습이나 축제가 끝난 후의 놀이공원을 묘사한 다음 구절은 여러 모로 흥미롭다.

평화를 상징하는 모형 비둘기는 날기를 멈춘 채 허공에 박혔고, 곳곳에 서 있는 거대한 근육의 남신들은 좀 추워보였다. 패스트푸드점에서는 끝도 없이 쓰레기봉투가 쏟아져 나왔다.
　　페스티발에 참여한 배우들이 화장도 지우지 않은 채 허리 잘록한 옷차림 그대로 호숫가를 지나 어딘가로 몰려가고 있었다. 그들이 들고 있던 화려한 꽃과 그들이 탔던 모형 말도 거대한 트럭에 실렸고, 캐릭터 인형들의 거대한 몸집도 반쯤은 바람이 빠진 채 짐꾼들에 의해 허리가 접혀 트럭 속으로 구겨져 들어갔다.(「봄 밤」)

　　작가는 이런 구절들을 통해서 현대적인 삶의 인공성과 허위성을 압축적으로 보여주고 있다. 특히 흥분과 열망과 과잉을 표현하는 가짜 축제는 풍선이 터지듯이 갑작스럽게 끝나고 사람들은 "생쥐처럼" 초라한 모습으로 사라진다. 한바탕 화려한 축제가 끝나자 남겨진 것은 이물감과 구역질, 그리고 불면증 등등이다. 결국, 강영숙의 소설에서 축제는 더 이상 삶의 진정성을 고양시키는 순간이 아니라 돈을 벌기 위한 상술에 지나지 않는다. "한복 치마를 걷고 구경꾼에게 맨 허벅지를 보여주며 격렬하게 흔들어대는 댄서의 몸짓"(「날마다 축제」)에 불과할 따름이다.

　　메트로폴리스의 밤을 장식하는 가짜 축제, 축제가 쏟아내는 소음과 불빛은 사람들이 편안히 잠드는 것을 허락하지 않는다. 아니다, 그렇지 않다. 가짜 축제에 빠져들었던 사람들은 과장된 몸짓으로 축제의 빛과 소리를 소비함으로써 편안히 잠들 수 있다. 잠들지 못하는 자들은 축제에 빠져들지 못했던 이들이다. 「봄 밤」의 주인공처럼 놀이공원에서의 축제를 즐기지 못하고 어색하게 주변을 맴돌던 사람들만이 놀이공원이 끝난 뒤에도 집으로 돌아가지 못한 채 거리를 헤매는 것이다.

　　강영숙의 소설에 등장하는 주인공들은 이처럼 불면의 밤을 보내는 존재들이다. 「시티 투어 버스」에서 주인공은 친구에게 빌려준 돈 문제로 남편과 지리멸렬한 싸움을 치르고 나면, 싸움의 흔적을 가리기 위해 액체 근육진정제를 듬뿍 바르고 검은색 터틀넥 원피스를 입고 밤거리로 나선다. 「봄 밤」에서 매직스노아일랜드에서 터트리는 폭죽 소리와 화약 냄새 때문에 잠들지 못한 주인공은 결국 산책 삼아 놀이공원에 들어간다. 「날마다 축제」에서 아이를 빼앗긴 여인은 "일어나 불을 켤까 생각했지만, 눈 속에 뭔가 가득 들어찬 듯 눈이 떠지질 않"아서 죽은 듯이 누워 불면의 시간을 견뎌야만 했다. 「연인들」에서도 빚을 지고 도망친 남자는 뜬눈으로 밤을 지새야만 했다.

이처럼 강영숙의 소설에서 주인공들은 일상적인 세계의 평화로운 리듬에 순응하지 못한 인물들이라고 할 수 있다. 낮과 밤, 일상과 축제, 삶과 죽음의 주기적인 교체를 통해 생활을 영위해가는 보통사람들과는 달리 밤마다 "순례자처럼 도시 여러 곳을 돌아다녀"(「연인들」)야 하는 운명을 짊어지고 살아간다. 그래서 불면의 시간을 지워버리기 위해 시티 투어 버스에 몸을 싣는다. 도시의 미로 속을 헤매며 자신에게 남겨진 잉여의 시간을 소모해버리는 것이다. 그래서 목적지가 없는 그들은 때로 길을 잃기도 한다. "갑자기 익숙한 곳이 낯설었다. 생전 처음 와보는 것처럼, 어디로 가야 하는지 길을 잃은 것처럼 눈앞이 깜깜했다"(「봄 밤」) 하지만, 어디로 가야할지 몰랐던 까닭에 그들은 항상 길을 잃고 살아가는 존재라고 말해야 옳을 것이다. 한밤중에 도심의 정거장을 뱅글뱅글 돌다가 1시간 40분 만에 처음 탔던 그 자리로 데려다주는 순환버스야말로 목적도 없이, 그러나 한 치의 오차도 없이 일상을 영위해가는 현대인들의 삶을 표상하는 것이다.

3.

현대적인 도시가 빛과 소리, 시각적이고 청각적인 이미지의 홍수 속에서 사람들의 신경을 자극하고, 결국에는 사람들의 편안한 삶을 방해한다는 것은 주지의 사실이다. 짐멜이 메트로폴리스에 살고 있는 현대인의 삶을 관찰하면서 가장 강조했던 부분이라고도 할 수 있다. 강영숙의 소설에서 감각의 과잉 상태가 빚어낸 정신적 피로는 여러 방식으로 형상화된다. 「시티 투어 버스」에서 주인공은 뒷좌석에서 계속 떠드는 외국인들의 목소리가 점점 높아지고 말이 길어질수록 알아들을 수 없는 소음 때문에 정신적인 피로를 느낀다. 이런 모습은 해변으로 가는 들뜬 여행에도 불구하고 자동차 소음 때문에 한 마디의 대화조차 제대로 나눌 수 없었던 「태국풍의 상아색 샌들」에서도 반복된다.

그런데, 강영숙의 소설에서 소음, 혹은 청각적인 과잉 상태보다 훨씬 뚜렷하게 현대적인 문명을 표상하는 것은 시각적이고 후각적인 이미지라고 할 수 있다. 「별빛은 별빛은」에서는 청결에 대한 강박증이 빚어낸 순백색에의 집착에 대해서 언급한다. "이불이며 베개며 끝없이 떨어지는 먼지들과 씨름하는 것도 지겨웠다. 청소기 모터소리, 치워도 치워도 끝이 없는 머리카락, 하얀 휴지, 하얀 수건, 하얀 비누, 온통 순백의 것들이 지겨웠다"라고 말이다. 「연인들」에서 늘봄여관의 욕실에서는 강한 표백제 냄새가 코를 찌르고 있다.

청결을 상징하는 순백색과 표백제에서 죽음의 그림자를 발견하는 것은 강영숙 소설의 중요한 매력 중의 하나라고 할 수 있다. 「오아시스」에 등장하는 옛 애인은 황사 먼지에 덮여 버린 메트로폴리스 속에서도 자신의 아파트만큼은 안전지대를 만들 수 있으리라 상상한다. 하지만, 그렇게 외부로부터 절연시켜 순수하게 만들어 놓은 공간들은 매우 허약한 기초 위에 놓여 있다. "모든 게 희다 못해 푸르고 차가워서 병원에라도 누워있는 기분이었다. 그러나 한 순간 눈을 감으면 방안은 짐승의 시체나 토사물, 녹슨 물건이 가득 찬 지저분한 공간으로 돌변"하는 것이다. 그래서 "그렇게 좋은 음식만 먹고 이렇게 집안이 깨끗한

데, 그녀의 몸은 왠지 시든 수박살이 흘러내리듯 욕조바닥을 향해 무너져" 내린다. 그녀의 몸이 더 이상 아이를 가질 수 없는 불모성을 지니고 있다는 것도 이와 무관하지 않을 것이다. 이제 문명을 상징하는 순백색이나 표백제 냄새는 더 이상 삶이 유지되는 공간과 연관되지 않는다. 마치, 「별빛은 별빛은」에서 현대적인 건축을 상징하는 드림피아가 부실공사로 말미암아 더럽고 추악한 모습으로 존재하는 것처럼 말이다.

이처럼 강영숙은 현대적인 문명 속에서 죽음의 그림자를 발견한다. 그래서 「태국풍의 상아색 쌘들」에 등장하는 다섯 명의 젊은이들은 도시의 일상으로부터 벗어나 휴가를 떠난다. "스스로 소멸되기를 원하는 족속"들이었던 그들은 죽음의 그림자를 피해 일상으로부터의 탈주를 감행하는 것이다. "우리가 바라는 휴가는 작열하는 태양 아래서 완전하게 멍청해지는 느낌이 들 때까지 쉬는 거였어" 그래서 철 지난 해수욕장에서 "머릿속에 파도소리마저 없어지고 푸른 바닷물만 가득 찰 때까지 각자 바다만 바라"보다가 바다를 향해 뛰어 들어간다.

하지만, 그들이 그토록 간절히 바라던 바다와 해변과 휴가는 새로운 공간, 새로운 시간이 아니다. 그것은 메트로폴리스의 연장에 지나지 않았다. 그들은 해변가에서 "질서가 깨진 텅빈 도시를 무연히 걷고 있는 것과 비슷한 느낌"을 받는 것이다. 그렇듯 현대의 메트로폴리스는 주변의 공간을 끊임없이 집어 삼키는 탐욕스러운 괴물과도 같다. 그것은 현대적 공간의 지배자이며, 식민의 공간을 거느린 제국주의자이며, 모든 공간을 자신의 공간으로 흡입해버리는 블랙홀이라고 할 수 있다. 그들이 해변에서 만난 것은 메트로폴리스로부터 독립된 시간과 공간이 아니라 메트로폴리스에 의해 규정된 이면의 시간과 공간일 뿐이다. 해변은 빚을 진 도시사람들이 하루도 빠짐없이 죽어나가는 공간에 지나지 않는다. 그들이 "우리 여기서 다 죽자"라고 외치다가, 네 가족의 자살을 목격한 후 서둘러 메트로폴리스의 일상으로 귀환하는 것도 이 때문이다.

> 끊임없이 이어진 고속도로를 달리는 동안 우리는 말을 하지 않았어. 차 안 공기는 뜨거웠다 차가웠다, 말로 표현하기 쉽지 않았어. 고속도로는 늘 그랬던 것처럼 구간구간 정체되었다가 다시 풀렸지. 우리는 공황상태에 빠졌어. 먹을 생각도 하지 않았지. 몇 시간을 달렸을까. 우리가 살던 도시가 점점 가까워지고 있다는 생각에 안도했지. 안도라, 그건 정말 실망스러운 감정이었어. 우리가 다시 도시로 가다니.

결국 다섯 명의 젊은이는 그토록 탈주하고 싶었던 일상으로 스스로 귀환한다. 탈주는 실패를 예정하고 있었던 것이다. 일상으로부터의 탈주가 성공하기 위해서는 삶을 포기해야만 한다. 상여꾼의 노랫소리를 들으며 자살한 흰색 지프차의 가족처럼 말이다. 실제로 주인공은 동료들이 반복해서 부르는 강강술래 사이로 어릴 적에 들었던 "상여군들의 노랫소리"의 환청에 사로잡히기도 한다. 그리고 「연인들」에서는 오랜 헤어짐 끝에 가까스로 만난 젊은 연인들이 캠프장에서 마주보고 영원한 잠에 빠져들기도 한다.

하지만, 현대를 살아가는 대부분의 사람들은 일상생활 속에서 극도의 권태와 피로를 느끼며, 끊임없이 벗어나고 싶어하면서도 끝내 일상성에서 벗어나지 못한다. 혹은 사람들이 스스로 일상성에서 일탈하는 것을 원하지 않는지도 모르겠다. 일상성에서 벗어난다는 것은 자신이 속해 있는 사회 조직에서 축출되었다는 의미하기 때문이다. 이처럼 끊임없이 벗어나려고 시도하면서도 또 벗어날까봐 전전긍긍할 수밖에 없는 괴물과도 같은 존재가 강영숙의 소설을 괴롭히고 있다.

4.

강영숙의 소설적 주인공들은 이처럼 자신의 공간에 들어가지 못한 채 거리를 배회한다. 축제는 일상화되었고, 탈주는 항상 실패로 귀착되었다는 점에서 절망적인 현실만이 그를 기다린다. 존재 전부를 걸고 일탈을 시도할 만큼 무모하지 못했던 탓에 그들은 일상을 받아들여야만 한다. 강영숙은 이러한 현실을 견디는 방식으로 환각을 발견한다. 「시티 투어 버스」에 등장하는 들소떼의 환영은 대표적인 예라 할 것이다. 도심을 가로지는 들소떼의 환영은 황색의 먼지에서 유추된 것이기는 하지만, 다른 한편으로 넓은 초원을 거침없이 내달리는 자유로운 존재를 상기하도록 한다. 이미 첫 번째 소설집인 『흔들리다』에서 작가는 삶의 불모성을 상징하는 사막에 대립하는 이미지로 초원을 창조한 바 있다. 이러한 초원의 환영은 『날마다 축제』에서 더욱 다양한 형태로 변용되어 나타난다. 「봄 밤」에서는 "한강 위로 불쑥 솟구쳐 오르는 고래"로 나타나고, 「연인들」에서는 시멘트 바닥 위에서 펄쩍펄쩍 공중으로 뛰어오르는 물고기의 환영이 떠오른다. 불면의 밤을 보낸 자들만이 만들어낼 수 있는 이러한 환영은 현대문명의 감각 과잉 상태를 치유하는 역할을 담당하고 있는 듯이 보인다. 순백색과 누런 황사에 둘러싸여 있었기에 사람들은 초원과 바다의 푸른빛을 상상하는 것이다.

그런데 앞서 말한 것처럼 일상으로부터의 일탈이 항상 죽음의 상태를 상기시키듯이 초원과 바다의 환영 역시 죽음의 세계와 친연성을 갖고 있다. 「태국풍의 상아색 쌘들」에서 주인공은 동료들이 부르는 강강술래 사이에서 "상여군들의 노랫소리"를 듣거나 「날마다 축제」에서 자신이 부르는 자장가 소리에서 "어릴 적 사람이 죽어 상여를 나갈 때 부르던 곡소리"를 떠올리는 것은 그 좋은 예라 할 것이다. 뿐만 아니라, 일상의 틈새로 불쑥 모습을 드러내는 환영은 삶의 남루함을 비춰주는 거울과 같은 역할을 담당하기도 한다. 「날마다 축제」는 남편에게 아이를 빼앗긴 한 여인이 주인공이자 화자이다. 그녀에게 있어서 "아기와 지낸 한 달"이 기억의 전부이자 생의 의미를 이루고 있어서 아이를 되찾기 위한 간절한 소망은 "눈이 떠지지 않는 순간에 꾸는 꿈"을 만들어 낸다. 그래서 태풍이 쓸고 간 황량한 풍경 위로 행복한 과수원집의 환영을 창조한다.

사실, 강영숙의 소설에서 행복한 가정의 모습을 찾아보는 것은 거의 불가능에 가깝다. 「빙고의 계절」을 보면 아이의 유치원 행사에 참가한 선애는 가족잔치 중에서 아이가 노래를 부르는 동안 다정한 어깨를 맞댄다. 하지만, "세상에서 우리 딸처럼 예쁜 여자는 처음 봐"라고 말하는 아빠에게 무감동하게 대꾸하는 아이, 부모의 외출에 환호성을 지르는 아이를 보면서 남편과 아내와 아이가 이루고 있는 트라이앵글 속에 타인이 개입하는 것을 완강히 거부했던 선애의 꿈이 깨져버렸음을 확인하게 된다. "세상의 중심도 가족이고 세상의 기본도 가정이라는 흔하디 흔한 말"은 내부로부터 붕괴되고 있는 가정을 감추기 위한 거짓된 말일 뿐이다.

그렇듯 환영은 환영일 뿐이다. 강영숙의 소설에서 환영은 유토피아적 열정과 결부되어 있는 것이 아니라 디스토피아적 절망을 낳는다. 그것은 강영숙의 소설이 앞서 살핀 것처럼 일상으로부터의 탈주불가능성에서 출발하고 있기 때문이다. 일상적 현실은 외부의 힘이 개입하거나 내부로부터 탈주할 수 있는 가능성을 전혀 가지고 있지 못한 완결적인 세계인 것이다. 가족 역시 상호소통적인 관계를 맺지 못한 채 섬처럼 존재하다가 시들어간다. 강영숙의 소설에서 많은 여성들은 불임의 상태에 놓여 있거나 혹은 홀로 출산하는 운명을 맞게 되는 것도 이러한 가족의 붕괴 내지는 해체와 무관하지 않을 것이다. 따라서 「날마다 축제」에서 보이는 행복한 과수원집의 풍경은 현실의 불모성이 빚어낸 백일몽에 지나지 않는 것으로 보인다.

그렇다면 환영은 어떠한 삶의 에너지도 만들어내지 못하는 것일까. 이 소설집에서 환영이 현실의 불모성을 비추어주는 거울이 아니라 현실을 이끌어가는 미래의 등불이었던 경우가 단 한번 발견된다.

> 그 즈음에 하늘에서 떨어진 미꾸라지떼를 본 선애는 기적이란 단어를 생각한다. 이 작은 동네에서 일어난 모든 일들을 다 뒤엎는 기적. 그러니 물을 떠난 땅 위에서도 잘 사는 미꾸라지들처럼 너희들도 이곳을 떠나 잘살라는 기원이며 제사인 동시에 한바탕 축제 같다는 생각을 한다. 선애는 곧장 집 밖으로 나갔고 신작로 위에 떨어져서도 잽싸게 꿈틀거리는 미꾸라지들을 보며 웃다가 울다가 정신없이 길 위를 뛰어다니며 논다.
> 여자는 그날 본 풍경을 생애 최초의 기적이며 생의 마지막 환영으로 기억하고 있었다. (「빙고의 계절」)

영화가 오랫동안 가족을 위해 봉사한 대가를 요구하다 실패하고 자신의 손목을 긋던 그해 여름, 선애가 자신의 고향을 떠나 새로운 출발을 준비하던 그해 여름에 있었던 이 "미꾸라지의 비상과 추락"을 선애는 "생의 최초의 기적이며 생의 마지막 환영"이라고 기억한다. 물론 미꾸라지들이야 결코 하늘로 올라가는 용이 될 수 없을 것이다. 미꾸라지가 살아야 할 곳은 바로 지상의 삶일 것이다. 하지만, 자신의 숙명과도 같은 물을 떠나 땅위에서도 잘 사는 미꾸라지의 모습은 새로운 삶을 준비하는 사람들에게는 "기원이며 제사인 동시에 한바탕 축제"였던 것이다. 그 후, 하루 종일 무역회사에서 영문타자를 치던 타이피스트였던 선애는 자신이 꿈꾸었던 환영이 기적처럼 현실화되면서 과거를 잊어버렸고, 또한 잊고 싶었을 것이다. 마치 엉덩이 아래 양쪽 부분에 생긴 밤색의 굳은살이 자신의 가난했던 생활을 상기시키기 때문에 남부끄러워 했듯이 말이다. 하지만 그 환영을 좇아 선애는 삶을 살아왔고, 그 흔적이 손등을 깨무는 습관으로 아직도 남아있었다. 그 환영을 잃어버린 순간 선애에게서는 향수로도 감출 수 없는 진한 부패의 냄새가 풍겨나는 것이다.

환영이 삶의 방향을 바꿀 수도 있는 시기는 선애 또래쯤이다. 그후로 우리는 대부분 자신이 미꾸라지라는 사실을 받아들이면서 살아간다. 하지만, 승천하는 용처럼 하늘을 날고 싶은 미꾸라지의 꿈, 그 이루어질 수 없는 머나먼 환영을 갖지 못할 때에 삶은 타성에 빠져 부패하고 말 것이다. 환영은 현실이 빚어낸 헛것이지만, 동시에 현실의 부패를 막는 방부제이기도 하다. 그 존재하는 것과 존재하지 않는 것, 현실과 환각, 에로스와 타나토스 사이에서 끊임없이 움직이는 것이 우리들의 삶일 테니까.

기억 속의 전쟁, 기억과의 전쟁

— 윤흥길

1.

니체의 「도덕의 계보」로부터 이야기를 시작해 보자. 이 책에서 니체는 인간이 '약속을 할 수 있는 동물'이기 위해서 필요했던 기억능력에 대해서 여러 흥미로운 관점을 제시하고 있다. 그중의 하나가 바로 망각이 기억의 대립항일 수 없다는 사실이다. 물론 망각은 시간의 침식을 받아, 시간과 더불어 사라져간다는 점에서 자연적인 상태를 의미한다. 따라서 망각에 대항하는 기억은 인간이 동물적인 상태로부터 문명적인 상태로 진화하기 위해서 반드시 필요했던 특별한 능력이다. 근대적인 규율과 훈련 역시 다른 말로 표현하자면 인간의 신체 위에 기억을 새기는 과정이었다.

그렇지만, 기억하기 위해서는 망각이 필요하다는 사실, 망각되지 않고서는 기억조차 있을 수 없다는 사실을 떠올리자. 인간에게 있어서 기억은 동물의 경우와 같은 조건반사적인 과정이 아니기 때문이다. 동물들 역시 경험의 반복을 통해서 조건반사적인 행위를 학습하고 기억할 수도 있지만, 인간의 기억능력은 망각을 포함하고 있다는 점에서 동물의 그것과는 근본적으로 다르다. 경험이 기억이 되기 위해서는 의미 있는 것과 의미 없는 것, 기억해야 할 것과 망각되어도 좋을 것을 구분하는 의미화의 과정을 통과해야만 하는 것이다. 그 결과 망각되어도 좋을 것은 시간의 흐름과 더불어 자연스럽게 사라져 가고, 기억해야 할 것은 시간과 침식과 마모를 견디고 이겨낸다.

그런데, 언제 다시 떠올려도 방금 데인 것처럼 고통스럽게 만드는 기억이 있다. 혹은 현재의 삶을 위협하는 까닭에 의식의 수면 위로 떠오르지 못하도록 끊임없이 감시되고 억압되는 기억이 있다. 그 경우, 기억들은 시간의 지층을 따라 차곡차곡 포개져 저 깊은 잠재의식의 심연 속에 은폐된다. 그것은 망각되도록 기억되는 것이다. 따라서 기억을 망각과 대립시키면서 의식에 새겨진 경험의 직접성으로만 규정한다면 그것은 기억에 대한 지극히 피상적인 이해에 불과하다. 그래서 기억은 망각과 대립하는 것이 아니라 망각되도록 기억되는 것과 망각되어서는 안될 것으로 기억되는 것, 둘 모두를 가리키는 것이다. 그리고 망각되도록 기억되는 것이야말로 다른 동물과는 구별되는 가장 인간적인 능력인 것이다.

2.

1973년 봄 『문학과지성』에 발표한 중편소설 「장마」는 우리 문학사에서 기념비적인 작품으로 평가받고 있다. 전쟁의 상황에서 상반된 이념을 선택함으로써 불행하게 죽은 아들을 가지고 있는 두 집안은 반목한다. 사상이 다른 두 아들의 행방불명과 전사는 소박하고 평범한 두 모성으로 하여금 서로를 적대시하는 관계가 되도록 한다. 삼촌과 외삼촌으로 표상되는 이념적 갈등과 할머니와 외할머니로 표상되는 혈연의 끈을 놓고 소설 속의 화자는 가해자와 피해자의 대응논리에 정신적 혼란을 겪는다. 서술자인 소년은 이념의 대치가 일으키는 무서움과 어른 세계와 전쟁이 내포한 비인간성을 깨달아간다.

이러한 상황에서 화해의 계기를 마련한 것은 장마 속에 나타난 구렁이의 출현이다. 무당이 삼촌의 귀환을 예언한 날 긴 기다림 끝에 찾아온 구렁이는 전래적인 무속의 세계관에서는 죽은 자의 현신으로 여겨진다. 이러한 구렁이의 출현으로 인해 두 사람의 어긋난 관계가 극적으로 화해된다. 집단적인 정신적 원형과 재래적 문화가치가 외래적인 이념 때문에 발생한 갈등을 메꾸고 극복하는 기적, 달리 말하면 반근대적인 무속신앙이 근대적인 이데올로기의 대립을 해소하는 놀라운 힘을 발휘한 것이다.

이러한 윤흥길의 역사적 관점은 장편소설 「낫」에서도 반복된다. 이 작품은 한 평범한 인물이 친부의 고향을 방문하면서 겪는 이틀간의 사건을 통해 한국전쟁이 우리 민족에게 미친 정신적 상처와 그것의 치유 가능성을 그리고 있다. 주인공 귀수는 어머니가 임종 직전 알려준 생부의 무덤을 찾아 난생 처음 고향을 방문한다. 하지만 동네 사람들은 '배낫질'이 살아왔다며 분풀이를 하려 한다. 이 과정에서 친부 배낙철이 해방과 전란의 시기에 활동한 사회주의 운동가이며, 자신의 이념을 위해 동네 사람들을 살륙하는 것도 서슴지 않았던 인물이라는 사실을 알게 된다. 그런데 귀수 역시 복수심으로 불타는 마을 사람들로부터 가족을 보호하기 위하여 벌초용으로 샀던 낫을 휘두른다. 그의 생부가 수십 년 전에 휘두르던 낫을 그의 아들이 휘두르는 것이다. 이처럼 원(怨)과 한(恨)의 해소라는 영원한 복수의 드라마는 상대방의 불의에 대항하는 대응폭력이라는 자기기만적 논리에 의해 정당화된다.

작가 윤흥길은 증오와 복수라는 악순환으로부터 벗어나기 위하여

'최교장'이라는 인물을 내세운다. 최교장은 배낙철에 의해 가장 큰 피해를 입은 인물이지만, 동시에 배낙철이 시대의 희생자였음을 직시하고 세대를 걸쳐온 복수의 고리를 끊고자 노력한다. 그는 동네 사람들과 귀수 사이의 적대성을 중재하면서 귀수에게 이념적 대립으로 입은 정신적 상처에서 아직까지 벗어나지 못한 동네 사람들과, '낫의 양면성'을 지녔던 아버지 배낙철을 이해할 것을 당부한다. 그가 말하는 '낫'의 양면성이란 "낫은 가을걷이를 할 때 절대로 없어서는 안될 훌륭한 연장이 될 수도 있고 여차직하면 피를 뿌리고 죽음을 불러들이는 지독한 흉기로 사용될 수 있다"는 것이다. 이와 함께 최교장은 가해자였던 배낙철 역시 겨레의 앞날을 열어갈 젊은이가 시대적 격동 속에서 '테러분자'로 바뀌고만 희생자라는 사실을 부각시키고자 한다. 이를 통해 작가는 수십 년이라는 적지 않은 세월이 흘렀음에도 불구하고 여전히 아물지 않은 체험세대들의 상처를 치유하고 미체험세대들의 화해를 도모하고자 한다.

이 작품의 매력은 이처럼 농민의 마음을 표상하는 '낫'의 이미지를 통해 이념 혹은 이데올로기가 인간애에 바탕하지 않았을 때 빚어지는 비극적 참상을 묘사하고, 이와 함께 보복과 적대의 악순환 역시 타인에 대한 신뢰를 통해서 극복되어야 함을 역설한다는 점이다. 민족사의 과거와 현재를 구속하고 있는 이러한 인간성 부재의 현실을 비판하면서 인간애에 바탕한 이성적 논의의 가능성을 기대하는 것이다.

하지만, 작가의 이러한 의도에 공감하더라도 허구세계 속에서 이루어졌던 것처럼 귀수와 동네 사람들의 대립이 그렇게 쉽사리 해결될 수 있는가라는 의문은 남는다. 좀 더 정확하게 표현한다면 갈등은 결코 해소되지 않았다. '가뭄'이라는 불모성 속에서 흉기로 사용되던 낫이 '비' 때문에 잠시 잊혔을 뿐이다. 따라서 이 작품이 제시하고 있는 대립과 화해는 상처를 덧나지 않게 감추는 미봉책에 불과하다. 동네 사람들과 귀수와의 참된 화해는 귀수가 다시 이곳을 찾아왔을 때 비로소 시작될 것이다. 상대방과의 대화를 통해 이성적 논의의 가능성을 열어 놓았다는 의미에서 해결을 위한 단초임에도 불구하고, 그 자리에서 서사를 멈추고 만 것은 아쉬운 점이라 할 것이다.

원(怨)과 한(恨) 혹은 복수와 화해는 분단소설에서 매우 낯익은 주제라고 할 수 있다. 황순원의 「카인의 후예」를 비롯하여 조정래의 「태백산맥」에 이르기까지 천대받던 계급으로서의 울분이 '계급 없는 사회'라는 이념의 사주에 의해 폭력으로 변질되는 과정이 자주 형상화되어 왔다. 그런데 분단 문제의 문학적 해결이 당위적인 차원에 머물지 않고 실질적인 차원에서 실현되기 위해서는 이념을 달리하는 타자와의 이성적 논의가 치열하게 이루어져야 할 것이다. 그런 맥락에서 볼 때, 이 작품에서 '낫'과 '가뭄'과 '비'의 이미지를 통한 소설적 화해는 적지 않은 아쉬움을 남긴다. 물론 이 작품이 일찍 우리에게 소개되었다면, 분단 모순에 대해 이성적 논의를 도모하려는 작가의 의도가 높이 평가되었을지도 모른다. 하지만, 「태백산맥」 이후 분단 문제에 대한 진전된 역사인식을 기대하는 독자들의 욕구를 충족시키기에는 충분하지 않다고 생각된다. 1980년대를 거치면서 시대정신이 빠르게 변화해 왔던 것에 비해 이 작품은 여전히 70년대식 상상력에 갇혀 있는 것처럼 보인다.

3.

연작소설집 『소라단 가는 길』 역시 한국전쟁의 기억과 관련되어 있다. "졸업 40주년 기념 재향·재경 동기동창회 합동 모교 방문 행사"라는 긴 이름의 행사에 참석하기 위해 환갑을 눈앞에 둔 초등학교 동기생 40여 명이 관광버스를 타고 고향 이리(지금은 '익산'이라는 공식적인 행정지명을 지니고 있는)에 도착하여, 모교 운동장에 모깃불을 피워놓고 "안 나오면 쳐들어간다, 쿵자자작작" 하는 장단에 맞추어 노래하듯이 과거의 기억을 풀어내는 것이다. 50년이 훌쩍 지나버린 아주 먼 옛날의 이야기들, 이제는 잊었다고 믿었던 흔적들, 오래된 흑백사진처럼 퇴색한 시간의 이미지들이 의식의 수면 위로 불쑥 떠오른 것이다. "세상 물정 모르던 천진한 시절에 몸으로 겪은 끔찍한 전쟁의 기억이 마치 백지 위에 뿌려진 먹물처럼 한 장면 한 장면 뇌리에 시커멓게 새겨져 있다가 수십 년 만에 다시 모교에 발을 들여놓는 순간 활동사진으로 생생히 되살아"난 것이다.

초로의 사내들이 시간의 강을 거슬러 올라가는 연어처럼 과거로 여행할 수 있었던 것은 다름 아닌 사투리가 지닌 마술적인 성격 덕택이다. 그들이 50여 년 전의 어린 시절을 마음속에서 끌어내는 것은 쉬운 일이 아니다. "처세를 위해 나름대로 익혀 써먹어온 서울말 흉내"에 익숙해지면서 자신의 경험을 시간의 지층 속에 켜켜이 쌓아두었던 까닭이다. 언어가 상실되면서 경험 역시 망각된다. 우리의 경험은 결코 언어라는 형식을 떠나서 존재할 수 없는 것이다. 그런데, 고향이 가까워지면서 "서울것들 틈새에 주눅이 들어 맥을 못 추던 사투리란 놈이 느닷없이 벌떡벌떡 일어나 목구녕 배깥으로 질펀하니 쏟아져 나오"자 망각되었던 기억들 역시 함께 떠오른다. 잃어버렸던 말을 되찾으면서 잊었던 시간 역시 되살아난다. 그들은 해묵은 기억 속에서 자신의 이야기를 찾아내고, 그 위에 올라앉은 세월의 더께를 걷어낸다. "타관에서 중년의 고비를 허위허위 넘는 동안에 주름살의 형태로 얼굴에 굵다랗게 새겨두었던 세상살이의 온갖 시름과 고달픔"을 위무해줄 기억을 찾아 나서는 것이다.

아홉 명의 사내들이 펼쳐내는 아홉 편의 이야기는 초등학교 무렵 겪었던 전쟁의 기억이다. 군대에 간 아들이 돌아올 때까지 살아야 한다는 일념으로 밤마다 저승사자와 맞서는 할머니(「묘지 근처」), 싸움질로 소일거리를 삼는 아이들과 방죽으로 떠밀려온 혼혈아의 시체에 돌팔매질을 하는 모습을 보고 울음을 터뜨리는 '울새' 박영민 선생님(「농림핵교 방죽」), '빨갱이 자석 놈'이라는 소리가 듣기 싫어 또래 아이들에게 항상 국군 영웅이 되고자 담력을 뽐내다가 결국에는 열차에 받혀 죽음을 맞이했던 염무환(「큰남바우 철둑」), 전쟁에 끌려갔다가 바보가 되어버린 착한 안압방 아저씨(「안압방 아자씨」), 미국의 정치가에게 보내는 멧돼지(메시지) 행사 때마다 고등학교 학생 행세를 하며 혈서를 쓰던 창권이 형(「아이젠하워에게 보내는 멧돼지」), '악질 반동 뿌르좌지 딸년'으로 태어난 죄 때문에 일본으로 밀항할 수밖에 없었던 금옥이 누나(「개비네 집」), 누이가 가수가 된 줄 알고 상경했다가 실망을 안고 돌아오는 전쟁 고아 박충서(「소라단 가는 길」), 철인동 사창가에서 쫓겨온 창녀와 애틋한 사랑을 나누었던 쓰리꾼(「역사는 밤에 이루어진다」), 전쟁 중에 끔찍한 가족의 죽음을 보고 장님이 되어버린 소녀 명은(「종탑 아래에서」) 등 수많은 사람들이 전쟁을 무대로 한 이야기 속에 등장했다 사라지고 있는 것이다.

아홉 편의 이야기 속에 등장하는 인물들은 많은 적든 간에 전쟁의 상처를 안고 살아가는 피해자이다. 하지만, 열 살 남짓했던 철부지 어린아이들이 기억하는 전쟁은 결코 심각하거나 참혹하지 않다. 그들은 이야기 속의 주인공들이 겪어야 했을 고통을 이해하기에는 너무 어린 까닭이다. 그래서 "제 엄마 아빠가 한꺼번에 죽창에 찔려서 죽는 처참한 꼴을 두 눈 번히 뜨고 지켜본" 까닭에 제 눈엔 아무것도 안 보인다면서 하루아침에 장님이 되어 버린 소녀의 이야기조차 예배당의 종을 치고 소원을 빌게 되었다는 사실로 인해 아름다운 순애보로 바뀔 수 있는 동화적인 세계가 된다. 아이들이 겪었던 전쟁은 결코 "세상 물정 모르던 천진한 시절에 몸으로 겪은 끔찍한 전쟁의 기억"을 남긴 것이 아니라 이전에 볼 수 없었던 새로운 재미와 기쁨을 선사한 축제의 기억으로 남아 있는 것이다.

> 그 무렵에 유약허고 무력헌 존재에 지나지 않었던 우리 어린애들은 한편으로 전쟁이란 괴물한티 쫓기고 밤마다 가위눌리는 악몽에 시달리면서도 다른 한편으로는 어른들이 몰르는 호젓헌 구석에 숨어서 그 전쟁을 우리 방식대로 막판 즐긴 심이지. 말허자면 한몸땡이 안에 순진무구한 동심 세계허고 발랑 까진 악동 세계가 의초롭게 공존허던 시절이었지.(「상경길」)

이렇듯 열 살 남짓의 어린아이가 바라본 것은 오직 "호젓한 구석에서 즐길 만한 전쟁"이며, "순진무구한 동심세계"과 "발랑 까진 악동세계"가 공존하는 전쟁에 지나지 않는다. 전쟁은 심각한 이념 대립보다는 약간의 슬픔과 이별을 가져온 사건으로 기억될 따름이다. 이 지점이야말로 『소라단 가는 길』이 보여주는 문제적인 대목이다.

앞서 살핀 것처럼 윤흥길은 「장마」를 통해서 한국 문학에서 분단 극복의 가능성을 한 차원 높은 위치로 끌어올린 바 있다. 그런데, 「장마」의 주제를 형성하고 있던 이념간의 대립과 화해는 초점화자였던 동만의 순수함을 전제로 한 것이었다. 이데올로기에 오염되지 않은 순진무구한 어린아이의 시선으로 보았을 때 비로소 어른들의 세계를 지배하던 이념 대립은 순식간에 와해되고 해체될 수 있었다. 하지만, 『소라단 가는 길』에 등장하는 아이들은 순수하지도 않으며, 이데올로기에 무지하거나 무관심하지도 않다. 그들은 「농림핵교 방죽」에서 보이는 것처럼 미친 여자와 혼혈아의 사체를 향해 재미삼아 돌팔매질을 하는 악한 존재들이며, 「큰남바우 철둑」처럼 어른들의 이념 대립을 왜곡된 형태로 재현하는 존재들이다. 따라서 전쟁을 비판하고 거부하는 관념도, 이념 간의 화해를 이루어야 한다는 강박도 이 연작소설집에는 끼어들지 못한다. 서로 다른 장소에서 만나게 된 수많은 사람들의 삶이 퍼즐처럼 맞추어지면서 전쟁의 상황을 구성하고 있을 뿐이다.

이처럼 『소라단 가는 길』을 통해서 "세상 물정 모르던 천진한 시절에 몸으로 겪은 끔찍한 전쟁의 기억"은 하나의 허위의식에 지나지 않았음이 분명해진다. 그것은 성숙한 어른이 된 다음에 형성되었거나 지배적인 이데올로기를 내면화함으로써 형성되었던 것이다. 혹은 이념 대립이 빚어낸 전쟁의 참상을 고발함으로써 분단을 극복해야 한다는 당위론적 지향 때문에 생겨난 것일지도 모른다. 분명한 것은 전쟁 상황 속에 내던져진 어린아이들은 "세상 물정 모르던 천진한" 존재가 아니었고, 전쟁 역시 "끔찍한" 기억만을 가져온 것도 아니라는 사실이다. 그들이 망각해야만 했던 기억은 바로 "어른들이 몰르는 호젓헌 구석에 숨어서 그 전쟁을 우리 방식대로 막판 즐긴" 악동세계였던 것이다. 우리 스스로가 만들어낸 '마음의 감옥', 그리고 '언어의 감옥'에 갇혀 그 시절의 경험 중의 하나가 망각되었던 것이다.

그런 맥락에서 아홉 명의 사내들이 들려주는 아홉 편의 이야기는 자신의 기억과의 전쟁이기도 하다. 전쟁의 비극성만을 기억함으로써 망각되었던 전쟁의 또다른 면모가 드러나고 있는 것이다. 그것은 전쟁이 견딜 만한 것이었다든지, 폭력적이지 않았다는 것을 의미하지는 않는다. "전쟁이란 놈은 워낙 맹목이라서 눈에 뵈는 게 없는 벱이지. 아뭇 거나 닥치는 대로 때려 부시고 잡어 쥑이고 병신 맨드는 게 바로 전쟁이란 괴물"인 것은 분명하다. 하지만, 전쟁은 세대에 따라, 지역에 따라, 성별에 따라 무수히 다른 모습으로 경험되는 것 또한 사실이다. 그 차이가 비록 미세하다고 해서 전쟁 일반의 성격으로 환치될 수는 없는 것이다. 하지만, 지금까지 우리 문학은 그러한 미세한 차이에 관심을 가지기보다는 거대담론의 틀을 먼저 염두에 두었던 것이 사실이다. 윤흥길의 『소라단 가는 길』은 이제 그러한 거대담론이 미처 열어 보이지 못했던 미세한 경험의 차이를 복원하고 있다. 그 과정에서 거대담론에 의해 만들어진 기억과 작가가 경험했던 기억 사이에 적지 않은 간극이 존재하고 있다는 사실을 우리는 발견할 수 있다.

이제 우리는 이 세대들이 지나고 나면 다시는 지나간 전쟁을 둘러싼 기억의 전쟁에 동참할 수 없을 것이다. 유년 시절에 한국전쟁을 경험하고 청년 시절에 베트남전쟁에 참가했던 이 세대의 소멸과 함께 우리가 기억하게 될 전쟁은 화면을 통해서 보는 총 천연색 시네마스코프이거나 혹은 적을 향해 무차별 공격을 감행하는 신나는 게임과도 같은 스펙타클에 지나지 않을 것이다. 그래서 조금은 흥미롭게 그리고 조금은 타인의 삶에 가해진 폭력에 연민을 느끼다가 마침내는 타인의 고통이 나에게 전해지지 않았다는 사실 자체에 지극히 만족하며 전쟁을 망각할 것이다.

하지만, 유년 시절에 전쟁을 직접 경험했던 세대들이 들려줄 전쟁은 우리가 상상할 수 있는 것과는 사뭇 다를 수밖에 없다. 그런 점에서 『소라단 가는 길』은 우리의 망각된 현재에 대한 마지막 이야기일지도 모른다. 전쟁 중에도 삶은 지속되어야만 했으며, 어린아이들은 전쟁의 황폐함이나 불모성조차도 자양분으로 삼아 끊임없이 성장했다는 사실을 오롯하게 되살려 냄으로써 삶의 또다른 국면을 보여주고 있는 것이다.

제2부

소설 속에서 사람을 만나다

언어의 산상 축제

— 서정인의 『철쭉제』

철쭉제는 열리지 않는다

매년 유월 첫째 일요일이면 지리산 세석평원에서는 축제가 열린다. 해발 1,703미터의 촛대봉과 1,651미터의 영신봉을 좌우로 하여 둘레 8킬로미터 남짓 드넓게 펼쳐진 고원지대에 수천, 수만 그루의 철쭉이 진홍빛으로 물들면 지리산은 사람들을 깊은 산중으로 유혹한다. 잔돌이 지천으로 깔려서 붙여진 세석이라는 이름과 사시사철 그치지 않는 바람과 구름, 안개 때문에 큰 나무가 자랄 수 없는 고산지대 특유의 풍경은 화려한 철쭉의 물결과 어우러지면서 자연이 빚어내는 가장 아름다운 축제를 인간에게 선보이는 것이다. 그래서 세석 철쭉은 지리 십경 중의 하나로 꼽힌다. 사람들이 철쭉과 음양수 샘물을 엮어 연진 설화를 꾸며내어 그 애잔한 아름다움을 길이 기억하고자 했던 것도 지리산의 웅장하고 수려한 산자락과 진홍빛 꽃망울의 섬세함에 홀린 까닭일 것이다.

한반도 남쪽의 유일한 고원지대, 세석에서 열리는 축제는 그렇게 사람들을 일상에서 벗어나 대자연의 품속에 안길 수 있도록 만든다. 그속에서 사람들은 아득한 과거의 기억을 떠올리기도 하고, 사라진 고향의 안온함을 되새기기도 한다. 그리고 어머니의 자궁과 같은 아득한 존재의 심원을 향해 기약 없는 방황을 준비하기도 한다. 위대한 산상축제를 위해 사람들이 지리산으로 몰려들고 있다. 인월은 지리산으로 들어가는 마지막 관문이다. 그래서 인월의 버스정류장에는 백무동 가는 차를 기다리는 행렬들이 길게 늘어선다.

철쭉제가 열리는 세석에 가기 위해 인월에 몰려든 많은 사람들 속에서 우리는 몇 사람을 만난다. 빨간 등산모를 쓴 현애와 하얀 차양모를 쓴 철순, 그리고 오십 대의 남자 장씨와 포장마차를 운영하는 윤마담이 그들이다. 하지만, 그들은 다른 등산객들과는 달리 세석의 철쭉제에 관심을 갖지 않는다. 그들은 다음날 세석단에서 철쭉제가 열린다는 사실조차 알지 못하고 있다. 그래서 백무동에서 잠자리를 구하지 못해 고생하다가 겨우 평상 한 귀퉁이를 얻어 한뎃잠을 잔다. 남들은 "게처럼 성곽을 업고 다니는"데, 그들은 칫솔 하나 달랑 들고 아무런 대책도 없이 지리산으로 들어온 것이다. 더구나 다음날 아침 지리산 등산을 나선 이들은 갈림길에서 세석 방향이 아니라 장터목 방향으로 접어든다. 그들은 애초부터 세석의 철쭉제엔 관심이 없었던 까닭이다.

서정인의 소설 「철쭉제」에는 그래서 제목과는 달리 진홍빛 꽃의 축제가 없다. 지리산 속에는 "핏빛처럼 진한 빨강과 물빛보다 더 푸른 파랑"의 꽃이 피어있지만, 사람들이 어울려 산중을 번잡하게 만드는 축제는 소설 속에 등장하지 않는다. 애당초 지리산 철쭉제는 열리지 않았는지도 모른다. 이 작품이 발표될 무렵이었던 1980년대 중반, 철쭉제는 없었다. 전국에서 찾아온 수많은 사람들의 발길에 밟혀 세석의 철쭉이 사라질 위기에 처하자, 세석의 철쭉제는 몇 년 동안 열리지 못하고 있었던 것이다. 그래서일까, 「철쭉제」는 '철쭉'에 관한 이야기도 아니고, '축제'에 관한 이야기도 아니다.

언어로써 세계를 말하다

「철쭉제」의 이야기는 매우 단순하다. 인월의 정류장에서 우연히 만난 네 명의 남녀가 지리산을 오르는 2박 3일의 짧은 여행의 기록이다. 현애, 철순, 장씨, 윤마담이 산행을 나선 까닭은 분명하지 않다. 그들은 아무런 사전 준비도 없이 충동적으로 지리산을 찾아왔다. 철순은 등산이라면 남산도 가본 적이 없던 차에 한반도 남단의 최고봉에 찾아온 것이다. 장씨와 윤마담도 마찬가지이다. 우연히 찾아간 포장마차에서 이야기를 나누다가 가까워지고 갑작스레 이곳을 찾아온 것이다. 그들은 이제 지리산을 함께 오르는 '우리'가 된다. 이틀 밤 사흘 낮을 산속에서 보내면서 함께 산을 오르고, 말을 주고받고, 삶을 공유해야 하는 것이다.

그들의 산행은 백무동에서 출발하여 장터목, 세석, 한신계곡을 거쳐 다시 백무동으로 돌아오는 순환적인 여정으로 이루어져 있다. 어쩌면 모든 산행은 원점회귀적일 수밖에 없다. 인간은 산 속에서 살 수 없으니까. 아득한 옛날, 남해안에서 섬진강을 따라 올라와 지리산에 자리잡았던 연진과 호야의 삶도 그러했으리라. 그들은 지리산의 대자연 속에서 인간적인 자유를 찾았지만, 자식에 대한 원초적인 본능, 혹은 인간적인 관계에 대한 애착에서 자유로울 수 없었던 모양이다. 그 결과 연진은 음양수 샘물을 훔쳐 먹은 탓에 산신령의 노여움을 사 평생을 외롭게 철쭉을 가꾸며 살아간다. 관계에 대한 욕망이 빚어낸 죄를 벌하는 가장 직접적인 방법은 바로 관계를 절연시키는 것이었던 셈이다. 세속적인 명예와 욕망을 버리고 대자연이 베푸는 산채와 산과의 풍요를 만끽하고 있었으면서 마지막까지 연진과 호야를 괴롭혔던 것은 인간적인 관계에 대한 그리움이었다. 그래서 사람은 사람들 사이에서 살아갈 수밖에 없는 운명을 지닌 존재, 인간(人間)이라고 불리는 것은 아닐까.

사람들은 다시 인간세계 속으로 되돌아오기 위해 산을 오른다. 물론 사람들은 자신의 생활을 지배하던 일상성에서 벗어나고픈 욕망을 안고 산을 찾는다. "숫자 놀음, 술 놀음, 공부 놀음"을 잊고 싶어서 산을 찾아가는 것이다. 하지만, 사람들은 자신의 일상생활 그 자체를 포기할 생각이 없다. 일상생활을 포기한다는 것은 삶이 근저에서 파괴되는 것, 달리 말해 죽음의 도래를 의미한다는 것을 잘 알고 있기 때문이다. 따라서 일상생활 자체를 포기하는 것이 아니라 일시적인 일탈의 충동을 통해서 무미건조한 삶에 긴장과 활력을 불어넣고자 할 뿐이다. 산행은 그렇듯 생활세계로부터의 순간적인 일탈의 욕망을 표현하는 것이기에 생활세계를 근본적으로 붕괴시키지 않으며, 오히려 강화시킬 따름이다. 따라서 산행은 정확하게 말하자면, 숫자 놀음, 술 놀음, 공부 놀음 그 자체를 망각하고 싶어서 떠난 것이 아니라 "새로운 각도에서, 새로운 문맥에서" "딴사람들과의 잘못된 관계, 또는 욕망대로 되지 않는 관계"를 잊고 싶어 일상세계를 잠시 떠나온 것에 지나지 않는다. 축제도 산행과 마찬가지로 반복되는 일상이며, 제도화된 일탈일 뿐이다.

"철쭉제가 내일 있대요. 두견새가 먼저 간 제 짝을 부르다가 피를 토하고 죽었는데, 그 피자욱마다 철쭉이 선홍빛으로 피어났대요. 사람들은 철쭉이 두견새 죽은 넋이라고 믿는대요. 그 넋을 달래는 제사죠."

"두견새는 해마다 죽을까요. 철쭉이 철마다 피어나는 것을 보면?"

윤여사가 말했다.

"해마다 죽죠."

"피를 토하고 죽은 것은 한번만 있었으면 좋겠어요. 왜 그런 일이 되풀이

될까요?"

"한 새가 죽으면 다음에는 딴 새가 죽죠. 그 새에게는 한번이죠, 전체적으로는 무수히 되풀이되는 일이지만. 우리들에게 일어나는 일이란, 우리들에게는 처음이자 마지막으로 한번이지만 사실은 수없이 되풀이되어 온 일이고, 또 앞으로 수없이 되풀이될 일일 거예요."

철순이가 말했다.

그렇지만, 산행이 무의미한 것은 아니다. 산의 정상을 향해 올라가는 힘든 여정 속에서 많은 사람들을 만난다. 모든 여행지에서의 만남은 일상적인 삶에서 볼 수 있는 낯익은 사람과의 관계가 아니라 한 번도 본 적 없는 낯선 사람과의 관계이다. 모든 사람들은 처음 보는 사람들이자 마지막 보는 사람들이다. 이제 다시는 상대방과 만나지 않으리라는 확신은 세속적인 이해타산이나 일상적인 구속에서 벗어날 수 있는 가능성을 제공한다. "다시 만나지 않을 사람들에게 얘기하는 것은 얘기하지 않는 거나 같"다. 산행은 이처럼 가식으로부터 벗어나 자신만의 목소리로 상대방의 목소리와 부딪치는 것을 가능하게 하는 과정이다. 그래서 산에 오르는 네 사람은 자신의 아픈 과거를 털어놓기도 하고, 자신이 속해 있는 상황과 현실에 대해서 거리낌 없이 말한다. 산행 중에 보이는 것은 자연에 대한 관조적인 사유가 아니라, 사람들이 끊임없이 주고받는 말, 곧 대화의 풍경이다.

「철쭉제」를 특징짓는 것은 이처럼 수없이 나타나는 대화의 국면이다. 등장인물들이 주고받는 대화들은 지극히 극적인 상황이다. 내러티브의 관점에서 볼 때 화자가 능동적으로 개입하기 어려운 상태인 것이다. 따라서 등장인물의 말은 서술하는 화자의 간섭에서 벗어나 자유롭게 발화된다. 대화란, 이처럼 한 등장인물의 말이 다른 등장인물의 말과 서로 교차하면서 관계를 형성하는 국면이라고 할 수 있다. 따라서 대화에서 한 인물의 말은 그 자체로 독자적인 의미를 획득하지 못한다. 다른 인물의 응답을 통해서만 의미가 획득될 수 있는 것이다. 이처럼 대화 상황은 언어를 매우 인터랙티브한 방식으로 구성한다. 서술자의 전지적 특권이 사라지면서 하나의 목소리는 다른 목소리와 동등한 지위를 보장받고 있는 것이다.

그러므로 대화는 항상 논쟁적이다. 동등한 두 개의 목소리는 오직 말을 통해서 자신의 정체성을 확인받을 수 있다. 상대방의 목소리에 묻히지 않기 위해서는 끊임없이 자신의 독자성을 주장할 수밖에 없는 것이다. 그래서 대화는 서로 다른 두 주체 사이의 대립과 투쟁의 장이다. 하지만, 대화의 과정에서 한 사람의 목소리는 상대방의 말과 관계를 가질 때에만 의미를 형성한다. 상대방의 의견과 때로 대립하고 때로 조율하는 운동과정에서 논쟁은 의미를 지닌다. 논쟁은 정지하는 것이 아니라 상대방과의 상호작용 속에서 끊임없이 움직이는 것이다. 독자성을 주장하면서도 끊임없이 타자와의 관계를 의식해야만 하는 상황, 하나의 목소리가 존재하기 위해서는 다른 목소리가 필요한 상황인 것이다.

질서와 정의, 폭력, 권위를 둘러싸고 다섯 페이지에 걸쳐 펼쳐지는 대화를 살펴볼 때, 누가 말하고 있는지, 누가 듣고 있는지는 지극히 불투명하다. 서술하는 화자는 네 사람 중 누가 말하는 주체인지 독자들에게 거의 아무런 정보도 제공하지 않는다. 네 사람 중 누군가는 말하고 있겠지만, 누구인지 알 수 없으므로 아무도 말하고 있지 않다고 해도 무방하다. 또한 네 사람 중 누군가는 말하고 있겠지만, 모두가 듣는 사람이라고 해도 틀림이 없다. 이러한 익명적인 대화 상황은 개인의 독립된 목소리가 더이상 의미를 지닐 수 없음을 잘 보여준다.

그렇지만, 익명적인 대화 상황 속에서 발화되는 말들은 궁극적으로 화자이자 작가의 목소리에 귀속될 수밖에 없다. 발화 주체를 알 수 없는 말들은 개인의 성격이라든지 이념을 형상화하는 수단으로 사용되기 어렵다. 각 개인에게 소속되지 않는 말들은 소설 속을 떠돌며 다른 말들과 부딪칠 뿐이다. 발화 주체가 불투명한 말들은 그래서 소설 속에서 유일하게 투명한 발화 주체인 서술자의 몫이 된다. 등장인물들은 끊임없이 말하되 자신의 말을 지니지 못하며, 서술자는 말하지 않되 모든 말을 자신의 것으로 만들어버린다.

그런데, 논쟁적인 말들이 궁극적으로 화자의 목소리로 귀속된다고 하더라도 문제는 여전히 남겨진다. 즉, 화자에게 귀속되는 말의 내용을 단순한 것이 아니라 복잡한 것으로, 독백적인 것이 아니라 다성적인 것으로 만들어내는 것이다. 논쟁적인 대화 내용은 서로 다른 방향성을 지닌 두 개의 말을 하나의 목소리 속에 포함시킴으로써 화자로부터 독자들에게 전달되는 의미를 지극히 혼란스럽게 뒤섞어버리는 것이다. 「철쭉제」의 언어적 특징이라고 할 수 있는 이러한 요설체는 형식적으로 등장인물의 몫이 사라져 서술자의 언어가 확대되는 과정이며, 내용적으로 모순되는 의미가 충돌하면서 빚어내는 역설과 반어의 미학이 심화되는 과정이라고 말할 수 있는 것이다. 결국 독자에게 남겨진 것은 다음과 같은 진술뿐이다. "말하는 소식과 말하는 방법이 서로 반대되면, 대개 방법을 믿죠. 방법이 소식을 정하거든요" 이러한 말하는 방법의 문제는 「달궁」 연작에 이르면서 더욱 확대되고 심화되어 서정인의 새로운 문체적 실험으로 나타나게 될 것이다.

배반당한 삶에 복수하라

「철쭉제」를 특징짓는 상호간섭적인 언어 상황은 문체적인 국면에서 멈추지 않고 인간과 역사와 현실을 바라보는 작가의 이념적인 국면까지 계속된다. 대화와 논쟁을 통해 세계의 다면성과 모순성을 드러내는 실험적인 문체는 한 개인의 주체성이 독립적으로 구성되는 것이 아니라 관계를 통해서 형성된다는 점을 보여주는 형식이다. 소설 속에서 한 개인의 목소리가 다른 목소리를 통해서만 의미를 획득했듯이 개인의 주체성 역시 그 자체로 독립적으로 존재하지 못한다. 다른 존재와의 관계망 속에 놓일 때에 비로소 한 개인은 모나드적인 폐쇄성을 넘어 확장된 주체성을 형성할 수 있는 것이다.

자신의 입장만을 고집하지 않고 타자의 삶과 언어를 인정하고 배려하는 것은 인간이 사회를 이루면서 반드시 지켜나가야 할 기본적인 덕목에 해당한다. 이 기본적인 덕목으로 인해 인간은 만인과 만인의 투쟁이라는 원초적인 상태에서 벗어나 문명의 상태에 진입할 수 있었다. 문명이란 달리 말해 인간이 다른 인간과 함께 공존재로서 사회를 형성하고 역사를 인식하며 미래를 구성하기 시작한 것에 다름 아니다. "우리들이 어떻게 생각하느냐가 문제니까 우리들의 입장에서만 생각하면 안되죠. 물론 우리들의 생각이 우리들의 입장을 벗어나기는 힘들겠죠. 바로 그것이 우리들의 입장을 벗어나야 하는 이유에요"

그렇지만, 우리가 살아가고 현실과 역사는 결코 타자의 목소리와 삶을 배려하는 개방적인 주체보다는 타자의 삶을 억압하고 구속하는 폐쇄적인 주체들에 의해 주도되고 있다. 철순을 통해 발화되는 한 가족의 붕괴는 타인의 삶을 배려하지 않고 주관적인 이해를 앞세우는 한 개인, 곧 아버지의 도덕적인 타락에서 기인하는 것이다. 아버지는 "자신의 부정을 상대방의 탓으로 책임을 전가시키는" 존재이다. 아버지는 오 년 동안이나 가족을 속이고 회사 경리사원과 외도 행각을 벌이고도 그 책임을 어머니에게 전가하는 늑대의 비열함과 사악함을 지녔다. 그러므로 "우리들한테서 엄마를 없애버려서 배반을 했고, 배반을 하지 않은 엄마를 배반한 것으로 해서 배반을 했고 배반한 자신을 배반 안한 것으로 해서 배반"을 함으로써 유능한 악당이 된다.

그런데, 악당이라는 존재 역시 독립적으로 성립할 수 없다는 사실을 잊어서는 안된다. 자신의 부정을 상대방의 책임으로 전가시키는 아버지의 용의주도함은 어머니의 무지함과 동전의 양면처럼 마주보고 있다. "바보만으로도 나쁜 일이 안 되지만, 악당만으로도 안 돼요. 반드시 그 악당을 믿는 바보가 있어야 해요." "악당은 바보를 부리고 바보는 악당을 믿죠. 이 두 종류의 사람들이 있으면 대개 나쁜 일이 이루어지죠" 어머니는 결국 가족으로부터 버림받은 채 가출하고 자살하기에 이른다. 삶은 바보와 악당들의 공모에 의해서 끊임없이 배반당한다.

인간의 세계가 악당과 바보들이 꾸며가는 역사에 불과하다는 비극적인 관점은 소설 「철쭉제」를 관통하는 기본적인 이념이라고 할 수 있다. 질서와 폭력의 전도, 선과 악의 역전, 야만과 문명의 혼재는 한 개인의 가족사에만 한정되는 것은 아니다. 사명감에 가득찬 경찰은 범죄를 만들어내기에 혼신의 힘을 다하는 편집광이 된다. 겨레와 국가를 위한다는 명분 아래 시작된 전쟁은 젊은이들을 죽음의 참호 속으로 몰아넣는다. 세석평원에서 피고 지는 철쭉꽃에는 그렇게 한국전쟁 동안 지리산에서 죽어간 젊은이들의 피가 얼룩처럼 새겨져 있는 것이다. 그리고 거슬러 올라가 갑오농민군, 신라 화랑의 피비린내 나는 역사의 흔적을 찾을 수 있는 것이다.

"깨달았으면 개선이 되지 않겠니? 다음부터는 안 그러는 거 아니니?"
"아니야. 다음부터 안 그럴 기회가 없어. 다음 실수는 그가 아니라 딴사람, 다음 세대가 하는 거야."
"배운다는 게 뭐니? 문화라는 게 뭐니? 역사는 뭐고?"
"역사는 되풀이고, 문화는 답습이고, 배운다는 건 반복이야. 우린 삼천 년을 그렇게 살아 왔어. 모든 전쟁은 같은 전쟁이야."

그런데, 역사는 "악을 물리치는 것이 선이다. 악이 악을 물리친다. 즉 악이 선이다"라는 논리를 내세우며 자신의 행동을 정당화한다. 이러한 공리주의적 도덕관 아래에서 질서는 항상 정의의 이름 아래 폭력을 정당화하고, 문명은 피의 흔적으로 얼룩진 야만의 역사로 점철된다. 이처럼, 악당과 바보의 협잡과 공모에 의해서 비극적으로 되풀이되는 야만적인 문명의 역사를 극복할 수 있는 가능성은 존재하지 않는 것일까. 작가는 여기에서 주인과 노예의 변증법을 내세워 자유와 해방의 조건을 탐색한다.

　노예로서의 삶은 페르시아 왕의 예처럼 고대나 중세에만 존재했던 것은 아니다. "이대통령이 경무대를 떠나자 여학생들이 광화문 길거리에 늘어서서 손수건으로 눈물을 닦았고, 그 다음 대통령이 죽어 나가자, 중년, 노년 부인들이 길바닥에 주저앉아 다리를 뻗고 울었"던 사실은 현대에도 여전히 권력자와 이름 없는 백성 사이에 엄청난 간극이 놓여 있다는 사실을 잘 보여준다. 하지만 권력과 돈과 명예를 지닌 사람과 그렇지 못한 보통 사람들이 조금도 다르지 않다는 사실을 받아들이는 것이야말로 자유인으로서 살아가기 위한 출발점이다. 용의주도하고 유능한 악당에게 속아 넘어간 바보, 그래서 스스로 능동적인 역할을 담당하지 못한 채 비굴한 삶을 살아가는 노예의 길을 벗어나기 위해서는 "사람과 사람 사이의 장벽을 무너뜨리는 것"으로부터 출발해야 한다. 악질 선임하사를 포함해서 모든 사람의 뱃가죽엔 철판이 없고, 만석꾼 박 모를 위시해서 모든 사람은 세 끼를 먹고 살아간다는 평범한 사실을 잊지 말아야 하는 것이다. 이처럼, 사람들 사이의 벽이 사라지면 인간은 비로소 자유로워질 수 있다.

　　"자식을 잃은 애비나, 지어미를 빼앗긴 지아비가 그 자식, 그 지어미를 죽이고 빼앗은 사람에게 고맙다고 말을 하면, 그 애비, 그 지아비는 노예이고, 죽이고 빼앗은 자는 왕이죠. 그 애비, 그 지아비가 고맙지 않다고 말을 하면, 노예는 자유인이 되고, 왕은 악당이 되죠."
　　"왕이 악당이라고? 페르시아의 왕이 악당이라고?'

"왕은 악당이 아니죠. 노예가 자유인이 아닌 것처럼. 노예가 자유인이 되려고 하면, 왕은 악당이 되거나 물러가거나, 둘 중의 하나를 택해야 하죠."

"거, 좀, 이상하다."

"뭐가요?"

"아니, 어떻게 노예가 왕을 악당으로 만들 수 있겠어?"

"노예가 왕을 왕으로도 만들고 악당으로도 만들죠. 노예 노릇을 하면 왕이 왕 노릇을 하고, 노예가 노예 노릇을 그만두면 왕도 왕 노릇을 그만두어야 하는데, 노예 노릇 그만두기도 힘들지만 왕 노릇 그만두기도 어디 쉬워야죠? 사실은, 노예 노릇 그만두기와 같은 일의 양면이에요."

노예가 주인에게 대항하지 않는 상태를 우리는 평화라고 부른다. 그런데, 노예가 주인에게 대항하기 시작한다면, 아들의 목을 친 왕에게 아들의 목을 친 사람이 받아야 할 죗값을 돌려준다면, 새로운 전쟁이 시작될 것이다. 노예는 전쟁을 시작하면서 이미 자유인이다. 노예가 자유인이 되면 주인은 더 이상 주인이 아니다. 따라서 노예가 왕으로 만들 수도 있고 악당으로도 만들 수 있다. 노예 노릇을 하면 왕이 왕 노릇을 하고 노예가 노예 노릇을 그만두면 왕은 악당이 되기 때문이다. 요컨대, 자기 인식에 이르지 못한 바보가 악당을 도와 문명의 역사를 야만의 흔적으로 가득 채웠다면, 이제 한 인간으로서 자신을 바라볼 때 노예는 능동적인 자유인으로 새로운 역사를 시작할 수 있게 될 것이다.

그런 의미에서 어머니의 가출은 자유인으로서의 출발이라고 할 수 있으며, 어머니의 자살은 주인과 악당에 대한 가장 통렬한 복수라고 할 수 있을 것이다. 노예란 적에게 목숨을 구걸하는 대가로 얻은 삶이기 때문이다. 노예의 자살은 바로 노예가 노예이기를 거부하는 행동이며, 노예가 자살함으로써 주인은 더 이상 주인일 수 없다. 그런 의미에서 자살은 더 이상 악당의 노예이기를 거부하는 가장 적극적인 행위인 셈이다. 여기에서 우리는 이 작품이 1980년대를 지배했던 변증법적 역사관으로부터 결코 자유롭지 않다는 사실을 확인할 수 있을 것이다.

키 작은 사람이 되다

인간의 세계를 벗어나 세석에 오르면 만나게 되는 풍경은 아고산대 특유의 기후적 특성에서 비롯한 키 작은 나무들과 잔돌, 그리고 고사목들이다. 그리고 사람들은 웅장한 지리산 깊숙한 고원지대에서 펼쳐진 이 낯선 풍경을 뒤로 한 채 다시 산 아래로 내려와야 한다. 그래서 「철쭉제」에는 축제가 없다. 세석의 철쭉제는 그저 인간의 잔치일 뿐 자연과는 무관하다. 산에 올라서 만나는 것, 혹은 만나야 하는 것은 자연 앞에 선 인간의 모습이다.

> "사람이 작아져야 한다고 했지만, 사실은, 사람은 원래 작아요. 도시에서고 산에서고 원래 작았어요. 다만 서로 모여서 저자를 이루고 산답시고 북적거리는 사이에 욕심이 생겼고, 눈에 헛것이 씌워서 사람을 제대로 볼 수 없게 된거죠. 사람들은 서로를 사실에서보다 더 크게 보게 되었고, 크게 보이기 때문에 서로를 미워하게 되었죠. 사람들이 모여사는 데에는 싸움이 어떤 형태로든지 끊이지 않는 건 그 때문이죠. 나는 겨울 해수욕장을 좋아해요. 여름에는 사람들이 모이고, 사람들이 모여들면 반드시 탐욕이 따라오거든요. 텅빈 겨울 바닷가의 무모함 속에 묻혀 있으면, 사람의 모습이 제대로 보일 것 같아요. 산 속에서 사람이 작아진다는 말은 사람의 모습이 제대로 보이려 한다는 뜻일 거예요. 제대로만 보인다면 산에까지 올 필요가 없죠"

인간이 산 아래서 보았다고 했던 많은 것들은 기실 제대로 보지 못한 것에 지나지 않는다. 시이불견(視而不見). "가까운 데 것을 보느라고 먼데 것을 못 보니, 먼데 것을 보기 위해서 가까운 데 것을 못 본다" 그것이 아집과 편견과 맹목으로 가득 찬 인간의 역사이고 사회이고 현실이다. 산에 오르는 것은 철쭉제를 보기 위해 모여든 인간을 만나기 위해서가 아니다. 산꼭대기에 올라 소리치며 산을 정복했다는 자만심을 얻기 위해서도 아니다. 사람들의 행렬에서 일부러 벗어나 대자연의 웅대함 속에서 자신의 왜소함을 자각하는 것이야말로 산에 오르는 참된 이유이다. 자연 속에 깃들어 있는 영겁의 시간을 앞에 두고 문명의 초라함과 존재의 유한성을 곱씹어 보는 것이다.

유한하고 왜소한 존재로서의 자각은 삶의 허무나 공허와는 무관하다. 오히려 삶의 비극적인 악순환의 고리를 끊기 위한 가장 현명한 방법이다. 사람이 다른 사람과 함께 인간(人間)으로서 살아가기 위해서는 상대방을 배려하는 마음자세가 요구된다. 만약 상대방을 배려하지 않는다면, 언어는 독백적이 되고 관계는 일방적이 되고 말 것이다. 겸손과 겸양의 도덕은 다른 사람과의 관계를 통해서 자신의 주체성을 풍요롭게 만드는 데 없어서는 안 될 덕목인 것이다. "말을 잘 하자면 남을 병신 만들어야 하는데, 남 병신 만드는 것보다야 제가 병신 되는 게" 훨씬 마음 편해 스스로 바보가 되는 사람이야말로 가장 인간적인 존재인 것이다. 요컨대, 세석의 흰 고사목처럼 키 작은 사람만이 자신이 소유하고 있는 한계로부터 벗어나 관계를 확장시키고 보다 높은 정신적 경지에 올라설 수 있는 것이다. 오래 전에 정지용도 그래서 한라산을 오르며 다음과 같이 말하지 않았던가.

절정에 가까울수록 뻐꾹채꽃 키가 점점 소모된다. 한 마루 오르면 허리가 스러지고 다시 한 마루 위에서 모가지가 없고 나중에는 얼굴만 갸웃 내다본다. 화문(花紋)처럼 판 박힌다. 바람이 차기가 함경도 끝과 맞서는 데서 뻐꾹채 키는 아주 없어지고도 팔월 한철엔 흩어진 성신(星辰)처럼 난만하다. 산그림자 어둑어둑하면 그러지 않아도 뻐꾹채 꽃밭에서 별들이 켜든다. 제자리에서 별이 옮긴다. 나는 여기서 기진했다.(정지용의 「백록담」 중에서)

난가(亂家) 속의 '홀로어멈' 들

— 공선옥의 『붉은 포대기』

운명으로서의 가족

우리는 태어나는 순간 아무런 이유나 근거도 없이 어떤 가족의 구성원으로 편입된다. 먼저 태어난 사람들도 가족을 선택할 권리가 없기는 마찬가지다. 세상에 모습을 드러냈을 때 비로소 확인할 수 있을 뿐이다. 먼저 태어났건, 나중에 태어나건 상관없이 사람은 누구도 자신의 가족을 선택할 수 없다. 문득 세상에 내던져져 맨 처음 만난 얼굴들을 우리는 가족으로 받아들이고 함께 살아가야만 하는 것이다. 그런 맥락에서 가족은 운명의 다른 이름이다. 무언가 알 수 없는 힘에 의해 부여된 것 같은, 그래서 나의 내재적 의지를 뭉개어 버리는 것이다. 그 운명을 공유한 자들이 세파를 함께 겪으며 삶의 기쁨과 슬픔을 나누었을 때, 가족은 다른 사람들과는 결코 공유할 수 없는 끈끈한 정서적 유대를 가질 수 있게 된다. 만약, 그러한 정서적 유대가 사라져 버렸을 때, 가족은 가까이 하기엔 너무 먼 일촌, 이촌의 관계일 뿐이다.

공선옥의 신작 「붉은 포대기」를 읽는다. 언제나 그러했듯이 그의 소설은 가족에 관한 이야기임에도 불구하고 가족을 찾아보기 어렵다. 물론 소설에는 아버지, 어머니, 그리고 자식들의 삶이 있다. 하지만, 부모세대가 바라보는 자식들의 모습이 등장하는 것도 아니고, 자식세대가 바라보는 부모의 삶이 포착되는 것도 아니다. 아버지, 어머니, 아들, 딸들은 존재하나 관계가 맺어지지 않는다. 혈연으로 맺어진 듯하지만, 맺어지지 않은 텅 빈 관계들만이 있을 따름이다. 각자의 삶을 살아가면서 가끔씩 가족이라는 이름으로 묶여지는 형식적인 만남들이 있을 뿐이다. 텅 비어버린, 그래서 껍데기만 남았지만, 그래도 지워지지 않는 관계, 가족. 이탈하고 싶어도 절대로 끊어지지 않으며, 지워버리고 싶어도 영원히 지워지지 않는 낙인과도 같은 것. 그런데, 가족이라는 이름으로 얼굴을 마주해야만 하는 것은 같은 부모에게서 태어났다는 사실 때문이다. 같은 부모에게서 태어났다는 사실이 대단한 우연이어서 운명으로 받아들인다고 할 때, 내가 부모를 선택하지 않은 까닭에 나와 맞지 않는 부모라도 만나야만 하듯이, 같은 피를 타고난 형제 (자매 / 남매)의 얼굴도 보아야만 한다.

「붉은 포대기」에 등장하는 황희조 일가는 가족이라는 이름으로 묶여 있음에도 불구하고 가족으로서의 기능을 포기한 지 오래이다. 아버지 황희조와 어머니 박영매는 각각 두 명과 한 명의 자식을 데리고 재혼하여 두 딸을 낳았다. 희조와 전처 사이에서 태어난 태건과 명혜, 영매와 죽은 약혼자 사이에서 태어난 태준, 그리고 희조와 영매 사이에서 태어난 은혜와 수혜 등 다섯 명이 모여 하나의 형제를 이루고 있다. 이렇듯 복잡하게 얽히고설킨 관계 속에서 그들은 혈연적 관계나 환경적 경험을 공유하기 힘들다. 같은 피를 나눈 경우에도, 그리고 수많은 시간과 공간을 공유하며 살았던 이들도 어느 날 너무 많이 달라져버린 모습으로 나타나는 경우가 허다하거늘, 혈연으로 맺어진 듯 하지만 맺어지지 않은 황희조 일가가 서로 다른 방향을 바라보면서 살아가는 것은 어찌 보면 당연한 일이라고 할 것이다.

난가(亂家). 가장으로서의 권위만 내세운 채 자신의 편리를 쫓아 바깥으로만 나도는 희조, 배다른 자식까지 내 배로 낳은 자식 못지않게 키웠지만 결국 어떤 자식으로부터도 환영받지 못하는 어머니 영매. 여기에 난마처럼 얽혀버린 형제간의 뿌리 깊은 오해와 갈등 그리고 무관심이 자리잡고 있다. 새어머니의 헌신적인 사랑에도 불구하고 끝내 마음을 열지 않는 태건과 명혜, 어린 시절부터 아버지의 차별 대우에 자꾸만 비뚤어져 가족들에 포악을 떠는 태준, 몸은 어른이지만 정신지체 장애를 안고 있는 수혜 등등. 황희조 일가는 세상을 살아가며 함께 울고 함께 웃는 가족이 아니라 가장 오랜 세월 동안 서로의 가슴에 상처를 남기며 살아간다. 그래서 그들은 다른 형제들과 어떤 식으로든 관계 맺기를 꺼린다. 관계를 맺는다는 것은 상처를 받는 일이기 때문이다.

공선옥은 이처럼 해체된 가족관계 속에서 각 개인들이 받게 되는 상처에 주목한다. 「붉은 포대기」가 가족이라는 익숙한 대상을 그리면서도 신선하게 다가올 수 있는 것은 부모─자식이라는 구분법보다는 형제─자매라는 구분법에 바탕을 두기 때문이다. 부모와 자식에게 벌어지는 오이디푸스적 반란의 역사가 아니라 서로 다른 피를 가진 사람들이 한 가족을 이루면서 살아가면서 알게 모르게 받게 되는 무수한 생채기들을 그리고 있는 것이다. 그들은 모두 다른 가족들에게 깊은 상처를 남긴 존재들이며, 동시에 자신의 가슴속에 수없이 할퀸 상처를 간직한 존재들이다. 이 상처를 보듬어 가는 과정을 소설 「붉은 포대기」는 보여주고 있는 것이다.

형제, 지옥의 다른 이름

소설 「붉은 포대기」는 주인공이자 초점화자인 인혜가 어머니 영매의 간호를 위해 고향 신평으로 돌아오는 것으로부터 시작한다. 서울에서 화실을 운영하던 인혜는 프랑스 파리로 유학을 준비하던 중 어머니의 병 때문에 자신의 꿈과 생활을 접고 고향으로 돌아온다. "전망 없는 자신의 앞날에 힘들어 하고 있던" 인혜는 마지막 탈출구로 파리 유학을 꿈꾸었지만, 아무도 돌보아 주지 않는 어머니의 병간호를 위해 "공기밖에 좋을 것이 없는" 고향으로 돌아와야 했던 것이다. 어머니가 다른 태건·명혜는 영매의 병환에 무관심하고, 자신의 가정조차 제대로 꾸리지 못하는 태준은 어머니의 병을 간호할 여력이 없다. 그래서 넷째 딸 인혜가 자신의 생활과 꿈을 접어야만 했던 것이다. 이제 그녀는 어머니를 대신하여 치매에 걸린 할머니와 정신 지체의 동생 수혜를 돌보아야 하고, 그리고 위암에 걸린 어머니의 병간호까지 감당해야 한다.

이처럼 인혜의 귀향에는 다른 가족 구성원들의 이기심이 깊이 숨겨져 있다. 아버지 희조는 그동안 자신을 위해 모든 것을 희생하며 입 속의 혀처럼 굴던 아내가 병에 걸리자 아내의 뒷바라지라는 불편한 상황을 모면하고자 인혜를 불러들인다. 서울에서 성형외과 의사를 하는 첫째 태건은 인혜에게 돈을 건넴으로써 가족에 대한 자신의 책임과 의무를 다했다고 믿는다. 다른 가족으로부터 소외되었다고 믿는 셋째 태준이 어머니의 간병을 감당할 리 만무하다. 그들은, 황씨 일가의 남자들은 모두 "제 몸 하나만 우대고 사는 인간"들이다. 그런 황씨 일가가 그래도 한 가족으로 유지될 수 있었던 것은 영매의 희생 덕분이었다. 이제 그녀가 지켜왔던 자리를 대신 맡아줄 누군가가 필요해진 것이다. 가족이라는 이름으로 묶여지기 위해서는 또다시 한 사람의 희생을 필요로 했던 것이다. 결국, "엄마처럼 살고 싶지 않았어"라고 외치던 인혜는 어머니의 자리에 돌아와야 했다. 인혜는 이제 가족이라는 이름 아래 강요되는 희생을 감당해야만 하는 것이다.

이렇듯 모래알처럼 부서져 내리는 관계들은 서로에게 깊은 상처를 남긴다. 그들의 영혼 속에 깊이 뿌리내리고 있는 피해의식이야말로 황씨 일가의 구성원들이 끝내 한 가족이 될 수 없는 궁극적인 이유 중의 하나이다. 아버지 희조와 어머니 영매의 관계는 예외로 치더라도 서로 다른 피를 가진 형제, 자매들의 가슴 속에는 모두 상대방에 대한 몰이해와 분노가 감추어져 있다. 어찌 보면 그들은 모두 부모의 지극한 사랑과 헌신을 받으며 성장했다고 할 수 있다. 어머니 영매는 40여 년 동안 평교사로 일하면서 전처 소생의 태건을 남부럽지 않은 성형외과 의사로 키워냈던 것이다. 하지만, 태건은 끝내 마음을 열지 않는다. 명혜 역시 자신의 고민을 어머니 영매가 아니라 고모 덕희에게 털어놓을 뿐이다.

> 태건과 명혜와 복녀와 희조가 안방에 나란히 누워 희조가 읽는 옛날 얘기에 희희낙락하는 사이 영매는 태준이를 안고 이 집 사람들은 내 가족이 아니다, 나는 이 집 가족이 아니다, 아니다, 하면서 울었다. 울면서 결심했던 것이다. 이 집을 나가자. 가족이 아닌 사람들과, 가족이기를 거부하는 사람들과 한 집에 살 수는 없다. (중략)
>
> 태준이 희조의 아이가 아니라는 사실을 아는 사람은 희조와 영매뿐이었다. 복녀는 태준을 희조의 단순한 연애의 소산으로만 알고 있었다. 결혼이든 연애의 결과든, 어쨌든 희조의 아이들이므로 태건이나 명혜나 태준이나 다 같은 손주여야 할 터인데도 별스레 태준에게 포악을 부리는 복녀를 보면서 영매는 여러 번 무섬증을 느꼈다. 그것은 어쩌면 저항할 수 없는 본능에의 무섬증이었는지도 모른다.

이렇듯 새로 들어온 후취에 대한 맹목적인 적대감은 뿌리깊은 것이었다. 그리고 세월이 지난다고 해도 결코 사그러들지 않는다. 특히 오복녀의 경우 "제 뱃속으로 나나보지 않은 자식" 병조를 길러본 경험 때문인지 몰라도 평생 의붓어미 영매에 대해 마음을 열지 않는다. 영매가 "이 집을 나가자"라고 결심했음에도 불구하고 자신의 품속으로 파고드는 태건과 명혜 때문에 끝내 자신의 삶을 희생할 수밖에 없었다는 진실은 누구에게도 받아들여지지 않는다. 전처 소생들은 성장한 이후에도 끝내 영매를 어머니로서 받아들이기를 거부하는 것이다.

그러한 거부의 이면에 놓여 있는 것은 다름아닌 피해의식이다. 새어머니가 들어오고 동생들이 태어남으로써 자신들의 혈연적 관계가 위태로워질지도 모른다는 위기의식이 그들의 마음을 굳게 닫아걸도록 만들고 있는 것이다. 영매와 태준을 끝내 가족구성원으로 인정하기를 거부하는 태건과 명혜, 그리고 시어머니 오복녀의 완고한 모습 속에는 혈연적 순수성에 대한 신화가 짙게 그림자를 드리우고 있다.

이러한 피해의식은 태준의 경우에도 마찬가지이다. 할머니의 구박과 아버지의 무관심 속에서 자라난 태준은 "나는 깡패할 테니까 엄마는 이 집에서 병신같이 행복하게 살아"라고 말하며 망나니처럼 살아간다. 결국 스무 살에 연애해서 일찌감치 결혼한 그는 부도덕한 행위를 일삼다가 이혼 위기에 봉착한다. 그러자, 망령이 든 할머니, 무기력한 아버지와 어머니를 찾아와 온갖 패악질을 일삼는다. "황태건이, 황명혜 그 인간들 공부시키느라고 내가 지금 이 모양 이 꼴 아니냐"라고 포악을 떠는 것이다. 그는 자신의 삶이 망가져 가는 것이 모두 태건과 명혜 때문이라고 생각한다. 물론, 전처 소생들의 눈치를 보느라고 어머니 영매가 태준을 돌보는 것을 소홀하게 한 것을 볼 때, 이러한 태준의 항변은 전혀 이유 없는 것은 아니다. 하지만, 자신의 인생이 뒤죽박죽 되어 버린 것의 책임은 궁극적으로 자신이 져야 할 몫이지, 타인에게 떠넘겨질 것은 아니다.

인혜는 어떠한가? 인혜 역시 어머니 영매가 바보처럼 살아가는 모습에 연민보다는 분노를 느낀다. 그리고 자신의 뱃속에서 나온 태준이나 인혜보다 먼저 태건과 명혜를 생각하는 어머니를 보면서 "엄마처럼 살지 않겠다"라고 끊임없이 다짐한다. 그리고 언니 명혜보다 잘 살기 위해 고향을 떠나기를 간절히 소망한다. 윤호와의 사랑도 어찌 보면 가족으로부터 벗어나기 위한 몸부림인지도 모른다. 하지만, 윤호와의 사랑은 그녀에게 상처만을 남겨줄 뿐이다. 자신의 지극한 사랑을 받아주지 않은 채 자신을 버렸다는 지독한 배신감만이 그녀에게 남겨진다. 아버지의 무관심과 어머니의 편애가 가져온 상처는 30여 년의 세월을 넘어 인혜의 삶에도 깊이 아로새겨져 있다.

이처럼 네 명의 형제(자매, 남매)는 다른 형제들에 대해서 항상 무엇인가를 빼앗는다고 생각한다. 다른 형제들과의 끝없는 비교를 통해서 자신이 무엇인가 박탈당했다는 피해의식을 갖는 것이다. 이러한 피해의식이 겉으로 드러날 때 그들은 항상 이기적인 존재일 수밖에 없을 것이다. 황씨 일가가 해체되고 찢겨나갈 수밖에 없는 것은 그들이 이처럼 '원한의 인간'들이기 때문일 것이다. 문제의 심각성은 이러한 피해 내지는 희생의식이 복수의 열망을 낳는다는 점이다. 자신을 피해자 내지는 희생자로 규정함으로써 자신의 것을 빼앗아간 자들로부터 무엇인가를 돌려받겠다거나 무엇인가를 되돌려주겠다는 생각을 갖는 것이다. 이제, 원한과 복수에 사로잡힌 형제들은 끝없는 악순환 속에서 자신의 영혼을 스스로 좀먹는다. 원한과 복수에 얽매임으로써 인간은 항상 결핍된 존재, 박탈된 존재가 되는 것이다. 내적인 완전성과 충일감은 결코 그들의 몫이 아니다. 그들의 정신에 아로새겨진 상처는 곪아 터져서 자멸의 길로 이끌어간다. 태건과 태준의 결혼생활이 위기에 봉착하게 되는 것 또한 유년 시절의 정신적 외상과 무관하지 않다.

그런데, 그들이 정작 간과하고 있는 것은 아버지 희조와 어머니 영매 역시 상처 입은 존재라는 사실이다. 가족들의 생계조차 책임질 수 없는 무능한 가장이면서도 한량으로 살아가는 아버지 황희조는 겉으로 보기에 가장 자유로운 존재이다. 하지만, 태준의 온갖 패악질에 한 번도 분노하지 못하는 것은 태준이 자신의 자식이 아니기 때문이다. 자신의 피가 섞여 있지 않기 때문에 태준이 아무리 극악한 말을 내뱉더라도 "끓어오르는 화를 무심히 다스리고 있"을 수밖에 없는 황희조를 이해하는 사람은 없다. 인혜는 그것이 다만 "죽은 전처에 대한 애정을 아직 버리지 못하고 있다고만 생각할 뿐이다" 영매 또한 마찬가지이다. "내가 봐도 황희조 당신이 나빠. 평생을 살아도 왜 정을 못 주고 애먼 애만 가지고 지랄발광이야, 엉? 난 태건이, 명혜도 태준이나 인혜나 수혜나 똑같은 포대기로 업어 키웠어, 그런데 당신은 뭐야 끝끝내 끝끝내"라고 남편을 향해 퍼붓는 영매의 마지막 비명 속에는 누구에게도 이해받지 못하는 희조의 비애가 숨겨져 있다.

어머니 영매가 자신의 모든 것을 희생해가면서, 나아가 태준과 인혜를 희생해 가면서 태건과 명혜를 앞세웠던 것 역시 또다른 의미에서 왜곡된 의식을 내포하고 있다고 할 수 있다. "한번 의붓엄마는 평생을 가도 의붓엄마"라는 딱지를 떼기 위해 영매는 전처 소생들에게 최선의 노력을 다한다. 그뿐만 아니라 성장한 후에도 끝까지 자신을 거부하는 전처 소생들에게 전화 한 번, 싫은 소리 한 마디도 하지 않는다. 이러한 애정 과잉은 다른 한편으로 태준에 대한 애정 결핍을 낳는다. 어린 태준에게 충분한 사랑을 주지 못한 까닭에 태준은 끝내 황씨 일가의 구성원이 되지 못한 채 외곽에서 떠도는 것이다. 왜 그렇게 바보처럼 살았느냐는 딸의 비난에도 "태준이를 낳고 인혜를 낳고 수혜를 낳은 이 에미가 죄인"이라는 말만 반복할 뿐이다. 결혼이라는 관계 속에서 자신의 모든 것을 잃어버려야만 하는 가부장적인 질서 속에서 이러한 영매의 모습은 한편으로 숭고한 희생의 모습으로 미화될 수도 있을 것이다. 하지만 다른 한편으로 영매의 모습은 스스로에게 죄의식을 부여함으로써 현실의 고통을 망각하려는 왜곡된 것이기도 하다.

이처럼 황희조 일가의 삶은 모든 면에서 뒤틀려 있다. 자식세대들이 자신들에게 남겨진 상처를 원한과 복수로 옮겨갔다면, 부모세대는 자신들의 상처를 금욕과 죄의식으로 갚아나갔다. 특히 형제들은 모두 상대방에게 깊은 상처를 입혔음에도 불구하고 상처 입힌 기억을 망각하고 상처 입은 기억만 간직하고 살아간다. 그들은 모두 희생자이며 피해자이다. 끊임없이 자신을 희생자로 규정하는 의식의 저편에는 복수의 정념이 불타고 있다. 피해자는 자신이 침해받은 만큼 되돌려줄 권리를 가지는 것이다. 따라서 모든 구성원들이 자신을 피해자라고 인식할 때 갈등은 사라지지 않는다. 자신이 받은 상처를 되돌려주고, 그 상처는 다시 나에게 되돌아온다. 태건은 영매에게 상처를 입히고, 영매는 태준과 인혜에게 상처를 준다. 태준과 인혜의 상처는 다시 희조에게 되돌아가고, 희조는 영매에게 되갚는다. 피해의식이 폭력을 낳는 이 악순환의 고리는 끊어지지 않으며, 가족들은 끝내 하나가 되지 못한 채 영원히 남일 수밖에 없다.

인혜가 다른 사람의 시선으로부터 끊임없이 '경멸' 혹은 '모멸'의 흔적들을 발견하려는 것은 이러한 피해의식과 결합된 복수의 정념에서 비롯된 것이라고 할 수 있다. 고향으로 내려오기 직전에 이복오빠 태건을 만난 자리에서 "봉투를 내밀면서 환하게 짓는 저 미소에는 분명 경멸의 비웃음조차도 섞여 있지 않을까"라고 의심한다든지, 윤호와의 관계 속에서 "모욕을 기다린다, 모멸을 기다린다. 능멸을 기다린다. 그래서 마지막에는 철저하게 망가져서 나동그라진 자신의 모습을" 바라보는 시선은 자기학대의 몸짓이 아니라 복수를 칼날을 벼리는 약자의 모습일 뿐이다. 복수는 항상 피해자의 몫이니까.

'홀로어멈'의 모성적 권리

「붉은 포대기」의 서사의 한 축이 난마처럼 얽힌 가족들의 이야기라면 다른 한편으로 가정의 한 축을 이루면서 가족 구성원들로부터 타자적인 위치에 놓여 있는 여성들의 이야기이기도 하다. 그 이야기의 핵심에는 여성들의 반복되는 삶으로서의 '홀로어멈'의 문제가 끼어든다. 「붉은 포대기」에서 반복되는 모티프는 바로 애비 없는 자식들을 키우는 홀로어멈들의 삶이다.

황희조 일가의 여성들은 애비 없는 자식들을 가진 경험을 공유하고 있다. 영매의 경우. 결혼을 얼마 남겨두지 않고 약혼자가 교통사고로 죽자 산간벽지로 자원해서 들어와 자식을 낳는다. 결혼하지 않은 채 자식을 키운다는 것은 지금도 그러하지만, 영매가 살았던 시대에는 사회적으로 금기시되었던 일이었다. 그래서 자신을, 아니 더 정확하게 말해서는 자식을 받아주는 사람 희조를 만나 결혼한다. 아이 둘이 딸린 채 상처한 동료 교사 희조가 아이를 호적에 올리겠다고 제안하자 결혼했던 것이다. 그래서 5남매는 서로 아버지 혹은 어머니가 달랐던 것이다. 이로 말미암아 영매는 평생을 죄인처럼 살아가야만 했다. 자신의 모든 것을 포기하더라도 결코 포기할 수 없는 아이에 대한 모성적인 사랑이 사회적인 편견과 마주하면서 그녀의 삶을 굴곡지게 만들었던 것이다.

어머니처럼 살고 싶지 않았던, 그래서 어머니를 닮아버렸던 인혜 역시 유사한 경험을 지니고 있다. 인혜는 오랫동안 고시에 실패하고 있는 한 젊은이를 사랑한 적이 있었다. 그런데 "가난했고, 가난한 제 가족을 위해 돈을 벌어야만 했던" 남자는 가난한 인혜에게 쓰디쓴 환멸감만을 남겨둔 채 떠나간다. 그 와중에 인혜는 아이를 가지게 된다. 하지만 "이런 형편에 애를 어떻게 낳느냐고, 당장에 병원에 가라"는 남자의 말에 아이를 유산시킨다. 이런 맥락에서 볼 때, 인혜는 어머니 영매와는 다른 현실주의자인지도 모른다. 세상이 그녀가 홀로 아이를 키울 수 있도록 놓아두지 않는다는 사실을 누구보다도 잘 알고 있었던 것이다. 그래서 무책임한 남자, 생명을 중하게 여길 줄 모르는 이기적인 남자, 스스로 아이의 아버지가 되기를 거부하는 남자의 아이를 키울 수 없다는 것을 간파한 그녀는 현실의 논리에 따라 낙태시킨다.

자신에게 문득 안겨진 생명 앞에서 서로 다른 선택을 했던 영매와 인혜, 두 모녀 앞에 아무도 인정해주지 않는 수혜의 '위험한 사랑'이 놓여 있다. 수혜는 서른 살이 넘었음에도 불구하고 아직도 어린아이와 같은 순수한 영혼을 지닌 존재이다. 순수하다고? 아니, 정확히 말하면 "고집 센 바보", "정신지체아"이다. 이런 수혜에게 사랑이 찾아온다. 수혜는 아내와 이혼한 뒤 시골생활을 시작한 지섭을 사랑한다. 하지만, 서로의 마음 속에 환한 꽃등을 켜는 진실한 사랑이었지만, 세상 사람들의 냉대와 모멸 속에서 아무에게도 인정받지 못한다. 결국 지섭은 마을을 떠나고, 남겨진 수혜는 임신한다. 육체적 성장과는 상관없이 어린애로만 알고 있던 수혜가 사랑을 하고 아이를 가졌다는 사실을 인혜는 받아들일 수 없다. 인혜는 "세상에 대한 저항능력도 없는 수혜가 아이를 낳도록 내버려 두는 건, 수혜를 가만히 내버려 두지 않는 것만큼이나 또 하나의 폭력"이라며 아이를 낙태시키려고 시도하기도 한다. 하지만, 어머니는 수혜의 아기를 지켜주고 싶어한다. 아이 때문에 자신의 모든 것을 포기하며 희조와 결혼했던 자신의 과거를 돌아보는 것이다. 결국, 어머니의 죽음을 앞두고 인혜는 어머니의 삶을 받아들인다.

> "애는 왜 지웠니. 꼭 남자가 있어야만 했니. 남자가 없다고 왜 네 아일 죽여. 어리석은 짓을 했구나"

"겁났어, 엄마. 혼자 애 낳는 거, 아빠 없는 아이 키울 자신 없었어, 엄마, 어엉엉"

"엄마도 겁났어, 느이 둘째 오빠 엄마 뱃속에 있을 때, 엄마도 겁나서, 처녀가 애 낳았다고 세상 사람들이 손가락질 할까봐, 무서워서, 무서워서 결혼을 했단다. 바로 인혜 니 아부지, 황희조씨랑. 그때는 그랬어, 바보같이, 아이한테는 아빠가 있어야 한다고 그 생각에서 단 한 발자국도 못 나갔어, 아빠 없이 애 낳으면 무조건 안되는 건 줄 알았어"

이제 작가는 수혜의 삶을 통해서 영매의 삶과 인혜의 삶을 넘어선다. 아이에게는 어떤 식으로든 아버지가 있어야 한다는 생각도, 아버지가 없으면 아이를 낳을 수 없다는 생각도 수혜의 선택 앞에서는 무의미해진다. 누구도 자신의 아이를 낳을 수 있는 수혜의 모성적 권리를 박탈할 수 없다. 그녀가 비록 경제적이고 정신적인 의미에서 무능력하다고 할지라도 자신이 선택한 사랑에 대해서 끝까지 책임질 수 있는 것이다. 가족들은 누구도 그녀의 권리를 침해해서는 안된다. 아이를 가문, 가족, 가장의 배타적인 소유 내지는 권리로서 이해하는 것은 가부장제적 이데올로기의 폭력인 것이다.

이러한 미혼모, 내지는 '홀로어멈'의 가능성은 공선옥의 소설에서 매우 익숙한 주제의식이다. 이미 전작 소설들에서 세상의 편견과 홀대에 맞서 싸우는 '홀로어멈'들의 이야기를 진지하게 다룬 바 있다. 전작 소설들이 기존의 가부장제에 홀로 맞서는 모습들을 형상화하고 있음에 비해 「붉은 포대기」에서는 '자매애'의 형태로 확장시키고 있다는 점에서 차이를 지니고 있을 뿐이다. 그래서 공선옥의 '홀로어멈'은 우리가 이상적으로 미화해 온 헌신과 희생의 화신으로서의 어머니의 계보로부터 멀찌감치 벗어난다. 남성들의 시선에 의해서 부여된 의무로서의 모성이 아니라 내적 충일감과 자기실현의 논리에 따라 스스로 부여한 권리로서의 모성인 것이다. 그것은 힘겹고 남루한 생활 속에서도 자신의 행동에 책임을 지는 능동적인 여성의식에 기반을 둔다는 점에서 공선옥 소설의 내적 특징을 이루게 된다.

그런데, 「붉은 포대기」에서 주목되는 것은 이러한 여성의 모성적 권리에 대한 자각이 남성에 대한 배타적인 거부를 넘어서고 있다는 점이다. 기존의 소설에서 보였던 남성적인 세계와의 해묵은 불화는 작품의 마지막 부분에서 변화의 조짐을 보이고 있다. 딸의 아픔을 이해하고 어렵게 태어날 손자를 위해 반닫이에서 아내가 남겨준 낡은 기저귀와, 배냇옷, 그리고 붉은 포대기를 찾아내는 아버지 희조의 모습은 상처를 입고 살아가는 자들이 마지막에 건넬 수 있는 따뜻한 화해의 손길일 것이다. 전처가 남긴 두 자식을 싸안아 키웠던 아내의 포대기로 다시 딸의 아기를 감싸안은 희조의 모습은 그런 의미에서 작가 공선옥이 마지막까지 포기하지 않는 인간성에 대한 신뢰를 상징하는 것이라고 할 것이다.

복수를 꿈꾸며, 모멸을 견디며
— 김영하의 『오빠가 돌아왔다』

모나드

김영하의 소설집 『오빠가 돌아왔다』를 재미있게 읽었다. 그 중에서도 작품집의 첫머리에 놓인 「그림자를 판 사나이」는 여러 가지 면에서 흥미로운 작품이었다. 김영하의 소설 속에 등장하는 여러 인물들의 원형적 모습을 유추해볼 수 있기 때문이다. 이 작품에서 주인공인 스테파노는 "아침에 일어나 조간신문을 읽고 자신을 위한 밥상을 차리고 창을 열어 안과 밖의 공기를 바꾸고 철지난 음악을 듣는" 평범한 일상을 살아가고 있는 것처럼 보인다.

하지만, 스테파노의 일상은 매우 견고해서 타인이 쉽게 끼어들 수 없다. 스테파노와 세실리아 사이에 "일정 거리 이상의 접근을 허용하지 않는다는 묵계"는 그것을 잘 말해준다. 타인을 향해 열린 창도 없고 "타인에게 털어놓아야 할 아무런 비밀도 간직하고 있지 않"으며, 그래서 타인의 영혼에 그림자를 드리울 수 없는 존재인 셈이다. 그들은 완벽한 모나드를 꿈꾸며 고독을 즐기고 자신을 신뢰하는 듯이 보인다. "차를 끓여 밥에 부어 먹"으면서 선승(禪僧)처럼 고독한 구도자의 길을 걷는다.

하지만, 근원을 알지도 못할 곳에서 피어오르는 불안에 사로잡힐 때, 이러한 고독한 구도자로서의 삶 역시 흔들리고 만다. 일상은 순식간에 붕괴되고 삶의 의미 역시 퇴색되고 마는 것이다. 그것은 외부에서 오는 것이 아니라 내부에서 비롯된다. "문득 이 생이 이대로 끝난다는 생각에 목이 죄"어 오면 자신들이 지켜오던 성채는 소리 없이 허물어지고 마는 것이다. 찰나의 순간에 육감처럼 차갑고 섬뜩한 불안이 엄습한다. 그런 의미에서 바오로의 고뇌는 실존적이라고 할 수 있다. '지진'처럼 모든 것을 흔들어놓을 뿐만 아니라 '자연발화'처럼 한 인간의 내부에서 불이 타올라 모든 것을 불태워버리는 것이다. 이러한 위기는 타인이 자신의 삶에 깊이 개입되어 들어오면서 시작된다. 세실리아와의 만남이 지금까지 견고했던 바오로의 성채를 부서뜨린 것이다.

스테파노의 삶 역시 타인에 대한 두려움을 간직하고 있다는 점을 간과해서는 안된다. 그는 가정을 만들기를 싫어하고, 타인과 만나는 것을 기피하고, 타인으로부터 받을 상처에 두려워하기 때문에 성채 안으로 숨어들어 고독한 삶을 살아가고 있을 뿐이다. 신문 끊기가 쉽지 않다는 통념 때문에 신문 보급소에 찾아가 절독 신청하는 것조차 오랫동안 망설였던 것이라든가, "엄마가 이모 같다", "너네 엄마 끝내준다"라는 세실리아의 말에 얼굴만 벌개진 채 맥주를 들이키는 것, 그리고 산책로에서 만난 천막 속의 남자에게 "미친 놈"이라는 소리를 듣자 집에 돌아와 "괜히 아침부터 욕을 먹었다"라는 생각 때문에 누구에게랄 것도 없이 화가 나 있는 힘을 다해 소리 지르는 것 등을 보면 스테파노가 얼마나 섬약한 영혼의 소유자인지 알 수 있다. 그는 타인에게 거절당하거나 모욕을 받거나 얕잡아 보이는 것을 극도로 두려워하는 유형의 인간인 것이다. 따라서 고독은 자발적인 선택이라기보다는 이러한 관계에 대한 두려움에서 비롯한 것이라고 할 수 있다.

김영하의 소설에 등장하는 인물들은 이처럼 타인과의 관계 속에서 민감한 감수성을 지닌, 그러면서도 자존심이 매우 강한 존재들이다. 그래서 "화도 제대로 못 내고 혼자 저지른 일, 아무도 모를 일이나 조용히 뒷감당을 하"면서 "지킬 가망 없는 약속, 혼자서 간직해야만 하는 비밀, 모두 지긋지긋한 것"을 붙안고 살아가는 것이다. 하지만 삶을 살아야만 그림자도 생기는 법. 누군가와 복작복작 부대끼며 살아가다 보면 그림자가 생길 것이고 그것이 인생이자 소설일 것이다. 그렇다면, 김영하의 소설들을 분석하는 중요한 키워드 중의 하나는 타인, 타자들과 맺는 관계가 아닐까. 고독한 삶의 존재 양식은 김영하가 바라보는 세계상과 밀접하게 연관되어 있기 때문이다.

마키아벨리스트

김영하는 소설집 『오빠가 돌아왔다』에서 두 부류의 인간에 대해서 탐구하고 있는 듯하다. 소설가 스테파노의 표현을 빌리자면 "하고 싶은 대로 하는 사람"과 그렇지 못한 사람 말이다. 물론, 사람들은 "자기 맘대로 살아가는 사람이 몇이나 되겠느냐?"라고 반문할지도 모른다. 하지만, 그렇게 말하는 사람들은 대부분 하고 싶은 대로 하면서 살아가는 사람들이다. 정말 그렇지 못한 사람들은 그런 말조차 하지 못한 채 조용히 침묵하고 있을 따름이다. 이들은 같은 형상을 하고 있지만, 살아가는 모습이랄지 생각하는 방식까지 완전히 다른 종족이다.

자기 맘대로 하고 살아가는 사람들에게 타인은 있으나마나한 존재이다. 그들이 무언가를 이루고자 할 때 타인은 목표 달성을 방해하는 경쟁자이거나 아니면 목표 달성에 쓸모 있는 조력자에 불과하다. 그래서 목표가 달성되는 순간 타인은 더 이상 관심의 대상이 될 수도 없고 고려할 필요조차 없게 된다. 따라서 자기 맘대로 살아가는 사람들에게 타인은 자신을 위해서만 필요한 사물적 존재로서 받아들여지고 있는 지도 모른다. 그래서 작가는 이런 유형의 인간을 '우세종'(「보물선」)이라고 부른다.

이런 우세종들은 소설가 스테파노의 어머니(「그림자를 판 사나이」), 알코올중독자 아빠(「오빠가 돌아왔다」), 노란 조끼 입은 이사용역업체 직원(「이사」), 충무로 낭인이라고 자칭하는 영화감독(「너의 의미」), 주식 시장의 작전세력에 가담하고 있는 재만(「보물섬」) 등의 형상을 통해서 쉽게 확인해 볼 수 있다. 그들은 가정에서나 직장에서 높은 지위와 명성과 부를 얻은 존재들이지만, 결코 타인을 배려하려고 하지 않는다. 오히려 그들은 자신들이 이룩한 부와 명예와 권력을 이용하여 더욱 손쉽게 욕망의 대상을 탐할 뿐이다.

「그림자를 판 사나이」에서 스테파노의 어머니는 자신의 전남편들에게 언제나 당당하게 턱을 쳐들고 무엇인가를 요구하는 당당함을 지녔다. 그래서 전남편들에게 자신을 망친 책임을 묻고, 그래서 무언가를 요구할 권리를 행사한다. 빚쟁이처럼 "망쳐 놓았으니 책임져!", "물러 줘"라는 말로 잘 살고 있는 것이다. 「오빠가 돌아왔다」의 아버지도 같은 유형의 인간이라고 할 수 있다. 알코올중독자인 그는 변변한 직장도 없이 전문 고발꾼으로 행세하며 살아간다. 자신의 행동 때문에 타인이 받을 상처쯤은 아랑곳하지 않고 자신이 하고 싶은 대로 살아가는 것이다. 자신을 사회정의를 구현하는 시민정신의 총화 내지는 정의의 사도로서 생각하는 그는 마침내 아들을 청소년 성매매 사범이나 미성년자 약취 유인으로 유혹하는 것조차 서슴지 않는다. 뿐만 아니라 딸의 교복을 가져다 성적 욕망의 대상으로 삼는 파렴치한 인간이기도 하다. "갖춰야 할 모든 것을 안 갖춘 나쁜 아빠 종합선물세트" 같은 존재인 것이다.

이러한 우세종들의 삶의 철학을 한마디로 요약하면 마키아벨리즘이라고 할 수 있다. "군주가 엄중하고도 엄중하게 경계해야 할 일은 경멸당하거나 얕잡아 보이는 일이다"(「너의 의미」)라는 충무로 낭인의 말이 바로 그것을 보여준다. 마키아벨리가 그의 저서 『군주론』에서 현실을 감안하지 않고 이상적으로 행동하여 권모술수를 쓰지 않는 군주는 반드시 몰락할 수밖에 없다고 말한 것처럼, 우세종들은 자신의 추구하는 목적을 달성하기 위해서 수단과 방법을 가리지 않는다. 주가 조작을 통해 "수천 명의 재산을 간단하게 꿀꺽하고도 아침이면 호텔 식당의 메로구이를 집요하게 발라먹는 저 놀라운 식욕, 추악한 욕망"을 가진 철면피들인 것이다.

그런데, 이러한 우세종들이 지니고 있는 욕망의 대상은 마키아벨리처럼 정치적 권력의 문제만으로 환원되지 않는다. 오히려 물질적인 부나 성적인 욕망과 같은 인간관계의 모든 영역에서 탐욕스럽게 대상을 찾아 헤매고 있다. 욕망의 대상을 찾아 끊임없이 떠도는 "보헤미안"(「너의 의미」), 곧 남성 보보스(부르조아 보헤미안)인 것이다.

정글의 법칙이 지배하는 현실사회에서 먹이사슬의 꼭짓점에 올라서지 않는다면 누군가에게 잡아먹힐지도 모른다는 두려움은 이들의 비도덕적인 행위를 정당화한다. 이들에게는 어떠한 죄의식도 발견되지 않고, 인정에 대한 고려도 없다. 달리 말하면 타인의 시선에 대한 의식이 없다는 사실이 우세종들의 가장 큰 특징들인 셈이다. 물론 이러한 종족 중의 일부는 반성을 가장하기도 한다. 「보물선」의 재만과 같은 인물이 거기에 해당할 것이다. 가벼운 죄의식과 반성. 하지만, 그는 결코 그 종족 집단에서 빠져나올 용기도 없을 뿐만 아니라 몰락해가는 열등한 종족이 되지 않기 위해서 결국에는 돈을 많이 벌어야 한다는 자기합리화에 도달하는 그런 인간일 뿐이다.

그런데, 우세종들은 천부적인 운명에 의해서 결정되는 것은 아니다. 치열한 전쟁터에서 살아남기 위해 힘을 길러야만 한다면, 우세종들도 언젠가는 자신의 힘과 권력을 잃을 날이 올 것이다. 표제작인 「오빠가 돌아왔다」는 바로 그러한 상황을 우의적으로 말하고 있는 듯하다. 가출한 지 4년 만에 집으로 돌아온 오빠는 "너 이 자식, 감히 어딜 들어오냐"며 달려드는 아빠를 힘으로 간단히 제압하고 집안의 권력을 장악해 버린다. 오빠는 더 이상 옛날의 오빠가 아니다. 열여섯 살까지 아빠한테 죽도록 맞고 자라던 오빠의 모습을 찾아보기 어렵다. 예전에는 술 취한 아빠에게 학대를 받다가 발가벗겨진 채 집밖으로 쫓겨나 "개새끼, 씨발새끼, 좆같은 새끼. 내가 가만 두나 봐라"라고 되뇌이면서 복수를 다짐하더니 마침내 스무 살이 되자 오이디푸스처럼 반란에 성공했던 것이다. (이러한 복수의 정념이 항상 현실화되는 것은 아니다. 「이사」와 같은 작품에서 주인공은 직접적인 복수 대신에 상상 속의 복수를 통해서 쾌감을 느끼기도 한다.) 지나가는 타인들의 시선 속에서 노출된 자신의 몸을 보면서 느꼈을 모욕감과 열패감을 복수로서 되갚아주고 있다.

4년 만에 점령군처럼 당당하게 입성한 오빠의 모습을 보면서 경선은 "어른이 된다는 건 간단하군. 우선 부모를 제압할 만큼 힘을 기르고, 짝을 찾아 집으로 쳐들어오는 거야"라고 생각한다. 그런데, 오빠의 열패감이 복수로 치환될 때 가족의 삶은 이전과 크게 다르지 않은 모습으로 지속된다. 모름지기 가족이란 야유회를 가 고기도 구워 먹고, 노래방에도 가고, 사진도 찍어야 한다는 믿음에도 불구하고 '서커스 가두흥보단' 같은 우스꽝스러운 꼬락서니를 하고 떠난 나들이는 "대화는 잘 이어지지 않았고 서로가 자기 이야기를 조금씩 하다가 말문이 막히면 매운탕에 코를 처박"다가 마지막에는 싸움과 주정으로 엉망진창이 되어 버린다. 권력은 이전되고 삶의 표면은 변화되지만, 궁극적으로는

이전과 다를 바가 없다. 오빠는 어느덧 아빠를 대신하여 집안의 '기둥'
이자 '법'이 되었지만, 세상은 여전히 '평온' 했던 것이다.

투명인간

세상에는 우세종들만 존재하는 것은 아니다. "세상에는 보물선의 전
설을 믿는 사람, 직접 보물선을 찾겠다고 바다로 뛰어드는 사람, 그리
고 그걸 재료로 돈을 버는, 재만 같은 사람들이 있"다는 사실을 떠올릴
필요가 있다. 우세종들이 부와 명예를 얻는 동안 그 주변에는 보물선
의 전설을, 혹은 사랑이나 가족에 대한 낭만적 신화를 믿고 있는 사람
들이 있는 것이다. 그리고 신화와 전설을 현실 속에서 찾아내려는 사
람들도 있다. 아마 그런 사람들은 현실을 지배하는 추상적인 법칙을
인식하지 못한 까닭에 나동그라지고 울음을 터뜨리고 있을 것이 분명
하다. 치열한 전쟁터에서 먹이사슬의 밑변을 형성하고 있는 이러한 먹
잇감들, 식욕의 대상들, 열등한 종족들의 삶은 어떠한 모습일까. 김영
하의 소설에서 특히 관심을 끄는 것은 바로 이러한 열등한 종족들의
감정을 섬세하게 포착하고 있는 점이다.

열등한 종족들이 우세한 종족들에 대해서 갖게 되는 기본적인 감정
은 모멸감이라고 할 수 있다. 모멸감은 자신에 대해 주인이 될 수 없음
을 알아차린 순간에 발생한다. 몸과 정신, 영혼의 주인이 자신이 아니
라 타인이라는 사실, 분명 자신의 소유임에도 불구하고 이미 타인의
지배와 조종을 받고 있다는 사실에서 모멸감이 시작되는 것이다. 그것
은 모멸의 감정이 항상 피동형으로 사용되는 것과 무관할 수 없다. 모
멸했다는 느낌은 거의 존재하지 않지만 모멸당했다는 느낌은 선명하
게 존재하는 것도 이 때문일 것이다.

주체의 주체성이 박탈당한 채 타인의 대상이 될 수밖에 없음을 감지

하는 순간에 모멸은 발생한다. 그래서 가정에서, 직장에서, 사회에서 열등한 위치에 존재하는 종족들은 이러한 모멸의 감정으로부터 결코 자유롭지 못하다. 끊임없이 우세한 종족들의 시선을 의식하지 않을 수 없는 것이다. 그래서 모멸이란 타인의 시선을 되돌려줄 수 없을 때 발생하는 감정이라고도 할 수 있다. 이러한 모멸의 감정을 가장 압축적으로 보여주는 이미지가 바로 「너를 사랑하고도」에 나오는 토르소 조각이다.

> 나는 습기찬 수영장에서 황급히 빠져나와 겨울의 건조한 공기를 들이마셨다. 발의 물기를 채 닦지 못하고 양말을 신어 발이 척척했다. 아 거친 사람들은 정말 질색이야. 그런데, 그때 기이하게도 머리에 수영모자만 쓴 채 당당하게 걸어오던 그 나체의 아주머니 모습이 떠올랐다. 왜 하필 그때였는지 모르겠지만 어쨌든 그 후로는 모욕을 받거나 궁지에 몰리면 여지없이 그 이미지가 집요하게 점멸하였다. 그러는 바람에 나는 모욕을 되갚아 주거나 궁지를 탈출한 기력마저 잃어버리곤 하였다. 얼굴도 없이 오로지 몸통으로만 된 그 이미지는 마치 무슨 토르소 조각 같았다.

수영모자만 쓴 채 벌거벗은 채 나타난 아주머니는 뭇사람들의 시선 앞에서 어찌할 줄 모르고 물속으로 뛰어들고 만다. 아주머니는 중인환시(衆人環視) 상황에서 자신을 가릴 아무것도 지니고 있지 못했다. 그때의 당혹감, 낭패감이란 말로 이루 형언하기 어려울 정도일 것이다. 자신의 몸을 바라보는 사람들의 시선으로부터 도피하고 싶지만 감출 수 있는 방법이라고는 아무것도 없는 상태, 자신은 모든 것을 드러냈지만 자신을 바라보는 시선들에게 아무런 응답도, 되갚음도 불가능한 상태였던 것이다. 가능할 수만 있다면 자신의 얼굴이라도 감추고 싶었으리라. 그래서 얼굴은 사라지고 몸만 남아있는 토르소 조각이 된다.

하지만 토르소 조각이 됨으로써 그녀의 몸은 영원히 타인의 시선 속에 노출된 채 아무런 저항도 할 수 없는 대상이 되고 마는 것이 아닐까. 토르소 조각에는 시선이 박탈되어 있는 것이다. 그것이 아마 김영하가 보여주고자 했던 모멸감의 이미지라고 생각된다. 타인의 시선 앞에 노출되어 있으면서도 자신의 시선은 타인을 향해 되돌려 보낼 수 있는 주체성을 박탈당한 상태가 모멸감의 정체였던 것이다. 그리고 모멸의 일상 속에서 살아갈 수밖에 없는 것이 열등한 종족들의 삶일 것이다. 모멸 속에서 살면서 모멸을 받고 있는 자신을 없애버리는 것, 그림자조차 제거함으로써 투명인간이 되는 것, 그래서 타인의 시선을 제거해버리려는 시도가 나타나는 것이다.

　그런데, 모멸은 수동적인 것만은 아니다. 그렇게 자신을 비워버림으로써 우세종들의 시선 역시 제거해버리기 때문이다. 자신들의 시선 속에 붙잡혀 있던 대상이 문득 사라져버릴 때 우세종들은 불안에 사로잡히게 된다. 대상이 사라짐으로써 욕망이 도달해야 할 구체적인 목표가 사라져버리기 때문이다. 물론 우세종들은 다른 종족들의 삶에서 주체성을 제거함으로써 욕망의 대상으로 생산해낸다. 그것을 우리는 '재현'의 기술이라고 부른다. 스스로를 말하지 못하고 다른 존재의 시선을 통해서만 현존할 수 있게 되는 것이다.

　「크리스마스 캐럴」에서 보여주고 있는 진숙의 형상은 바로 그러한 재현의 기술과 관련된다. 중권, 영수, 정식은 모두 대학 시절에 진숙과 육체적 관계를 맺는다. 그런데, 자신들이 '구멍동서'라는 사실을 알게 된 순간 세 남자는 진숙을 '유령'으로 만들어버린다. "그 여자가 아예 없었다고, 지금도 없다고 생각하는 것이다. 그러니까 아무도 화제에 올리지도 않고, 그러나 관계는 계속"할 수 있게 된다. 현실적으로 존재하지만, 부재하는 존재로 만들어버림으로써 편리하게도 그들은 자신들을 짓누르던 도덕적인 부채감이나 죄의식으로부터 벗어날 수 있었던 것이다.

　진숙이 그러한 삶을 살았던 것은 자기비하 때문이었다. 그는 자신이 존귀하다는 사실을 몰랐던 까닭에 자신의 몸을 함부로 굴리면서 스스로를 모멸의 구렁텅이로 밀어 넣었던 것이다. 그런데, 자신들의 온갖 치부를 쏟아냈던, 그러나 아무 말도 할 줄 몰랐던 진숙이 돌아오면서 우세종들의 삶은 균열에 처하게 된다. 숨기고 싶었던, 그러나 숨겨지지 않아서 아무도 모르는 곳에 몰래 내다버렸던 성(性)과 욕(慾)들이 진숙의 귀국과 더불어 다시 존재의 영역으로 떠올랐던 것이다.

대상화되었던 까닭에 아무도 눈여겨보지 않았던 부재의 존재가 입을 열기 시작하면서 우열의 권력관계는 완전히 전복되기에 이른다. 이제 부재의 존재가 관계의 주도권을 장악하면서 우세종들은 복수의 정념에 사로잡히게 된다. 꿈속에서 진숙은 여러 번 살해된다. 결국, 그들은 죽이고 싶었으나 죽이지 못했던 진숙을 자신의 손에는 피 한 방울 묻히지 않고 타인의 손을 빌어 죽여 버린다. 진숙을 다시 침묵하는 부재의 존재로 만들어버림으로써 관계의 주도권을 되찾아오는 것이다. 소설의 마지막 장면에서 손을 씻어낸 물이 핏물처럼 보일 수밖에 없었던 것은 이 때문일 것이다.

이처럼 모멸이 복수로 전화될 때에만 우세종의 삶이 위협당하는 것은 아니다. 모멸 속에서 투명인간이 되는 것 역시 우세종들에게는 매우 위험한 것이다. 우세종들의 시야 안에서 분명하게 포착되어야 하고, 그래서 주체성을 박탈당한 채 재현과 감시의 대상으로서 존재할 때 우세종들은 편안한 삶을 지속할 수 있다. 그런데, 토르소가 투명인간이 되고 유령이 되어 시선을 모두 삼켜버리는 블랙홀처럼 되어 버렸을 때, 재현을 통한 통제술은 불안 속에서 스스로 붕괴될 위기에 처하게 되는 것이다. 진숙의 죽음이 가져온 세 사람 사이의 의심과 불안은 바로 그러한 균열의 시작일 것이다. 「크리스마스 캐럴」에서 작가가 말하고자 했던 것은 바로 그러한 모멸과 복수 사이의 모순적인 과정이 아니었을까.

미로 속에서 사람을 만나다

— 윤대녕의 『누가 걸어간다』

블랙홀에 빠진 여자

『많은 별들이 흘러갔다』 이후 4년여 만에 윤대녕의 소설을 다시 읽는다. 오랜만에 만났음에도 불구하고 윤대녕의 소설들은 여전히 그 자리에 서 있는 듯하다. 무한속도로 변해가는 세상 속에서도 여전히 변하지 않는 모습을 보는 것은 윤대녕이 출발 당시부터 설정했던 문제의식이 여전히 유효하다는 것을 보여주는 것일 터이다. 타인과 소통되지 못하는 인간의 존재론적 고독감과 분열과 위기의 징후 속에 노출되어 있는 개인의 정체성이라는 주제가 여전히 그의 작품을 관류하고 있는 것이다. 그래서 첫 소설집 『은어낚시통신』에서 비롯되었던 윤대녕만의 소설적 모티프도 쉽사리 발견된다. 만남과 소멸, 실종과 탐색, 삶과 죽음, 존재와 무 같은 실존적인 문제 설정이 네 번째 작품집인 『누가 걸어간다』에서도 여전히 소설적 구성의 핵심 요소인 것이다. 기시감, 혹은 데자뷰.

윤대녕적인 것들 중에서 먼저 눈에 띄는 것은 역시 사랑했던 여자의 실종이라는 모티프일 것이다. 한 남자의 사랑을 필요로 했던, 그래서 남자에게 접근했던 여자가 갑작스럽게 사라져버린 상황은 「흑백텔레비전 꺼짐」, 「무더운 밤의 사라짐」, 「낯선 이와 거리에서 서로 고함」 등에서 발견된다. 「흑백텔레비전 꺼짐」이라는 작품에서는 결혼식 날 사라진 한 신부에 관한 이야기가 나온다. 제주도에서 만난 여자는 그에게 사랑을 고백하고 결혼을 약속하지만, 정작 결혼예정일이 되자 신혼여행지였던 괌으로 홀로 떠나버린다. 「무더운 밤의 사라짐」도 마찬가지이다. 직장동료였던 남녀는 '밤호텔'에서 함께 사랑을 나누었지만, 아무런 예고도 없이 남자를 떠난다. 훗날 백화점에서 우연히 만난 그녀는 '밤호텔'에서 나와 함께 있을 때 만났던 죽은 사람의 혼령을 사랑하게 되어 떠났다고 털어놓는다. 「낯선 이와 거리에서 서로 고함」에서도 대학 시간강사와 함께 살고 있는 여자는 금요일 저녁이 되면 세 시간 동안 사라진다.

윤대녕의 소설 속에 등장하는 여자들은 이처럼 블랙홀에 빠진 듯 갑작스럽게 사라져버린다. 그런데, 실종을 보다 포괄적으로 이해한다면, 아내를 친정집으로 떠나 보낸 「올빼미와의 대화」라든가 스스로 일상적인 삶으로부터 도피해버린 남자와 여자의 이야기를 다룬 「누가 걸어간다」 역시 동일한 모티프를 배면에 깔고 있다고 할 수 있을 것이다. 마술에 걸린 듯 홀연히 사라져 버린 한 여인의 뒤안길에서 윤대녕 소설의 남자 주인공들은 일상을 지탱해왔던 "공간의 뒤쪽, 동전의 뒷면"을 만나게 된다. 한 사람의 실종은 그 자체로 끝나지 않기 때문이다. 실종은 그와 관계를 맺었던 또 다른 한 사람의 존재감 역시 함께 제거해버리는 것이다. 지금 이곳에서 나와 함께 이야기를 나누고, 함께 사랑하고, 함께 삶을 영위했던 타자가 사라짐으로써 관계의 한 자락을 쥐고 있던 나 역시 사라져버리는 것이다.

현실로부터 끊임없이 미끄러지는 주인공들은 고독감을 이겨내기 위하여 다시 사람들을 찾아 나선다. 하지만, 사람들은 자신을 닮은 사람을 사랑할 수밖에 없나 보다. 「흑백텔레비전 꺼짐」에서 주인공은 떠나간 여인 하원 대신에 똑같은 운명을 지닌 이복형제 정원과 만나게 된다. 금요일 저녁이면 문득 사라져버리는 동거녀 때문에 정신적인 공허감을 느끼는 대학 강사는 동거녀의 자리를 메꾸어줄 사람을 찾지만, 그가 만난 사람 역시 자신의 현실을 바꾸는 것이 불가능하다고 느껴서 무작정 걷기만 하는 자동차회사 영업사원일 뿐이다. 따라서 홀로 남겨진 사람들이 다른 사람과의 관계 속에서 벗어나고 싶어 했던 고독감은 결코 치유되지 않는다. 현실로부터 숨어들어간 임진강변의 작은 마을에서 자신의 상처를 이해해 줄 수 있으리라고 믿었던 여자에게 자신이 위암 환자임을 밝히자, 여자는 "난 왜 이런 사람만 만나지"라고 말해버리는 것처럼 말이다. 두 사람은 서로의 상처를 위무하지만 결코 다가갈 수 없다. 사람과 만나서 상처를 받았던 사람은 다시는 따뜻하게 안아줄 사람을 만나지 못한다.

만남이 고독을 제거해주리라는 믿음은 허황된 환상에 불과하다. 시골 미장원 여자와 탈영병 남자는 서울에서 함께 살자고 수없이 약속을 하지만, 결국 탈영병은 마을을 빠져나가지 못한 채 미로와 같은 갈대밭 속에서 죽음을 맞이하게 되는 것이 그것을 말해준다. "이제 나는 알았다. 내가 새로 만나게 될 사람은 전에 알았던 이와 전혀 다른 의미를 가진 사람이 아니라는 것을." 타인은 나의 고독을 치유시켜 줄 수 있는 존재가 아니라 그것을 오히려 심화시키는 거울과도 같은 존재일 뿐이다.

금요일 밤마다 세 시간씩 사라지는 여자. 어쩌면 그 여자도 내가 거리에서 마주친 그런 낯익은 존재들 중의 하나가 아닐까? 어느 날 말 없이 혼자 사라져 여관방에 누워 있거나 일부러 먼 곳에 있는 술집에 찾아가 문을 닫을 때까지 벽을 바라보고 앉아 있거나 혹은 나처럼 걷고 있거나, 또한 자신도 미처 알지 못하는 엉뚱한 장소에서 마치 타인인 듯한 심정으로 자신의 우물을 들여다보고 있는 이름 없는 존재들 말이다. 알고 보니 그게 모두 사람이라는 존재였다.

결국 윤대녕의 소설에서 타인을 만난다는 것은 자신을 돌아보는 행위에 지나지 않는다. 그것은 내 안에 감추어진 또다른 나를 만나는 것이라고 할 수 있다. 그런 맥락에서 「올빼미와의 대화」와 「무더운 밤의 사라짐」은 매우 흥미로운 작품이라고 할 수 있다. 「올빼미와의 대화」에서 주인공 나는 아내가 서울 사는 장모의 병간호를 위해 친정에 간 후 낯선 전화를 받는다. '올빼미 사내'라고 이름 붙여진 그 남자는 내가 지내온 나날의 삶에 대해서 나 자신보다 훨씬 많은 것을 알고 있다. 누군지를 묻는 남자에게 올빼미 사내는 "나는 너, 의식과 무의식의 관계"라고 말한다.

「무더운 밤의 사라짐」에서 옛 애인 역시 올빼미 사내와 크게 다르지 않다. 그녀는 나와 과거의 어느 한순간을 같이 지냈던 존재이다. 만약 그녀가 현재의 아내와 동일인물이라고 가정할 수 있다면, 과거의 나를 사랑했던 아내는 초라하게 변해버린 남편의 모습 속에서 끊임없이 과거를 떠올리며 삶을 견뎌야 할 것이다. 죽은 남자는 바로 아내와 연애하던 시절의 나인 것이다. 결국, 올빼미 사내와 백화점에서 만난 옛 애인은 과거의 자신을 호출한다. 옛 애인과의 우연한 해후는 바로 망각되었던 과거와의 만남인 것이다.

그런데, 과거와 대면하는 순간 우리는 변해버린 자기의 현재 모습을 발견한다. 과거와의 만남 속에서 우리는 현재와 과거 사이의 균열을 만나고, 그 결과 현재의 나는 분열적인 모습으로 재구성된다. 「흑백텔레비전 꺼짐」에서 하원이 일도를 떠나게 되었던 것도 결국에는 아버지로부터 버림받고 아버지로부터 겁탈당했던 자기의 모습을 대면했기 때문이 아니었을까. 과거를 돌이켜보는 순간 우리는 자기의 잃어버린 반면을 발견하고 혼돈에 빠지는 것이다. 「찔레꽃 기념관」에서 소설가와 방송작가의 삶을 규정하는 찔레꽃의 환영 같은 것도 마찬가지일 것이다. 찔레꽃에 대한 기억에 사로잡힐 때마다 에로 비디오의 극본을 쓰는 소설가와 사랑하는 사람과 헤어진 방송작가의 현재의 모습이 자아의 거울 속에 비춰진다. 찔레꽃은 마음 깊은 곳에 간직한 향수이면서 동시에 현실을 비춰주는 거울인 셈이다. 따라서 찔레꽃에 대한 기억은 누추한 삶을 버텨내게 하는 힘이 아니라 현재를 균열과 해체로 구성하는 블랙홀과 같다.

블랙홀은 여자들에게만 있는 것이 아니라 모든 사람들의 내면에 존재한다. 억압되었던 과거의 기억이 되살아나는 순간, 무의식의 영역 속으로 깊숙이 감추어졌던 경험이 의식의 수면 위로 떠오르는 순간, 모든 삶은 흔들리는 것이다. 여성들은 그 은폐되었던 의식을 깨워내는 마술사와 같은 존재들이다.

사생아 혹은 업둥이로 태어난 남자

소설집 『누가 걸어간다』에서 찾아볼 수 있는 윤대녕의 새로운 면모 중 하나는 표제처럼 거리를 걷는 사람들이 반복적으로 등장한다는 점이다. 물론, 윤대녕의 초기 소설에서도 우리는 길거리에 서 있는 사람들을 볼 수 있었다. 그들은 메트로폴리스의 밤 풍경과 뗄래야 뗄 수 없는 키치적인 존재였다. 그는 거리를 떠돌더라도 문명의 총아인 스포츠카를 타고 달리던 현대적인 의미의 댄디였을 뿐이다.

그런데, 이번 작품집에 등장하는 인물들은 이제 현대적 도회를 배회하던 댄디적 감수성을 지니고 있지도 않으며, 환락의 나락 속으로 자신을 밀어 넣는 자멸의 감수성도 지니고 있지 않다. 그들이 걸어가는 길은 구체적인 목적을 가지고 있지 않다. 그들의 자신의 주위 속으로 지나쳐가는 풍경에 무관심한 채 거리를 무작정 헤매고 있을 뿐이다. 「흑백텔레비전 꺼짐」에서 일도와 정원은 서울 도심의 새천년맞이 행사장 주변을 배회하고, 「찔레꽃 기념관」의 남자 소설가와 여자 방송작가는 남산의 찔레꽃을 보러 무작정 비오는 심야의 도심을 걸어가며, 「낯선 이와 거리에서 서로 고함」의 대학 강사는 무작정 걷는 영업사원의 시간을 사기 위해 함께 거리를 걷는다.

거리를 헤맨다는 것은 편안히 안주할 공간을 확보하지 못했다는 뜻이다. 자신의 육체를 편안히 눕힐 한 치의 공간도 가지지 못한 홈리스이거나 혹은 평화롭게 자신을 보듬어줄 정신적인 동반자가 없는 고독한 존재인 것이다. "방바닥에서 꼬리 잘린 도마뱀처럼 뒤채다 술을 사기 위해 밖으로 나간" 한 사람은 그렇게 밤거리를 배회하다 "구멍가게 외등 밑에서 고양이를 안고 있는" 한 사람을 만났던 것이다. 사람들은 그렇게 누구나 자신의 집에서 쫓겨나 세상에 팽개쳐져 있다. "그때 나 자신도 놀란 사실이 있습니다. 많은 사람들이 내 앞뒤에서 걷고 있더군요. 도시에서도 마찬가지이다. 자세히 눈여겨보면 의외로 많은 사람들이 혼자 묵묵히 걷고 있는 걸 발견하게 될 겁니다" 작가는 그렇듯 배회하는 자들을 통해서 그들이 겪고 있는 고뇌의 흔적을 추적한다. 아마도 그들의 배회는 삶의 안정성을 상실해버렸다는 것을 보여주는 표시인 동시에 「낯선 이와 거리에서 서로 고함」처럼 균열의 위기 속에 놓인 한 개인의 자신의 존재를 증명하기 위한 몸부림일 수도 있다. 사랑했던 여자, 혹은 아내의 실종과 함께 그들은 세상 속으로 내동댕이쳐진 것이다.

윤대녕의 소설의 주인공들은 이처럼 가족이 없다. 사람들은 때로 가족 덕분에 자신의 고독을 잊지만, 윤대녕 소설의 주인공은 자신을 이해해 줄 가족을 가지지 못했다. 그들은 애비 에미가 없는 사생아 혹은 업둥이들이거나, 혹은 아내가 없는 이혼남이다. 그래서 자신의 존재를 증명해줄 어떠한 타자도 지니고 있지 못한 그들은 홀로 세상과 만나야 한다. 「흑백텔레비전 꺼짐」에서 하원이 결혼식 당일에 웨딩드레스를 입고 사라져버릴 수밖에 없었던 것은 사생아로서의 경험 때문이다. 지난 시절 장관까지 지냈던 하원의 아버지는 자신의 정치적 야망을 위해 비정상적인 출생이었던 하원과 정원을 아무도 모를 곳에 유폐시켜 버린 채, "어떤 사람의 호적에도 올라 있지 않은" 삶을 강요한다. 더구나 하원은 아버지에게 순결을 빼앗기기까지 한다. 아버지는 이미 아버지가 아닌 셈이다. 하원이 결혼식 날 갑자기 신혼여행지인 괌으로 사라져야만 했던 것은 이같은 충격적인 경험 때문이었을 것이다. 「무더운 밤의 사라짐」에서도 옛 애인이 진정으로 사랑했던 남자는 바로 호텔방에서 자살했던 사생아이다. 그리고 그것은 나의 분신, 곧 '과거의 나'라고 할 수 있다. 「누가 걸어간다」에서 아내와 이혼하고 위암 진단을 받자 남자는 회사에 병가를 내고 갈대가 우거진 임진강변의 원룸으로 숨어든다. 그곳에서 그는 자신이 첩의 딸이라는 사실 때문에 어느 날 아침 "둑이 터진 것처럼" 눈물을 쏟아버리고는 이곳에 자리잡은 한 여자를 만난다.

사생아 혹은 업둥이들의 이야기는 가족 로망스의 출발이다. 누구나 자신의 아버지를 죽이고 싶어 하듯이 자신에게 존재감을 부여했던 육체적인 아버지는 부정의 대상이다. 오이디푸스 콤플렉스로부터 벗어나기 위해서 자신이 누군가로부터 버림받았다는 상상, 혹은 주어온 자식이라는 의식을 필요로 했던 것이다. 가족으로부터 해방되어 자신만의 정체성을 확인받기 위해서는 누군가 한번쯤 자신이 사생아나 업둥이가 아닐까 하는 상상을 하는 것처럼, 윤대녕의 소설에서는 바로 그러한 의식으로서의 고아나 사생아나 업둥이들이 등장하고 있다.

137

윤대녕의 소설에 등장하는 남성들은 설령 부모가 구존하더라도 아버지에 대한 기억이 없는 것도 이와 관련되지 않을까 싶다. 「찔레꽃 기념관」이나 「누가 걸어간다」에서 남성 주인공들의 의식 속에서 아버지는 존재하더라도 흔적을 남기지 않는다. 아버지와 얽힌 기억이 없는 것이다. 「누가 걸어간다」에서 나의 기억은 오직 어머니의 집, 외가가 있었던 삽교천에 대한 기억밖에 발견되지 않는다. 그리고 「찔레꽃 기념관」에서는 어머니가 이발소에 보낼 때 내 손에 쥐어주었던 달걀 두 개에 대한 기억밖에 남겨져 있지 않다. 그들은 아버지가 존재했더라도 아버지가 없는 존재, 아버지가 있었지만 아버지와의 기억을 지워버린 정신적인 사생아나 업둥이들인 셈이다.

이처럼 아버지로부터의 단절과 고립된 자아에 대한 감각은 독자적인 생존을 도모하도록 강요한다. 육체적인 아버지로부터 분리되면서 그들은 때로 사이비 아버지, 정신적인 아버지를 만들어낸다. 「흑백텔레비전 꺼짐」에서 정치가라든가 「찔레꽃 기념관」에서 고향 마을의 이발사 등이 바로 거기에 해당할 것이다. 하지만, 그들로부터 버림받아 정치적인 희생양이 되거나 혹은 시인이 되지 못하고 에로 비디오의 대본이나 고쳐 쓰는 소설가로 전락해버린 현재의 모습 속에서 자신이 만들었던 정신적인 아버지와의 일체감은 사라져 버린다. 그리고 자신이 아버지가 되었을 때, 자신은 아버지와는 다른 존재가 될 것을 꿈꾸어 왔을지도 모르지만, 그 역시 아내로부터 버림받음으로써 자신의 아들을 아버지 없는 자식으로 만들어 버렸던 것이다. 사생아였기에 사생아이기를 거부했던 아들은 그렇게 사생아를 낳고 만다. 그것이 윤대녕 소설에서 존재론적 고독을 낳는 또다른 원천이다.

환상이 창조하는 기억

— 김형경의 『성에』

(틀뢴의 한 학파는) 현재란 규정될 수가 없는 거고, 미래란 현실적 실체가 없는 마치 현재적 기다림과 같고, 과거란 현실적 실체가 없는 현재적 기억과 같은 것이라고 주장한다.

— 보르헤스, 「틀뢴, 우크바르, 오르비스 떼르띠우스」

치명적인 사랑을 꿈꾸다

누구나 남루한 삶을 살아간다. 아스팔트와 콘크리트와 자동차로 포위된 공간, 쳇바퀴를 돌리는 다람쥐처럼 매일매일 똑같이 반복되는 시간은 삶의 남루함을 상기시키기에 충분하다. 그래서 권태와 피로의 현실에서 벗어나 진정한 존재 의미를 찾아 정처 모를 여행을 떠나고 싶은 모험과 탈주의 욕망이 밤안개처럼 물큰물큰 피어난다. 하지만, 일상으로부터의 탈주는 나 없이도 세상은 너무나 잘 유지된다는 것을 확인하게 되는 쓰디쓴 경험에 불과하다. 탈주는 세계의 무의미성보다는 나의 무의미성을 증명하는 경우가 대부분이다. 물론 존재 모두를 건 탈주는 세계의 변함없는 운행에 조그마한 흠집이나 생채기를 낼 수 있을지도 모른다. 혹여 아무런 생채기를 내지 못한다 할지라도 상관없다. 존재 전부를 건 모험이 나를 의미 있게 만들기 때문이다. 자연스럽게 소멸되어가는 나의 역사에 하나의 흠집을 낸 것만은 움직일 수 없는 사실일 테니까.

오랫동안 꿈꾸어오던 탈주의 순간은 '우연히', 그래서 '운명적으로' 찾아온다. 김형경의 「성에」는 그런 탈주의 경험에 대한 이야기라고 할 수 있다. 각자 연인이 있었던 — 하지만 운명 앞에서 그것이 무슨 의미가 있겠는가 — 연희와 세중은 크리스마스 전날 동해안으로 여행을 떠난다. 동갑내기이자 직장 후배였던 세중은 연희에게 "사람들의 무리에서 유독 눈에 들어오는 한 사람", "처음 만났어도 그 사람에 대해 많은 것을 알고 있는 듯한 사람"이었으니까. 그렇게 떠난 짧은 동해안 여행이 끝나고 다시 일상으로 귀환하려는 순간, 그들에게 예기치 않은 사건이 발생한다. 폭설이 내린 대관령 휴게소에서 그들은 설경에 매혹되어 그만 길을 잃고 외딴집에 갇히게 된 것이다. 그리고 그곳에서 세 구의 주검을 만나게 된다. 그들은 공포감을 이겨내기 위해 서로의 육체를 탐닉한다. 서로에 대한 애착과 친밀감을 확인하는 단계에서 상대의 몸을 탐사하는 단계를 거쳐 최종적으로는 성적 도착에까지 이르기까지 문자 그대로 치명적인 사랑을 경험하게 된다. 같은 영혼을 가졌다는 사실을 첫눈에 알아본 그들은 섹스를 통해 하나가 되었던 것이다.

세중과 연희가 경험했던 7일간의 치명적인 사랑의 이야기는 어린 시절 로맨스를 읽던 소녀의 상상력이나 만족시킬 수 있는 평범한 이야기일지도 모른다. 작가는 여기에 세상과 절연된 공간에서 일처다부제의 생활을 영위했던 한 공동체의 기록을 삽입한다. 그들이 7일 동안 머물렀던 공간은 바로 그 원시공동체의 생활 터전이었다. 1969년에 세계일주의 꿈을 이루기 위해 목숨을 걸고 휴전선을 건너온 남자, '스위트홈'을 이루기 위해 숨겨진 보물을 찾아나선 사내, 그리고 도회에서의 삶을 꿈꾸며 산을 떠났다가 사랑에 실패하고 옛집으로 돌아온 여자. 이 세 사람은 이곳에서 만나 화전을 일구면서 육체와 사랑과 삶을 공유하며 행복하게 살았던 것이다. 그런데, 여자가 임신을 하자, 남자와 사내는 갈등을 벌이다가 마침내 서로가 서로를 죽이는 비극적인 종말을 맞이하게 된다. 주검과 함께 공책 한 권만이 이곳을 방문한 연희와 세중의 눈 앞에 덩그러니 놓여있을 뿐이다.

이처럼 김형경의 「성에」는 운명처럼 다가온 사랑에 전율하고 있는 두 남녀의 이야기가 씨줄이 되고, 대관령의 외딴집에서 일처다부제의 원시공동체적 생활을 살아가는 세 남녀의 이야기가 날줄이 되어 진행되고 있다. 두 편의 이야기는 아무런 공통점도 없는 듯하지만, 인간과 자연, 현실과 환상, 본능과 문명, 정신과 육체 등 다양한 대립항들로 확장된다. 특히 각각의 씨줄과 날줄이 다시 현재와 과거의 시간으로 나뉘어지면서 여러 서사 층위가 독자들의 호기심을 자극한다. 서로 다른 시점과 결부된 네 개의 서사 층위가 소설 속에서 끊임없이 교차하면서 중층적인 의미를 생성해 내고 있는 것이다.

미스테리로서의 삶

「성에」의 서사 층위를 구분할 때 표면에 드러나는 것은 2001년 무렵의 서울을 배경으로 펼쳐진 옛 연인의 짧은 만남과 헤어짐이다. 신문 칼럼에서 옛사랑의 이름을 발견한 연희가 세중과 해후하는 과정이 시간상으로 가장 최근에 벌어진 일이자 서사의 가장 바깥 부분을 감싸고 있다. 소설의 첫대목인 '아쉽고 허망하고 박탈당한 것들'과 마지막 대목인 '빛나고 충만하며 서러운 것들'이 이에 해당할 것이다. 두 차례의 만남 동안 한 달여의 시간이 흘러간다.

　그런데, 옛 연인과의 만남은 과거의 운명적인 사랑을 환기시킨다. 12년 전 대관령의 외딴집에서 보냈던 7일 간의 격정적인 순간은 그렇게 의식의 표면으로 떠오른다. 너무나 압도적이어서 "함부로 들추어보거나 섣불리 마주쳐서는 안되는 일"로 만들어 의식의 지층 깊숙이 묻어두었던 경험이 "노란 배추 고갱이"처럼 불쑥 솟아나온 것이다. 이제 연희는 사소한 것 하나하나까지 잊지 못한 그때의 기억을 복원해낸다. 억압되었던 경험을 의식의 수면 위로 끌어올리는 것은 과거와 현재 사이의 불화를 해소하고, 나아가 현재의 분열된 의식을 치유하는 과정일 것이다. '보이지 않는 존재와 관련된 일', '거칠고 광포하고 휘몰아치는 것들', '미끄러지고 헝클어지고 어긋나는 것들', '말할 수 없는 것에 대한 이야기' 등이 여기에 해당한다.

　서사의 첫 번째 층위와 두 번째 층위는 이처럼 연희가 과거의 기억을 복원함으로써 억압되었던 과거의 상처와 대면하고 찢겨졌던 의식을 치유하고 과정이라고 한다면, 세 번째 층위는 세계일주의 꿈을 위해 월남했던 한 남자의 삶의 기록으로 채워져 있다. '마음은 어디에도 정착하지 않았다', '사랑은 인생에 한 번이면 충분하다', '시조 하나로 하루를 산다' 등은 한 남자의 인생을 담고 있다. 이러한 고백적인 부분을 통해서 우리는 환상을 좇으면서도 현실에 충실했던 한 인간의 내면을 이해할 수 있게 된다.

　네 번째 층위는 대관령의 외딴집에서 삶과 사랑과 성을 공유했던 남자와 여자와 사내에 대한 이야기이다. 이 일처다부제―작가는 이것을 '모성적 공산주의'라고 부른다―의 모습은 우리가 살고 있는 시대와는 다른 모습을 띠고 있다. 그래서 현대적인 문명의 시각 속에서는 도덕적인 단죄를 면하기 어려울 것이다. 작가가 우리의 자연물을 화자로 내세우는 것은 이러한 도덕적이고 이념적인 판단에서 벗어나 객관적으로 재현하기 위해서일 것이다. '겨울산에 있는 참나무의 생각', '박새가 알고 있는 몇 가지 사실', '청설모가 이해할 수 없었던 것들', '바람은 투신하는 노을을 보았을 뿐' 등은 참나무, 박새, 청설모, 바람의 입을 빌어 자연을 닮은, 그러나 끝내 인간의 흔적을 떨쳐버리지 못했던 공동체의 삶을 서술한다.

이처럼 김형경은 「성에」를 통해 인간계와 자연계가 중첩되는 새로운 세계를 구축하고 있다. 첫 번째 층위가 전자에 해당한다면 네 번째 층위는 후자에 해당할 것이다. 그것은 자연계를 인간계의 논리 속에서 연속적으로 파악하던 세계관과는 사뭇 다른 것처럼 보인다. 자연계는 인간계와는 비연속적으로 존재하는 독자적인 세계이며, 인간계를 비추어주는 거울이라고 할 수 있다. 작가는 여기에서 참나무, 박새, 청설모, 바람 등의 입을 빌어 대관령의 소우주를 그려낸다. 자연물이 말을 한다는 것은 근대적인 인식론에 비추어 볼 때, 미성숙한 어린이의 교훈적인 우화에서나 인류의 유년 시대에 해당하는 미개종족에게서 발견되는 것으로 치부될 수 있다. 하지만, 작가는 애니미즘적 상상력을 통해서 현실에 대한 통념을 위반하고 변형을 가한다.

김형경이 자연물의 입을 빌어 끈질기게 심문하고 있는 것은 일부일처제라는 근대적인 사랑의 형식이다. 이미 「사랑을 선택하는 특별한 기준」에서도 그러한 탐구가 시도된 바 있지만, 작가는 여기에서 박새·청설모의 입을 빌어 원초적인 본능을 억압하는 인간적인 질서에 대해서 의문을 제기한다. "박새는 인간들이 안쓰러웠다. 어떤 생물의 본성에도 맞지 않는 일부일처제라는 제도를 만들어 놓고 야성의 생물들에게 그 잣대를 들이대는 행위는 일종의 보상심리나 히스테리처럼 보였다" 이처럼 작가는 인간에 의해 질서화된 세계가 가리고 있는 낯설고 새로운 세계를 드러내는 것이다.

하지만, 인간계와 자연계는 엄연히 다른 법. 자연계가 인간계를 비춰주는 거울일지라도, 인간에 의해서 창조된 관념이나 이데올로기에 지나지 않는다. 달리 말하면 인간적인 삶의 한계를 표현하는 것이 아니라 거꾸로 된 인간계의 모습을 표현할 따름이다. 소설이라는 성숙한 문학형식에 부합하기 위해서는 인간계와 자연계를 매개해주는 공간이 필요하다. 그런 점에서 볼 때 대관령의 외딴집은 인간계와 자연계를 이어주는 중간계라고 할 수 있다. 그곳은 우리가 살고 있는 세계와 격리된 어떤 곳이 아니라 오히려 우리가 살아가고 있는 삶이 은폐하고 있는 것을 보여주는 마술적이고 환상적인 공간이다. 작가는 이 마술적인 공간 속에 남자와 여자와 사내, 그리고 세중과 연희를 함께 기거하도록 만들어서 두 세계의 통로를 마련한다. 물론 두 세계를 연결하는 통로의 열쇠는 남자가 남긴 일기장이다. 작품의 두 번째 층위와 세 번째 층위가 일기를 통해 연결되면서 서로 관계를 맺게 되는 것이다.

사실 대관령 휴게소 근처의 외딴집에서 살았던 세 사람의 과거사는 접근할 수 없는 영역이다. 하지만, 그 속에서 살았던 한 남자는 자신의 삶을 기록으로 남겨두었다. 따라서 세 사람의 삶은 삶 그 자체라기보다는 하나의 텍스트로 남겨진 셈이다. 이 텍스트를 어떻게 해석할 것인가의 문제가 소설의 중요한 의미 층위이다. 세중과 연희는 바로 이 텍스트를 해석하는 사람이다. 스스로 말할 수 없는 세 개의 주검과 하나의 공책이 그들이 해결해야 할 과제인 셈이다. 이 과제를 풀어가는 것이 그들에게 주어진 몫이라고 한다면, 그들은 더 이상 과거의 탐정들이 그러했던 것처럼 과학적이고 계산적인 합리성에 따라 세계의 비밀을 밝힐 수 없다. 세중과 연희는 그럴 지적 훈련을 받은 적도 없을 뿐만 아니라, 설사 받았다고 하더라도 남자의 공책을 해독할 수 없었을 것이다. 그것은 남자가 구축해 놓은 세계가 연희나 세중이 속해 있는 세계와는 질적으로 다른, 그래서 독자적인 질서와 체계를 갖춘 소우주이기 때문이다. 연희와 세중에게 공책은 "모호하고 해독 불가능한" 미스테리일 따름이다.

세 남녀의 공동체생활을 무엇이라고 표현할 수 있을까? 그것은 인간의 영역이면서도 자연적인 영역에 속해 있고, 에로스적이면서도 타나토스의 충동에 사로잡혀 있으며, 퇴행적이면서도 영원한 환상을 창조하고 있어서 한마디로 무어라 규정하기 어렵다. 중간계는 경계지대라는 공간적 특성만큼이나 시간적으로 과거와 미래, 삶과 죽음, 직선적 시간과 순환적 시간 등의 기묘한 공존을 보여주고 있는 것이다. 하지만, 분명한 것은 남자와 여자와 사내는 각각 자신들만의 환상의 영역을 창조하고 있다는 점일 것이다. 남자가 설정한 세계일주의 꿈은 사실 목숨과 등가라고 할 수 있다. 그는 이 꿈을 이루기 위해 목숨을 걸고 휴전선을 넘어 남으로 귀순했다. 하지만, 그는 자신의 꿈을 결코 이루려고 시도하지 않는다. 세계일주의 꿈을 가지고 있기에 "마음은 어느 곳에도 정착하지 않"았고, 떠돌이로서, 화전민으로서 현실에 뿌리박지 않는 삶을 살 수 있었던 것이다.

이에 비해 사내의 꿈은 훨씬 명료하다. 그의 꿈은 '스위트 홈'을 만들어 아내와 행복한 삶을 영위하는 것이다. 그는 이 꿈을 달성하기 위해 구치소에서 만난 노인의 말을 따라 보물찾기에 나서게 된다. 그가 추구하는 꿈은 이처럼 자신의 내부에서 비롯된 것이 아니라 외부에 존재하는 구체적인 대상을 향하고 있다는 점에서 실제적이라고 할 수 있다. 그의 욕망은 결핍과 부재와 결락을 채워줄 대상을 향하고 있기 때문에 소유할 수 있거나 혹은 소유할 수 없는 무엇이 된다. 그것은 또한 자신의 욕망뿐만 아니라 타인의 욕망을 자극한다는 점에서 쟁취되어야 할 그 무엇이기도 하다.

남자와 사내의 환상은 결국 욕망으로 치환될 수 있는가의 문제에서 서로 구분되고 대립하며 투쟁한다. 여자의 임신과 함께 '아이'라는 잉여가 발생하면서 남자와 사내와 여자의 공동체는 내적 균열을 맞이하게 되는 것이다. 욕망이 인간의 미래를 만들고 문명을 출범시켰듯이 그들의 삶은 잉여의 출현과 그것을 둘러싼 욕망의 발생으로 더 이상 평화를 유지할 수 없다. 평화는 갈등으로 대체되었고, 아이의 소유권을 둘러싼 갈등은 참혹한 피의 드라마로 결말을 맺고 만다. 그것이 문명의 여명기에 맞이한 야만의 흔적이며, 환상이 욕망으로 바뀌었을 때 만나게 되는 시원의 장면일 것이다.

연희와 세중은 이곳 대관령의 외딴집에서 거대한 혼돈을 만나게 된다. 그들은 자신들의 몸으로 그 수수께끼를 풀어간다. 그들이 이 마술적인 공간에서 미스테리를 풀어낼 수 있었던 것은 문명의 출발을 이루는 모든 죄의식을 소멸시킬 수 있었기 때문이다. 원시공동체의 생활을 했던 세 남녀뿐만 아니라 연희와 세중 역시 이곳에 들어서면서 자신들을 지배해왔던 모든 도덕·관습·금기로부터 해방된다. 그들이 대관령에서 진정으로 사랑했던 것은 상대방이 아닐 것이다. 죽음의 위기 속에서도 자신들이 살아있다는 감각 그것을 사랑한 것이다. 그리고 살아있음을 확인하기 위해서 몸과 성과 감각에 매달릴 수밖에 없었던 것이다.

덧붙이자면 그들의 몸에 깊이 아로새겨진 황홀의 감각은 약혼녀가 있는 남자와 남자 친구가 있는 여자의 비밀스럽고 금지된 욕망 때문이었을 것이다. 죄의식이 황홀을 부추기고 황홀의 극치에 이를수록 죄의식의 심연은 더욱 그들을 타락의 나락 속으로 밀어 넣었을 것이다. 마치 죽음이 곁에 있을 때, 삶에 대한 욕망이 더욱 커지듯이 말이다. 결국, 동물의 영역을 벗어나 인간이 되기 위해서 죄악시했던 본능적 욕망은 이곳에서 어떠한 억압도 없이 표출되고 있다. 죽음의 위협 속에서, 죽음의 얼굴을 처음 대면하고, 죽은 사람이 입었던 옷을 입고, 죽은 사람이 덮었던 이불 위에서 살아있음을 확인해야 했던 연희와 세중은 자신들이 살아있다는 것을 확인하기 위해서 몸과 성과 감각을 탐닉

했던 것이다.

그 결과, 인간계에서 은폐되어 있던 본능적 감각에 대한 개안을 통해 남루했던 생은 순식간에 광기어린 열정으로 돌변하게 된다. 그리고 삶과 죽음, 에로스와 타나토스, 죄의식과 황홀 등과 같은 모순적 가치들이 감각의 논리 속으로 융합되어 거대한 일체감을 만들어낸다. 결국 자신이 살아왔던 모든 일상적인 질서가 정지된 고립무원의 귀틀집에서의 생활을 지배하는 것은 죽음의 현실 앞에서 인간이 자신의 존재를 확인하기 위해 펼치는 카니발 내지는 디오니소스적 축제라고 할 수 있다. 죄의식으로 덧씌워진 황홀, 탈주의 욕망과 생에 대한 강렬한 집착, 광란 속에서 표현되는 구원의 희망 등이 바로 그것이다.

욕망이 환상을 부르다

「성에」의 표면적인 서사 층위는 2001년 무렵의 서울을 배경으로 하고 있다. 신문 칼럼에서 옛 연인의 이름을 발견한 연희가 세중에게 연락을 하고, 12년 만에 서로 얼굴을 맞대게 된다. 오랜 세월이 지난 다음에 속물적으로 변해버린 옛사랑의 모습을 확인한다는 것은 매우 서글픈 일이 아닐 수 없다. 그것은 상대방의 모습이 아니라 바로 자기 자신의 모습이기 때문이다. "먼 수풀이 온통 산발을 하고/어지럽게 흔들어/갈피를 못 잡는 그리움에 살았"(박재삼, 「겨울 나무를 보며」)던 스무 살의 격정이 가라앉고 "이렇게 살 수도 없고 이렇게 죽을 수도 없을"(최승자, 「삼십세」) 서른 살을 지나 찾아온 마흔이라는 나이는 그렇게 자신을 향해 쓰디쓴 환멸을 안겨주는 것이다.

불혹은 현실에 너무나 잘 적응해서 더 이상 낭만적인 열정에 자신을 투신하지 않을 냉정함을 일컫는 말일 것이다. 주인공이자 내적 화자인 연희 역시 마찬가지이다. 아무렇지도 않게 식사를 하면서 상대방의 안

부를 묻고 가족사진을 보여주고 다시 집으로 돌아오는 그런 만남의 끝자락에서 연희에게 남겨진 것은 환멸뿐이다. 자신이 소중히 간직하며 되풀이해 맛보아왔던 압도적인 추억을 기억조차 못한다는 사실, 삶의 지침으로 기대었던 "갈등을 사랑하라!"는 말조차 잊고 지낸다는 사실에 절망할 수밖에 없었던 것이다.

하지만, 정신적 환멸에도 불구하고 세중의 숨결과 손길은 연희 안에 감추어져 있던 몸의 기억을 호명한다. 자기의 의지와는 무관하게 반응하는 몸의 격렬한 움직임은 연희가 그동안 키워왔던 환상의 크기를 보여준다. 다시 살아가기 위해서 억누르고 억압해야만 했던 치명적 사랑의 기억은 세중의 손길과 함께 난폭하게 연희의 일상을 찢어놓는 것이다. 그런데, 연희의 의식 가장 내밀한 곳에 "알차고 노란 배추 고갱이"처럼 들어앉았다가 문득문득 얼굴을 내미는 이 치명적 사랑의 기억은 과연 무엇일까? 그것은 의식 속에 새겨진 기억일까, 아니면 의식 속에서 창조된 환상일까.

연희는 세중과의 첫 만남을 "처음 만났어도 그 사람에 대해 많은 것을 알고 있는 듯한 사람"과의 만남으로 기억하고 있다. 그것을 우리는 운명적인 사랑이라고 말한다. 그것은 같은 영혼을 가진 자들이 상대방을 알아보는 것과 같아서 다른 그 무엇과도 바꿀 수 없는 정신적인 충일감을 가져다준다. 그래서 오랜 망설임 끝에 이루어진 첫 번째 만남에서 "우리 도망갈까?"라는 느닷없는 제안을 받자 연희는 '운명의 옆모습'을 본 듯 순응하고 만다. 그리고 대관령의 폐가에서 보냈던 7일 동안을 수없이 많은 세월이 지난 뒤에도 살아 있는 기념비적인 사건으로 기억하고 있다. 그것은 존재의 근원에 변형을 가하고 미래에 영향을 미치는 경계와 같은 것이었다고 말이다.

그런데 7일간의 운명적 사랑이 끝나고 서울로 돌아온 세중은 연희와의 연락을 끊고 잠적해 버린다. 그리고 세중의 갑작스런 밀월여행이 선배에 대한 연정이 좌절된 데서 비롯한 것임을 연희는 알게 된다. '운명의 옆모습'은 연희의 착각이었거나 혹은 '운명의 참모습'은 환멸이나 배신이라는 사실을 드러냈던 것이다. 운명적인 사랑이 있었던 것이 아니라 사랑을 운명으로 만들었던 사람이 있었을 뿐이다.

어찌 보면 세중의 진정성은 어디에서도 확인할 수 없다. 수없이 내뱉어지는 화려하고 잘 정돈된 논리에도 불구하고 그의 진정성은 "나를 믿지 말"라는 말에서밖에 묻어나지 않는 듯하다. 그런데, 모든 크레타인은 거짓말쟁이라고 말했다는 크레타인의 말을 어떻게 받아들여야 할지 모르는 것처럼, 나를 믿지 말라는 말만이 참인 남자의 말은 어디까지 진실의 울림을 지니고 있을까. 모든 것이 진실일 수도 있고 모든 것이 거짓일 수도 있을 것이다. 연희가 지난 세월 동안 "일상의 시시콜콜하고 해답 없고 지루하게 반복되는 갈등들을 넘어설 수 있었던" 힘이 되었던 좌우명, 곧 "갈등을 사랑하라!"라는 말을 정작 당사자인 세중은 기억조차 하지 못한다는 사실이 그것을 증명하고 있다. 그런데, 진실에 대한 고통스러운 확인에도 불구하고 로맨스 소설을 읽고 자란 한 여자의 욕망은 한 남자를 운명으로 빚어냈다. 대관령에서의 7일 동안의 사랑 역시 크게 다르지 않을 것이다. 배신당한 현실을 이겨내기 위한 최후의 선택이 운명적인 사랑의 환상이었을 것이다.

3년여의 방황 끝에 연희는 "열정 없이 밍밍하고 무덤덤한 삶이 오히려 편안하고 평화롭다"는 사실을 받아들이고 다시 일상적인 삶에 편입된다. 하지만, 죄의식과 황홀의 기묘한 공존을 기록한 주홍글씨는 사라지지 않는다. 예고도 없이 난폭하게 찾아드는 육체적 욕망은 기억을 억압하고 흔적을 은폐하는 일이 얼마나 힘든 일인가를 뼈저리게 느끼도록 만들 뿐이다. 그 채워지지 않는 갈망과 결락과 부재의 느낌이 일상의 이면에서 로맨스에의 환상이 깃들 공간을 마련했던 것이다. 환상이 "아쉽고 허망하고 박탈당한 것들이 모여 사는 공간"이라면, 그녀의 충만한 환상은 현실의 궁핍을 비춰주는 거울일 것이다.

현실 속에서 남루하게 사그라드는 환상을 보면서 우리는 시간의 침식을 견뎌낼 수 있는 것이 아무것도 없다는 것을 배운다. 아무리 드라마틱한 삶일지라도 차근차근 남루한 모습으로 바꾸어버리는 것이 인생이고 시간일 테니까. 시간의 흐름 속에서 마모되지 않고 지속되는 것은 결코 살아 있지 않다. 소설에 나오는 말을 그대로 옮기자면, "시간에 의해 침식되지 않고 공간에 의해 변형되지 않는 것은 환상이나 이미지밖에 없"는 것이다. 12년의 세월 동안에도 변함없이 지속되는 영원한 사건이란 결국 연희가 마음속에서 끊임없이 호명함으로써 새롭게 쌓아올렸던 환상이었을 것이다. 시간이 지나면서 부풀려지는 것이 기억이다. 그것은 실제의 경험과는 무관하게 현재의 욕망으로 윤색되고 나아가 창조되기도 한다. 그녀의 모든 기억은 그렇게 스스로 창조한 것인지도 모른다. 기억으로 치환된 환상을 창조하고 그런 환상 속에서 살아가는 자신만을 사랑한 존재, 그녀는 아마도 나르시스트일 것이다.

하지만, 자신이 창조한 환상이 있었기에 연희는 무미건조한 삶을 견뎌낼 수 있었다. 마치 세계일주의 꿈을 위해 목숨을 걸고 월남했던 남자가 자신의 꿈을 실현하려 하기보다 그것에 도달할 수 있는 가능성을 스스로 제거함으로써 영원한 환상으로 만들었듯이, 연희는 환상을 통해서 비루한 현재를 윤택하게 만들 수 있는 지혜를 터득했던 것이다. 환상이 존재하는 한, 손에 닿지 않는 그 무엇이 있는 한 욕망은 끊임없이 삶의 에너지를 창조해낼 것이다. 환상이 사라지는 순간, 그래서 더 이상 욕망해야 할 무엇이 사라지는 순간 우리의 삶 역시 무의미해지고 만다. "가장 조심할 일은 환상을 현실 속에서 성취해서는 안 된다는 점이다. 환상을 손에 넣는 순간, 필히 환멸로 바뀌고 말 것이기 때문이다."라는 말이 울림을 지닐 수 있었던 것도 이 때문이다.

새로운 환상을 영접하는 것은 달리 말해 새로운 욕망을 필요로 하는 것이다. 그렇다면 김형경의 소설은 삶의 에너지로서의 욕망에 대한 소설이라고 할 수 있다. 환상은 곧 욕망의 다른 이름이다. 하지만, 그 욕망은 구체적인 대상을 장악하려는 것도 아니며, 타자로부터 호명된 것도 아니다. 이루어질 수 없는 환상만이 삶에 역동성을 부여하고, 자신의 내면으로부터 호명된 욕망만이 인간을 구원할 것이다. 김형경의 소설을 읽으면서 드는 생각이다.

불모의 삶과 초월에의 꿈

― 김경의 『얼음벌레』

    김경의 작품을 읽다보면 마음이 조금씩 불편해지는 것은 무슨 까닭일까? 그것은 아마도 소설 속에 등장하는 인물들이 대부분 종말을 앞두고 있다는 사실과 무관하지 않을 것이다. 물론 살아 있는 모든 존재는 죽음이라는 대가를 치루어야 한다. 유한성은 생명이라는 빛나는 선물을 받은 유기체가 떠안아야 할 운명과도 같다. 그래서 인간은 탄생하자마자 언제든지 죽을 만큼 충분히 늙어 있다는 하이데거의 말이 아니더라도 죽음은 늘 삶의 이면에 존재하고 있다고 말할 수 있다.

    이처럼 죽음이 삶과 불가분의 관계를 맺고 있음에도 불구하고 우리는 결코 죽음을 경험할 수 없다. 설령 나를 대신하여 타인이 죽는다 하더라도, 그것은 죽음의 순간을 지연하거나 유예한다는 의미뿐이다. 타인의 희생으로 살아남은 자라도 자신에게 허용된 운명의 시계가 멈추면 눈앞에 펼쳐진 낯선 풍경을 겸허히 받아들여야 한다. 그렇듯 모든 인간은 아무런 예고도 없이 문득 우리 곁을 찾아와 삶을 파괴하고 한 번도 가본 적이 없는 낯설고 생소한 세계로 이끌어가는 불가항력적인 힘 앞에 무기력하게 서 있을 수밖에 없다는 점에서 완전하게 평등하다.

김경의 소설들은 이렇듯 갑작스럽게 찾아오는 죽음이라는 낯선 손님을 어떻게 맞이할 것인가에 대해서 묻고 있다. 처참한 몰골을 하고 찾아오는 사신(死神)의 그림자는 김경의 소설에서 자주 발견된다. 소설 「불가사리」의 주인공 '나'(환)는 "목을 졸라 스스로 목숨을 끊으려는" 자멸에의 충동에 사로잡혀 있다. 젊은 주인공이 이처럼 죽음을 꿈꾸는 것은 그의 육체에 새겨진 낙인 때문이다. 오랫동안 외항선 선원으로 일하던 그는 러시아 여성과의 육체관계 때문에 치명적인 질병에 감염된다. "결과는 양성 반응이 나왔다. 내 이름 석자는 붉은 피보다 더 선명하게 보건소에 기록되었다. 죽기 전에는 절대로 지워지지 않을 낙인이었다."

이 때문에 주인공은 외항선 선원생활을 그만두어야 했고 사랑했던 여인과도 헤어질 수밖에 없었다. 죽음이라는 낭떠러지로 향하는 막다른 길을 사랑하는 사람과 동행할 수는 없었던 까닭이다. 하데스의 차가운 손길은 주인공뿐만 아니라 어머니의 삶에도 드리워져 있다. 어머니 역시 아버지와 헤어진 채 오랜 세월 동안 홀로 고독과 싸우면서 얻은 마음의 질병으로 인해 몸까지 깊이 병들었던 것이다. 이처럼 주인공은 자신의 예고된 죽음조차 어머니께 말할 수 없는 상황에서 홀로 아픔을 견디고 있다. 죽음이란 어차피 "혼자 가야 하는 길"인 것이다.

이러한 상황은 비단 「불가사리」에만 한정되지 않는다. 「당신의 종소리」에서도 남편 승환은 두어 달 남짓한 시간만이 남겨져 있음을 알게 된 후 병원에서 퇴원하여 고향을 찾는다. 그는 학창시절 반체제 운동에 열중했지만, 결혼 후에는 자신의 열정을 포기한 채 일상적인 삶을 살아왔다. 그러한 노력 덕택에 반지하 단칸방이 열다섯 평짜리 아파트로 바뀔 수 있었지만, 남편은 갑작스럽게 위암 선고를 받게 되었던 것이다. 그가 고향을 찾은 것은 꿈속에서 들었던 종소리를 찾기 위해서였다. 마치 저 세상에서 들려오는 듯 가슴을 뒤흔드는 소리의 근원을 찾아 어린 시절 친구들과 함께 크리스마스 때에 왔던 고향 부근의 빛재마을 교회를 찾았던 것이다. 하지만, 갑작스럽게 찾아온 죽음마냥 종루 역시 처참한 몰골을 하고 있었다. "받침대의 벽돌은 완전히 잿빛으로 퇴색되었고, 사다리처럼 엮어 올라간 철골은 녹이 덕지덕지 슬어 손만 대도 버석거릴 게 뻔했다"

「얼음벌레」도 이와 다르지 않다. 아내는 평범한 사고를 지닌 여자가 아니었다. 그녀는 죽음이라는 말을 항상 입에 달고 살면서 자주 자살 소동을 벌였다. 부모님의 이혼으로 어머니와 함께 살다가 어머니가 재혼을 하자 어쩔 수 없이 다시 아버지에게 돌아온 그녀는 집밖으로만 나돌면서 정신적 상처를 추스린다. 하지만 대학에 입학한 후 과 야유회를 갔다가 "세상에 나 혼자 내동댕이쳐졌다는 느낌"이 들자 "거울처럼 투명한" 청평호수에 몸을 던졌던 것이다. 그 후에도 삶이 "더없이 구차하다고 느껴지"거나 "망막한 늪으로만 인식"되면 주저 없이 죽음의 제단 앞에 자신을 내맡겼고, 결국에는 농약을 마시고 자살하고 만다.

> 그녀는 죽음이라는 말을 항시 입에 달고 살았다. 무심코 해보는 말이 아니었다. 죽음은 그녀의 신앙인 듯했다. 원하기만 하면 언제 어디서나 기꺼이 달려오는 영원한 안식처. 나는 한때 자살에 관한 책들을 뒤적이면서 그녀의 심리 상태를 살펴보는데 심혈을 기울이기도 했다. 매스컴에 자살자가 등장하기라도 하면 긴장감으로 목덜미가 뻣뻣해져 왔다. 삶을 망막한 늪으로만 인식하고 있는 그들이 안타깝고 또 한심했다. 그들의 공통된 의식은 삶을 포기하는 것만이 그 문제의 늪에서 빠져나와 삶의 끝에 도달할 수 있다는 것이었다. 하지만 자살은 결코 문제의 끝이 아니라 새로운 문제의 시작이었다. 지금 그녀도 문제가 해결될 것이라는 믿음으로 죽음을 선택했을 것이었다. 그 문제가 무엇인지는 모르겠으나 그녀는 입버릇처럼 죽음은 완벽한 끝이라고

내뱉곤 했다.

　이처럼 김경의 소설적 분위기는 죽음이 지배하고 있지만, 그것을 받아들이는 방식은 사뭇 다르다. 「얼음벌레」처럼 차갑게 자신의 죽음을 향해 내달려간 존재가 있다면, 다른 한편에서는 죽음으로부터 도피하고자 하는 인물들이 존재한다. 「불가사리」에 등장하는 어머니는 "한 쌍의 미라부리와 두 쌍의 십자매, 그리고 털이 보송보송한 푸들"을 부주의한 실수라는 핑계로 집에서 내치고 만다. 어머니가 이처럼 살아 움직이는 것들을 미워하고 질시하는 것은 "병세는 호전되지 않고 막다른 골목으로 치달아 죽음으로 끌려가는" 상황 때문일 것이다. 죽음을 기다리는 어머니는 생명의 아름답고 찬란한 모습을 곁에 두기에는 힘겨웠던 것이다.

　그럼에도 불구하고 어머니의 횡포에서 유일하게 벗어난 존재가 불가사리였다. 그것은 불가사리가 지니고 있는 놀라운 생명력 때문이다. 마치 어머니가 "살아 움직이는 것들은 기를 쓰고 밀어내면서도 나무 열매들은 무척 좋아했"던 것처럼 말이다. 그런 점에서 열매는 생명의 한 주기가 끝이 나고 새로운 생명을 잉태하는 영속의 존재이며, "바다 밑에서 살면서 하늘의 별이 그리워서 별 모양을 하고 있는" 별불가사리는 육신을 지니고 있으면서도 결코 죽지 않는 불사(不死)의 존재였던 것이다.

　이렇듯 종말에서 벗어나고자 하는 것은 모든 인간의 자연스러운 마음의 무늬라고 할 수 있다. 하지만 "환아, 나 좀 살려다오. 나는 꼭 살아야만 돼. 네 놈이 장가가는 걸 반드시 봐야 한단 말야. 제발 의사 선생님한테 사정 좀 해봐라. 이 에미는 호스피스 병동인가론 절대로 가지 않을 거다"라는 어머니의 간절한 소망은 결코 이루어지지 않는다. 「당신의 종소리」에서 죽음을 선고받고 사투를 벌이고 있는 남편을 찾아왔던 구원의 종소리도 마찬가지이다. 자신의 육신처럼 무너져 내린 종루를 새로 쌓아올린다 하더라도 인간은 결코 죽음을 피할 수 없다.

단순히 어린 시절에 대한 그리움의 표출이던가. 아니면 마지막 안간힘으로 이 세상에 무슨 흔적이나마 남기고 싶은 울림이었던가. 그렇다면 나는 과연 그에게 어떤 존재였던가. 가랑잎처럼 푸석거리는 그의 심장에 뜨거운 입김 한 숨이라도 불어넣어 보았던가. 살집이 녹아내려 툭툭 불거진 그의 뼈마디를 감싸 안아 본 적이 있었던가. 그는 무한고도에 떨어진 외로운 섬이었다. 시시각각 다가오는 죽음의 실체를 거부할 수도 수용할 수도 없었다. 나는 그를 편안하게 붙잡아주지 못했다. 그는 결국 혼자라는 의식에서 허우적거리다가 자기 존재의 부정에까지 이르고 말았던 것이다. 그토록 믿어왔던 '윤회'를 접고 '부활'의 환상에 빠져들어갔을 거였다.

「불가사리」의 어머니와 「당신의 종소리」의 남편이 선택한 것은 자신을 엄습하는 죽음의 공포로부터 도피하는 방식이다. 하지만, 그들이 간절히 소망했던 불사의 꿈은 좌절된다. 이제 남겨진 것은 육신의 고통을 어떻게 다스리는가 하는 것뿐이다. 그래서 「불가사리」의 주인공 환은 육체적인 죽음으로부터 도피하려는 어머니와는 달리, 그리고 육체에 압도당함으로써 정신적 자존을 지키지 못한 간질병 환자와는 달리 "제 아무리 고통이 극에 이를지라도 그 사내처럼 치욕스런 모습을 보이지 않으리라" 결심한다. 유한한 존재로서의 육체적 고통을 뼈저리게 절감하면서도 단독자로서 죽음의 심연을 응시하고 있는 것이다. 불가사리가 수조 속에서 입을 헤벌리고 있는 모습을 외면하는 것은 이렇듯 초라하게 사그라들 삶에 대한 욕망 대신에 정신적인 초월을 꿈꾸는 주인공의 내면을 보여주고 있다.

이처럼 인간은 대부분의 생명체들과는 달리 죽음을 의식할 수 있고, 따라서 그것에 어떤 방식으로든 대응하고 있다는 점에서 특별한 존재이다. 특히 어떤 사람이 낯선 세계 너머로 건너가 버렸다 하더라도 여전히 이곳에 머물러야 하는 경우 죽음은 두 세계 사이에 존재하는 문턱이 아니라 세상을 살아가면서 치러야 할 힘든 의례이기도 하다. 김경의 소설에서 또다른 주제를 형성하고 있는 것은 바로 이렇듯 아무런 예고도 없이 갑작스럽게 찾아온 타인의 죽음과 대면한 인물들의 행동 방식이다. 「사다리 공원」에서 아버지는 급체로 세상을 떠나고, 「모카 아몬드 케익」에서는 수능시험을 마친 지 얼마 지나지 않은 아들이 오토바이를 타고 자유로를 달리다가 교통사고로 숨지며, 「집으로 가는 길」에서는 아버지가 추돌사고로, 「카스탈리아의 샘」에서는 엄마와 함께 슈퍼마켓을 다녀오던 딸이 트럭에 치여 목숨을 잃는다. 이처럼 갑작스러운 사고로 말미암아 평화로웠던 일상이 붕괴되면서, 삶을 풍요롭게 만들었던 모든 것들이 무의미한 것으로 바뀌면서, 삶은 근본적인 허무에 봉착하게 된다. 다시 살아갈 수 있는 힘을 얻기 위해서는 삶에 새로운 의미를 부여해야만 하는 것이다.

하지만 사람들에게 갑작스럽게 찾아온 타인의 죽음, 그리고 그것을 통해 찾아져야 할 존재의 의미는 쉽게 발견되지 않는다. 인간인 까닭에 언젠가는 죽을 수밖에 없다는 사실은 논리적으로 거부할 수 없는 명제여서 허무의 심연으로 이끌 뿐이다. 그런데 이러한 논리적인 접근은 많은 사람들 중에서 하필이면 그가 지금 이곳에서 죽음을 맞이하게 된 것에 대해서는 아무 설명도 하지 않는다. 논리적이고 과학적인 설명은 '어떻게' 그런 필연성이 관철되는가를 설명할 수 있지만, '왜' 그런 일이 벌어지는가에 대해서는 아무 말도 하지 않고 있는 것이다. 그래서 교통사고라는 이름으로 갑작스럽게 자신을 덮치는 죽음의 그림자는 딱히 운명이라는 말밖에 달리 설명할 길이 없기 때문이다. 「불가사리」에서 '제비뽑기'의 결과로 라이사와 육체관계를 맺었고, 결국 치명적인 질병에 걸린 것도 마찬가지이다.

과거에도 운명이라는 단어로 삶의 진실을 표현했던 시기가 있었다.

고대 그리스 세계에서 모이라(moira)는 최고의 권능을 지닌 존재는 아니었지만, 여신이 관장하는 운명은 신의 의지조차 넘어서는 그 무엇이었다. 그래서 아무리 뛰어난 능력을 소유한 영웅일지라도 '이미' 정해진 바에 따라 자신에게 부여된 몫들을 견디는 일만이 허용되었다. 프로메테우스가 그러했듯이, 운명을 무시하고 경계를 넘어서는 순간, 인간은 자신이 저지른 오만의 대가를 지불해야만 했던 것이다. 이렇듯 인간의 한계를 넘어서고자 했을 때 겪어야 했던 불행한 결말은 비극적인 숭고함으로 우리 곁에 남아 있다.

그렇지만 김경의 소설에 등장하는 인물들은 이러한 비극적인 주인공과는 거리가 멀다. 그들은 평범한 일상을 살아가고 있던 존재들이다. 그래서 자신에게 부여된 삶의 가치를 소중히 여기며 살아갔던 일상적인 인물들에게 갑작스럽게 찾아온 불행한 사건은 초월적인 가치로 승화되지 않는다. 그 대신 인간이라는 유기체가 안고 있는 죽음에의 가능성이라는 실존적인 차원으로 정향된다. 그것은 인과론적 메카니즘을 찾을 수 없다는 의미에서 여전히 우연적인 것이기는 하지만, 한 인간의 삶에 커다란 영향을 미치는 의미론적인 사건이다. 이 지점에서 인과론적으로 설명불가능한 사건은 그 의미가 밝혀지지 않는 '우발적'(contingent)인 사건으로 의미화된다. 그런 점에서 본다면, 김경의 소설은 이유를 알 수 없는 우발적인 사건이 이미 일어났다는 사실, 그 사실을 앞에 두고 그것이 어떤 결과를 빚어내는가를 찾아나가는 작업이라고 할 수 있을 것이다.

김경의 소설에서 죽음은 가족관계의 붕괴와도 깊이 결합되어 있다. 「불가사리」에서 등장인물이 불치의 병에 걸린 과정은 모두 가족 상실의 아픔과 관련되어 있다. 어머니가 아버지로부터 버림받자 작은아버지의 손에 이끌려 큰집에 들어갔던 나는 결국 어머니의 그림자를 지우지 못하다가 다시 어머니에게 돌아와야만 했다. 그렇지만 끝내 집에

들지 못하다가 대학을 졸업하고 곧바로 외항선을 타고 7년 동안 세상과 인연을 멀리하고 세상을 떠돌았다. 그동안 어머니는 홀로 술을 벗하며 세월을 견뎌내야만 했다. 이렇듯 가족사의 아픈 상처는 얼룩처럼 세월이 아무리 오래 흐른다고 하더라도 결코 없어지지 않으며, 몸에 새겨진 문신처럼 죽는 날까지 절대로 사라지지 않는다.

이러한 가족 간의 상처로 인해 타인에 대한 동감과 애정을 지니지 못한 채 고독한 삶을 살아가는 모습은 「불가사리」뿐만 아니라 「당신의 종소리」, 「얼음벌레」 등에서도 발견된다. 사람들 사이에 따뜻한 온기가 사라져버리면서 삶은 "입 안에 모래 알갱이들이 박힌 듯"한 서걱거림으로 채워진다. 아무리 뱉어도 뱉어지지 않은 채 입안에 남아 있는 이물감처럼, 삶의 근원에 자리잡고 있는 절대 고독의 상황 속에 주인공은 처해 있는 것이다. 이처럼 사막과도 같은 일상, 절대 고독의 상황 속에서 주인공들의 육체와 영혼은 조금씩 바스라진다.

김경의 소설에서 가족 간의 갈등을 첨예화시키는 또 하나의 소설적 장치는 불임이다. 「당신의 종소리」에서 삶을 윤택하게 하기 위해 선택했던 피임은 예기치 못했던 상황으로 전개된다. 그들이 정작 아이를 갖고자 했을 때 남편은 정자과소증으로 아이를 가질 수 없었던 것이다. 이 때문에 남편과의 사이는 멀어지고, 아이를 가질 수 없다는 안타까움은 뼈저린 후회로 남는다. 그리하여 아내는 상상임신을 하는 지경에까지 이를 뿐만 아니라 남편 역시 아내와의 버성긴 관계를 이기지 못하고 폭주를 즐기다가 위암에 걸리고 말았던 것이다.

「사다리 공원」에서도 습관성 유산으로 아내가 아이를 가질 수 없게 되자 남편은 아내의 과거를 의심하다가 알코올에 중독된 것처럼 주정꾼이 되고 마침내 별거하게 된다. 아이를 바라는 남편에게 있어 아내의 몸은 이제 아무 쓸모도 없어진 것이다. 그것은 육체적인 유용성의 차원에 머물지 않고 그녀의 존재까지도 부정하는 결과를 초래하는 것이다. 이처럼 영혼을 잃어버린 몸은 빈껍데기에 지나지 않는다. 결국 아내는 자신의 존재 의미를 찾아 머나먼 고행의 길을 떠나게 된다.

이처럼 부부간의 사랑이 임신에 대한 기대를 유발한 것임에도 불구하고 원래의 의도와는 전혀 다른 결과로 귀결된다. 이렇듯 아이러니컬한 삶의 모습은 김경의 소설 곳곳에서 발견된다. 예컨대 「불가사리」는 어머니에게는 영원한 생명의 표상이었지만, 동시에 한 사람을 간질병 환자로 만드는 죽음의 그림자이기도 하다. 불가사리는 어민들에게 바다를 사막화시켜서 더 이상 삶을 지탱할 수 없도록 만드는 끔찍하고 징그러운 약탈자인 것이다. 그래서 불가사리의 뛰어난 생명력과 적응력은 찬미의 대상이라기보다는 "아무리 잡아내고, 또 잡아내도 정말 끈질기게 올라와 어민들을 못 살게 굴"었던 악마와도 같은 공포의 대상이기도 하다.

이러한 엇갈림 혹은 삶의 아이러니 속에서 사람들 사이의 믿음과 사랑은 깨어지고 삶은 불모의 사막으로 인식된다. 「집으로 가는 길」에서 주인공 진욱이 진시황릉의 병마용을 보러간 것도 이처럼 삶이 막다른 골목에 처해 있기 때문이다. 아버지의 갑작스러운 죽음과 교통사고 이후 형과 아내의 불륜을 목도하면서 "피할 길 없는 벼랑 끝에 서 있는 기분"에 사로잡혀 "그녀와 형이 들어있는 가마보다도 훨씬 더 넓고 깊은 곳", 거대한 토용들이 묻혀 있는 진시황릉을 찾아왔던 것이다.

그가 진정으로 소망하는 것은 절실한 인간미를 담고 있는 토우를 재현하는 것이었다. "생명체의 혼이 깃든 토용, 혼이 머무를 수 있는 자리." 그가 어렵사리 입학한 산업디자인학과마저 포기하고 질그릇 모양의 말과 사람 모양의 토우를 재현하고자 했던 것은 토우가 바로 어머니였기 때문이다. 어머니는 "협심증으로 늘 가슴을 오그리고 살다가 마치 토우처럼 두 손을 가슴에 얹은 채로 눈을 감았"던 것이다. 하지만, 어머니를 형상화한 토우를 향한 꿈은 끝내 이루어지지 못한다. "내 사랑의 극치는 잉태"라고 생각했던 나의 기대와는 달리 아내는 아이를 갖지 않기 위해 피임을 하고 있었던 것이다.

이렇듯 김경의 소설적 주인공들은 상실감과 부재감, 혹은 불모성 속에서 뜨거운 불로 달구어진 모래사막과도 같은 삶을 살아간다. 사랑에 대한 환상은 삶 속에서 무참히 깨어진다. 그래서 그들은 사막의 오지에 숨어 있을 오아시스를 찾아 고행의 길을 떠나기도 한다. 그리고 그 길의 끝에서 어쩌면 신기루일지도 모를 가느다란 희망을 발견한다.

고성의 거리는 어둠에 파묻혀 있다. 한 치 앞도 분간이 되지 않는다. 가게는 거의 다 문을 닫고 불을 꺼버렸다. 하늘을 올려다본다. 하늘 길도 망막하기 그지없다. 온통 무색이다. 도대체 설산은 어디쯤에 있는가. 도저히 가늠할 수가 없다. 나는 J의 곁에 바짝 붙어서 더듬더듬 발을 뗀다. 문득 어둠에 시야가 차단되었기에 내가 버둥거리는 건 아니라는 생각이 든다. 워낙 내 발걸음이 굼뜨고 무딘 것이다.

나는 터벅터벅 사막을 걸어간다. 혼자서 맨몸으로 사막을 횡단한다. 한 발한 발 디딜 때마다 모래구덩이가 어김없이 발목을 붙잡고 늘어지는데, 한순간 몸이 모래알처럼 가볍게 느껴진다. 저만치 사막의 끝이 희미하게 눈에 들어온다. 그 끝이 확연히 보여도 결코 잡히지 않는 게 사막의 끝이라지만, 나는 그 끝을 향해 쉼 없이 걷는다.

불모의 삶 속에서 의미를 찾는 작업은 문학의 오랜 존재이유이다. 문학은, 혹은 소설은 지나온 시간을 압축하여, 무의미하고 파편적인 경험을 의미있는 것으로 변화시킨다. 그렇듯 이야기는 상상으로의 도피가 아니라 삶을 근본적으로 되돌아보는 작업이다. 삶이 힘겨울 때마다 사람들은 이야기를 통해 새로운 의미를 부여하고 과거와는 다른 새로운 삶을 시작해야만 하는 것이다. 그것은 죽음이 삶의 끝에 있는 것이 아니라 삶 속에 존재한다는 믿음 때문일 것이다. 삶은 끊임없이 죽음을 반복함으로써 더욱 풍요로워질 수 있는 것이다. 김경의 소설적 주인공들은 바로 그 길 위에 서 있다. 끊임없이 고행의 길을 거쳐 다시 집으로 돌아온다. 「타클라마칸」이나 「사다리 공원」, 그리고 「집으로 가는 길」이 모두 그러하다. 아직 영혼이 안식할 집에 도달한 것은 아니지만, 집으로 돌아오는 길 위에 서 있다.

늙은 여자가 되고 싶다!

— 천운영의 『명랑』

인생을 살다보면 끊임없이 모퉁이를 만나게 된다. 그 모퉁이를 돌아설 때마다 우리는 풍요롭고 화려한 세계가 펼쳐져 있으리라 기대하지만, 정작 그 길에 들어서면 허허로운 풍경을 만나게 된다. 수많은 굽이들을 돌아서 만나게 되는 그 쓸쓸한 풍경들이 천운영의 두 번째 소설집 『명랑』에서 그려지고 있는 세계의 모습이다.

소설집 『명랑』에 실려 있는 8편의 소설, 「명랑」, 「늑대가 왔다」, 「명게 뒷맛」, 「모퉁이」, 「세 번째 유방」, 「아버지의 엉덩이」, 「입김」, 「그림자 상자」가 만들어내고 있는 세상의 풍경 한가운데에 서 있는 것은 여성들이다. 「아버지의 엉덩이」와 같은 작품이 있긴 하지만, 「명랑」, 「늑대가 왔다」, 「모퉁이」, 「세 번째 유방」과 같은 작품에서 여성들은 주인공이나 화자로서 등장한다. 그런데, 나이 어린 소녀이거나 중년의 아주머니, 그리고 늙은 할머니의 모습으로 등장하는 이들은 「명랑」처럼 딸과 어머니, 할머니라는 이름으로 가족을 형성하기보다는 대부분의 경우 사회적 관계를 맺지 못한 채 '홀로' 살아가고 있다. 그들의 삶은

'남성의 부재'로서 구성된다.

천운영의 소설에서 남성들의 존재는 희미한 흔적만을 갖고 있거나, 부정적인 의미로만 존재한다. 남성들은 여성들의 영혼과 육체에 깊은 상처만을 남긴 채 죽거나 사라져버린다. 바람이 나서 다방 여자와 딴살림을 차리기도 하고(「늑대가 왔다」), 아내에게 가혹한 폭력을 행사하기도 하며(「멍게 뒷맛」), 감당할 수 없는 채무만을 남겨둔 채 어디론가 도망쳐버렸다.(「모퉁이」) 그래서 그들의 발길이 머물렀던 곳에는 항상 결핍과 부재의 어두운 그림자만이 남겨져 있다. 그런 남성의 모습을 작가는 다음과 같이 말한다.

> 아버지에 대한 연민과 분노가 한꺼번에 몰아쳤다. 할머니는 여태 도둑고양이를 길렀다. 냉정한데다 고마워할 줄 모르고, 추억이나 존경심 따위는 없는 이기적인 고양이.(「아버지의 엉덩이」)

'도둑고양이'는 비단 죽음에의 공포를 두려워하는 초라한 아버지만을 지칭하는 것이 아니라 자신만을 위해 타인에게 고통을 전가시킨 채 떠나버리는 모든 남성들을 지칭한다. 그들이 내팽개치듯 서둘러 떠나버린 텅 빈 자리에서 홀로 남겨진 채 세상을 견뎌나갔던 존재들이 바로 여성들이다. 궁지에서 벗어나면 새로운 궁지가 나타났지만, 결코 포기할 수 없었던 것이 그들의 인생이었다. "짧고 뭉툭한 발가락 갈라질 대로 갈라진 틈으로 때가 깊숙이 앉은 험악한 뒤꿈치"와 "발가락 사이사이에는 무좀과 습진으로 발갛게 생채기"(「명랑」)가 난 어머니의 발과 "피로와 짜증의 빛이 역력한"(「늑대가 왔다」) 어머니의 눈 등은 그들이 견뎌야만 했고 신산했던 시간들을 증거하는 육체적 표징일 것이다.

그들은 끝없이 육체를 갉아 먹히는 위태로운 삶을 지탱하기 위해서 마음속에 "난폭한 짐승"(「모퉁이」)을 키운다. 영원히 피지 않을 오징어

폐백꽃을 만들어야만 하는 깊은 우울을 견뎌내기 위해서 "마음의 독기"(「멍게 뒷맛」)를 품어야만 했던 것이다. 중년의 여성이 풍기는 피로와 권태의 냄새는 궁극적으로는 삶의 고통이 만들어낸 것이라고 할 수 있다. 그런데, 그녀들의 가슴속에서 자라나고 있는 응어리들은 패악으로, 모욕으로, 폭력으로 타인의 삶을 불행의 나락으로 밀어 넣는다. 세상이 자신에게 행했던 폭력을 그대로 타인에게 전가하는 것이야말로 세상에 대한 배반 내지는 유일한 복수였던 것이다. 「멍게 뒷맛」처럼 죽음으로 내몰리던 한 사람이 마지막으로 내밀었던 손조차도 매몰차게 뿌리쳐 버리는 것처럼 삶이란 누군가를 불행의 구렁텅이 속에 밀어 넣고서야 가까스로 유지될 수 있었던 것이다.

이제 살아남은 자들은 "병을 나누는 병자들처럼, 형제들처럼 같은 피를 가지"(「멍게 뒷맛」)게 된다. "당신도 남자의 발길질에 중독되어 있을지도 모른다는 생각이 들었다. 남자가 당신의 고통에 중독되어 있듯이, 내가 당신의 불행에 중독되었듯이" 자신의 불행에 안타까워하면서도, 불행에 중독되고, 더 나아가 타인에게 불행을 전염시킨다. 이제 독버섯처럼 자라난 짐승의 마음은 모든 이들의 영혼과 육체를 피폐하게 만드는 돌림병이 된다. 이와 함께 "이기적인 도둑고양이"의 냄새가 여성들의 몸에 깊이 배어들어가 체취가 되기에 이른다.

> 엄마에게서는 누린내가 난다. 비에 젖은 개털 냄새, 찬바람에 노출된 가죽 점퍼 냄새, 엄마에게서 풍기는 냄새는 여자의 냄새가 아니다. 엄마의 목소리가 굵어지면서. 수염이라도 난 것처럼 코밑이 검어지면서부터 풍기기 시작한 그 냄새는, 사내들의 콧바람에서 묻어나오는 역겨운 냄새와 닮아 있다. 늙어가는 여자들에게서는 왜 남자 냄새가 나는 걸까.(「명랑」)

이처럼 삶에 찌들어버린 중년 여성들의 삶 역시 남성들의 그것과 크게 다르지 않다. 남성들이 사라져버린 자리에 여성들이 자리잡으면서 남성들의 남루하고 비천한 삶을 닮아갔던 것이다. 노동으로 짓이겨진 그녀의 발이 남편의 발을 그대로 닮았듯이 말이다. 이처럼 고통스럽고 신산한 시간을 견디는 동안 나날이 궁핍해지는 영혼과 빈약해지는 육체는 우리에게 죽음을 환기시킨다. 삶에 대한 본능적인 충동이 강렬해 질수록 무의미한 삶의 어두운 그림자 또한 더욱 짙어진다. 노동으로 찌들어서 보기 흉한 몰골을 하고 있는 어머니의 발에서 "회독으로 빵빵하게 부푼 아버지 발"을 발견하고 궁극에는 산사태로 죽은 할머니의 발과 동일시하는 것은 비루한 생의 무의미성을 보여주는 것이다.

소설집 『명랑』에서 발견하게 되는 고통스러운 삶의 조건, 그것에 비례하는 생에 대한 강렬한 의지, 그리고 삶의 무의미성에 대한 인식과 죽음에의 친연성은 일시적인 것이라기보다는 근원적인 것에 가깝다. 그들은 세상에 처음 태어나는 순간부터 세상으로부터 버림받은 존재들이기 때문이다. 「멍게 뒷맛」에서 옆집 여자는 어머니로부터 버림받고 전라도 남쪽 해안가에 버려졌고, 「세 번째 유방」에서 자원이는 혼전 임신으로 생겨나 낙태 수술 직전에 겨우 태어났지만 동생 때문에 부모의 품에서 쫓겨났으며, 「모퉁이」에서 '나' 역시 엄마 뱃속에 있는 아이 때문에 언젠가 쫓겨나리라는 두려움에 떨고 있는 것이다. 천운영의 소설에 등장하는 인물들은 모두 상여를 쫓아나갔다가 미아가 되어 부모도 고향도 모른 채 자라난 「그림자 상자」의 '나'의 쌍생아들인 것이다.

세상에서 버림받은 채 홀로 내팽개쳐졌다는 고아 내지 사생아로서의 의식은 때로 "퇴근하는 아버지가 대문 앞에 서서 초인종을 누르면 가족들이 모두 나와 맞는" 평화롭고 일상적인 가족의 환상을 빚어내기도 하지만, 소설은 대부분 유예된 꿈을 견디는 방식에 대해 이야기한다. 드라마 속에서나 존재하는 그런 완벽한 집을 대신하여 버림받은 자들에게 발견된 공간이 바로 '다락'이라고 할 수 있다. 「모퉁이」에서 다락은 본래 엄마 아빠가 숨어들어가 동생이 잉태함으로써 자신도 언젠가 오빠처럼 엄마 곁에서 쫓겨날지도 모른다는 두려움에 떨게 했던 원망의 공간이요 위협의 공간이었다. 동시에 아버지와 어머니가 만들어낸 따뜻한 낙원에서 추방당한 채 복수를 위해 집 잃은 고양이를 숨겨두는 공간이 된다. 「늑대가 왔다」에서 온몸에 백탄 가루를 묻힌 재 묻은 소녀가 숨어들어갔던 '숯가마'도 현재의 궁핍이 시작된 출발점인 동시에 자신을 구원해줄 늑대를 상상하게 해주는 공간이라는 점에서 다락과 크게 다르지 않다. 이렇듯 어린 시절에 부모와 떨어져서 살아야 했던 아픈 과거는 영원히 치유되지 않은 채 현재를 지배한다. 그들은 세상으로부터 버림받아 다락방에 유폐된 소공녀(「모퉁이」)이고, 온몸에 백탄 가루를 묻힌 재투성이 신데렐라(「늑대가 왔다」)이다.

그런데, 마음속에 도둑고양이를 키우고, 도둑고양이의 체취를 닮아가는 이들과는 달리 『명랑』에서 만날 수 있는 독특한 존재들이 있다. 「멍게 뒷맛」에 등장하는 옆집 여자처럼 생활에 찌들어버린 모든 이들을 매혹시킬 향긋한 냄새를 풍기는 사람들이 등장하고 있는 것이다. 그녀의 향기는 젊음 때문에 풍기는 것은 아니라 삶의 고통을 넘어선 여인들에게서만 나오는 향기이다. 신맛 다음에 단맛을 느끼게 하는 '멍게 속살'처럼 말이다. 고진감래. 고통스러운 현재가 끝난 다음에 희망의 미래가 온다는 의미가 아니라 고통을 겪은 자만이 인생의 참맛을 알 수 있다는 의미로 사용할 수 있다면 말이다.

이렇듯 인생의 참된 의미를 알고 있었던 존재가 바로 할머니들이다. 소설집 『명랑』에서 할머니만이 어머니의 품에서 쫓겨난 어린아이들을 구원한다. 할머니의 손에 의해서 키워지고 있다는 사실이야말로 상실감의 근원이라고 할 수 있다. 늙은 여자의 메마른 가슴은 어머니의 풍요로운 가슴과 맞물리면서 폐허의 상실감을 더욱 고취시킨다. 하지만, 아버지가 만든 낙원에서 추방된 소공녀와 신데렐라가 찾아낸 안식처가 바로 할머니이기도 하다. 할머니의 가슴은 "세상을 향한 유일한 문"

이었던 것이다. 이러한 할머니의 존재감이 가장 잘 드러났던 작품이 표제작인 「명랑」이라고 할 수 있다. 이 작품에서 할머니는 세파에 물들어버린 어머니와는 다른 징표들을 지니고 있다. 할머니의 버선발이 "아기처럼 보드랍고 작은" 까닭은 삶의 고통을 경험하지 않은 까닭이다. 은희가 "어쩌면 나는 늙은 여자가 되고 싶은지도 모른다"라고 말했을 때, 그것은 어머니가 살아가고 있는 세상의 냄새, 곧 사내의 냄새에서 비껴나고 싶은 욕망을 표현한다. 그래서 은희가 작품의 결말 부분에서 어머니와 함께 목욕하면서 세상의 냄새를 지워버렸던 것이다. 그때 비로소 어머니는 할머니처럼 "여린 풀냄새"를 풍기게 될 것이다.

그런 점에서 천운영의 두 번째 소설집 『명랑』은 이 작가에게 중요한 전환점이 될 것이다. 세상은 여전히 쓸쓸하고 허허롭지만, 그것을 견디게 만드는 가능성이 마련되고 있는 것이다. 죽음을 눈앞에 둔 할머니는 부패한 냄새를 풍기지 않고 오히려 "썩지 않기 위해 제 몸을 삭히는 발효의 냄새"를 풍기고 있기 때문이다. 은희는 그런 할머니의 모습을 닮기 위해 오늘도 할머니의 골분을 할머니가 먹었던 명랑처럼 입안에 털어 넣고 있다. 그것은 삶의 고통을 외면하고 망각하는 것이 아니라 아름다운 침묵으로 승화시키려는 의지의 표현이기도 하다. 시간과 더불어 퇴락하여 마침내 죽음을 눈앞에 늙은 여자의 모습 속에서 아름다움을 발견하는 안목은 분명 이전의 소설에서 보기 드문 것이라고 할 수 있다. 따라서 우리는 앞으로 천운영의 소설에서 『바늘』을 지배했던 도발적이며 야생적인 이미지를 만날 수 없으리라는 예감을 갖게 된다. 늙고, 외롭고, 쓸쓸하다는 것은 벗어나려 해도 영원히 벗어날 수 없는 생의 근원적인 조건이어서 그것을 어떻게 승화시킬 수 있는가 하는 문제를 천운영 앞에 던져주고 있는 것이다.

유비쿼터스, 혹은 모나드의 존재론

— 이문환의 『럭셔리 걸』

물이나 공기처럼 "언제 어디에나 존재한다"는 뜻의 라틴어에서 비롯한 유비쿼터스(Ubiquitous). 사용자가 컴퓨터나 네트워크를 의식하지 않고 때와 장소에 상관없이 자유롭게 네트워크에 접속할 수 있는 환경을 가리키는 개념이다. 메인프레임과 퍼스널 컴퓨터에 이어 제3의 정보통신혁명을 이끌 것으로 기대되거니와, 이미 우리 주변에서도 휴대폰과 같은 통신기기뿐만 아니라 텔레비전·냉장고·세탁기 등 가전기기가 인터넷과 결합되는 변화들이 나타나고 있다. 모 건설사의 광고처럼 퇴근길의 차 안에서 휴대폰을 통해 집 안의 모든 가전기기를 제어할 수 있는 시대가 성큼 우리 곁에 다가온 것이다.

유비쿼터스 컴퓨팅 시대의 도래와 함께 인간의 문명 또한 근본적으로 변화할 것이다. 유비쿼터스 시대에 모든 존재는 알게 모르게 타자와 연관됨으로써만 존재할 수 있게 될 것이다. 휴대폰이 인간과 인간을 항상 연결시킴으로써 관계의 근본적인 변화를 초래했다면, 유비쿼터스 컴퓨팅은 모든 사물과 인간을 거대한 네트워크 속에 집어넣음으로써 새로운 존재론을 탄생시킬 것이다.

우리 주변에서도 이 새로운 존재는 서서히 모습을 드러내고 있다. 그들은 인간의 기억을 신뢰하지 않는 대신, 자신의 경험을 미디어에 기록하고 타인에게 전송하는 것을 즐긴다. 디지털카메라 혹은 카메라폰을 지니고 다니면서 끊임없이 친구와 혹은 연인과 이미지를 생산해 내는 젊은이들에게 있어서 경험은 기억되어야 할 것이 아니라 저장되어야 할 것이다. 그래서 가장 적절한 순간에 포착된 이미지를 플래시 메모리 속에 저장하고 타인에게 전송하는 순간 그 장면은 기억에서 소거되기 일쑤이다.

유비쿼터스 컴퓨팅은 인간이 기억하기에는 한계 상황에 처해 버린 엄청난 양의 정보를 처리하고 저장하고 소통하기 위한 새로운 미디어 환경을 구성하고 있지만, 다른 한편으로 더 이상 힘들게 기억해야 할 필요조차 느끼지 않는 '귀차니스트'들을 양산하고 있을 뿐이다. 돌이켜보건대, 문명이 진화할수록 기억해야만 하는 지식과 정보의 양이 기하급수적으로 늘어난 만큼이나 인간은 또한 자신에게서 기억의 능력을 제거해왔던 것은 부인할 수 없는 사실이다. 인간은 책이라는 미디어를 통해서 구술문화의 놀랄만한 기억력을 제거해 버렸고, 이제 유비쿼터스를 통해서 언제 어디서나 컴퓨터라는 장치를 접속할 수 있게 됨으로써 기억의 가능성은 더욱 줄어들 것이다.

이문환의 『럭셔리 걸』은 유비쿼터스라는 미디어 환경의 변화 속에서 성장하고 있는 새로운 존재를 보여주고 있다. 그의 소설 속에 등장하는 인물들은 휴대전화와 메신저 등등을 통해 항상 타인과 연결되어 있다. 회사 컴퓨터에 깔아놓은 메신저를 통해 친구(정확히 말하면 메신저에 친구 사이로 등록해 놓은)들의 근황을 자세하게 알 수 있으며(「세상에서 가장 아름다운 사랑」), 휴대폰을 통해서 주고 받는 수 없는 문자메시지를 통해서 타인과 대화할 수 있는 것이다.(「모나드」) 얼굴을 맞대고 서로의 목소리를 통해 이야기를 나누는 전통적인 대화 수단보다는 컴퓨터와 휴대폰을 통해서 자신의 감정이 드러나지 않는 새로운 소통 수단을 개발하고 그것에 적응해가고 있었던 것이다. 그들은 각자가 속해 있는 공간 속에 고립되어 있지만, 휴대폰과 인터넷이 제공하는 네트워킹을 통해서 언제든지 같은 공간 속으로 움직여갈 수 있는 것이다.

이제 네트워크로부터 떨어져 나와 혼자서 숨어 지낼 수 있는 방을 찾기란 쉽지 않다. 언제 어디서든 내가 원하기만 한다면 다른 존재와 관계를 맺을 수 있는 가능성이 열린다. 무(無)−소부재(所不在). 네트워크가 없는 곳은 없다. 네트워크에 접속한다, 고로 나는 존재한다. 이제 모든 존재들은 네트워크상의 다른 존재와 만나면서 자신의 위치값을 부여받는다. 자신만의 아이디와 자신을 표현할 수 있는 아바타를 지닌다. 하지만, 수학적 공리가 '점'이란 부피도 실재도 없는 텅 빈 공간에 불과하다는 점을 알려주듯이, 네트워크상에서 내가 차지하고 있는 위치값 역시 타자로부터 구별되는 표지일 뿐 나 자신은 될 수 없다. 무소(無所)−부재(不在). 어디에도 내가 존재하는 곳은 없다. "전원이 꺼진 모니터에 반사된 자신의 얼굴을 바라보며" "당신은 텅빈 거울상에 불과하다"라고 말하는 「모나드」의 주인공은 이러한 뉴 미디어의 의미를 잘 보여주는 것이라고 할 것이다.

이처럼 자신의 존재를 위해 네트워크에 접속할 것인가, 혹은 그렇지 않을 것인가는 순전히 개인의 판단에 맡겨진다. 휴대폰과 메신저에 누군가의 이름이나 아이디를 등록하는 것은 순전히 개인의 몫이다. 하지만 자신 역시 누군가에 의해 등록되어만 한다. 인터랙티브할 때에 네트워크는 완성된다. 거절되고 거부당하는 것이 두려운 이들만이 "상처받기를 원치 않았기에 아무것도 요구하지 않을 수 있었다"(「모나드」) 이제, 어떠한 경우에도 타인의 삶에 깊이 간여해서는 안 된다. 나의 존

재성을 증명하기 위해 타인과의 관계를 맺는 것은 필요하지만, 다른
존재들과 교섭하면서도 전혀 상처를 받지 않는 독립적인 존재로서 완
성되어야 한다. 다른 사람과 소통하지만 전혀 침해되지 않는 자신만의
독자성을 간직한 단자화된 존재, 그래서 설사 연인이라고 하더라도
"상대방의 삶에 대해서 간섭할 수 있는 권리"를 가지지 못하는 존재가
되어야만 하는 것이다. 이러한 완벽한 고독 속에서만 사람과 사람 사
이[人間]의 네트워크가 형성된다. 그들은 "그 자체로서 완벽한 개체로
외부에서 어떤 영향도 받지 않고 오로지 스스로의 내적 원리에 따라
변화"하는 존재를 모나드라고 부르면서, 휴대폰이야말로 모나드 그 자
체라고 말한다. 휴대폰의 액정화면을 통해 전해지는 문자메시지는 인
간의 목소리를 제거함으로서 타자의 삶에 개입하지 않기 때문이다.

그래서 이문환의 소설에서 사랑이라는 이름으로 다른 사람과 하나
가 되려는 욕망을 가진 존재, 혹은 타인의 삶에 개입하려 시도한 존재
들은 모두 죽음이라는 징벌을 받는다. 그것은 다른 모나드들의 개체성
을 침해하는 행위이기 때문이다. 「모나드」의 주인공 조식은 자신의 아
이디 'crossed'처럼 타인의 삶과 교차할 수 있기를, 그래서 자신의 존재
를 의미 있는 것으로 고양시키기를 바란다. 하지만, "죽기 전에 당신이
보고 싶다"는 목소리를 듣고 찾아간 가연의 집에서 그는 죽음을 당하
게 된다. 「세상에서 가장 아름다운 사랑」에서도 타인의 삶과 하나가 되
려는 강렬한 욕망을 가졌던 혜정은 자살로서 자신의 생을 마감한다.
「20세기의 마지막 겨울」에서 노숙자 역시 타인의 발목을 잡았던 대가
로 혜정의 하이힐에 찍혀 숨지고 만다.

> 그들이 살고 있는 삶의 영역은 혜정의 그것과 판이하게 달랐기에, 그들이
> 위협받는다는 것은 그녀에게는 외계인의 침공과 마찬가지였다. 인과응보란
> 타인의 삶의 영역을 침해한 죄를 묻는 것이어서, 그 대가는 자신의 삶의 영역
> 을 침해받고 공격당하는 것이다. 그러므로 자신의 영역을 표시하는 자그마한

울타리를 무사히 보존하기 위해서는 남의 일에 상관하지 말고 자신을 지키는
데 온 힘을 기울여야 한다. (「20세기의 마지막 겨울」)

이처럼 각 개인들이 처해 있는 치명적인 고독으로부터 불안이 발생
한다. 「20세기의 마지막 겨울」에서 혜정은 자신이 노숙자를 살해했다
는 사실 때문에 끊임없이 도망치고자 하지만, 그럴수록 그를 둘러싼
불안은 더욱 팽배해진다. 불안은 특정한 대상이 불러일으키는 공포의
감정과는 다르다. 그것은 자신의 모습을 드러내지 않은 채, 주위를 둘
러싸고 있는 존재에 대한 두려움이다. 그것은 아무것도 없는 텅 빈 공
간이지만, 「마술사」처럼 나를 지배한다. 내가 거부함으로써 나로부터
존재를 박탈당한 수많은 존재들이 네트워크상에 있는 한 세계의 틈새
에서 피어난 불안은 네트워크를 타고 세계를 휩쓸 것이다. 그것은 자
신의 세계로 들어오는 바깥 창문을 닫아버린 모나드로서의 삶이 지불
해야만 하는 대가인 셈이다.

이문환의 소설에 등장하는 여러 인물들은 이러한 존재 상실의 불안
감 때문에 언제나 전전긍긍하고 있다. 그의 소설에서 혜정과 형만과
조식은 역할극의 주인공들처럼 끊임없이 위치와 역할을 맞바꾸며 옮
겨 다닌다. 때로는 적극적인 행위자였다가 소극적인 방관자로 돌아서
기도 하고, 때로 잔혹한 파괴자였다가 우유부단한 창조자로 변신하기
도 한다. 그런데, 그들이 형성하고 있는 관계는 변화하지 않는다. "세
상에서 가장 아름다운" 여자와 그녀를 향한 욕망으로 꿈틀대는 두 남
자의 관계로 구성되어 있는 것이다. 이 삼각관계의 꼭지점에 자리잡은
혜정은 실체적인 존재라기보다는 이미지에 가깝다. 그녀는 170센티미
터를 훌쩍 넘는 늘씬한 몸매, 가느다랗고 긴 목, 건강한 허벅지, 투명
한 피부, 차분한 눈동자를 가졌다. 그리고 "브리트니 스피어스 식 데님
팬츠와 캘빈 클라인 셔츠"를 완벽하게 소화할 수 있는 능력과 안목을

지녔다. 그래서 그녀는 상품과 이미지를 본능처럼 소비하는 시뮬라시옹 세계의 여왕으로 등극한다. 모든 남성들을 매혹시켜 소유의 욕망에 헐떡이도록 만드는 완벽한 이미지인 것이다.

그래서일까, 그녀의 모습은 타인의 기억 속에서 찾아지지 않고 항상 CRT/LCD 화면이나 필름 속에서 발견된다. 그녀가 남겨 놓은 미디어 속의 흔적은 끊임없이 복제되면서 타인을 호명하고 욕망을 자극한다. 「혜정과 형만과 나」에서 약물에 취해 여러 남자에게 윤간당하는 혜정의 육체는 사진 속의 이미지로 남아 형만의 도착된 욕망을 불러일으킨다. 「세상에서 가장 아름다운 사랑」의 혜정이 형만과 조식과 민우 등과 함께 찍은 셀프 비디오와 유언처럼 남겨둔 마지막 비디오는 나의 마스터베이션의 질료가 되는 것이다. 혜정은 어느 곳에도 존재하지 않지만, 혜정이 만들어내고 혜정에게 부여되어 있는 이미지는 세상 모든 곳에 충만해 있다.

그런데, 형만과 조식을 자극하여 욕망의 주체로 불러 일으켜 세웠던 혜정의 화려한 여왕의 이미지는 미디어를 모방함으로써 만들어진 것이다. 심은하·이영애·전지현·김남주 등이 없다면 그녀의 이미지는 순식간에 빛을 잃어버리고 말 것이다. 그래서 신데렐라처럼 왕비가 되고 싶었던 '럭셔리 걸' 역시 성형수술을 통해 짝퉁 김남주로 거듭나고 블루아이리스 밍크코트와 DKNY 정장으로 자신을 감싼다. 하지만, 그녀의 아슬아슬한 욕망은 팔목에 난 조그마한 두드러기 때문에 여지없이 파괴되고 만다. 그녀는 빨간 고무장갑을 끼고 끊임없이 설거지를 해야만 하는 부엌데기 신데렐라의 운명을 지니고 태어났던 것이다.

하지만, "그녀에게 중요한 것은 꿈과 현실을 가르는 것이 아니었다" 부엌데기 신데렐라에게 미디어가 불러일으키는 이미지, 그리고 왕비가 되고 싶은 꿈이야말로 현실을 지탱하고 현실을 구성하는 현실 그 자체인 것이다. 따라서 이문환의 소설에 등장하는 인물들은 과거의 삶이 현재를 구성하기보다는 미래의 삶이 현재를 구성한다고 말하는 편이 훨씬 적절할 것이다. 그들의 삶에서 과거의 편린들이 엿보이지 않는 것은 아니지만, 각 개인의 삶을 규정하는 의미 있는 것들은 거의 찾아보기 어렵다. 그들은 지금까지 살아온 것 때문이 아니라 앞으로 살아가야 할 것 때문에 존재하는 것이다. 이제 개인을 탐구하기 위해 역사라든가 사회라든가 가족 등과 같이 선행하는 시간을 들먹이는 것은 유비쿼터스 세대의 기억 상실과 무중력 공간에서 무의미해진 것은 아닐지.

세상을 함께 살아가는 사람을 위하여

— 이청준의 『꽃 지고 강물 흘러』

이청준의 『꽃 지고 강물 흘러』를 읽으면서 내내 떠올렸던 것은 살아가면서 만났던 무수히 많은 얼굴들이었다. 부모, 형제, 아내, 자식, 스승, 제자, 선후배, 친구, 그리고 사람들……. 내가 만났던 그 많은 사람들은 나를 비춰주는 하나의 거울이었다. 때로 그들이 너무 반가웠던 것은 내 모습을 발견할 수 있었기 때문이었고, 때로 그들이 너무 미워서 팽개쳐버리고 싶었던 것은 나의 가장 싫은 모습을 발견했기 때문이었다. 그들은 나를 비추는 또다른 나, 거울 속의 존재, 곧 짝패였다. 짝패들이 없는 인생을 상상할 수 있을까. 짝패가 없다는 것은 다른 사람과 관계를 맺지 못해서 낙타처럼 고독하게 사막을 여행한다는 것을 의미할 것이다. 그 고독한 여행 속에서 삶의 비의를 발견하는 위대한 영혼들이 존재하기도 하지만, 그러기엔 내 자신은 너무나 나약했다. 그래서 세상을 함께 건널 타인을 찾아 지금껏 헤매고 있는지도 모른다. 언젠가 한번은 운명적인 동반자를 만날 수 있으리라는 믿음 혹은 미망을 붙잡고서 말이다.

『꽃 지고 강물 흘러』에는 그런 짝패들의 다양한 모습이 담겨 있다. 짝패들은 사람들의 삶 속에 깊이 닻을 내리고 있다. 대부분의 경우 그 짝패들이 운명적으로 다가왔다는 사실조차 모른 채 그들을 만나게 된다. 인간은 자신이 누구인지조차 모르고 살아가듯이 말이다. 하지만, 짝패들은 항상 나와 나란히 서 있었다. 세상 가장 빛나는 부분에 서있을 때, 혹은 나락의 구렁텅이에 빠져 허우적대고 있을 때 내 옆에 서있는 존재들이 바로 그들이었다. 그들이 나에게 남겨 놓은 흔적들이 삶을 빛나게도 하고 삶을 망가뜨리는 것이다. 『꽃 지고 강물 흘러』에 실려 있는 많은 사람들의 모습에서 우리는 짝패들이 남겨 놓은 흔적들을 읽을 수 있다.

짝패의 첫 번째 모습은 나와 닮아 있는 존재로서의 짝패이다. 「무상하여라?」에서 주인공이자 화자인 '나'는 출판사의 영업과장으로 일하고 있다. 그런데, '나'의 외모가 정치지도자 중의 한 사람인 민주통일당의 총재 JS를 닮았다는 사실을 알게 된다. 외견상 너무나 닮아있어서 가까운 측근들조차 서로 혼동할 지경이다. 그래서 술집에서 장난처럼 정치지도자를 흉내 내기 시작한다. 이러한 닮은꼴로서의 삶은 JS가 대통령 선거에서 승리할 때까지 이어진다.

이 작품을 정치적으로 읽는 것도 흥미롭겠지만, 관심이 가는 것은 욕망의 구조이다. '나'는 자신과 닮은꼴인 정치인의 말투와 행동까지 모방함으로써 자신의 존재를 스스로 기만하고 있다. 모방이란 타인과 나 사이에 존재하는 차이를 제거하는 과정이라고 할 수 있다. 그래서 항상 자기가 지니고 있는 것들을 부정하고 타인이 지니고 있는 것들만을 향하는 법이다. 가치 있는 것은 항상 자기의 외부에 존재하고, 자기의 내부에는 타인으로부터 빌려온 텅 빈 공허만이 존재한다. 뿐만 아니라 나는 누군가를 닮고자 하는 욕망을 버리지 못하는 한 타인의 눈길로부터 벗어날 수 없다. 타인의 착각만이 '진정한' 닮은꼴을 만들어내기 때문이다. 나는 타인의 착각 속에서만 존재 의의를 지닐 뿐이다.

그렇듯 닮은꼴의 짝패를 흉내 내는데 익숙해지는 모습은 스스로를 파괴하는 과정이라고 할 수 있다. 모방은 항상 "불빛 속에 한번 꾀어들면 그 위험한 마력에 취해 다시 빠져나오지 못하고 날개까지 태우는 부나비"를 닮았다. 타인의 눈길을 받아 빛나면 빛날수록 부나비는 더욱 파괴의 불구덩이에 가싸워시고 마침내 스스로 세 몸을 세물로 바쳐 더욱 거센 불길로 만들 것이다. 이제 또다른 누군가가 부나비를 태워서 더욱 빛나는 그 불빛을 향해 덤벼들 것이다. 진정으로 현명한 자는 타인의 눈길에 자신을 비추지 않고 내면의 불빛을 통해 자신을 비추는 자이다. "현실로 이루어진 꿈의 권세는 그로부터 남의 꿈을 빼앗고 짓밟기 시작"한다는 냉혹한 정치 현실을 직시하면서도 여전히 현실 속에서 영원히 실현될 수 없고 실현되어서도 안 될 '꿈'의 자리를 남겨두는 송죽원의 '신마담'처럼 말이다.

「심부름꾼은 즐겁다」가 흥미로운 것은 그렇듯 타인의 눈길을 내면화함으로써 자신의 존재를 증명하고 있는 '선량한' 자를 유머러스하게 그리고 있는 까닭이다. 회사에 대한 '희생적 책임감'과 심부름꾼으로서 '소명감'이란 기껏해야 회사 사장의 논리를 자기의 것인 양 믿는 데서 비롯된 착각에 지나지 않는다. "백성들은 도대체 눈을 번히 뜨고도 무얼 제대로 아는 게 없"다고 강변하고 있음에도 불구하고 정작 자신이 진정 누구인지조차 모른 채 타인의 요구에 따라 살아온 것은 그였을 테니까.

이제 짝패는 모방의 대상에서 한 걸음 더 나아가 나의 삶을 규정하는 유일한 힘이 되었다. 이와 함께 세상 사람들이 나와 짝패를 혼동하는 것이 아니라 스스로 짝패와 나를 혼동하는 지경에 빠져들었다. 그렇듯 타인의 요구를 모방함으로써 자신의 정체성을 형성시켜 왔음에도 불구하고 그것이 마치 진정한 자신인 것처럼 착각한 인간의 종말에 대한 우울한 보고서가 바로 「심부름꾼은 즐겁다」라고 할 것이다.

「문턱」 역시 타자로부터 호명된 한 개인의 이야기라고 할 수 있다. 신춘문예 문학상 심사과정에서 만난 늦깎이 소설가 반형준의 삶은 친구 구정빈에 의해서 규정된 것이라고 할 수 있다. 반형준은 고등학교 시절 문학을 지망했지만, 이제는 초등학교 교사의 생활에 만족하며 지내고 있는 평범한 인물이다. 그런데, 어느 날 구정빈이 찾아와 소설을 써보라고 주문하면서 반형준에게 이야깃거리를 던져주고 간다. 이러한 과정이 몇 차례 반복되면서 반형준은 정말로 소설을 쓰고 싶다는 욕망에 사로잡히게 된다. 따라서 소설을 쓰고자 하는 반형준의 욕망은 순전히 구정빈에 의해서 호명된 욕망이라고 할 수 있다.

그렇지만, 반형준의 욕망은 구정빈의 죽음을 통해서 구체화된다는 점에 주목할 필요가 있지 않을까. 반형준의 일상에 균열을 일으키는 소설 쓰기는 내적으로 촉발된 욕망이 아니라 구정빈을 위한 일에서 비롯되었지만, 그것이 소설이라는 육체를 획득한 것은 구정빈의 죽음이 있었기 때문이다. "반형준은 그 구정빈의 죽음을 자기 소설이 세상과 만나는 문으로 읽고 싶었고, 그래 그 죽음을 쓰는 일을 제 소설의 문을 열어나가는 일로 여겼"(「문턱」)던 것이다. 이제, 구정빈이 반형준을 통해서 세상을 만났듯이 반형준 역시 구정빈을 통해서 세상 속으로 나서게 되었다. 그런 점에서 타인은 모방의 대상도 아니고 세상을 나의 세계 속으로 끌어들이는 그 무엇이었다. '숙명적 비의'이자 영원히 "알 수 없음의 화두"를 던지는 삶 그 자체인 것이다.

부재의 경험 속에 나의 존재를 밀어 넣는 타인의 모습이야말로 짝패의 두 번째 모습일지도 모른다. 세상을 함께 살아가면서도 순간순간 깊은 어둠 속에 모습을 감추어버림으로써 삶을 겸허하게 만들고 영혼을 확장시켜 주는 존재 말이다. 표제작인 「꽃 지고 강물 흘러」에 등장하는 어머니와 형수는 바로 그러한 관계의 한 예라고 할 수 있다. 30대에 청상과부가 되어 시어머니와 함께 살았던 형수의 삶은 연민을 불러 일으키기에 충분하다. 더욱이 형수는 치매에 걸린 말년의 시어머니를 홀로 봉양해야만 했다. 그런데, 시어머니가 돌아가자 형수는 '나'가 어머니를 위해 지었던 집에서 어머니의 흔적을 말끔히 지워버리고자 한다. 그런 형수의 모습을 보면서 묘한 반감을 지니게 되는 것은 자식으로서 갖게 되는 당연한 일일 것이다. 하지만, 돌려 생각해보면 형수에 대한 원망의 근원은 자신에게 돌려져야 한다. 치매에 걸린 어머니를 형수에게 맡겨두고 제대로 모시지 못했다는 부끄러움과 죄책감이 어머니에 대한 뒤늦은 애착과 형수에 대한 미움으로 나타났기 때문이다.

그렇듯 우리는 자신의 책임을 누군가에게 떠넘기고서야 비로소 마음이 편안해지는 늑대의 심성을 지녔다. 치매에 걸린 어머니가 내비쳤던 형수에 대한 원망을 빌미삼아 형수의 패악을 들춰냄으로써 자신의 무책임성을 덮어버리는 자기합리화의 메커니즘에 익숙해져 있는 것이다. 그러한 늑대의 심성으로 어떻게 형수의 '종주먹질'의 마음을 이해할 수 있겠는가. 어머니가 형수에게 보여주었던 따스한 마음의 자락과 치매에 걸린 어머니에게서 밥상을 뺏어야만 했던 형수의 슬픔을 이해할 수 있을 리가 만무하다. 어머니의 밥상을 뺏은 행위만을 보고 형수의 마음을 짐작하고 그것을 미워함으로써 자신의 죄악을 덮어버리는 것이야말로 진실로 늑대의 마음이다. 이 늑대의 심성에서 벗어나 어머니의 밥상을 뺏어야만 했던 형수의 슬픔을 이해하고, 형수의 마음으로 되돌아가 타인의 웅숭깊은 내면을 받아들였을 때에야 비로소 인간의 마음으로 되돌아오게 될 것이다.

어머니의 밥상을 뺏어야만 했던 형수야말로 어머니와 함께 살아가고 있는 존재이다. 지나가는 행인처럼 적선을 하고 마음 편해하는 것이 아니라 진실로 함께 살아가며 아픔을 나누는 존재이다. 그렇게 미워하면서도 끝내 벗어던질 수 없는 빚처럼 내 마음의 깊숙한 곳에 아로새기어 놓는 것이야말로 인생을 함께 살아가는 자의 자세일 것이다. 어머니는 돌아가신 뒤에도 콩밭걷이를 하는 형수와 함께 살아있다. 집 안에 어머니의 흔적을 남겨놓고 만족하는 것이 아니라 마음속에 그 흔적을 빚처럼 남겨놓고 있는 것이다. 「오마니!」에서 만나게 되는 문예조 씨 또한 그렇게 자신에게 남겨진 마음의 빚 때문에 평생을 홀로 살아 가지만, 그 빚을 되갚아버리지 않고 자신의 것으로 남겨두고 있다.

「꽃 지고 강물 흘러」와 「오마니!」와 함께 타인으로부터 나에게 남겨 진 빚을 안고 살아가기에 아름다운 사람들에 대한 또다른 이야기가 「들꽃 씨앗 하나」이다. 주인공 진성은 1950년대의 어느 해 봄에 초등학 교를 졸업하고 대처인 K시로 떠났다. 그 삭막한 공간에서 홀로 세파와 맞서 싸우며 공부로 성공하겠노라는 진성의 소망은 말 그대로 위태롭 기 짝이 없다. 고등학교에 진학하고픈 그의 소박한 꿈을 이루기 위해 그는 재산세 무과세 증명을 떼어 등록금을 면제받고자 한다. 그래서 나주, 영산포, 영암을 거쳐 어머니와 동생이 살고 있는 장흥의 대흥면 으로 떠난다. 하지만, 그가 만나게 된 고향의 모습은 그를 따뜻하게 반 겨줄 어머니도 누이도 없는 텅 빈 공간이었다. 어렵사리 증명서를 손 에 쥐고 우여곡절 끝에 눈길에 묻혀 있는 돈밧재 고개를 넘어 다시 K 시로 돌아오지만, 그는 끝내 고등학교에 입학할 수 없었다. 등록 마감 시간을 지키지 못했기 때문이다. 텅 빈 운동장을 걸어 나오며 눈물을 흩뿌리는 진성의 모습은 작가의 모습이기도 하고 1950년대의 참혹한 시절을 보내었던 우리의 삶일지도 모른다. 하지만, 그 눈물 속에서도 주인공 진성은 세상을 미워하지도, 하늘을 원망하지도 않는다. 오히려 그 짧은 여행 동안 자신을 도와주었던 사람들의 따뜻함에 감사할 따름 이다.

우리는 누구나 공평하게 세상을 살아간다. 이렇게 이야기하면 조금 은 억울할지도 모른다. 이유를 알 수 없지만 내가 당해야만 했던 세상으로부터의 부당한 대우들이 내 기억 곳곳에 생채기를 남기고 있는데, 어찌 그것을 공평하다고 말할 수 있겠는가. 그렇지만, 살아남아 있다는 사실만으로도 우리는 이미 남들이 누리지 못한 축복을 받은 사람일지도 모른다. 그것이 누구나 누릴 수 없는 특권인 것만은 분명하다. 그리고 나에게 주어진 시간만큼은 남들과 한 치의 어긋남도 없이 공평하게 받았다. 격정의 청춘을 흘려보냈고, 서른의 우울과 권태, 아픔도 맛보았다. 그렇게 남들과 함께 살아온 흔적들을 삶의 곳곳에 남겨준 시간이야말로 나에게는 축복이다. 그 시간 속에서 만났던 수많은 사람들과 그들이 남겨준 기억 또한 마찬가지일 것이다. 오랜만에 대가의 따스한 손길을 느끼면서 나의 삶이 새로워지기를 기대해본다.

환멸과 방황, 그 젊음의 기억들
— 한수산의 『그리고 봄날의 언덕은 푸르렀다』

젊음은 항상 환멸과 번뇌로 가득 차 있다. 현실에서 불가능한 꿈을 실현하기 위해 고통스러워하는 청춘의 고뇌는 탐색과정의 진지함으로 인해 항상 아름다움으로 다가온다. 때로는 좌절에 깊이 몸담기도 하고 낭만적 허위에 빠져들기도 하지만, 이상을 추구하는 정신적 자세만은 한 인간이 보여줄 수 있는 최대한의 실존적 성실함으로 다가오는 것이다. 그래서 현실에 동화되기보다 깊고 넓은 영혼을 추구하는 젊은이들의 모색과 좌절의 이야기는 소설적 주인공을 통해서 끊임없이 추구되었던 문학적 테마였다. 괴테의 「빌헬름 마이스터의 수업시대」, 헤르만 헤세의 「데미안」 등 외국작품을 떠올릴 필요조차 없이 김승옥의 「무진기행」, 이문열의 「젊은 날의 초상」 등에서도 우리는 정신적 성숙과 자기정체성을 회복하기 위한 고통스러운 여정을 볼 수 있다.

한수산의 「그리고 봄날의 언덕은 푸르렀다」는 한 예술가가 자신의 젊은 날을 얼룩지게 했던 고통과 방황을 되돌아보는 이야기이다. 진정으로 추구해야 할 삶의 목표와 자신이 처해 있는 현실 사이의 모순과 갈등 속에서 자학과 방황의 과정을 거쳐 목표에 도달해가는 과정이 소설적 내용을 이룬다. 이 점에서 「그리고 봄날의 언덕은 푸르렀다」는 성장소설적 성격을 갖게 된다. 즉 어느 날 문득 삶의 진실과 목표가 현실 상황 속에서 조화롭게 실현될 수 없다는 것을 알아차렸을 때, 순간적인 좌절과 번민으로 인해 어둠의 세계에 매혹되어 타락한 삶을 살아가다가 결국에는 진정한 빛의 세계를 찾아간다는 성장소설의 일반적 구성원칙을 따르고 있는 것이다.

「그리고 봄날의 언덕은 푸르렀다」는 미술가로서 확고한 자리를 차지한 장석우라는 인물이 고향 탐색에 나서는 대목에서 시작된다. 그는 노유남이라는 인물로부터 한 장의 엽서를 받자 한동안 거부했던 미술 잡지의 「작가의 고향에서」라는 기획연재물에 참여하게 된다. 노유남의 엽서가 장석우가 고향 탐색에 나서게 된 내적 동기를 이루었다면, 우리는 노유남이란 인물은 누구이며, 그의 엽서 내용은 무엇인가를 묻지 않을 수 없다. 그는 장석우의 고향 선배이며, 신춘문예를 통해 등단했던 소설가이다. 도시 학교로 다시 돌아가기로 했다는 짧은 엽서는 노유남이 아직도 한 곳에 정착하지 못한 채 젊은 시절의 방황을 계속하고 있다는 것을 보여준다.

장석우가 찾아간 곳, 춘천은 젊은 시절의 방황과 좌절이 추억처럼 어려 있는 곳이다. 노유남과 장석우를 포함한 동시대 젊은이들의 고뇌와 상처가 짙게 배어나는 공간. 장석우는 이 공간 속에서 살았던 인물들의 삶을 통해 자신의 삶을 개관하고자 하는 욕구에서 고향 탐색에 나선다. 따라서 고향을 찾아간다는 것은 실질적으로 자신의 과거를 찾아간다는 것을 의미한다. "서울에서 그곳까지의 거리는 시계바늘을 뒤로 돌리는 시간"이었던 것이다.

장석우가 춘천을 방문한 시간은 이틀 정도에 불과하다. 아침 일찍 서울을 출발하여 다음날 서울로 다시 되돌아오는 여정은 소설 속에서 회상하는 시간인 동시에 서술하는 시간이다. 이 짧은 취재여행 동안 장석우가 떠올리게 되는 두 해 남짓한 젊은 시절이 서술되는 시간에 해당한다. 공간의 이동과 함께 장석우의 회상이 본격적으로 펼쳐진다. 그것은 잡지사 기획물과 연관되는 것이지만, 다른 한편으로 춘천이라는 공간 자체가 갖고 있는 친숙성과도 밀접한 관련이 있다. 회상하는 자아는 추억이 서려 있는 장소를 바라보면서 기억의 저편을 자유롭게 떠올리는 무사심의 상태에 빠져든다.

여기에서 문제시되어야 할 점은 이전의 삶에서 보이는 숱한 실수와 혼란을 냉정하게 조감할 수 있도록 성숙한 '나'의 입장에서 과거를 기억한다는 점이다. 다시 말하면 미술가로서 자리잡은 현재의 상태에서 젊은 날에 추구했던 예술에의 열정을 되돌아보고 있는 것이다. 따라서 과거는 현재의 전사로서의, 현재 상태에 도달하는 과정으로서의 의미를 지닌다. 젊은 날의 장석우가 펼쳐나갈 운명은 이미 결론부터 명확하게 제시된 형국이다. 결국 소설을 읽어가는 재미는 젊은 날의 장석우가 걷게 되는 삶의 행적보다는 그가 추구해가는 열정의 진지성과 그 과정에서 찾아진다.

장석우의 회상은 그가 춘천교육대학에 진학하기 위해 고향을 떠나는 것으로부터 시작된다. 현재의 장석우가 고향 탐색에 나서는 것과 과거의 장석우가 삶의 모험으로서의 대학생활에 접어드는 것은 동질적인 과정이다. 길을 떠나는 것이다. 그것은 새로운 삶을 시작하는 것이며, 때로는 고통과 절망을 가져오지만 궁극적으로 자아의 확장과 성장을 가져오는 과정이라고 할 수 있다. 다른 성장소설과 마찬가지로 사회적 자아를 확립하기 위한 과정의 초입에 가정의 안온함으로부터의 이탈이 놓여있는 것이다.

대학에 진학함으로써 그는 아버지를 비롯한 집안 전체의 기대와 격려를 한 몸에 받게 된다. 하지만 그의 대학생활은 집안의 기대와는 달리 교육자로서의 길에 들어서는 과정이라기보다는 그곳으로부터 이탈하는 과정이다. 장석우가 대학생활에 적응하지 못한 표면적인 이유는 두 가지이다. 먼저 "2년의 교과과정을 마치고 나면 초등교사가 된다는, 너무나 확실해서 징그럽기까지 한 미래가 있었던" 교육대학의 확정성은 그의 자유로운 예술혼과 대립한다. 그는 미래의 가능성을 모조리 잘라버린 채 한 가지 가능성만으로 젊음을 교육시키는 축사와 공장 같은 곳으로 교육대학을 바라본다. 장석우가 방황하게 된 또다른 이유는 좌절감이다. 서울과 거리를 지니면서도 서울과는 구별되는 독자적인 문화를 형성할 수 없었던 춘천의 지방적 특수성은 장석우에게 문화적 열등의식을 갖게 한다. 서울에서 문예창작과에 다니는 동주와의 만남은 이러한 문화적 소외감을 절감하는 계기가 된다. 장석우를 비롯한 학보 편집진이 서둘러 문예동인지를 발간한 것은 그 때문이라고 할 수 있다.

그러나 장석우의 방황의 가장 근원적인 동기라고 할 수 있는 것은 자신의 내면에 잠재해 있던 예술혼과 교육대학이라는 현실과의 갈등이다. 미술을 하고 싶다는 그의 욕망은 아버지로 대표되는 현실의 논리 앞에서 거부당한다. 아버지는 한 인간의 존재론적 근원인 동시에 그로부터 벗어나지 않고서는 성숙한 인간으로 재탄생할 수 없다는 점에서 역설적인 존재이다. 아버지는 현실의 논리로 무장한 채 장석우의 예술적 열정을 억누르고 있다. 예술에의 욕망을 갖는다는 것이 현실로부터 추방될 지도 모른다는 위기감을 조성하지만, 그는 젊은이다운 열정으로써 그것을 거부한다. 주인공은 자신의 가치관을 정립하고 예술가로서의 삶을 살아가기 위해 아버지의 세계를 파괴하려는 잠재적인 충동으로 가득 차 있다.

하지만 현실적으로 실현되지 못하는 예술에의 열정은 끊임없는 자기 환멸과 자기 학대를 자아낸다. 자기실현의 기회를 박탈한 교육대학이라는 현실 속에서 그가 취했던 길은 학보 편집과 술과 방황이다. 그들은 심연을 알 수 없을 만큼 깊은 방황의 나락으로 빠져든다. 여기에서 방황은 술을 통한 육체적 자학으로 나아가고, 궁극에는 죽음에 대한 친화성으로 나타난다. 순수한 이상과 빛의 세계를 향한 그들의 낭만적 추구에도 불구하고 현실의 논리 앞에서 좌절당해야만 하는 고통은 동주의 자살 속에서 현실화된다. 가야 할 곳이 있음에도 불구하고 갈 수 없다는 것, 장석우를 갈등 속에 휩싸이고 삶의 허무 속에 잠기도록 했던 본질적인 물음과 그것의 해답을 추구하는 과정을 작가 한수산은 물의 이미지를 통해서 집약시켜 보여준다.

'물'은 안개와 호수의 도시 춘천의 상징으로 육체적 고향이었던 산과 대립한다. 산으로부터 떠남이 물을 만나게 했고, 물과의 만남이 주인공의 방황을 낳았던 것이다. 소설의 서두에서 회상의 내적 계기를 이루었던 것이 물이라는 점은 여기에서 비롯한다. 물의 의미는 여기에서 그치는 것이 아니다. 물은 때로 정화의 과정으로 나타난다. 크리스천에게 있어서 세례란 새로운 삶을 살아갈 수 있도록 하는 과정이다. 물에 잠기거나 물을 끼얹는 세례는 정신적인 면에서 질적으로 전혀 새로운 자아로의 소생을 의미한다. 설사 크리스천이 아니더라도 목욕은 이전의 자신의 삶을 철저히 거부하고 전혀 다른 삶을 살아가도록 하는 내적 계기를 이룬다.

이렇듯 물은 정화의 매개체로서 작용한다. 물에 대한 친화력은 고등학교 시절 강릉문화제에 참석했다가 경포대에서 처음으로 동해바다를 보았던 것에서 시작된다. 하지만 대학생활에 접어들면서 물은 알코올과 결합되어 불의 이미지로 전화한다. 물을 통한 정화가 불을 통한 정화로 변모하는 순간이다. 실제로 장석우의 방황은 모두 술을 통해서 구체화된다. 노유남은 장석우에게 바다를 처음으로 보여준 인물이며, 대학에서도 술을 가르쳐준 인물이기도 하다. 그는 장석우의 젊은 날에 있어서 정신적인 스승과도 같은 존재이다. 노유남의 엽서 한 장이 큰 의미로 다가올 수 있었던 것은 노유남이 차지했던 정신적 비중을 보여주는 것이다.

물은 불과 결합하면서 죽음의 이미지로 채색된다. "술에 취하면 언제나 가자고 했다. 그곳이 학교가 가까운 곳이면 나는 '우리 학교 옥상에 올라갑시다' 했고 시내라면 당연히 '우리 강으로 갑시다' 했다." 하지만 장석우의 자살 충동은 삶의 본능과 양립할 수 없는 것이라기보다는 예술가로서의 삶을 지향한다는 의식의 표현이다. 즉 죽음에의 충동은 삶에 대한 뜨거운 지향의 역설적 표현이다. 장석우의 자살 충동은 낡은 자아가 폐기되고 새로운 자아가 형성되기 이전의 가치의 아노미 상태를 의미한다. 사춘기적 과정의 가장 큰 특징으로서의 사회적 자아의 형성 역시 죽음에 바탕하고 있다. 성장은 낡은 것을 폐기하고 새롭게 출발하는 것이다. 새로운 세계로 진입하는 문턱 앞에서 겪게 되는 좌절과 고통이 죽음과 성의 세례를 거쳐 확고한 사회적 자아로 성숙해지는 과정이 장석우가 걸어가는 발자취이다. 따라서 이 소설의 주조를 이루고 있는 죽음의 이미지는 과거의 자신과 현재의 자아와의 완전한 단절을 표상하는 것이다.

장석우의 허무와 절망감은 어떻게 극복될 수 있는가? 그것은 예술가로서의 삶을 추구함으로써 가능하며, 물에의 친화력을 회복하는 것으로 구체화된다. 그것은 혜원과의 만남을 통해서 이루어진다. 그녀가 소설에서 차지하는 양적 비중은 그리 크지 않지만, 장석우에게 끼친 그녀의 영향은 다른 작중인물 누구보다도 크다. 그녀는 술을 통해 정신적 방황을 이겨내려는 장석우에게 다시금 물로 돌아갈 것을 가르침으로써 격앙된 감정을 순화하는 기능을 수행한다. "물을 보세요. 웅덩이가 있으면 고였다가 흐르는 거예요. 높은 곳을 만나면 돌아서 가요. 그러나 물은 언제나 흘러요. 물은 아무것도 의심하지 않아요. 시간도 마찬가지예요"라는 혜원의 말은 "물은 자궁이었다. 모든 생명이 탄생하는 깊고 깊은 늪, 타액이 땀이 양수가 피가 정액이 우리에게 물을 가르쳤다"는 성숙한 장석우의 인식과 정확히 일치한다.

한수산의 장편 「그리고 봄날의 언덕은 푸르렀다」는 작가의 자전적 성격을 강하게 띠고 있다. 작가의 연배와 장석우의 연배가 비슷하고, 춘천교대라는 설정 자체도 작가의 경험에서 비롯하는 것이라 할 것이다. 이밖에도 작가의 삶의 편린을 찾아내기란 그리 어렵지 않다. 소설이 완전한 허구가 아닌 이상 작가의 경험이 소설 속에 녹아들어가는 것은 당연한 일이다. 소설 속에는 그의 이름처럼 산이 있고 물이 흐른다.

마흔, 운명을 만나는 방법

— 권여선의 『처녀치마』

『처녀치마』를 읽으면서 가장 궁금했던 것은 작가가 어떤 자리에 있는가 하는 점이었다. 그의 첫 작품은 1996년도 상상문학상을 안겨준 장편소설 「푸르른 틈새」였다. 이 작품의 배경은 벽면에 물이 흐르고 곰팡이가 피어 있는 반지하의 '젖은 방'이다. 이 공간에서 이사 갈 날을 일 주일 남겨두고 있는 주인공 손미옥은 이삿짐을 정리하듯 자신이 지나온 삶을 반추한다. 주인공의 기억은 두 차원으로 나뉠 수 있다. 하나는 청소년기의 기억이고 다른 하나는 청년기의 기억이다. 두 개의 기억들은 현재의 삶과 서로 교차하면서 삼차원의 이야기를 구성한다. 전혀 다른 시간과 공간에서 펼쳐지는 이야기는 주인공의 의식 속에서 하나로 통합된다.

「푸르른 틈새」의 서사를 규정하는 것은 '부성'의 부재라고 할 수 있다. 이것은 두 차원으로 변주되어 나타난다. 주인공은 항해사 아버지를 둔 탓에 일 년 중 열 달을 어머니, 언니와 함께 보내야 했다. 더구나 열한 살 무렵에는 아버지의 경제력에 빌붙은 외척들로 인해 가족은

'여인군단'이 되었다. 이 시기에 아버지라는 존재는 비록 가족과 떨어져 있었지만, 가족의 삶을 책임지는 위치였다. 아버지의 경제력이 생존의 기반을 이루고 있었기 때문에 누구도 부재하는 아버지의 권위에 도전할 수 없으며, 주인공이 정신적 자존심을 유지하는 이유가 되기도 했다. 주인공이 여성적 욕망, 여성으로서의 욕망에 사로잡혀 있는 것은 이 때문일 것이다. 청소년 시절을 지배하는 소녀적 감수성과 성에 대한 내밀한 호기심은 이러한 아버지의 권위와 밀접한 관련이 있는 것으로 보인다.

그런데, 대학 시절의 기억 속에서 아버지는 직업을 잃고 나약한 모습으로 변모한다. 어느 날 갑자기 닥친 실직과 함께 부성의 권위는 땅에 떨어지고 만다. 이러한 경제적 압박에 상처 입은 정신적 자존심은 주인공에게 정치에 대한 욕망을 자극한다. 80년대의 대학 시절은 사라져버린 아버지의 권위에 대한 향수가 숨겨져 있으며, 잃어버린 정신적 자긍심을 회복하기 위한 노력이었다. 정치는 가족 내에서의 아버지와 같은 역할을 담당한 대체물이었던 것이다.

주인공 손미옥이 겪는 방황과 슬픔은 이러한 '부재하는 것'에 대한 그리움이라는 소녀적 감수성과 '상실되어 버린 것'에 대한 추구라는 중성적 욕망의 대립과 갈등에서 빚어진 것이다. 한영과의 사랑, 연구소 활동 등은 모두 이러한 양가적 욕망의 변주이다. 그리고 주인공은 한 차례의 실연과 자살 시도 끝에 여성으로서의 자기인식에 도달한다. 서사에 대한 욕망은 여성적 자아의 내부에 감추어져 있던 무엇을 풀어내는 과정이다.

첫 번째 장편소설 「푸르른 틈새」는 이처럼 한 유약한 여자 아이가 성숙한 사회인으로 자리 잡기 위해 집과 학교와 사회에서 겪어야만 했던 신산한 경험들을 소멸과 생성, 욕망과 당위에 대한 사유의 과정 속에서 표현하고 있다. 삶의 외면만이 아니라 내면에 눈 돌리게 되는 한 영혼의 성숙과정은 적당한 유머와 페이소스가 깃들어 있는 문장을 통해서 더욱 흥미롭게 다가온다. 그런데, 이 소설을 '반지하생활자의 수기'라고 규정할 수 있다면, 반지하생활자가 어디로 향할 것인가에 대해서 관심을 갖지 않을 수 없다. 지상도 아니고 지하도 아닌 반지하의 공간 속에서 우울한 사색가는 지상의 햇볕을 찾아 나설 것인지, 아니면 더욱 깊은 지하의 공간 속으로 숨어들어갈지 궁금했던 것이다.

하지만, 나의 호기심과는 달리 권여선은 여전히 그 자리에 서 있다. 여전히 세상의 경계선 위에서 어느 곳을 향해 가야할지 막막해하는 모습을 우리 앞에 드러내고 있는 것이다. 소설집 『처녀치마』에 실려 있는 여덟 편의 단편소설들은 대부분 일인칭 여성 화자를 내세우고 있는데, 그들은 지지부진하고 전망 없는 삶의 늪에서 헤어나지 못하고 있다. 빠져나오려 애쓰면 애쓸수록 더욱 깊은 곳으로 빠져드는 그런 늪 말이다. 설사 그들이 삶의 열정을 갖는다고 하더라도 서로에게 상처만 입힐 뿐이다. 두 번이나 이혼한 경력을 가진 한 남자만을 10년 동안이나 지켜보는 「처녀치마」, 원고 청탁 때문에 알게 된 시인과 불륜에 빠져든 「수업시대」, 수없는 거짓말로 자기를 속이는 한 여자와의 동성애를 그리고 있는 「나쁜음자리표」 등과 같이 사람과 사람 사이의 만남이란 상처를 주고받는 관계로만 존재한다.

이처럼 한 인간의 삶이 어떤 보이지 않는 마법에 걸린 것처럼 반복되는 것, 그 불행한 주술로부터 풀려날 가능성조차 없는 위치에 권여선의 주인공은 서 있다. 그것은 우연이나 필연처럼 인식의 영역에 놓여 있지 않다. 그것은 저항하는 것도 순응하는 것도 불가능하게 만들어버린다. 운명은 순응도 저항도 아닌, 그냥 그렇게 삶의 한 형식일 뿐이다. 시간의 흐름을 타고 스쳐지나가는 운명의 옆모습을 보면서 덤덤하게 살아갈 수밖에 없는 것이다. 거역할 수 없는 운명. 한 치의 예외도 없이 한 개인의 삶을 규정해버리는 운명은 어디에서 비롯하는 것일까. 어쩌면 젊은 날의 흔적들이 그런 운명을 만들었는지도 모를 일이다. 80년대에 대학을 다녔다는 것이 훈장처럼 자랑스러운 시대이지만, 권여선은 「처녀치마」에서 그 시절의 삶을 낭만적으로 이상화하지 않는다. 그것은 영원히 지울 수 없는 원초적인 경험과 같은 것이어서, 평생을 짊어지고 가야할 짐에 다름 아니다.

대학 시절 "시위 눈칫밥을 꽤 오래 씹었다고 자부"하며 철거 직전의 산동네 아파트에 살고 있는 윤(尹)과 그의 친구들이 벌이는 술판을 다룬 「트라우마」는 그것을 잘 보여주고 있다. 그는 여전히 모임 시간을 정확히 지키고, 한번 2차에 합류하겠다고 하면 무슨 일이 있어도 약속을 지키는 예전의 금욕적인 태도를 간직하고 있다. 하지만, 그가 살고 있는 곳은 대학 시절 무허가주택 철거 반대 시위를 벌였던 바로 그곳에 세워진 아파트이다. 그리고 그들이 한때 젊음을 바쳤을 유토피아에 대한 열정은 '우토피아'라는 게이바에서 술을 마시는 것으로, 그들의 저항적 정신은 아파트 경비원 앞에서 고지서를 찢어버리는 객기로 변질된 지 이미 오래이다. 마치, 김수영의 「어느날 고궁을 나오며」와 박상우의 「샤갈의 마을에 내리는 눈」을 중첩시킨 듯한 이 소설에서 80년대를 살았던 젊은이들은 오징어 다리를 씹듯이 과거를 떠올리며 "유대라고 부르기조차 힘든 유대"만을 내세우며 남루한 삶의 사막을 건너고 있을 뿐이다.

이렇듯 형해(形骸)만이 앙상하게 남아 있는 젊은 날의 기억은 「처녀치마」와 「그것은 아니다」에서도 나타난다. 「그것은 아니다」에 등장하는 인물들도 한때 학생운동에 참여했다 감옥까지 다녀왔지만, 이제는 모두 고시를 준비하는 존재가 되어버렸다. 「처녀치마」에서 주인공은 한때 사랑했던 사이였으나 벌써 두 번이나 이혼한 경력을 가진, 한때 운동권이었으나 지금은 "감정을 통제하지 못하고 자주 울거나 흥분"하는 한 남자와 질기디 질긴 인연을 끊지 못하고 있다. 그가 깨진 유리라면 그것을 담아내는 쓰레기통이라도 되고픈 적이 있었지만, 그는 나의 일방적인 사랑만을 받아먹으며 살아가는 비루하고 나약한 존재로 전락해버린 것이다.

이렇듯 시간이 지날수록 남루해져 가는 것을 사랑이라는 이름으로 다시 빛나게 만들려는 의지는 삶을 숭고하게 만들기보다는 대부분의 경우 초라하게 만들어 버린다. "지옥의 다락방에 갇혀 벗어날 길 없는 노역과 고통"을 반복해야 하기 때문이다. 그래도 "연고도 없는 고향으로 향하는 길을 엄숙하게 귀향이라고 부르는 건 계산대 앞에서 돈 한 푼 없는 주머니를 자꾸 들척이는 일처럼 비루한 일이지만, 그러나 고향은 고향"이듯이, 삶이 고통스럽고 남루해지더라도 내팽개칠 수는 없는 일이다. 마치 화가를 자처했던 아버지를 위해서 평생 동안 그악스럽게 일수놀이를 하여 물감 값을 준비하던 어머니처럼 주인공 역시 그 지워지지 않는 역사의 흔적을 트라우마로 간직하며 살아가야만 하는 것이다.

그렇기 때문에 "부자였던 사람은 죽어서도 부자로 살고 금욕주의자는 죽어서도 쾌락을 모른다"라는 불길한 예언이 오히려 진실에 가까울지도 모를 일이다. 고향을 떠나올 때 뒤돌아서서 본 안개처럼 과거에 붙잡혀 있는 동안 나는 "지옥 같은 부엌에 갇혀 똑같은 모양의 검은 절망"에 사로잡힌 '바보'로 살아가야 하는 것이다. 이것이 진실이거나 혹은 삶에 내재한 근본적인 아이러니라고 하더라도 경계 위에서 지독한 방황을 거듭하고 있는 작가의 모습은 여전히 아름답다. 어쩌면 반지하에서 벗어나 지상으로 올라가거나 지하로 숨어들기를 욕망했던 것은 작가가 아니라 우리들이었을 것이다. 경계선 위에서 끊임없이 찢겨지는 고통을 마주한 자를 보면서 고통스러웠던 까닭에 우리는 그들을 지하의 인간이나 지상의 인간으로 만들어버리고자 했는지도 모른다. "오랜 세월 끈질긴 스토커로서 써 보낸 뒤늦은 연애편지"를 이제는 찢고 싶다는 「작가의 말」에 한편으로 깊이 공감하면서 정작 새로운 출발을 모색하는 작가에게 격려의 말을 더할 수 없는 것도 그 때문이다. 과거를 기억하는 자는 결코 미래를 볼 수 없다. 하지만, 과거를 망각하는 자는 영원히 자신을 바라볼 수 없을 지도 모른다.

권여선은 이처럼 『처녀치마』를 통해서 쉽사리 자기를 합리화하거나 세상의 법칙에 타협하지도 않을 뿐더러 세상에서 한걸음 비켜나 섣부른 달관의 경지에 올라서려고 하지도 않는다. 여전히 그들은 현재와 맞서 싸우는 열정을 지니고 있다. 그렇지만, 그녀가 그려내는 세계는 스무 살의 환상과도 거리가 멀고, 그렇다고 서른 살의 환멸에 젖어있지도 않다. "겪은 날보다 남은 날이 더 적다고 부등호가 살짝 몸을 돌려 앉는"(「처녀치마」) 중년의 우울이 작품의 근본 정조를 형성하고 있는 탓이다. "이렇게 살 수도 없고 이렇게 죽을 수도 없을"(최승자, 「삼십 세」) 서른 살을 지나 찾아온 마흔이라는 나이는 그렇게 자신을 향해 새로운 질문을 던지는 것이다.

제3부

소설과 더불어 세상을 살다

그녀들이 세상을 만나는 방식

— 이신조 · 정미경 · 권지예

여성문학의 여러 가능성

돌이켜보건대, 1990년대의 한국 문학은 전대를 지배하던 남성적인 흐름이 퇴색하고 새로운 변화를 모색하던 시기였다. 신경숙으로 대표되는 소설의 내성화 경향은 시대의 변화 · 세대의 교체 · 문학의 변신을 보여주는 것이다. 일찍이 한국 문학사에서 그 유례를 찾아보기 힘든 왕성한 여성작가들의 활동, 혹은 문학의 여성주의화는 그 당시 한국 문학을 특징짓는 키워드였던 것이다. 그리하여 작가라는 말과 여성이라는 말은 거의 함께 사용되는 단어가 되어버릴 지경이었다. 새롭게 등장하는, 그리고 문단이나 독자들의 관심을 받은 작가들도 거의 대부분 여성들이었던 것이다.

그러나 여성작가의 등장이 관심거리가 된다는 것이 중요한 것은 아니다. 본질적인 것은 이제 더 이상 남성들의 감각을 필요로 하지 않거나 혹은 그러한 감수성을 배제해야 할 그 무엇으로 받아들이고 있다는 점이다. 여성작가의 문학적인 평판과 아울러 상업적인 성공은 문학 혹은 문화의 여성화 내지는 여성주의화를 가져왔던 것이다. 이와 함께 문학은 시대정신의 반영이라는 역사철학적 명제를 빼앗겼거나 혹은 잃어버렸다. 이에 따라 맹목적이고 무반성적인 독사(doxa)의 영역에 대한 의심과 회의의 형식으로 재규정된다. 그 결과 시간의 흐름 속에서 역사의 전망을 모색할 수 있는 가능성은 사라져버렸고, 거미줄처럼 얽힌 정보의 그물망에 무방비 상태로 노출되어버린 개인의 실존적 불안감이 여성작가에 의해 포착될 수 있었던 것이다. 이처럼 윤리적·도덕적 정언명령으로부터 해방된 90년대의 문학이 당연히 영혼의 상처를 치유하기 위해서 내면성의 고찰을 중심 서사전략으로 삼았던 것은 당연한 일일 것이다.

또한 여성주의적 경향은 문학이 '인식'에서가 아니라 '경험'에서 출발해야 한다는 평범한 진리를 일깨워주었다. 여성주의의 등장과 함께 인식이란 존재에 대한 지배의 욕망에 지나지 않는다는 점이 분명해졌고, 존재 자체에서 울려나오는 내밀한 울림에 귀를 기울여야 한다는 문학의 본래적인 목표가 복권되었다. 일상적으로 경험하고 있음에도 불구하고 설명할 수 없기 때문에 형상화하지 않았던, 혹은 부정되어야 했던 생활세계는 문학의 영토로 새롭게 편입되었고, 날로 위력을 더해가는 자본주의적 일상성 속에서 파생되는 피로와 권태의 경험은 재조명되었던 것이다. 오정희, 서영은, 김채원에서 비롯하는 이러한 내밀한 여성적 글쓰기가 더이상 남성적 글쓰기의 대타적 존재로서가 아니라 새로운 현실에 능동적으로 참여하는 대자적 존재로서 자리잡게 된 것이다. 따라서 문학의 여성주의적 전환은 긍정적인 역할을 담당했고, 그것이 가져온 새로운 가능성은 더욱 확대되어야만 할 것이다.

우울을 감추며 살아가기 : 이신조의 『나의 검정 그물스타킹』

『나의 검정 그물스타킹』이 풍겨내는 묘한 느낌, 언뜻 떠오른 것은 모던 록밴드 자우림이었다. 그들의 음악 속에는 전력질주하는 헤비메탈의 강렬한 비트도 없고, 끈적끈적한 블루스의 자유로움도 없다. 하나로 정의되지 않는 자유분방한 상상력, 전자 기타의 강렬한 비트에 사회에 대한 불만과 분노를 쏟지 않는 절제된 태도, 때론 존재의 근원적인 상실감이 빚어내는 듯한 우울하고 애잔한 멜로디, 그러면서도 감각적이고 상쾌하고 섬뜩한…… 뭐 그런 것들이 그들의 매력이다. 소리쳐 외치지 않으면서도 때로는 기뻐하고 때로는 화내고 때로는 슬퍼하는 보컬의 다채로운 변신은 강렬한 호소력이 있다. 그런 점에서 이신조와 자우림은 닮아 있다. 그들은 현대 도시 속에서 살아가는 보헤미안들이다.

현대 도시 속에서 살아간다는 것은 미로 속을 헤매는 이름 모를 군중의 일원이 된다는 것과 누군가를 매혹시키기 위해 가면을 쓴 배우가 된다는 것을 의미한다. 도시는 잘 만들어진 거대한 미로극장이다. 수없이 많은 사람들이 서로 몸을 부비고 살아가면서 상대방을 매혹시키기 위해 노력한다. 아무도 나를 보지 않지만 모두가 나를 보고 있다. 자신을 바라보는 수많은 익명의 시선에 익숙해져야 하고 즐길 수 있어야 하며 붙잡아둘 수 있어야 한다. 그래서 도시는 "아름답고 잔인한 정글"이다. 늘 웃고 있는 곰 인형 가면을 쓰고, 화려한 화장을 하고 화사한 레이스 달린 옷을 입고 캉캉춤을 추는 놀이공원의 무용수(「오징어」), 예쁜 어린이 선발대회에서 왕관을 차지한 이래 상상의 시선들과 함께 살아온 배우(「나의 검정 그물 스타킹」) 등등은 숫자와 기호로 표시된 인물과 함께 현대적인 인간의 모습이라고 할 수 있다. 그리고 소설에 등장하는 놀이공원, 백화점, 방송국, 호텔 등 수많은 공간들은 바로 이들이 삶과 꿈, 그리고 갖가지 현란함과 욕망 추구를 위해 살아가는 현대적인 공간들이다.

그런데 묘한 흥분과 열망과 과잉을 표현하는 인공축제와 도시의 허영은 일상화되어 "삼분마다 꿈과 환상이 절정에 달한 듯한 비명"만을 남긴 채 터져버린다. 한바탕 화려한 축제가 끝나자 남겨진 것은 모멸감, 불면증, 정신적이고도 육체적인 허기 등등이다. 그래서 주인공은 생의 남루함을 일시에 휩쓸어버릴 전율을 생각한다. 지루하고 사소하고 구태의연한 것으로부터 벗어나 낯선 사람이 되고 싶다는 욕망에 사로잡힌다. 치명적인 것을 꿈꾼다. 9$\frac{1}{2}$ Weeks, 킴 베신저가 나왔던 그 영화처럼 존재 전부를 거는, 잡지의 표지처럼 통속적인 권태와 무료를 가볍게 날려보낼, "끝없이 밑이 꺼지는 생의 허방"에서 벗어날 치명적인 사랑은, 그러나, 어느 곳에도 존재하지 않는다. 짧았던 환각의 시간이 지나면 미로에서 길을 잃는다. 모멸을 견디며 꿈꾸었던 모반은 좌절된다. 이제 사랑은 치명적이다. 치명적인 사랑의 대가는 죽음이다. 이신조의 소설에 등장하는 스물두 살의 젊은 영혼들은 타나토스의 충동에 깊이 사로잡혀 있다. 단호하게 흘러가는 시간의 흐름 앞에서 "그래도 삶은 계속된다"라고 말하기에는 너무나 늙어 있고, 또한 지쳐 있다. 사람들은 죽은 자의 무덤에서 살아난 좀비이거나, 생명수를 빼앗긴 채 말라 비틀어져가는 오징어일 따름이다.

이신조의 소설 속에서 현대적 도시는 극장, 백화점, 미로의 이미지로 창조된다. 그리고 손 안에서 끊임없이 새어나가는 모래처럼 잡힐 듯 잡히지 않는 욕망을 좇는 현대적 보헤미안들은 과잉과 결핍, 욕망과 좌절, 환상과 환멸의 도시 공간 속에서 부유한다. 그것은 이미 완료된 과거가 아니라 여전히 진행 중인 현재이다. 현재형 어미로 일관하는 소설적 시제는 이러한 주제와 맞물리면서 더욱 큰 울림을 가져온다. 「오징어」에서 「나의 검정 그물 스타킹」에 이르는 여정 동안 환멸과 절망은 더욱 깊어만 간다. 깊은 바다 속에서 투명한 몸으로 부드럽게 유영하던 오징어의 꿈은 인생의 마지막 허영이었던 검정 그물 스타킹의 파열과 함께 빌딩 아래로 추락한다. 그런 점에서 이신조의 소설은 현대적 일상에 대한 우울한 랩소디이다. Queen의 노래처럼. 세기말을 지난 후에도 여전히 끝도 모를 불안 속으로 존재를 내몰고 있는 시간 만이 지속된다. 그리고 오래 지속될 듯하다. 이신조의 소설을 읽으면서 드는 불길하면서도 확실한 느낌이다.

잔혹한 세상을 넘어서기 : 정미경의 『나의 피투성이 연인』

『나의 피투성이 연인』에 실려 있는 소설들은 표제만큼이나 잔혹하다. 잔혹이 미적인 것이 되기 위해서는 두 가지의 조건을 충족시켜야한다. 첫째는 폭력이 행사되어야 하고, 둘째는 폭력의 과정이 투명해야 한다는 점이다. 폭력에 대한 분노나 연민이 개입할 때 잔혹은 순식간에 빛을 잃고 만다. 대상에 대한 인식론적 완벽주의와 냉정한 거리 확보가 어우러졌을 때에만 폭력은 잔혹으로 승화될 수 있는 것이다. 그런 점에서 잔혹은 하나의 테크놀로지이다. 현대의 테크놀로지가 개개의 삶에 대해 잔혹할 수 있는 것도 그 때문이다.

정미경의 소설 속에 등장하는 인물들은 바로 그러한 잔혹의 테크놀로지 속에서 살아 움직인다. 남편의 유고집을 출간하기 위하여 미발표 원고를 정리하다가 남편에게 사랑했던 여자가 따로 있었다는 사실을 알게 되면서, "침묵조차 점자처럼 더듬어 읽을 수 있을 만큼 서로에게 투명하다"(「나의 피투성이 연인」)고 믿었던 관계는 배신으로 얼룩진다. "모든 게 좋아. 너의 모든 것이"라는 말 역시 더 이상 자신을 향해 빛나는 말이 아니라 가슴 깊이 상처를 남기는 폭력의 언어로 바뀌어버린다. 언어는 더 이상 진실을 담는 그릇이 아니다. 세상을 지배하는 냉혹한 정글의 법칙 속에서 자신을 지탱하기 위해 언어를 이용해야만 한다. 자신도 인식하지 못하는 사이에 명품에 중독되어 말뿐만 아니라 몸까지 팔아야만 하는 「유로 호텔 1203」의 방송작가, 약혼녀의 사진을 빼앗으려는 「사라진 나리빛 추억」의 조직폭력배, 대학 시절 은사의 약점을 파고들어 보상금을 주지 않으려는 「성스러운 봄」의 사고처리원처럼 진실과는 무관한 거짓의 언어들이 세상을 지배할 뿐이다. 언어는 더 이상 타인을 향한 의사소통의 수단도 아니고 세계를 개진하는 것도 아니다. 삶의 대지는 은폐되고 허위의 언어만이 난무한다.

스스로 빛나는 항성이고자 했던 삶들은 그렇게 시간과 더불어 하나씩 빛을 잃어간다. 그들은 세상 속에서 살아가면서 수많은 상처를 입으면서 퇴락의 길에 접어들었던 것이다. 환경미화원이었던 어머니의 고단했던 삶이 방송작가의 허영을 빚어냈을 것이고, 고통 받는 어린 딸을 바라보면서도 치료비 때문에 딸의 목숨을 포기할 수밖에 없었던 남자의 슬픔이 삶을 나락으로 밀어 넣었음에 틀림없다. 하지만, "물 먹은 대걸레를 하루 종일 휘두르며 얻게 된 관절염으로 오른쪽 팔과 무릎은 늘 퉁퉁 부어있는"(「유로 호텔 1203」) 회청색 죄수복의 어머니에게, "전화기를 집어던질 수도, 얼굴에 손톱자국을 낼 수도 없는 곳에 존재하는"(「나의 피투성이 연인」) 남편에게 복수할 수는 없는 노릇이다. 진실이 사라진 세상에 유배된 사람들에게 남겨진 것은 "살갗이 벗겨지도록 제 살을 긁어대야만 하는 자신"(「나의 피투성이 연인」)뿐이다.

삶의 막다른 골목에 내던져진 그들이 기댈 수 있는 것은 치기어린 자살의 충동도 아니고, 타인에게 책임을 묻는 희생양의 논리도 아니다. 스스로에게 지워진 운명의 짐을 짊어지고 낙타처럼 사막의 세상을 묵묵히 걷는 길뿐이다. "남편이 세상에서 가장 날카로운 칼로 내 젖가슴에 겨눈다 할지라도 지금은 그를 안고 싶다"는 주인공의 말처럼 배신의 상처를 받아들여야만 한다. 영원히 망각되지 않을 가지각색의 상처를 혼자서 '독점'하며 남루한 생을 견뎌내야만 한다. 그렇게 상처로 얼룩진 삶은 더 이상 빛을 발하지 못할 것이다. 나와 관계를 맺었던 수많은 타인들 역시 투명하게 빛나는 존재가 아니라 아무것도 보여줄 수 없는 깊은 어둠 속에 잠기게 된다.

하지만, 스스로 빛나지 못하는 대신 다른 빛을 받아 빛날 수 있다는 것이야말로 정미경의 소설을 읽는 큰 즐거움이다. "아픔 대신, 뜬금없이, 다시는 동화를 쓸 수 없을 거야, 하는 생각이 스쳤다. 나는 이제 빛나지 못할 것이며, 저녁의 그림자처럼 사라질 것이야. 너와 나의 틈 사이, 거기 희미한 빛이 있었을 뿐"(「달은 스스로 빛나지 않는다」)이다. 잔혹한 운명일지라도 겸허히 받아들이는 것, 스스로 빛나는 것이 아니라 타인과 함께 서로를 비춤으로써 삶을 빛나게 만드는 방법을 새롭게 배운 것이다.

삶이 지속되어야 하는 이유 : 권지예의 『꿈꾸는 마리오네뜨』

『꿈꾸는 마리오네뜨』는 교활하다. 작가는 무의미한 삶을 살아가는 방법을 알고 있는 듯하다. 삶이란 지리멸렬하게 썩어가는 웅덩이에 지나지 않는다 하더라도 지속되어야 한다는 사실, 그래서 삶이 가져다주는 고통에 익숙해져야 한다는 점을 인식하고 나아가 이해한다. 때론 고의적으로 고통을 상습적인 것으로 만들어 망각의 늪 속에 가라앉히는 지혜를 체득하고 있다. 삶의 의미를 향한 맹목적인 열정과 그것이 가져온 파괴적인 흔적들, 그리고 그것을 바라보는 민감하면서도 균형적인 시선이야말로 소설을 흠 잡을 데 없도록 만드는 교활한 비법들이다.

권지예의 소설에 등장하는 인물들은 기억에 붙들린 존재들이다. 하지만, 특이하게도 기억은 영혼이 아니라 육체에 새겨져 있다. 그들의 몸은 불륜, 곧 근대적인 일부일처제가 허용하지 않는 섹스의 기억을 가지고 있다. 어두운 골방, 누군가의 시선과 함께 벌어지는 불륜의 경험은 항상 모든 가치판단을 마비시킬 정도로 강렬한 열정을 수반한다. 그것은 존재 전부를 건 모험이다. 지금까지 자신을 지탱해왔던 모든 것을 포기할 수 있다는 낭만적 정열이 스며들어 있기에 불륜은 항상 아름답다.

물론 이러한 일탈은 무의미한 일상 혹은 결혼생활이 가져온 것이다. 결혼은 의미를 향한 낭만적 열정을 소진시킴으로써 남녀관계를 불임의 지경에 빠뜨린다. 부부는 하나의 '섬'이 되어 각자의 삶을 살아갈 뿐이다. 이제, 타인과 존재론적 일체감을 확인하려는 낭만적 사랑의 욕망은 새로운 대상을 찾아 나서야만 한다. 육체의 감각은 덧없는 삶과 시간에 저항하여 생의 확실성을 담보하는 가장 유력한 수단이기 때문이다.

주홍글씨. 그런데, 존재 전부를 걸었던 모험에도 불구하고 충일감은 얻어지지 않는다. 사련(邪戀)은 결혼제도의 이면에 존재하는 짝패에 다름아니다. 결혼이 존속되지 않는 한 불륜은 무의미하다. 권태와 무의미의 일상으로부터의 탈출은 좌절된다. 다른 남자를 향했던 육체적 욕망은 남편을 향한 것에 지나지 않았던 것이다.(「꿈꾸는 마리오네뜨」) 남편을 향했던 복수의 정념도 물거품이 되고 만다. 모든 것은 원점으로 돌아가 있다. 더구나 남편이 모든 사실을 이미 알고 있으면서도 나의 불륜에 대해 침묵했다는 사실을 알게 되었을 때의 열패감은 삶이 결코 녹록하지 않음을 말해주는 대목일 터이다. 삶은 마리오네뜨처럼 보이지 않는 힘에 의해 조종되는 것이다. 그것을 우리는 때로 일상이라고, 때로 운명이라고 이름붙이지만, 본질은 변하지 않는다. 삶이란 "빠져 나오지 못할 올가미에 갇힌 줄도 모르고 생피를 흘리는 투우"(「투우」) 같은 것이다.

정상적인 삶의 궤도로부터 벗어나고자 했던 광기 어린 열정이 좌절되었을 때, 존재의 집으로서의 육체 역시 하나의 허상에 지나지 않았다는 사실도 분명해진다. 이제 삶에 대한 에로스적 충동은 다른 방향을 발견해야만 한다. 새로운 삶이 시작되어야만 한다. 방향은 아직 분명하지 않다. 하지만, 「나무 물고기」처럼 맹목적인 사랑에 대한 환상에서 벗어나 있는 것만은 분명하다. 그런 점에서 「투우」에서 나타난 것처럼 욕망의 예술적 승화의 가능성은 이 작가가 앞으로 나아갈 방향을 분명히 보여주는 대목이라고 할 것이다. 그래도, 인생은 계속될 것이기 때문이다.

폭력으로서의 언어, 그 너머

— 임철우 · 정이현 · 김경욱 · 고종석

21세기식으로 산다는 것

십여 년 전부터 우리가 소설의 위기를 말할 때마다 **빼놓지** 않고 언급했던 것 중의 하나는 텍스트의 안정성이라는 문제였다. 미디어의 혁명적인 변화 속에서 전통적인 텍스트가 기반해 왔던 문자적 안정성이 붕괴되자, 서사의 구조 역시 변화할 수밖에 없다고 생각했던 것이다. 특히, 하이퍼텍스트의 등장은 텍스트성 혹은 상호텍스트성의 영역에 머물러 있던 소설이라는 양식, 저자와 독자의 계몽적인 관계, 근대세계의 이성중심주의 등에 대한 반성으로 이어지면서 문학적 위기의 담론으로 정착되었던 것이다.

화석화되고 폐쇄적인 문자의 우월적 권력이 붕괴되고 생동하는 말들의 잔치가 펼쳐지고 있는 21세기에서 만나는 현실은 우리가 꿈꾸어 왔던 것과는 사뭇 다르다. 새로운 미디어 환경 속에서 수많은 사람들이 블로그 · 미니홈피 등을 통해서 표현의 자유를 구가하는 듯이 보이지만, 그 이면에서 우리는 21세기의 우울한 그림자를 발견하게 된다. 다음은 인터넷 문화와는 무관한 소설에서 뽑은 구절이다. 그럼에도 현재의 우리 사회에서 흔히 볼 수 있는 언어상황과 너무나 닮아 있다.

> 소문이란 때로 낚시 바늘과 같다. 그건 눈도 없이 다만 이빨만 지녔으니까. 그 무엇이건 대상을 가리지 않는, 오로지 철저하게 맹목적이고 무차별적인 공격성. 일단 살 속에 갈고리째 깊숙이 찔러 박히면 끝끝내 상대를 유린해 놓고야 마는 집요한 잔혹성과 폭력성. 그 때문에 소문과 낚시바늘은 항상 어딘가에 피 냄새를 감추고 있다. 그리고 종종 예기치 못한 순간과 엉뚱한 장소에서, 그것은 은폐된 모종의 범죄 혹은 비밀의 피 묻은 옷자락 따위를 불시에 낚아채어 수면 바깥으로 끄집어내기도 한다. (임철우, 「나비길」 중에서)

21세기형 인간들은 독자적인 언어로 자신을 표현하기보다는 다른 사람의 말을 인용함으로써 자신을 표현하는 소문의 인간이다. 흔히 '펌'이라고 표현되는 인용의 형식들은 그것을 잘 보여준다. 그래서 하나의 사건이 대중적인 호기심이나 분노와 결합했을 때마다 걷잡을 수 없는 상태로 폭발해버리곤 한다. 그렇듯 언어적 공황 상태가 주기적으로 반복되면서 언어적 다양성 대신에 유행화된 담론이 지배하고, 반성적 사유 대신에 누군가를 무차별적으로 공격함으로써 희열을 느끼는 가학성의 문화가 자리 잡는다. 그것이 일시적인 것인지 아니면 구조적인 것인지에 대해서 섣불리 판단하기는 어렵다. 그리고 새로운 통제시스템의 도입을 꿈꾸는 권력의 욕망에 동조할 필요도 없다. 다만 우리가 살펴보아야 할 것은 그러한 문화가 결코 낯선 것만은 아니라는 사실이다. 그것은 21세기에 처음 드러난 것이 아니라 오래 전부터 지속되어 왔던 인간의 욕망인 것이다.

지난 분기 동안 발표되었던 수많은 소설작품 중에서 임철우의 「나비길ー황천 이야기 2」와 정이현의 「익명의 당신에게」, 김경욱의 「맥도날드 사수 대작전」 등에 주목하는 것도 이 때문이다. 이 소설들은 모두 소문(rumor)의 형식을 빌어서 현대사회의 이면을 들춰내고 있다. 소문은 일반적으로 객관적인 근거를 지니지 않은 채 사람들의 입을 통해서 대규모로 유통되는 커뮤니케이션 양식을 가리킨다. 그것은 현대적인 매스미디어가 발전하기 이전의 구술적인 문화에서 주로 나타나거니와, 현대에 들어와서도 매스미디어가 통제되는 비정상적인 상황에서 '유언비어'의 형식으로 나타나기도 한다. 그런데, 인터넷이 일반화된 현대의 언어 상황은 소문이라는 구술적 담론 형식과 여러 모로 유사하다. 그것은 타인의 말을 끊임없이 인용하는 형식을 취하고 있기 때문에 독립적으로 존재할 수 없고, 말하는 사람이 인용하는 과정에서 새로운 맥락을 창출하며, 궁극적으로 기원으로 소급할 수 없다는 점에서 그러하다. 현대의 언어 상황은 비개성적이고 익명적이며 집단적인 구술시대의 언어 상황을 닮아 있는 것이다.

언어의 과잉과 침묵의 미학 : 임철우의 「나비길」

「나비길」의 주인공은 황천이라는 마을에서 이발소를 운영하는 양성구 사장이다. 그런데, 기병대라는 이름의 나비선생이 마을에 등장하면서 그의 일상적인 삶에 균열이 생기기 시작한다. "이슬과 새벽 숲의 향기로 가득찬 풀잎"과 같은 영혼을 지닌 나비선생은 평생 단 한번도 자신을 진정 사랑하지 못한 채 지독한 자기혐오의 늪에 빠져있던 이발소 사내의 삶을 변화시킨다. 이발소 사내의 삶이 왜곡되었던 것은 군대에서의 경험과 관련되어 있다. 자신을 아껴주었던 지휘관에 대한 감사의 표현이 다른 사람들의 엉뚱한 상상과 결합하면서 동성애자로 낙인찍혔던 것이다. 그때의 끔찍했던 경험 이후로 사내는 세상의 질서에 거리를 두고 침묵한다. 작품의 표제인 '나비길'은 항상 정해진 길만 따라서 날아다니는 호랑나비의 특이한 습성을 가리키는 말이거니와, 세상이 정해준 기준에 따라 자신의 본성을 부정하고 외면하면서 살아가는 이발소 사내의 일상을 가리키는 것이기도 하다.

"나는…… 세상에서, 그러니까, 인간의 언어가 가장 어렵습니다. 인간의 언어, 인간들의 말에 항상 지독히도 서툴렀어요. 난 아무리 해도 그들을 말을 제대로 이해할 수 없고, 그들은 내 말을 제대로 알아듣지 못했습니다. 뒤늦게 나이 들어서야 깨달았는데, 사실은 내가 불구였더군요. 잘못된 건, 다른 사람들이 아니라 바로 내 자신이었어요. 물론, 애당초 불구인 탓에, 내겐 다른 세상 사람들의 언어를 배울 능력 역시 없었습니다. 결국 난 입을 닫고, 내 언어를 내 식으로 말하는 법을 영영 잊어버리기로 했습니다. 불구가 아닌 척 세상 사람들 속에 섞여 살아가려면, 그 길 말고는 없다고 생각했으니까요"

그런데, 이발소 사내가 세상을 향해 조금씩 마음의 문을 열자, 인간에 대한 의심을 미처 배우지 못한 어린아이의 순수한 정신을 지닌 나비선생은 사내의 삶을 아름답게 피어나도록 한다. 이발소 사내가 조금씩 열어놓은 문틈으로 나비선생의 향기만 풍겨왔던 것은 아니다. 자율방범대장인 나수칠의 위압적인 목소리도 함께 들여온다. 나수칠이 '양마담'이라고 부를 때마다 이발소 사내는 군대에서의 "끔찍한 치욕과 공포의 순간"을 다시 경험하게 된다. 나수칠의 말은 망각의 무덤 속에 갇혀 있던 과거의 시간을 불러내는 주문과 유사하다. 이 주술적인 언어를 통해서 나수칠은 이발소 사내에게 굴욕적인 기억을 상기시킴으로써 자신의 힘을 과시한다. 말은 대상을 지칭하는 데에 멈추는 것이 아니라 그것을 규정하고 지배하는 구체적인 권력이 된다.

나수칠뿐만이 아니다. 황천 사람들 역시 소문을 통하여 나비선생과 이발소 사내의 삶을 위협한다. 그들은 나비선생과 이발소 사내를 두고 동성애자일지도 모른다는 소문을 끊임없이 생산하고 유통시킨다. 소문 속에서 사람들은 결코 자신의 모습을 드러내지 않는다. 집단이라는 이름 속에 자신을 감춘 채 냉혹한 폭력의 언어를 구사하는 것이다. 따라서 소문은 자신의 모습을 감춘 채 대상을 바라보는 관음증의 시선과 다르지 않다. 이발소 사내와 나비선생 간의 관계는 실체적 진실과는 무관하게 그것을 바라보는 사람들의 호기심과 상상의 산물이며, 억눌려 있던 욕망의 한 끄트머리를 나비선생이라는 낯선 존재에게 전가하는 과정이다. 결국 부패한 사물에서 부글부글 끓어오르는 기포처럼 소문이 황천 마을을 가득 뒤덮으면서 나비선생의 향기는 사라진다.

이처럼 임철우가 「나비길」을 통해서 보여주고자 했던 것은 아주 은밀하고 익명적인 형태의 언어 폭력의 문제이다. 근대적인 언어중심주의가 인식론적 이분법, 혹은 타자에 대한 폭력성을 기반으로 하고 있다는 사실이야 새삼스러울 것도 없겠지만, 글뿐만 아니라 말로 표현되는 것조차도 폭력으로부터 자유롭지 못하다. 낯선 존재에게 죄를 덮어 씌움으로써 자신을 구원하는 것은 세상의 오래된 질서이다. 군대에서도 마찬가지였고, 황천에서도 변한 것은 아무것도 없다. 남겨진 선택은 무릎 사이에 머리를 박고 타인을 바라보지 않는 것, 아무 말도 하지 않은 채 다시금 깊이 침묵하는 것뿐이다.

세상을 떠도는 말들 : 정이현의 「익명의 당신에게」

「익명의 당신에게」는 대학병원에서 일어난 성추행 사건에 대한 다양한 반응을 통해서 현대사회가 안고 있는 익명성의 문제에 접근하고 있다. 한밤중에 R대학부속병원 산부인과 병동에서 성추행 사건이 벌어지자 병원은 금세 뒤숭숭해진다. 그런데 정작 사건의 피해자는 가해자에 대해서 많은 것을 기억하지 못한다. 그래서 병원에 근무하는 젊은 남자들은 잠재적인 범죄자로 오인된다. 피해자의 진술에 따라 몽타주가 작성되고 10명의 젊은 의사 중 한 명이었던 상현이 범죄자로 몰리게 된다. 그는 병원의 이미지와 의사의 품위를 훼손했다는 비난을 한 몸에 받은 채 병원을 떠날 위기에 처한다.

그런데, 작가는 성추행 사건이 실제로 일어났는가, 만약 일어났다면 진범은 누구인가 등등에 관해서 신뢰할 만한 정보를 제공하지 않는다. 그 대신 소설 속에 등장하는 여러 인물들이 자신의 정당성을 주장하면서 상대방과 대립한다. 연희가 사설정보업체로부터 받았던 정보에 따르면 피해자 주옥경 부부는 병원을 협박하여 돈을 타내기 위해 사건을 조작한 듯한 느낌을 강하게 풍긴다. 피해자의 증언만이 유일한 증거인 상황은 이러한 느낌을 더욱 강화시킨다. 물론 상현이 진범일 가능성 또한 존재한다. 우연히 찾아간 상현의 오피스텔에서 연희가 발견했던 것처럼, 상현은 페티시즘적 이상성격을 지니고 있는 까닭이다. 상현은 겉으로는 '건실한' 청년 의사로 근무하고 있지만, 그의 성격 중에서 편집증적인 과잉집착이 발견되는 것이다. 엉덩이에 대한 페티시즘이나 음식에 대한 식도락 취미가 그것을 암시하고 있다.

이 작품에서 성추행 사건의 실체는 그다지 중요하지 않다. 중요한 것은 범죄행위가 발생했고, 그것이 발생하지 않았다는 결정적인 증거가 없는 한에서 누군가가 범인이 되어야만 한다는 사실이다. 따라서 누군가를 희생양으로 삼아 서둘러 사건을 봉합했을 때에만 병원은 조직의 위기로부터 벗어날 수 있는 것이다. 누가 진범인가가 중요한 것이 아니라 아무나 범인이 됨으로써만 사건은 종결될 수 있는 것이다. 그렇기 때문에 함께 근무했던 많은 동료들 역시 상현의 불행에 조금은 연민을 보내면서도 자신에게 그런 불행이 찾아오지 않은 사실에 안도할 따름이다.

주옥경 부부가 병원을 상대로 사기 행위에 성공할 수 있었던 것은 이러한 틈을 적절하게 파고들었기 때문이다. "종합병원은 백화점이나

제3부 소설과 더불어 세상을 살다

방송국만큼 소문에 민감한 직장"인 것이다. 그래서 병원의 이미지를 훼손할 수 있는 나쁜 소문이 떠돈다면 병원은 사실 여부를 떠나서 커다란 경제적 손실을 입을 수밖에 없기 때문에 상현을 추방함으로써 자신의 이익을 지켜낸다. 이처럼 견고한 듯 보였던 현대적인 병원 조직은 너무나 사소한 틈에 의해서 위기에 처하게 되고, 한 사람을 희생함으로써 겨우 회생할 수 있는 것이다. 그런 의미에서 주옥경 부부는 익명의 다수를 상대로 범죄를 벌였기 때문에 '재수 없는' 한 개인을 범죄의 대상으로 삼아 완전범죄를 이룰 수 있었던 것이다.

그러나 이 소설의 진정한 매력은 현대적인 익명성의 피해자들을 그리는 데 멈추지 않는다는 사실에 있다. 상현이 근거 없는 소문의 피해자라든가, 조직의 이익을 위해 어쩔 수 없이 감수해야 할 희생양이라는 사실을 부각시키는 데서 멈추지 않는다.

당했다는 사람이 있으니 저지른 사람도 있을 것이다. 거짓말하는 사람이 있으니 속는 사람도 있을 것이다. 사람이 태어나고 사람이 아프고 사람이 죽는 곳. 병원은 항상 낯선 사람들로 바글거렸다. 연희는 자신이 이름 모를 거대한 괴물의 뱃속에 들어와 앉아 있는 것처럼 느껴졌다. 사랑하는 사람을 위해, 사랑을 지키기 위해, 제 안의 부적절한 욕망과 대면해야 하는 순간은 누구에게나 있을 것이다. 지금이 바로 그때라는 것을 연희는 어렴풋하게 깨달았다. 이제부터 해야할 일이 많았다. 억지로라도 식욕을 내야 했다. 연희는 샌드위치 조각을 맹렬히 씹어 삼켰다.

연희는 상현이나 병원처럼 주옥경 부부의 말에 속수무책으로 당하지만 않는다. 그녀는 사설정보업체를 동원하여 주옥경 부부의 은밀한 사생활을 캐내어 말의 진정성을 문제 삼는다. 그들의 전과기록이나 신용정보 등을 조사하여 그들이 신뢰할 수 없는 사람이라는 점, 그래서 그들의 말 역시 신뢰할 수 없다는 사실을 부각시키는 것이다. 그런데 흥미로운 것은 연희 역시 익명성에 호소하는 방법을 선택했다는 점이다. 사설정보업체를 이용하여 은밀하게 사생활을 뒷조사하고, 그것을 적당히 편집하여 가공의 진실로 만들어서, R대학병원 관계자들에게 익명의 편지를 발송함으로써 사건을 뒤집는 것은 익명성을 이용한 교활한 사기 행각과 다를 바 없다.

대부분의 경우 피해자로서의 인식은 정신적인 순수성과 짝을 이루는 경우가 많다. 앞서 살펴본 임철우의 소설처럼 나비선생이 소문의 희생자가 된 것은 "인간에 대한 의심을 미처 배우지 못한 어린아이"의 심성을 지녔기 때문이라는 것이다. 세상을 지배하는 부조리를 알지 못한 순수한 영혼의 소유자였기 때문에 세상에 잘 적응한 교활한 인물들에 의해 피해를 입었다는 것이다. 이것은 순전히 사후성의 논리에 의해서 구성된 것에 불과하다. 순수했기 때문에 피해를 당한 것이 아니라 피해자이기 때문에 순수하다는 전도된 논리로 위안을 얻는 것이다. 정이현의 소설은 이러한 피해자의 논리를 벗어나 위악적인 방식으로 세상과 맞선다. 자신 속에 내재한 '부적절한 욕망'을 통제하고 제거하는 방식이 아니라 욕망의 논리를 그대로 좇아가는 것이다.

정이현은 「익명의 당신에게」를 통해서 우리들이 모두 자신의 모습을 감춘 채 타인을 공격하여 자신의 '부적절한 욕망'을 달성하는 데 익숙한 존재들이라는 사실을 보여준다. 익명의 존재가 익명의 존재를 향해 말하고 그 속에서 상처를 주고받는 모습이 바로 우리의 모습이다. 그러한 익명성이 진정으로 문제가 되는 것은 익명의 암흑 속에 자신을 감출 때 부적절한 욕망을 추구한 대가로 겪어야 할 죄의식으로부터도 해방된다는 점이다. 서로 가해자와 피해자, 발화자와 청취자의 입장을 끊임없이 바꿔가면서 상대방에 대한 폭력을 행사하면서도 모든 책임을 상대방에게 전가하면서 반성할 필요조차 느끼지 않는 것이다.

불안의 근원 : 김경욱의 「맥도날드 사수 대작전」

「맥도날드 사수 대작전」에서도 세상을 떠도는 말들이 주제를 이룬다. 다만 정이현의 소설과 달리 상대방에 대한 적의를 공개적으로 밝히는 협박전단이 등장한다. 그런데, 위협의 주체인 '제삼세계해방전선'이라는 단체는 실제 존재하는지조차 불분명하다. 그것은 실제 테러를 수행할 만한 능력을 지니고 있을 수도 있고 그렇지 않다면 가상의 단체이거나 혹은 누군가의 장난일 수도 있다. 발신자의 정체를 알 수 없다는 사실은 위협의 실체를 알 수 없다는 것, 그래서 수신자들이 위협에 대응할 수 있는 어떠한 수단도 갖지 못하도록 만든다는 사실에 특성이 있다.

위협의 주체가 분명하게 드러날 때 우리는 맞서 싸우거나 혹은 현저한 불균형을 인정하고 싸움을 포기할 수도 있다. 그러나 실체를 파악할 수 없을 때, 달리 말해서 타자로서 전유할 수 없는 경우에는 그러한 대응방식은 불가능하다. 그러한 위협을 우리는 공포가 아니라 불안이라고 부른다. 불안이 공포와 다른 것은 적과 나 사이에 경계를 분명하게 확정할 수 없다는 사실이다. 그리하여 적과 나 사이에 흐릿해진 경계는 내 안의 적이 있을지도 모른다는 위기의식을 불러일으키는 것이다. "확정되지 않은 위협은 확정되지 않았다는 이유로 더욱 위협적"이 된다.

적이 드러나지 않는 상태에서 겪게 되는 불안의 감정을 이기기 위해서는 경계를 다시 세워야만 한다. 맥도날드이기 때문에 테러의 위협을 받았지만, 맥도날드로서 분명해지지 않으면 테러를 막아낼 수 없다는 것이다. 그래서 잠재적인 위협 상황은 경계를 다시 나누고 단일성을 강화시키는 방향으로 진행된다.

느슨해지는 법이 없는 긴장 속에서 '나'라는 생각이 끼어들 틈은 없었고, '우리'는 자신에게 부여된 임무를 군말없이 감당해야 했다. 맥도날드화되지 않은 위협 앞에서 우리는 현저히 맥도날드화되어 갔다.

이렇듯 정체를 알 수 없는 위협으로 말미암아 하나의 '맥도날드 가족'이 탄생한다. 맥도날드 가족의 탄생과 함께 맥도날드 외부는 모두 위협과 폭력으로 재구성된다. 매장문을 열고 들어오는 사람은 잠재적 테러리스트로 규정된다. 그리하여 나와 나 아닌 것 사이의 긴장은 고조되고 마침내 약한 고리를 향해 폭발한다. 낯선 외국인 프로그래머를 향해 의심의 눈초리를 보내고 마침내 적의를 분출하는 것이다. 물론 그것은 적에 대한 강박이 빚어낸 소동에 지나지 않았다.

이처럼 「맥도날드 사수 대작전」에서 보여주는 것은 현대사회가 익명성에 대하여 대단히 취약한 구조로 이루어져 있다는 사실이다. 그것은 다르기 때문에 위협적인 것이 아니라 너무나 닮아 있기 때문에 위협적이다. '우리'라는 이름으로 한데 묶임으로써 정작 지켜야할 '나'는 사라지는 모순적인 상황이 바로 그것이다. 따라서 문제가 되어야 할 것은 익명으로 '불려지는' 것이 아니라 스스로 '우리'라는 허상에 갇혀 익명적인 존재가 된다는 사실이다. 맥도날드 경계 밖에서 던져진 협박은 맥도날드화가 아니라 비맥도날드화로 극복될 수 있다. 그렇지 않다면 '나'는 맥도날드 가족이라는 이름 아래 재영토화되면서 자신을 잃어버리게 될 것이다. 맥도날드의 경계 안에 설 것인가 아니면 맥도날드 경계 바깥에 위치할 것인가가 아니라 맥도날드의 경계를 해체하고 다른 맥락에서 재문맥화함으로써 위협은 소멸될 수 있을 것이다.

네안데르탈인의 후예들 : 고종석의 「플루트의 골짜기」

「플루트의 골짜기」는 여기에서 출발한다. 현대 인류와 닮아 있음에도 불구하고 인간의 역사에서 추방된 비인간으로서의 네안데르탈인을 통해서 인간의 정체성과 현대문명의 의미를 묻는다. 소설에 등장하는 화자이자 주인공인 '나'는 21세기 지구를 지배하는 호모 사피엔스와는 다른 "홍적세 때의 유전적 특질"을 간직한 존재이다. 네안데르탈인의 후예, 혹은 별종으로서의 '나'는 호모 사피엔스와는 다른 시선으로 현생 인류를 바라본다.

'나'에게 있어 "인류는 본디 웃기는 종"이다. "같은 종 안에서도 생물적 사회적 차이를 끊임없이 찾아내 그것을 서열화하는데 몰두"하는 것이다. 그들은 동일한 신분이나 계급에 속하는 사람들끼리 결혼하고, 자신을 잘 따르는 사람에게만 취업의 기회를 부여한다. 자신이 속해 있는 집단의 이익만을 절대시하는 순혈주의·종족주의에 깊이 침윤되어 있는 것이다. 언어 역시 이러한 폐쇄성에서 자유롭지 못하다. 다른 종족의 언어라는 이유로 '부고'를 '궂긴 소식'으로 옮겨놓아야만 안심하는 것이다. 이러한 동일성에 대한 강박적인 집착이 잘 드러난 것이 전쟁이다.

> 맨처음 한 혈거인이 또다른 혈거인의 머리통을 바윗돌로 깨부순 구석기 시대 어느 갠 날 오후 이래로, 이들 이른바 지성인류는 개인적으로 또는 집단적으로 서로를 살해하는 데 끊임없이 몰두해왔다. 부수고 죽이며 긴장 속에서 사는 것보다 우애와 협동 속에서 태평스럽게 사는 데 훨씬 더 익숙했던 우리 종족은 쉽사리 그들의 표적이 되었다. 부족과 국가가 형성되고 권력의 매혹을 이들이 깨닫게 된 뒤, 전쟁은 가장 손쉬운 갈등 해결 방법으로 자리잡았다. 지성인류의 슬기는 긴 역사를 통해서 살인의 수단을 바윗돌이나 창에서 세균 무기와 중성자탄으로 바꾸어놓았다. 이 종족이 지니고 있다는 이성은 아직 내면의 파괴충동을 제어하지 못했다. 아니 그 이성은 아직도 파괴충동

에 은밀히 또는 노골적으로 협조하고 있다.

이처럼, 네안데르탈인의 후예가 바라본 호모 사피엔스의 현대문명은 조그마한 차이조차도 부정하고 배제하고 파괴하는 전장의 삶이다. 문명을 구성하는 다양한 요소들은 이러한 동일성에 대한 집착과 타자에 대한 파괴의 충동을 정당화하는 데 이용될 뿐이다. 따라서 네안데르탈인의 후예들은 "염세와 혐인"을 곱씹으면서 고독한 아웃사이더로 살아간다.

고종석은 고독한 아웃사이더를 거대한 현대문명과 맞세움으로써 우리의 시선을 전복시킨다. 네안데르탈인의 후예들은 "때로는 완전한 비관에 치여 때로는 실낱같은 희망을 품고 살아가"면서 끊임없이 새로운 대안적 가능성을 꿈꾸는 것이다. 현경우는 동유럽의 사회주의가 몰락하던 좌절의 시기에 진보적 의사단체를 출범시키면서 의료의 평등한 분배를 꿈꾸었으며, 앙투완(우리에게 안토니오 네그리로 알려져 있는)은 투옥의 위협에도 불구하고 유토피아에 대한 열정을 포기하지 않는다. '나'는 그들과의 짧은 만남을 통해 공간적인 단절을 극복하며, 시간의 침식 속에서도 사그라들지 않는 정신적인 동질감을 공유한다. 설령 다른 시간과 공간 속에서 존재하더라도 폭력적인 방식으로 차이를 없애버리는 것이 아니라 차이의 정치학을 가로질러 진정한 연대성을 획득하는 것이다.

이처럼 「플루트의 골짜기」는 네안데르탈인이라는 상징적인 존재를 통하여 타자의 시선으로 현대문명을 들추어낸다. 여기에서 잠시 네안데르탈인에 대해 이야기해볼 필요가 있다. 1856년 독일 뒤셀도르프 근처의 네안데르 골짜기에서 처음 발견된 네안데르탈인은 도구를 사용할 줄 알고 불을 다룰 수 있었으며, 죽음에 대한 의식을 가지고 있었다. 그래서 네안데르탈인은 호모 에렉투스와 호모 사피엔스 사이의 연결고리 역할을 담당하기도 했다. 그런데, 최근에 유전학적인 분석 기법이 발달하면서 네안데르탈인은 현대인류와 많은 차이를 지닌 종족으로 밝혀진다. 계보학적 연쇄와는 무관하게 지구상에 출현했다가 불현듯 사라져버린 것이다. 이렇듯 인류 진화의 역사에서 추방당함으로써 네안데르탈인은 인간의 형상을 갖춘, 그러나 인간과는 다른 존재가 된다.

하지만, 네안데르탈인은 인류 진화의 역사에서 불쑥 모습을 드러냈다가 아무런 흔적도 남기지 않은 채 사라져버린 과거의 존재가 아니다. 그것은 현재의 인류가 진화의 과정에서 포기하거나 배제하거나 추방해버렸던 그 무엇을 비춰주는 거울이다. 진화의 역사라는 커다란 그림퍼즐을 맞추기 위해서 현대인류의 직계 조상의 계보에서 네안데르탈인을 추방하는 것이 능사가 아니듯이, 네안데르탈인의 조각을 제자리에 놓기 위해서는 현대인류의 개념을 바꾸지 않으면 안된다. 네안데르탈인이 별종이 아니라 네안데르탈인을 별종으로 만드는 현대인류가 별종인 것이다. 따라서 네안데르탈인의 정체를 묻는 것과 인류 진화의 역사를 새롭게 구성하는 것은 동일하다. 호모 사피엔스가 파괴의 본능으로 충만해 있는 한, 꽃을 사랑하고 새끼곰의 넓적다리뼈로 악기를 만드는 네안데르탈인의 후예들은 영원히 우리의 그림자로 머물 것이다. 그들을 우리는 예술가라고 부르는 것은 아닐까?

세상의 끝에서 만난 사람들

— 서하진 · 김중혁 · 조해진

세상 밖으로 떠나다 : 서하진의 「요트」

문득 떠나고 싶은 순간이 있다. 멈춰 서는 것이 두려워 달려왔던 생활들이 결국 제자리걸음을 하고 있다는 것을 깨닫게 되면서 일상의 쳇바퀴에서 뛰어내리고 싶다는 충동에 사로잡히는 순간 말이다. 그때, 모든 것을 다 팽개치고 아무런 목적도 없이 떠날 수만 있다면 삶은 늘 새로운 빛깔로 시작될 수 있을 것이다. 하지만, 일탈의 욕망에 유혹당하면서도 퇴색한 모습으로 반복되기만 하는 것이 삶이다. 세상의 밖이라고 생각했던 것들이 마치 뫼비우스의 띠처럼 어느 틈에 세상의 안으로 자리를 옮겨 앉는다. 아무리 멀리 떠나도 세상은 여전히 같은 모습으로 펼쳐져 있고, 일상은 모든 낯설음을 낯익음으로 변질시키는 포악한 탐식성을 멈추지 않는다.

「요트」는 낭만적 일탈의 꿈에서 출발한다. 표제인 '요트'는 그 단어를 입에 올리는 것만으로도 사람들을 동경의 눈빛으로 변화시키는 마력을 지니고 있다. 넓이와 깊이를 알 수 없는 깊고 푸른 바다, 그 적막한 공간 속에서 하얀 빛깔의 돛을 달고 바람을 벗 삼아 달려가는 생활은 자유롭고 고독한 영혼이 빚어낸 상상의 산물이다. 3톤의 무게, 36피트짜리 작은 공간에 자신을 맡기고 세상에 닻을 내리지 않고 떠도는 방랑의 삶, 뱃전에 튀어 오르는 돌고래와 눈을 맞출 수 있는 자연의 삶을 상상하는 것만으로 사람들은 황홀경에 빠져든다. 요트가 떠 있는 곳이 태평양이어도 상관없고 대서양이어도 상관없다. "바퀴벌레가 득실대는 낡은 집"을 벗어날 수 있다면, 사람들로 북적대는 메마르고 답답한 도시를 떠날 수만 있다면, 그곳은 어디나 깊고 푸른 바다일 것이다.

오랫동안 가슴 깊이 숨겨왔던 까닭에 이미 사라져버린 줄 알았던 바다를 향한 원초적인 본능이 조심스럽게 모습을 드러낸다. 재개발 소식이 전해지면서 전철역 근처의 낡은 집이 십 억 가까운 엄청난 가치를 지니고 있음을 알게 되자, 남편은 요트를 타고 바다로 나가고 싶다는 욕망에 사로잡히게 된다. 하지만, 남편의 멋진 꿈은 실현되기 어렵다. 낭만적 일탈의 꿈을 이루기 위해서는 많은 대가를 치러야만 한다는 사실 때문에 누구든 인생의 손익계산서를 작성할 때마다 가진 것을 내려놓기 두려운 것이다.

그런 점에서 "미지의 세계, 꿈의 공간을 제외시킨 삶이란 얼마나 허무하고 삭막한가"라고 묻는 남편에 대해서 "요트 여행 그 오랜 꿈이 좌절된다면 남편은 허무해지겠지만 그렇지만 곧 잊고 살아갈 것입니다. 꿈이란 본래 그런 것이니까요"라고 답하는 아내야말로 우리의 자화상이다. 그렇듯 일상의 소중함을 잊지 않는 이들을 우리는 현실주의자라고 부른다. 아내는 예술적 영감이라고 여겼던 것이 하찮은 언어의 장난에 불과하다고 생각하면서 작가에의 꿈 대신에 출판사 편집 일을 맡아 안정된 생활을 영위하는 전형적인 현실주의자인 셈이다.

그런데, 작가가 되고픈 자신의 꿈과 방랑의 삶을 살고픈 남편의 꿈을 모두 하찮게 만들면서 끝까지 지켜내고자 했던 일상은 지극히 불안정한 것이었다. "성실하고 착하고 공부 잘하는 모범생"으로 통했던 아들은 평온했던 가정을 벗어나기 위해 가출을 감행한다. 며칠 만에 예술의 전당 지하에서 발견한 아들은 텁텁한 냄새와 꿉꿉한 기운으로 둘러싸인 낯선 모습을 하고 있다. '스위트 홈'에 대한 꿈은 순식간에 '홈리스'의 현실로 변모한다. 부모의 뜻을 잘 따르는 것처럼 보였던 아들은 부모가 알 수 없는 세계에 혼자만의 성을 쌓아두었다. 동굴처럼 어두운 지하묘지에서 수많은 몬스터들과 싸우면서 비밀의 방 열쇠를 찾기 위해 홀로 마법의 길을 헤매고 있었던 것이다. 이제 안정되고 평화스러웠던 한 가정의 일상은 꿈을 상실한 채 어쩔 수 없이 살아가는 비루한 모습으로 변질된다.

> 무풍지대라고 알아요? 바람이, 파도가 전혀 없는 지역이지요. 바다는 대리석처럼 고요히 굳어 있고, 공기는 전혀 움직임이 없어요. 숨을 쉬는가, 내가 살아있는가 싶어질 만큼 사방은 적막하고…… 머릿속이 하얗게 비는 거예요. 그럴 때 가장 두려워요. 영영 바람이 불지 않고, 돛을 올릴 수 없고 그곳에 갇혀 말라갈 것은 두려움이지요. 파도가, 바람이 두려운 게 아니죠.

삶을 죽음으로 몰아가는 것은 결코 거센 비바람과 높은 파도가 아니다. 가장 두려운 것은 아무 일도 일어나지 않는 무풍지대이다. 햇빛에 온몸이 메말라가면서도 아무것도 할 수 없는 무위의 삶 속에서 사람들은 조금씩 죽어가고 있다. 다만 우리는 그것을 느끼지 못할 뿐이다. 일상은 그렇듯 가장 평온한 상태에서 사람들이 죽음으로 이끌어가는 무풍지대인 것이다.

아버지와 아들이 꿈꾸고 있는 모험의 세계. 그것이 아날로그적인 것이든 디지털적인 것이든 상관없다. 그들은 안정된 일상의 무풍지대에서 벗어나 폭풍우가 몰아치는 격정의 바다에서 삶이 새로운 모습으로 살아날 것을 믿는 우리 시대의 오딧세이들이다. 낯선 세계에 대한 낭만적 동경만으로도 그들의 눈은 형형하게 빛난다. 꼭 지금 떠나지 않아도 상관없다. 언젠가 떠날 수 있다는 사실만으로도 삶은 전혀 다른 빛깔과 향기를 품게 된다.

세상의 끝은 없다 : 김중혁의 「에스키모, 여기가 끝이야」

「요트」가 꿈이 사라져버린 삶이 얼마나 비루한 것인가에 대해 말하고 있다면, 김중혁의 「에스키모, 여기가 끝이야」는 삶의 무의미성에 사로잡힌 주인공을 내세워 그 근원을 추적해간다. 소설의 주인공은 "해수면 오차 측정과 침수 지역 예상 및 지도제작 전문 연구소"에 소속된 오차측량원이다. 어렸을 때부터 지도를 만드는 일에 흥미를 지녔던 그는 그곳에서 최첨단 측정 도구를 동원하여 지형을 측정하고 지도를 수정하는 일을 맡고 있다.

그런데, 통상적인 믿음과는 달리 우리가 딛고 서 있는 땅은 여러 가지 이유로 말미암아 끊임없이 변화한다. 빙하가 녹고 해수면의 높이가 높아짐에 따라 지표면의 모양도 달라지는 것이다. 따라서 대상으로서의 지표면과 표상으로서의 지도 사이에는 항상 지연과 오차가 존재한다. 하지만, 사람들은 대부분 지도의 오류 가능성을 믿지 않는다. 지도는 실재하는 지형을 올바르게 표상하고 있다고 확신하는 것이다. 그래서 지형에 맞게 지도를 수정하는 오차측량원을 지도에 걸맞게 지형을 바꾸는 포클레인 기사로 착각하기도 하는 것이다.

이처럼 지도에 대한 과장된 확신은 대상과 표상 사이의 전도된 관계에서 비롯한다. 지도는 기호로써 표상하는 한에 있어서 항상 실재를 단순화할 수밖에 없다. 즉 빌딩을 사각형으로, 산을 삼각형으로, 강물을 선으로 기호화·시각화시키는 과정은 실재와의 불일치를 내포하는 것이다. 그럼에도 불구하고 사람들은 현존하는 사물보다 지도를 더욱 실재하는 것으로 오인한다. 일치하지 않는 것이 당연한 것임에도 불구하고, 실재를 있는 그대로 반영하고 있을 뿐만 아니라 더 나아가 실재보다 본질적이라고 믿는 것이다. 그래서 대상을 기호로서 표상하는 인식체계에 대한 과잉된 믿음은 때로 사소한 차이 하나에 의해 쉽사리 붕괴되기도 한다.

> 한번은 지도를 그리다 길을 잃은 적도 있었다. 중학교 2학년 즈음, 새로 이사 간 동네의 지도를 그리고 있을 때였다. 이전, 정말, 말도 안 돼, 라고 생각하면서도 길을 찾을 수가 없었다. 하하, 이럴 수는 없지, 하면서 점점 미궁 속으로 빠져갔다. 내 손에는 지도가 있었지만, 그것은 내가 그린 지도였기 때문에 나를 믿고 지도를 믿을수록 길을 찾기는 더욱 힘들어졌다. 나는 길을 찾으면서도 계속 지도를 그렸고 지도는 점점 오리무중, 첩첩산중으로 변해가고 있었다. 결국 나는 경찰의 도움을 받아 집으로 돌아왔다. 동네에 익숙해지자 나는 지도가 어디서부터 잘못되었는지를 알아낼 수 있었다. 골목 하나의 차이였을 뿐인데 모든 길이 어긋나고 말았다. 지도가 위험하다는 걸 그때 처음 알게 됐다.

지도는 이처럼 사람들을 혼란스럽게 만드는 위험한 것이기도 하다. 눈으로 그려진 지도는 대상 자체가 아니라 나의 시각에 의해 왜곡된 모습으로 그려져 있는 까닭이다. 지도의 중심에 '나'를 두었을 때, 세상은 미로처럼 얽혀버릴 뿐이다. 그렇듯, "3차원 지도로 표현하기엔 저 바다가 너무 막막하고 비현실적이다"라는 사실을 받아들이면서 삶의 나침반이 사라진다. 자신을 매혹시켰던 완벽한 지도에 대한 환상이 소멸되면서 삶의 방향성 역시 흔들리는 것이다. "미래라는 건 내가 그릴 수 있는 지도의 영역 바깥에 위치"한다. 이제 지도를 그리는 데 필요했던, 세상의 방향을 알려주었던 실바 나침반과 전문가용 줄자와 망원경들은 필요 없는 물건이 되어 인터넷 경매로 팔릴 처지에 놓이게 된다.

점점 더 늪지로 변해가는 해안선처럼 미궁 속으로 빠져드는 주인공의 삶을 구원한 것은 멀리 캐나다에서 삼촌이 보내준 에스키모의 지도였다. 그 지도는 우리가 사용하는 것과 같이 사각형의 평면 위에 인위적인 기호로 채워져 있지 않다. 둥근 나무토막 위에 새겨진 그 지도를 읽기 위해서는 모든 감각을 동원하여야만 한다. 에스키모인들은 지도를 만들 때 시각을 동원하는 것이 아니라 오히려 소리와 기억을 동원하여 만들기 때문이다. 빛이 없는 어두운 밤바다에서 사용되는 지도는 우리가 사용하는 것과는 아주 다른 모습을 하고 있는 것이다.

에스키모의 지도는 주인공이 만들었던 지도와는 달리 세상의 중심에 인간을 두지 않는다. 둥근 나무토막에 그려진 지도는 그것을 읽는 사람과의 교감을 통해서 세계의 형상을 보여줄 뿐이다. 에스키모의 지도는 결코 시각중심적인, 혹은 인간중심적인 재현체계가 아니다. 인간이라는 존재가 스며들어 있지 않은, 나를 버리고 지도에 나를 맞출 때 세상의 참모습은 드러나는 것이다.

> 세상의 끝으로 간다고 해서 모든 것이 바뀔 것이라고 생각하지는 않는다. 세상의 끝은 지구가 네모라고 생각했을 때에야 가능한 장소이다. 지구가 둥근 이상 모든 곳이 세상의 끝이다.

내가 세상의 중심에 설 때 세상의 가장자리는 존재하지만, 세상의 끝은 또다른 시작에 지나지 않는다. 모든 곳이 세상의 끝이고 세계의 중심이다. 작가는 이처럼 누런 먼지로 뒤덮인 메마른 지표면을 벗어나는 순간 청량한 바람이 부는 바다를 만날 수 있다고 믿는 낭만적 동경을 거부한다. 일상의 삶이 만들어내는 균열 사이에서 문득 푸른 빛이 보이리라고 생각하지도 않는다. 실재하는 대상을 그 자체로 바라보고 느끼고 이해하기 위해서 시각적인 것에 절대적인 권위를 부여하는 것으로부터 벗어나려고 시도할 뿐이다. 해안 습지가 빠르게 파괴되면서 땅이 가라앉고 있는데도 불구하고 여전히 자신이 서있는 땅은 안전하리라는 환상에 사로잡혀 있는 한 우리의 삶은 금세 파멸의 길로 접어들 것이기 때문이다. 어쩌면 이미 우리는 시각적인 현대성의 세계 속에서 진실을 잊고 거짓된 믿음만으로 살아가고 있는지도 모를 일이다.

세상 끝에서 사람을 만나다 : 조해진의 「기념사진」

조해진의 「기념사진」 역시 꿈을 잃어버린 사람들의 이야기이다. 예기치 않은 운명 때문에 그들은 세상의 벼랑 끝에 내몰려 있다. 한 발 재겨디딜 틈조차 허락하지 않는 막다른 길 위에서 그들은 간신히 삶을 붙잡고 있을 뿐이다. 우연이라고 부르기에는 그들이 맞닥뜨린 운명이 너무나 압도적인 파괴력을 지니고 있다. 누구에게라도 주먹을 휘두르며 "왜, 내, 게, 이, 러, 는, 거, 야!"라고 외치고 싶지만, 그 말을 들어줄 사람조차 찾을 수 없다.

한 여자가 있다. 그녀는 망막색소변성증(아르피)을 앓고 있어서 밝은 곳에서 어두운 곳으로 들어갔을 때에나, 어두운 곳에서 밝은 곳으로 들어갔을 때 빛의 변화에 쉽게 적응하지 못한다. 이처럼 명순응이나 암순응이 이루어지지 못하면서 그녀는 시력을 잃고 만다. 이 때문에 여자는 오랜 꿈이었던 연극 배우의 길을 포기할 수밖에 없다. 망막색소변성증 때문에 무대에서 돌이킬 수 없는 실수를 하게 되고 그녀는 다시는 무대에 설 수 없게 된 것이다.

세상이 먹빛으로 채색되면서 그녀의 꿈만 사라진 것은 아니다. 꿈과 함께 타인과의 오랜 관계도 유리조각처럼 부서져 내린다. 마침내 여자의 병명을 유일하게 알고 있던 남동생마저 군대를 핑계로 그녀 곁을 떠나면서 관객 한 명 없는 무대 위에 홀로 남겨진다. 이제, 배우의 꿈도 잃고 시력조차 잃어버린 여자는 옛날에 찍어 두었던 비디오테이프를 보면서 지옥 같은 하루하루를 견딘다. 여자가 하루를 보내면 "세상은 어제보다 조금 더 어두워져 있을 것이고 사람들은 어제의 어제보다 더욱더 멀어져 있을 것이다"

이 갑작스러운 암전의 경험은 여자만의 것이 아니다. 컴퓨터 회사의 애프터서비스 기사였던 남자는 우연히도 CCTV에 잡혀 부유층에 대한 이유 없는 분노로 즉흥적인 살인과 방화를 저지른 범죄자로 내몰린다. 혼자서 무죄를 주장해보기도 하지만, 아무도 그의 말을 믿어주지 않는다. 결국 진범이 잡히는 순간까지 2년 동안이나 무고한 수형생활을 해야만 했던 것이다.

소설 「기념사진」에서 눈여겨보아야 할 것은 카메라이다. 여자에게 있어 카메라는 삶의 의미와 같다. 무대 위에서 연기를 한다는 것은 관객들에게 자신을 드러내는 것을 의미한다. 따라서 카메라에 포착되는 것은 삶의 목표였던 연극배우가 되는 것과 크게 다르지 않다. 여자의 고독과 절망은 아무도 그를 보지 않는다는 사실에서 비롯한다. 이 때문에 낡은 비디오테이프에 보관되어 있는 그녀의 꿈은 단 한 사람의 관객을 위하여 TV 브라운관을 통해 재생된다. 그것이 더 이상 재생될 수 없을 때 그녀의 삶 역시 끝나게 될 것이다.

이에 비해 남자에게 있어 카메라는 매우 복합적이다. 그가 예기치 않은 불행을 맞게 된 것은 순전히 CCTV 카메라 때문이었다. 길을 찾기 위해 골목을 배회하던 모습이 카메라에 포착되면서 억울하게 살인범으로 내몰리게 되었던 것이다. 그래서 남자는 누군가 자신을 훔쳐보고 있을지도 모른다는 강박관념을 지니게 된다. 남자는 늘 자신을 집요하게 뒤쫓는 감시의 시선을 느끼고 있으며, 어느 곳을 다니더라도 카메라테이프 돌아가는 소리가 들리는 듯하다. 그가 늘 선글라스와 야구모자를 쓰고 다니는 것은 환시와 환청의 소산이다.

그런데, 남자의 삶을 굴절시켰던 카메라는 출옥 후 남자의 유일한 생계수단이 된다. 대학시절 그토록 애지중지하던 수동 카메라를 장롱 속에 처박아둔 채 디지털 카메라를 들고 불륜의 현장을 찾아다니는 것이다. 하지만, 디지털 카메라의 앵글에 포착된 메마른 정사 장면은 자신이 누군가에 의해 숨겨진 감시 카메라에 의해서 인생의 암전을 경험했던 것과 마찬가지로 사람들을 미치게도 하고 죽음으로 몰아가기도 한다.

남자를 강퍅한 삶의 벼랑에서 구원한 것은 여자의 존재이다. 오랫동안 숨어서 일거수일투족을 살피던 남자는 자살을 기도했던 여자를 죽음의 문턱에서 구원한다. 이에 남자의 손에 들려 있는 것은 소리 없는 디지털 카메라가 아니라 오래된 수동 카메라이다. 동료들로부터 버림받고 가족들과의 인연조차 끊어진 채 세상의 끝에 섰던 두 사람은 카메라를 통해서 하나가 된다. 아무도 없다고, 나 혼자만이 존재한다고 믿었던 곳에서 여전히 사람들은 살고 있었던 것이다. 삼 년 전 우연이 CCTV 카메라에 찍혔던 그날처럼, 그때 남자에게 절실하게 누군가가 필요했던 것처럼 자신의 말을 들어줄 누군가가 있다는 사실만으로도 삶은 견딜 만한 것이 된다. 그곳이 설령 지옥에서 만날 법한 유황불이 타고 있는 곳이라고 하더라도 함께 있다는 사실만으로도 두 사람은 진정 행복할 수 있을 것이다. 이제 삼 년 동안 남자가 지녀왔던 선글라스와 모자는 여자를 눈을 지켜주는 보호막이 될 것이다. 그리고 묵언수행(默言修行)도 끝이 나고, 두 사람 사이에는 말이 강물이 되어 흐를 것이다.

누구에게나 삶은 비루하고 고통스러운 것임에 틀림없다. 그렇지만 나란히 서 있는 사람들로 인해 삶은 견딜 만하고, 때로는 빛나기도 한다. 세상은 여전히 "짙은 먹빛이거나 흐린 먹빛"뿐이지만, 사람이 함께 서 있는 까닭에 플래시 세례와 터뜨리기도 한다. 홀로 있는 자에게 상처는 견딜 수 없는 고통을 가져다주지만, 함께 있는 자에게는 서로를 위안하고 세상을 살아갈 수 있는 힘을 샘솟게 하는 것이다. 세상 끝에서 만난 사람이 더욱 소중한 것은 그 이유 때문이다.

우울한 가족 이야기

— 김서령 · 김도언 · 임정연 · 이신조

가족 서사의 변화

가족이 사회를 구성하는 가장 작은 단위라고 한다면, 그것은 인류가 하나의 종으로써 지구상에서 살아남기 위한 생물학적 재생산뿐만 아니라 문명과 역사의 지속적 전개를 위한 사회적 재생산을 담당하고 있기 때문일 것이다. 그래서 근대사회와 더불어 발전해왔던 소설 역시 가족이라는 오래된 제도를 통해서 새로운 서사적 가능성을 확장시켜 왔다. 이점은 우리가 살아가고 있는 21세기에도 크게 달라지지 않는다. 지금의 시대가 과거와는 여러 면에서 구별되는 새로운 사회라는 진단들이 설득력을 얻어가고 있음에도 불구하고, 많은 서사물들은 여전히 가족을 상상력의 출발점으로 삼고 있는 것이다.

가족이라는 낯익은 현실이 오랫동안 서사적 상상력의 원형을 이루고 있는 것은 무엇 때문일까. 그것은 부부관계라는 수평축와 부자관계라는 수직축이 교차하는 장이라는 점에 바탕을 두고 있는 것처럼 보인다. 이 서사적 공간 속에는 인류 역사의 역사성과 사회성, 개별성과 집단성, 통시성과 공시성이 응축될 수 있다. 그래서 가족이라는 축도를 통해서 사람과 사람 사이의 실존적인 관계가 드러나기도 하고, 자신들의 역사를 구성하려는 여러 세대들의 과거와 현재와 미래가 그려지기도 한다.

따라서 이즈음에 발표된 소설들에서 가족 서사가 적지 않은 비중을 차지하고 있다는 점은 그리 특별할 것도 없다. 가족 서사야말로 오랫동안 우리 소설들을 지탱해왔기 때문이다. 하지만, 가족을 사유하는 방식에는 분명히 작지만 의미 있는 변화가 나타나고 있다. 지난 몇 년 동안 서사의 주류를 형성해 왔던 것은 '아버지의 이름'에 맞서는 심리적이고 인식론적인 투쟁의 기록으로서의 가족 로망스였다. 그런데, 이 오이디푸스적인 서사에서 한 걸음 더 나아가 가족관계 속에 투영된 현실적인 모순과의 싸움으로 다시 이동하고 있는 것처럼 보인다. 여러 작가들이 점점 더 강퍅해지는 현실로 말미암아 가족이 해체해가는 과정에 관심을 두기 시작한 것이다.

내 안에 나 아닌 것을 품는 존재들 : 김서령의 「쌍둥이들의 방」

「쌍둥이들의 방」에는 우리가 예전에 흔히 '씨받이'라는 이름으로 불렀던 존재들이 등장한다. 임권택 감독의 영화로 널리 알려진 이 존재들은 전통적인 가족관계에 생물학적 재생산의 위기가 발생했을 때 등장한다. 그들은 가족관계의 수직축을 복원하는 역할만을 부여받았기 때문에 이 과정에서 위기에 처하게 되는 수평축을 무시하거나 억압함으로써 겨우 존재할 수 있었다. 따라서 가족의 수직축에 대한 의미가 축소되어가는 현대사회에서 이런 존재가 중요성을 잃어가는 것은 당연한 일일 것이다. 하지만, 우리 사회에서 전통적인 가치관이 여전히 힘을 발휘하고 있듯이, 이런 존재들 역시 현대적인 모습으로 탈바꿈한 채 여전히 우리 곁에 머무르고 있기도 한다.

　김서령의 소설은 이러한 씨받이, 현대적인 용어로 표현한다면 대리모에 관한 이야기이다. 주인공인 명주는 이천만 원이라는 적지 않은 돈을 받기로 하고 스스로 대리모의 길을 선택한다. 그녀가 대리모가 된 것은 경제적인 궁핍 때문이었다. 명주도 한때는 소나무와 측백나무가 끝없이 우거져 소도시 사람들의 가장 낭만적인 데이트 코스였던 바닷가 어촌 마을에서 여유로운 생활을 했던 적이 있었다. 그때만 하더라도 어촌 마을은 백사장이 넓고 모래알이 고와서 200여 개가 넘는 횟집들로 불야성을 이루고 있었다. 그래서 손님을 붙잡지 않아도 집집마다 돈 냄새가 풍겨 나왔고 사람들은 활기에 가득차 있었다.

　하지만, 이곳 어촌 마을의 영화는 그리 오래 지속되지 못했다. 어느 날 갑자기 강물이 흐름을 바꾸어버리자 곱던 모래는 씻겨 내려가 자갈밭이 되었고, 해수욕장은 공단 폐수로 오염되어 폐허가 되고 말았다. 공단에 근무하는 사람들 덕분에 번성했던 해수욕장은 공단의 환경오염 덕분에 철저하게 파괴되었던 것이다. 이제 사람들이 떠나버린 텅 빈 공간에 남겨진 사람들은 얼음장처럼 차가운 상처만을 간직한 채 황폐한 삶을 견뎌야만 할 것이다. 눈치 빠른 사람들이 살 길을 찾아 해수욕장을 떠날 때 망망하게 시간만 보내다가 주저앉은 명주는 "어이없는 농담"과도 같은 아이러니의 늪에 깊숙이 빠져버렸던 것이다.

　표면적으로 작가는 아이러니의 늪에 빠져버린 삶을 집요하게 포착하고 있다. 명주가 이곳 강달횟집의 안주인이 되었던 이유는 순전히 "넓고 시원한 세상"에 대한 막연한 동경 때문이었다. 고등학교를 졸업하기 전에 이미 건설 장비를 대여하는 회사에 취직하여 안정된 생활을 하던 명주는 뚜렷한 이유 없이 컨테이너 사무실을 답답하게 느끼기 시작한다. 자신이 조그마한 컨테이너에 갇혀 있다고 느낀 순간 자신이 살아왔던 그 안정된 일상성은 갑작스럽게 거대한 감옥으로 탈바꿈한 것이다. 그래서 그저 사람들이 오글거리는 큰 곳으로 옮겨가기 위해서 강달횟집 주인과 결혼했던 것이다. 그렇지만 넓고 시원한 세상에 대한 동경이 10여 년만에 거대한 폐허의 현실로 귀결되고 말았던 것이다.

사람들이 오글거리는 곳을 찾아왔다가 사람들이 모두 떠나버린 텅 빈 해수욕장에 남게 된 명주가 살아남기 위해 선택한 최후의 방법이 대리모였다. 현대의학은 명주가 대리모의 삶을 선택하는 데 있어서 윤리적인 문제를 해소시켜 준다. 친엄마 친아빠의 몸엣것들로 시험관 안에서 수정을 시킨 다음 아기집 튼튼한 여자에게 주사로 넣어주기만 하면 대리임신이 가능하기 때문이다. 합방을 해야만 했던 옛날의 씨받이들과는 달리 현대의 대리모는 의학의 도움을 받아 몸만 대여하는 것이다. 그래서 경제적인 어려움을 겪고 있던 명주 부부는 이천만 원이라는 돈의 유혹을 이기지 못하고 대리모의 길을 선택한다.

이 현대적인 대리모의 몸에서 자라고 있는 쌍둥이들은 명주의 아이이면서도 명주의 아이가 아니기도 한다. 아이는 명주와는 아무런 혈연관계도 없다. 하지만, 명주의 뱃속에서 자라고 있는 아이는 명주의 아이이기도 한다. 자신의 것이면서 자신의 것이 아니고, 남의 것이면서도 자신의 것이기도 한 기괴한 양상은 앞서 말한 것처럼 현대의학 덕분이다. 과거의 씨받이였다면 결코 상상할 수 없는 일이다. 씨받이 여성에게 있어 아이는 남의 아이이기 이전에 자신과 피와 살을 나눈 또 다른 자신이었을 테니까 말이다.

현대문명이 만들어낸 이 그로테스크한 상황은 명주가 가출학생들에게 빈 방을 빌려주는 것과 유비적인 관계를 형성하고 있다. 학교를 뛰쳐나온 두 학생은 그저 달아나고만 싶었던 스물여섯의 명주를 닮았기도 하고, 새로 태어날 아기를 닮기도 했다. 자신들만의 세상을 꿈꾸며 가출했던 아이들은 결국 집으로 돌아가 먼지로 뒤덮인 세상에서 살아야만 한다. 먼지를 벗어나기 위해 결국 먼지 속에 다시 파묻힐 수밖에 없는 것이 인생일 것이다. 가끔씩 내딛는 한 발자국이 삶을 전혀 엉뚱한 곳으로 이끌어갈 것이다. 미래를 알 수 없기에 그런 실수들을 하지만, 설사 미래를 안다고 해도 우리는 똑같은 실수를 하게 될 것이다. 인생은 모든 곳에 먼지로 가득 차 있기 때문이다.

명주의 몸에 세 들어 있는 아이도 마찬가지이다. 쌍둥이가 아기집에서 벗어나 세상에 모습을 드러내는 순간부터 기나긴 불행의 날들이 시작될 것이고, 지옥을 경험하게 될 것이다. 너무 때이른 출산으로 말미암아 장애아가 될지도 모른다는 두려움 때문에 쌍둥이의 부모는 이미 모습을 감추어버렸다. 자신의 아이이면서도 언제든지 자신의 아이가 아닐 수 있는 것이다. 가장 원초적인 관계라고 믿어져 왔던 가족은 이렇듯 현대문명 속에서 가장 이기적이고 계약적인 관계로 변질되어 버린다. 이에 따라 가족을 구성하려는 욕망은 스스로 가족임을 부정하거나 혹은 타인의 가족을 파괴하는 반어적인 결과를 초래하면서 자기모순에 빠지게 된다.

아버지의 또다른 이름 : 김도언의 「나쁜 교육 ― 악취미들」

「나쁜 교육 ― 악취미들」은 중학교 1학년에 재학 중인 열네 살배기를 화자로 내세우고 있다는 점에서 성장소설의 문법을 연상시킨다. 열네 살배기가 바라보는 세계는 분명히 다른 연배와는 구별되는 독특한 면모를 가지고 있다. 열 살 미만의 아이들이 항상 천진난만한 세계를 구성하는 것은 아님에도 불구하고 그들의 세계를 비루한 어른들의 삶과 구분하는 것은 어른들의 오래된 아집과 편견이다. 그들의 악동스러움은 '위악'이라는 평가에서 알 수 있듯이 언제나 악을 가장한 선으로 이해되고 있는 것이다.

이에 비해서 스무 살을 향하고 있는 이 연배에 대해서 어른들은 거의 아무런 정보도 지니지 못하고 있다. 그들에 대해서 수없이 많은 이름을 붙였음에도 불구하고 그들은 여전히 규정되지 않은 그 무엇으로 남아 있다. X-세대처럼 알 수 없음을 기호화하여 호명함으로써 그들을 규정하려고 시도했을 뿐이다. 어른들은 정체를 알 수 없는 그들에 대해 이름을 붙임으로써 알고 있는 척 자기기만을 시도했던 것이다.

하지만, 어른들이 그 어떤 이름을 붙이더라도 그들은 자신들에게 낙인찍힌 이름의 경계를 넘나들고 있다. 김도언이 포착하고 있는 세계는 그것을 잘 보여준다. 이 연배는 어린 소년들처럼 순진하지 않다. 그들은 현실의 논리를 이미 꿰뚫고 있으며, 자신들의 목적을 이루기 위해서 어떤 수단과 방법을 동원할 수 있는지 가늠할 수 있는 능력 또한 지녔다. 아니, 더 나아가 어른과 다름없는 판단력으로 자신들의 목적을 달성하기 위한 수단적 합리성을 확보하면서도 때로 순진한 척 가장할 수도 있다. 그들은 분명히 교활하다.

소년이라고 부르기엔 이미 세상의 이치를 눈치 빠르게 이해하고 있고, 그렇다고 청년이라고 부르기엔 아직 미성숙한 상태에 놓여 있는 이 열네 살배기 주인공은 가족을 통해서 세상과 만난다. 그가 세상을 살아가는 것은 곧 가족과 살아가는 것이고, 가족을 바라보는 방식은 곧 세상을 바라보는 방식이다. 그런데 소설 속에서 가족과 세상을 지배하는 것은 아버지이다. 그는 한 집안의 가장으로서, 그리고 인구 백만을 웃도는 한 도시의 시장으로서 많은 사람들의 존경을 받는다. 존경이라는 것은 항상 모방과 결부되어 있는 탓에 아버지가 지배하는 세상은 "아버지 같은 부류"로 채워져 있다.

그러나 모든 세상 사람들의 존경에도 불구하고 열네 살배기 주인공은 "나는 억울하고 분하게도 아버지를 가지고 태어났다"고 생각한다. 제 힘만으로는 아무것도 마음대로 할 수 없는 나이라는 사실을 알기에 아버지의 집과 세상에서 벗어나지 않지만, 아버지가 있다는 사실만큼 은 "아무리 깨끗하게 치료가 되어도, 없었으면 더 좋았을 상처"처럼 남아있다.

> 나는 아버지를 증오하지만, 알다시피 대개의 아버지들은 강하다. 아버지는 서랍 속에 수집된 브로마이드처럼 맘대로 처분할 수 있는 것이 아니란 말이다. 아버지는 나보다 훨씬 많은 것을 알고 있고, 자신이 공격당하고 있다는 것을 알면서도 좀처럼 화를 내는 법이 없고, 늘 여유가 있으며 천천히 자신이 정한 방식대로 상황을 진압할 줄 안다. 아버지는 웬만한 것에는 꿈쩍도 하지 않는 인내심과 용기를 가지고 있다. 정면으로 부딪칠 수 없는 내가 가질 수 있는 희망이란 그러니까 고작 아버지가 빨리 죽으리라는 사실을 상기하는 것 뿐이다.

자신을 세상에 태어나게 한 아버지에 대한 부정을 우리는 흔히 오이디푸스 콤플렉스라고 부른다. 이러한 부친 살해 욕망은 자신을 사생아나 업둥이로 규정하는 가족 로망스의 형태로 구체화될 것이다. 실제로 아버지가 "분노하지도 절망하지도 않으며 사는 법"을 가르치려 들 때 주인공은 아버지가 광부이거나 벌목공이기를 꿈꾼다. 왜냐하면 아버지로부터 "깊고 깊은 갱도 안에서 갖게 되는 죽음에 대한 본질적인 두려움이나, 깊은 숲속에서 나무를 쓰러뜨리는 자의 고독"을 배우고 싶어 하지만, 정작 아버지가 가르쳐주는 것은 아버지의 뜻대로 사육된 "모범적이고 건전한 시민"으로 성장하는 방법뿐이기 때문이다.

아버지는 이처럼 끊임없이 아들을 위해서 무언가를 하지만, 아들이 진정으로 원하는 것만은 하지 않는다. 아버지가 만들어놓은 세계는 눈으로 보이는 것이 진짜인 세계가 아니라 드러나지 않은 것에 참된 실체가 있기 때문이다. 아이들은 눈에 보이는 것만을 믿고 어른들은 눈에 보기에 좋도록 드러내기를 좋아하지만, 열네 살 소년은 그 모두를 알고 있다. 주인공은 시청의 홈페이지 게시판에 아버지의 공적을 칭송하는 글이 아버지에 의해 고용된 아르바이트생에 의해 씌어졌다는 것을 알고 있고, 엄마 역시 친구들과 만날 때는 샤넬과 구찌의 옷을 즐겨 입다가도 공식 행사에 나갈 때는 꼭 한복을 입는다는 사실을 알고 있는 것이다. 어른들은 '나'를 다 알고 있다고 믿고 있지만, 생부와는 다른 아버지를 꿈꾸고 있는 '나'는 아버지가 구축해 놓은 견고한 성채의 지하실에 나만의 세계를 만들고 있는 것이다.

그래서 주인공은 가슴 속에 칼날을 품고 아버지의 세계를 조롱하고 경멸하고 파괴한다. "돈을 빼앗은 학교의 선배, 욕 잘 하는 생물선생님, 그리고 콧대 높은 형의 여자 친구들, 수다쟁이 엄마 친구들"처럼 "아버지 같은 부류"들을 머릿속으로 난도질하고 강간하고 학살하는 것이다. 아버지의 세계에 대한 화해할 수 없는 적대감은 아버지의 숨겨진 여자를 소유함으로써 극대화된다. 아버지의 여자, 곧 어머니의 입에서 풍기는 달콤하고 향기로운 와인 냄새에 취하기도 하고, 더 나아가 아버지의 숨겨진 여자를 자신의 여자로 만든다. 이제 아버지의 정부를 공유하여 '연적'이 됨으로써 아들은 아버지를 자신과 같은 위치로 강등시킨다. 이렇듯 아버지가 구축해 높은 세계는 아들에 의해서 조롱당하고 마침내 파괴된다. 오후의 나른한 햇살 속에서 아버지의 여자와 정사를 나누며 "좆 같은 아버지"를 연발하는 열네 살배기 소년의 모습은 우리 시대의 우울한 자화상일지도 모른다.

뒷골목에는 달빛도 비추지 않는다 : 임정연의「달빛」

「달빛」은 최근의 소설에서 만나기 어려운 독특한 언어로 이루어져 있다. 소설 속에는 쪽방에서 함께 생활하고 있는 십 대 청소년들이 등장한다. 그런데, 그들이 내뱉는 말 한 마디 한마디는 나이 어린 청소년들의 것이라고 믿기 어려울 만큼 거친 말들로 채워져 있다. "씨발년", "좆 같은", "빠구리", "씹새", "담탱이" 등과 같이 온갖 욕설들과 속어, 은어들이 어지럽게 담겨 있는 것이다. 이렇듯 격렬한 감정의 언어들은 간결한 단문들과 어우러지면서 소설의 속도감을 배가시킨다. 소설은 마치 백 미터 경주를 하듯이 숨 가쁘게 진행된다. 그래서 임정연의 소설을 지배하는 격렬한 호흡은 깔끔하고 세련된 언어에 익숙한 주류적 글쓰기에서 벗어나 있으며, 어떤 독자들에게는 거부감을 일으킬 지도 모르겠다.

하지만, 작가가 발견한 거칠고 격렬한 말들은 인위적이고 위악적인 냄새를 풍기기보다는 오히려 대단한 생동감을 느끼게 한다. 그것은 작가가 의도적으로 만들어낸 것이 아니라 우리가 살고 있는 세계의 한 구석에서 지금도 사용되고 있는 살아있는 말이기 때문이다. 거칠다는 것은 단지 지식인의 감수성으로 순화되지 않았다는 의미일 뿐이다. 도시의 어두운 뒷골목을 배회하는 도둑고양이처럼 세상에서 버림받은 어린 영혼들의 분노와 자학을 효과적으로 표현하고 있는 것이다. 그들의 언어를 차가운 비수로 만들었던 것은 그들 자신이 아니라 그들을 버린 세상이었다.

소설 속에 등장하는 영재, 필수, 미경이 거칠고 공격적인 말들을 통해서 자신을 표현하는 것은 그만큼 세상에 대한 분노가 깊다는 것을 말해준다. 손에 각목을 잡으면 전혀 다른 사람이 되어 미친 듯이 폭력을 행사하기도 하고, 훔친 오토바이로 세상 밖으로 나갈 듯이 질주하기도 한다. 그리고 이제는 한 걸음 더 나아가 열일곱의 소녀를 미끼로 내세워 나이든 아저씨들과 성관계를 맺게 하고 그 현장을 덮쳐 돈을 갈취하며 살아간다. 그들은 세상의 구린 놈들을 협박하여 돈을 뜯어내는 양아치생활을 하고 있는 것이다.

이러한 자기파괴적인 행동 방식은 미래에 대한 두려움과 관련이 깊다. 대부분의 사람들은 장밋빛 미래에 대한 환상을 소비하면서 삶에 대한 감각을 유지한다. 그런데 미래에 대한 비전을 얻지 못한 경우에는 대부분 즉자적이고 지학적인 삶의 방식을 선택한다. 한 사회 속에서 정상적인 삶을 영위할 수 없는 상황에 놓일 때 나타나는 현상인 것이다. 영재는 부모로부터 버림받은 상처를 지니고 있다. 어머니는 영재를 낳자마자 외할머니에게 자식을 맡기고 떠난다. 그래서 영재는 아버지가 누구인지도 모른 채 외할머니의 손에서 자라났다. 결국 중학교도 채 마치지 못한 채 할머니의 집에서 가출한 영재는 낯선 도시의 "싸구려 여관이 즐비한 좆 같은 골목"에서 쪽방 생활을 하게 된다. 시내 중심부의 번화가는 꿈도 꾸지 못한 채 변두리의 후미진 골목에서 조무래기 양아치 생활을 하고 있는 것이다.

미경 역시 크게 다르지 않다. 학교 음악실에서 담임 선생님에게 추행을 당하고 거리로 뛰쳐나왔다가 필수를 만나 쪽방 생활을 시작한다. 그런데, 두 달여의 가출 끝에 집에 돌아갔던 미경이 다시 집을 뛰쳐나오고 만다. 그녀가 되돌아간 집에서 만난 것은 따뜻한 가족의 사랑이나 질책이 아니라 철저한 무관심이었던 것이다. "진짜 그 사람들한테 매를 맞던지 머리 끄뎅이를 잡히던지 혼나고 싶었어. 손바닥으로 나를 두들겨주고 발로 짓이기도록 밟히고 싶었어. 그래서 안에 썩어 문드러져 있는 것들이 터져 버리게. 전부 터져버리고 나면 다른 사람이 될 수도 있잖아. 근데 내 눈치만 보더라. 부모라는 사람들이 어쩜 그럴 수가 있어?"

그들은 이처럼 자신을 지켜주리라고 생각했던 부모님 혹은 선생님으로부터 철저하게 배신당한다. "낳아주면 부모냐? 그런 새끼가 선생이야? 다 갖다가 분리수거 해야 해"라고 말하면서 "부모가 없는 세상으로 가고 싶다"라고 소리 높여 외치는 필수의 말이 가슴에 다가오는 것은 바로 이 때문이다. 그들의 거친 욕설들은 세상에 대한 분노의 언어적 표현인 것이다. 타인과 나는 아무런 관계도 없다는 것, 단지 일회적인 만남에 지나지 않고 언제든지 헤어질 수 있다는 예감 때문에 타인에게 어떠한 애정도 갖지 않기 위해서 그들은 서로에 대해 욕설을 퍼붓는 것이다.

그래서 그들이 내뱉는 타인을 향한 욕설은 인간에 대한 신뢰가 숨겨져 있다고 말하기에는 너무나 저주스럽다. 그런데, 그것이 어린 시절의 상처 때문에 빚어진 것이라는 사실은 영재가 옆방 노파에게 대하는 태도를 통해서 알 수 있다. 종일 어두운 굴 속 방에 들어앉아 마늘을 까고 있는 노파의 모습은 늘 영재가 떠나온 외할머니의 모습을 연상시킨다. 영재는 외할머니를 떠올리는 것이 두려워 옆집 노파의 따뜻한 호의마저 의도적으로 거부한다. 그것은 한번 버림받은 사람들만이 할 수 있는 생존의 방식이다. 언제라도 타인에게 버림받을 수 있다는 두려움이 스스로를 폐쇄적이고 파괴적인 방향으로 이끌어가는 것이다. 그들이 뼈저리게 경험하고 있는 것은 바로 홀로 세상을 살아가야만 한다는 힘들고 고통스러운 현실뿐이다. 도시의 어두운 골목에서 희끄무레하게 빛나는 달빛은 언제쯤 그들의 어깨 위에 축복을 내릴 것인가?

너무 일찍 세상을 알아버린 아이들 : 이신조의 「내밀한 가족」

「내밀한 가족」에 등장하는 가족관계 역시 그로테스크하다. 이 소설에 등장하는 인물은 미나라는 이름을 가진 십대 소녀이다. 그는 서른일곱 살의 삼촌과 연인처럼 손을 잡은 채 거리를 활보한다. 길거리에서 만난 사람들이 모두 원조교제라는 의심의 눈초리를 보낼 지경이다.

가족이라고 이름붙이기 어려운 이 기묘한 관계는 그 연원이 매우 깊다. 미나의 어머니 강수희는 20여 년 전 대학에서 수학교육을 전공하던 스물한 살의 참한 여대생이었다. 그런데 삼촌이 고등학교 2학년이었을 때 가정교사로 들어왔다가 아버지를 만나 불륜에 빠짐으로써 미나를 낳게 된다. 대학을 진학하고 군대에 다녀온 후 비로소 이 사실을 알게 된 삼촌은 형이 마련해 준 방 두 개의 전셋집에서 미나 모녀와 동거를 하게 된다. 한때 자신을 가르치던 선생이었고, 그녀를 떠올리며 수없이 불면의 밤을 보내야만 했던 마음속의 연인이었던 여자, 그러나 이제는 형의 여자가 되어버린 그녀를 한번도 형수라고 부르지 않은 것은 그녀에 대한 감정을 제대로 정리할 수 없었던 까닭이었을 것이다.

이 기묘한 관계는 미나의 귀국과 함께 새로운 국면으로 접어들게 된다. 미나는 일부러 국제학교에서 말썽을 부려 퇴학당하고 제 엄마가 보는 앞에서 깨진 유리로 손목을 그으면서 한국에 돌아온다. 열일곱 해밖에 살지 않은 미나이지만, 그녀는 어쩌면 삶의 모든 비밀을 알아차리고 있다고 할 수 있다. 너무 죽고 싶어서 엄마 앞에서 태연하게 자신의 손목을 그을 수 있는 아이에게 삶은 그리 어려운 것이 아닐지도 모른다. 세상은 살 만한가 그렇지 않은가라는 단순한 질문으로 환원될 것이기 때문이다. 미나는 이제 세상 속에 숨겨져 있는 그 무엇도 단번에 알아차릴 수 있는 놀랍고도 예민한 감각을 지니게 된다. 어린아이들에게 숨겨져야만 하는 비루한 삶의 모습을 그녀는 모두 알아버린 것이다. "너무 살고 싶어서 너무 죽고 싶었다는", 혹은 "싸움이 필요했기 때문에 싸우는 싸움"을 벌이며 엄마와 살아갈 만큼 말이다.

삼촌, 나는 죽는 게 뭔지 몰라. 그런데 그렇게 했어. 왜? 죽고 싶었으니까. 정말 죽고 싶었으니까…… 피가 줄줄 흐르는 걸 본 다음에 알았어. 죽는 게 뭔지도 모르는데, 죽고 싶었던 거야. 한 번도 죽어야겠다, 허리띠로 목을 매든지 높은 데서 뛰어내리든지 해야겠다, 생각해 본 적 없어. 그런데, 나도 모르는 내 무언가가 나보다 먼저 그렇게 한 거야. 나는 그걸 막을 수도, 멈출 수도 없었어. 바보야, 너 죽고 싶었던 거잖아. 무언가가 먼저 그렇게 한 다음에 내게 알려준 거야. 그런데 바로 그 순간, 또 이상한 생각이 들었어. …… 엄마가 피를 흘리고 있는 나를 보고 입을 틀어막고 비명을 지르는 순간, 미친듯이 내게 달려드는 순간, 나 알았어. 내가 살고 싶어 그랬다는 걸.

그렇듯 너무 일찍 세상을 알아버린 조숙한, 혹은 조로한 미나에게 이러한 삶의 무게는 감당하기 어려운 일이다. 그래서 때로 "내가 아는 걸, 어떻게 아는지 모르겠어"라고 울부짖기도 하지만, 손목에 사선으로 그어진 선명한 흉터만큼이나 깊은 마음의 상처에 아파하고 있다.

미나에게 있어서 가족은 온갖 기망과 위선으로 가득찬 것이거나 혹은 상처의 다른 이름일 뿐이다. 불륜으로 태어났기에 아버지의 성을 얻기 위해서는 수없는 모욕을 겪어야만 했다. 그 과정에서 아버지는 거대하고 멋진 과업을 수행하는 존재들이 아니라, 사소한 육체적 욕망을 만족하기 위해 젊고 현명했던 한 여자의 운명을 파괴한 존재에 지나지 않는다. 어머니와 미나의 오랜 싸움은 그 상처를 끊임없이 상기시켰던 것이다. 따라서 미나에게 있어 아버지는 아무런 의미도 없다. 대신 삼촌은 미나가 태어날 무렵 병원을 지키고, 7년여 동안이나 형을 대신하여 아버지로서의 역할을 수행했고, 마침내는 어머니와 관계를 맺음으로써 어머니의 남편이 되었던 것이다. 따라서 미나는 스스로 그런 삼촌을 사랑하고 삼촌의 여자가 됨으로써 아버지에게 복수하고, 자신에게 상처만을 남겼던 가족을 붕괴시켜 버린다.

이처럼 이신조가 그려내는 가족관계는 현실 속에서 일어날 수 있는 일이라고 상상하는 것조차 두려울 정도로 철저하게 파괴되어 있다. 형의 여자와 관계를 맺고, 형의 딸과 다시 관계를 맺는 이 비정상적인 관계 속에서 우리의 역사 감각을 낳았던 근친상간의 금기는 철저하게 붕괴된다. 이제 가족은 더 이상 사회를 구성하는 단위로서의 역할을 담

당하지 못할 것이다. 그리고 인간 사회를 지탱해왔던 최소한의 규칙마
저 사라지면서 세상은 지켜야 할 그 무엇도 없는 혼란스러운 카오스로
변질된다. 그것이 사실이든 상상이든, 가족 로망스의 변형이든 혹은
문학적 알레고리이든 간에 가족 서사의 한 극단에 이신조의 소설이 서
있는 것만큼은 분명한 듯하다.

죽음의 그림자 옆에 서서

— 윤대녕 · 이순원 · 김유진

삶에 깃들어 있는 운명

인간은 탄생하자마자 곧 충분히 죽을 만큼 늙어 있다는 하이데거의 말이 아니더라도 죽음은 모든 인간이 언제든지 맞이할 준비를 해야만 하는 운명인 것만은 분명하다. 자신에게 허용된 시간의 끝에 도달했을 때 누구나 눈앞에 펼쳐진 낯선 풍경을 받아들일 수밖에 없는 것이다. "진실로 진지한 철학적 문제는 오직 하나, 즉 자살의 문제"라는 실존주의 철학이 공감을 받을 수 있었던 것도 유한성이라는 인간의 보편적 위기의식 때문이었을 것이다.

죽음이 이처럼 존재의 근본조건임에도 불구하고 인간은 죽음을 경험할 수 없다. 설령 어떤 특정한 상황에서 타인이 나를 대신하여 죽는다 하더라도, 그것은 나의 죽음을 지연시킨다는 의미뿐이다. 살아남은 자도 언젠가는 죽기 때문이다. 그래서 인간은 유한한 존재로서의 한계를 뼈저리게 절감하면서 단독자로서 죽음의 심연을 응시해야만 한다.

죽음은 삶의 바깥쪽이 아니라 삶 깊숙이 자리잡고 있음을 인정해야만 하는 것이다.

문학은 이처럼 종말을 향한 시간 속에서 삶을 의미 있게 만들기 위한 방식 중의 하나였다. 문학은, 혹은 소설은 지나온 시간을 압축하여, 무의미하고 파편적인 경험을 의미 있는 것으로 변화시킨다. 그러한 발굴과 복원은 과거로의 맹목적 도피가 아니라 삶을 근본적으로 되돌아보는 작업이다. 삶이 힘겨울 때마다 사람들은 이야기를 통해 과거와는 다른 새로운 삶을 시작해야 하는 것이다.

죽음 앞에 선 사람 : 윤대녕의 「편백나무숲 쪽으로」

「편백나무숲 쪽으로」를 읽으면서 자꾸 고흐를 떠올린다. "오년 만에 다시 찾은 옛집은 큰 무덤의 내부처럼 어둡고 고요했다"로 시작되는 소설은 죽음의 이미지가 선명하게 각인되어 있기 때문이다. 편백나무라는 이름을 가진 나무가 있다는 것을 처음 알았던 것은 빈센트 반 고흐의 「실편백나무가 있는 밀밭」(1889)을 보았을 때였다. 사실, 「별이 빛나는 밤」이라는 작품을 보았을 때도 실편백나무는 하늘을 향해 치솟고 있었을 것이다. 하지만, 나의 무딘 눈은 어두운 밤하늘에 빛나는 열한 개의 별빛에 고정되어 있었을 뿐이다. 마을의 왼편에 자리 잡은 것이 실편백나무라는 사실을 안 것은 그로부터 적지 않은 시간이 흐른 뒤였다. 그리고 고흐가 요양원에 입원한 다음날부터 실편백나무를 주제로 해서 많은 그림을 그렸다는 사실을 알게 되었고, 실편백나무가 죽음을 상징한다는 것도 알게 되었다. 유럽에서는 무덤 근처에 실편백나무를 많이 심었다는 사실과 함께 말이다.

그래서, "삼나무처럼 굵고 길게 솟아오른" 나무들이 남김없이 하늘을 가리고 있어서 "그 아래서 다른 나무들은 자라지 못"한 채 오직 편백나무로만 이루어진 숲의 풍경을 떠올리는 것만으로도 이국적이고 또한 매력적이었다. 지난 겨울에 찾아갔던 경상남도 남해 금산의 편백나무숲은 "생강 같은 냄새"와 연관되면서 잊혀가던 내 느낌을 선명하게 일깨우고 있었다. 그렇게 나는 편백나무라는 이름만으로도 충분히 감동받을 준비를 하면서 이 소설을 읽기 시작했는지도 모른다.

소설은 주인공 찬영이 백부집을 다시 찾으면서 시작된다. 백부는 자식을 버리고 떠난 동생을 대신해서 찬영을 키워낸다. 하지만, 아버지로부터 버림받았다는 느낌에서 결코 자유로울 수 없었던 찬영은 아버지처럼 자신을 키워준 백부에게 끊임없이 상처를 입힌다. 철없던 시절에 불같은 연애에 빠지기도 하고, 호적에서 자신의 이름을 빼달라고 조르기도 한다. 그리고 결혼을 한 후에는 백부집에 발길조차 들여놓지 않았던 것이다. "집과의 인연을 끊음으로써 그동안 가슴에 독처럼 품고 살았던 아비에 대한 미련과 원망을 잊고 살고 싶었던 것이다"

그런데, 죽은 줄로만 알았던 아버지가 장기에 복수가 차고 호흡조차 곤란한 상태로 모습을 드러낸다. 아버지는 이미 간경변에서 간암으로 진행되어 죽음을 목전에 둔 상태였다. 그런데 갑작스럽게 아들 곁에 나타났던 아버지는 또다시 35년 전 그날처럼 병원 중환자실에서 흔적도 없이 사라져버린다. 이제 어른이 된 찬영은 아버지의 흔적을 찾아 고향에 돌아온다. 그곳의 오래된 집에서 백부는 아버지가 그동안 살았던 세월에 대해 이야기한다.

찬영의 어머니가 어린 아들을 버리고 집을 떠나자, 아내를 찾아 나선 아버지는 2년간의 수소문 끝에 겨우 어머니를 만나게 된다. 하지만, 어머니는 이미 남의 여자가 되어 있었고, 얼마 지나지 않아 골수암으로 세상을 뜨고 만다. 어머니가 죽고 난 후 남의 자식을 거두어야 했던 아버지는 차마 집으로 돌아올 수 없어 주문진에서 자리잡고 식당 여자와 살림을 차렸다는 것이다.

아버지와 아들의 귀향이 이렇듯 맞물리면서 30여 년을 사이에 두고 벌어졌던 부자간의 애증은 한 고비를 넘어간다. 고향은 찬영에게 아버지로부터 버림받은 상처를 떠올리게 만드는 아픔의 공간이다. 버림받았다고, 세상에 아무도 없다고 생각하며 살아왔었는데, 아버지가 30여 년 전에 자신을 데려가리라는 편지를 보냈다는 사실을 백부를 통해서 듣게 되었던 것이다. 아버지는 결코 자신을 버리지 않았다. 아버지로부터 버림받았다는 생각 때문에 늘 "동면에 들었다 깨어난 뱀처럼 내내 몸을 뒤척거리며 잠을 이루지 못했"던, 혹은 "이불 속에선 늘 먹물 같은 눈물 냄새"가 배어났던 유년의 기억과 상처는 그렇게 조금씩 아물어간다.

결국 찬영은 "아버님은 왜 이제야 나타나서 주위를 어수선하게 만드는 거죠?"라고 묻는 아내를 나무란다. "그동안 잊고 지낸 게 사실이지만, 내겐 분명 아버지도 있어. 아마 오래 사시지 못할 거야. 돌아가시기 전에 얼굴이라도 다시 봤으면 싶은 게 지금의 내 심정이야. 이렇게 말하면 당신도 이해하겠지. 당신도 아버지가 그리워 방황한 날들이 있었을 테니까"라고 말하기에 이르는 것이다. 서울에 올라왔다가 다시 사라질 때까지 눈길조차 제대로 주고받지 않았던 아들은 아버지를 용서한다. 아내 역시 시아버지의 존재를 인정한다. 그리고 "아버님 꼭 찾아서 모시고 올라오세요"라는 문자메시지를 남긴다.

이제 찬영은 고향에 돌아와 자신의 인생을 마무리하려 하고 있는 아버지를 찾아 나선다. 아버지는 집을 버리고 떠났던 죄 때문에 "짐승처럼 혼자 숨어서 죽"을 자리를 찾고 있을 것이다. 아버지가 무덤으로 선택한 곳은 아마도 삼백만 평의 편백나무숲일 것이다. 그곳에서 아버지는 이제 수백 년 된 뱀처럼 "가까이 다가가 보아도 죽은 듯 움직임이 없고 또한 소리도 없"이 죽어갈 것이다.

윤대녕의 소설에는 「배암에 물린 자국」처럼 뱀의 형상이 자주 등장한다. 그런데 윤대녕의 소설에 등장하는 뱀은 하와를 유혹하여 선악과를 따먹도록 만드는 사악한 존재가 아니다. 그것은 허물을 벗고 다시 태어나 영원한 삶을 살아가는 동양적 지혜의 상징이다. 그런 의미에서 아버지는 곧 뱀이다. 고향을 떠나기 전 읍내 고등학교 교사였던 아버지는 생의 회한과 허무를 이겨내기 위해 낯선 땅 주문진에서 반평생 동안 부두 하역장의 힘든 노역을 하며 시간을 보냈다. 그 깊은 허무의 시간들 속에서 가슴 속에 맺힌 회한들이 상처가 되었다가 아물어 이윽고 깊은 지혜로 자리잡게 된 것이다.

이렇듯 아버지와 아들의 귀향을 통해서 두 사람은 오랜 갈등을 풀어낸다. 그리고 아버지의 존재는 백부와 아내와의 갈등도 해소시킨다. 그런 점에서 가족은 자신이 태어나고 성장하고 완성되는데 있어서 결정적인 역할을 담당하고 있다. 죽음을 향해서 홀로 걸어가야 하는 것이 인생이지만, 가족이 있기에 사람들은 조금 덜 외롭고, 삶은 조금이나마 견딜 만한 그 무엇이 되는 것이다.

죽음 뒤에 선 사람 : 이순원의 「푸른 모래의 시간」

언제나 그렇듯 죽음은 문득 우리 곁을 찾아온다. 아무런 예고도 없이 불현듯 찾아와서 삶을 송두리째 흔들어 놓는다. 그리고 한번도 가본 적이 없는 낯설고 생소한 세계로 이끌어간다. 아니 이끌어갈 것이다. 그 세계가 어떤 곳인지 알 수 없으므로 이렇게 표현할 수밖에 없다. 하지만, 어떤 사람이 낯선 세계 너머로 건너가 버렸다 하더라도 여전히 이곳에 머물러 있는 사람들도 있다. 그 사람들에게 죽음은 두 세계 사이에 존재하는 문턱이 아니라 세상을 살아가면서 치러야 할 힘든 의례 중의 하나이다.

이순원의 「푸른 모래의 시간」은 바로 한 사람을 그렇게 떠나보내고 뒤에 남은 사람의 이야기이다. 아내는 중앙선을 침범해 온 자동차에 들이받혀 갑작스럽게 세상을 떠났다. 그런데, 슬퍼하기에 앞서 당혹스럽기만 했던 것은 아내가 낯선 남자의 자동차에 함께 타고 있었다는 사실이다. 더구나 처형의 입을 통해서 남편은 그 남자가 아내의 옛사랑이었다는 사실을 알게 된다. 그들은 학교 내에 소문이 자자했던 캠퍼스 커플이었고, 지난 겨울 미국에서 연구원생활을 하던 남자가 귀국한 직후부터 다시 만나기 시작했던 것이다. 아내의 차가운 시신을 앞에 두고 처형이 어렵게 알려준 것은 그뿐이었다. 그리고 미안하면 말을 하지 않고 가만히 웃기부터 했던 착한 동생은 혼자 저세상으로 떠나버리면서 "어쩌면 지금 말은 못하고 혼자 많이 미안해하고 있"을 것이라고 말한다.

그 순간의 낭패감과 배신감을 무슨 말로 표현할 수 있을까? 그리고 당혹감이 점차 노여움과 분노로 변해가리라는 사실 또한 누구나 짐작할 수 있으리라. 휑하니 뚫린 가슴 사이로 돌개바람이 스치는 듯한 순간이 지나고, 아내에 대한 분노와 삶에 대한 허무가 어깨를 짓누를 때 그가 "어떤 주술적인 힘에 끌리듯" 찾아간 곳이 경주였다. 왕의 무덤들이 즐비하게 늘어서 있는 천년왕국의 고도는 그가 열여덟 살 무렵 "갑자기 세상이 좁고 답답하게 느껴져" 고향집을 버리고 찾아갔던 곳이기도 하다. 하지만 오랜 세월이 흐른 후 다시 찾은 경주에서 그는 여전히 3년 전에 죽은 아내를 생각하고 아내의 그 사람을 떠올린다. "죽고 나면 죽은 사람도 산 사람도 다 그렇게 허무해지는 거"라는 아내의 말은 여전히 그의 귓가를 맴돈다.

그렇듯 머릿속에 떠오를 때마다 회한과 허무로 이끄는 아내를 멀리 떠나보내기 위해 기와불사 접수처에 이름을 올리고 나서 불국사를 내려오던 길에 만난 것이 박제된 거북이었다. 형이 선물한 오래된 수제 괘종시계처럼 작업실 안에 자리잡은 거북은 그 후로도 오랫동안 한 사람의 삶을 박제로 만들어 버렸다. 삶이 어딘가를 향해 자리를 옮겨야 할 순간이 될 때마다 박제 거북은 헤엄치듯이 몸을 움직이지만, 그는 한걸음도 벗어날 수 없었던 것이다.

아내의 죽은 뒤에 홀로 남은 그는 모래로 뒤덮인 사막과도 같은 일상을 견뎌 왔다. 그리고 다시 여섯 해가 흐르고 나서야 비로소 아내를 용서하게 된다. 이전에는 아내를 떠올릴 때마다 이미 이 세상에 없는 그 남자에게 생각의 끄트머리가 이어지면서 괴로웠지만, 지금은 아내를 다시 떠올린다고 해도 예전처럼 못 견디게 마음이 부대끼지는 않게 된 것이다. 박제 거북은 괘종시계와 함께 삶의 허무를 응시하고 있는 한 인물을 지켜온 셈이다.

이렇듯 아내를 용서하는 데 있어서 결정적인 역할을 한 것은 형이 들려준 이야기였다. 형은 경주에 있는 사진관에서 일하던 나를 고향으로 데려가면서, 그리고 아내를 화장한 후 유골을 뿌리고 돌아오면서 너무 이른 나이에 세상을 떠난 또다른 형제에 대해 이야기한다.

"너는 두 살이었으니 당연히 기억이 없겠지. 그렇지만 나는 이제까지 살아오면서 어떤 죽음 앞에서도 그 아이를 먼저 생각해. 아까 계수씨를 떠나보낼 때에도 나는 내내 그 아이를 생각했어 그 아이가 떠난 건 어느 봄날이었는데, 바람도 그렇게 많이 불지 않았는데 다음 날 마당가 우물 위에 살구꽃이 가득 떨어져 있더라. 그는 봄날 새벽에, 동네 사람들 아무도 모르게 아버지가 그 아이를 지게에 지고 산으로 갔어. 나는 방에서 눈을 감은 채, 문밖에서 할아버지가 마루로 나와 이렇게 인사하는 소리를 들었어. 해수야. 잘 가 있어라. 할아비가 널 보러 곧 가마. 어머니는 할머니가 마루로 나가지 못하게 방 안에 꼭 붙잡고 있어서 소리도 내지 못하고 안으로만 웅웅 울고 있었고. 눈을 꼭 감고 있었는데도 살구꽃 떨어지는 것 말고는 방 안과 마루와 마당의 정경이 다 보이는 것 같았어. 아버지가 할아버지에게 뭐라고 했는지 아니? 데려다주고 올게요. 어둠 속에서 그렇게 말했어"

참척의 슬픔 속에서 어른들은 아이를 차가운 땅 속에 묻는 것이 아니라 산 속에 "데려다준다"라고 말한다. 그것은 죽음이 삶의 끝에 있는 것이 아니라 삶의 옆에 나란히 존재한다는 믿음 때문일 것이다. 죽음은 삶과 대척되는 것이 아니라 원래 있어야 할 자리, 혹은 돌아가야 할 원초적인 곳이었던 것이다. 그래서 어른들은 자신들보다 먼저 그곳으로 돌아간 불효막심한 아들·손자를 보내고도, 얼마 지나지 않아 자신들도 그 뒤를 좇아가리라는 생각으로 참척의 고통을 이겨낸다. 마찬가지로 내 곁을 떠난 아내도 그곳으로 갔을 것이고, 얼마 지나지 않아 나의 손을 잡아 그곳으로 이끌어갈 것이다. 그것은 모든 사람들이 걸어가야 할 길인 것이다.

그렇게 본다면 이 소설에서 '경주'라는 공간이 지니는 의미는 매우 독특하다. 그곳은 신라 천년의 역사를 간직한 오래된 도시로서 모든 유한한 존재들에게 허무를 일깨운다. 어린 시절 세상이 좁고 답답하다고 느꼈을 때 그는 고향 영덕을 떠나 경주에서 일 년여의 시간을 보낸다. 어찌 보면, 성장기의 고통이라고 말할 수 있는 그 시간 동안 사진 기술을 배우면서 세상을 사는 방법을 배웠다. 어른들의 세계에 진입하기 위하여 그는 경주라는 죽음의 공간을 경험해야만 했던 것이다.

아내가 죽은 지 3년 후에 찾았던 경주도 여전히 죽음의 이미지로 채색되어 있다. 그곳에서 그는 박제된 거북을 만난다. 그것은 아내의 현신이다. 오랫동안 사랑했기에 갑작스럽게 세상을 떠난 아내에 대한 분노와 노여움을 이기지 못하고 있는 그에게 박제된 거북은 오래된 연인처럼 편안하게 그의 곁을 지키면서 중요한 삶의 고비마다 세상을 향해 나아가야 한다는 메시지를 던져준다. 그것은 죽은 아내가 남편에 대한 미안함을 표시하는 것인지도 모를 일이다. 경주가 우리가 살고 있는 땅의 한 부분을 차지하고 있듯이, 박제 거북이 작업실 한 켠에 자리잡고 있듯이 죽음은 항상 우리 곁에 서 있는 것이다.

죽음 옆에 선 사람 : 김유진의 「눈동자」

「눈동자」는 제목과는 전혀 무관하게 '소리'에 관한 이야기이다. 물론 그 소리는 우리의 귀를 통해서 포착할 수 있는 물리적인 소리가 아니라 내면 깊숙이에서 퍼져 나오는 울림 같은 것이다. 그 소리를 어린 나이에 들을 수도 있고 훨씬 나이가 든 후에 들을 수도 있다. 하지만, 그 소리는 한 번 들리기 시작하면 절대로 벗어날 수 없는 운명적인 얼굴을 하고 있다. 저 깊은 곳에서 울려나오는 소리는 점점 가까이 들리면서 삶에 커다란 균열을 일으키고 마침내 전혀 다른 방향으로 삶을 전환시켜 버리는 것이다.

소녀는 왕고모가 죽음을 맞이할 때 처음으로 그 소리를 듣는다. 그런데, 정체를 알 수 없었던 비밀스런 소리가 모습을 드러낸 것은 소녀가 이모에게 맡겨졌을 때이다. 옆집 여자는 소녀에게 피아노를 가르쳤고, 사랑이 무엇인지를 알려줬다. 이제 피아노를 통해서 소녀는 독자적인 존재감을 느낄 수 있었다. 그런데, 어머니의 품과 같이 따스했던 옆집 여자와의 행복했던 관계는 친어머니의 갑작스런 등장과 함께 부서진다. 소녀가 사라진 후 옆집 여자 역시 피아노만을 남겨준 채 세상을 떠나고 만다.

그런데, 친어머니의 손에 이끌려 간 곳은 찬바람만이 거리를 휩쓸고 지나가는 "어떤 자비로움도 없는 도시"였다. 그곳에서 지병처럼 도지는 어머니의 방랑벽 때문에 소녀는 시도 때도 없이 혼자 남겨진다. 그래서 소녀의 얼굴에는 짙은 음영이 드리워져 있으며, 또래의 소녀다움이 전혀 없었다. 짙은 피곤과 우울과 고독만이 그의 삶을 장식하고 있을 뿐이다. 그래서 소녀는 도통 현실적인 것에 관심을 기울이지 않았다. 학교에 가지 않아도 이미 세상의 비밀을 모두 알아버린 탓에 더 이상 배울 것이 없다. 비루하고 초라해 보이는 육체나 현실 대신에 소녀는 "왜 사는가", 혹은 "어떻게 살아야 하는가"에 관한 실존적인 고민들에 사로잡혀 있는 것이다. 이처럼 세상과의 불협화음 속에서 스스로 선택한 고독의 길에서 소녀는 자신의 영혼 깊숙한 곳에서 울려 퍼지는 "머나먼 기억 속에서 들었던 소리"에 귀 기울인다.

남자도 마찬가지이다. 이삿짐센터 일용잡부로 일하던 남자는 반지하전셋방에서 한적한 시골마을로 이사 가는 모녀를 만난 적이 있다. 그의 눈에 띤 것은 단출한 집안살이에 어울리지 않게 놓여 있던 피아노였다. 낡고 오래된 피아노가 내는 소리는 처음에 드라이버가 마루에 떨어지거나 플라스틱 박스가 서로 부딪치는 것과 같이 단순하고 무의미한 소리에 지나지 않았다. 그러나 그 소리는 점차 하나의 음악이 되어 그의 모든 생각을 지배한다. 여자의 코 고는 소리 사이로 들려오는 소리, 여자가 순대를 먹으면서 앞으로 다가올 장마철을 걱정하는 소리 사이로 "심장을 간질거리는 소리"가 되었던 것이다.

그리하여 소리는 마침내 남자의 일생을 근본적으로 변화시킨다. 그 소리를 듣고 나서 모든 일이 귀찮아진다. 함께 짐을 싸고 한푼 두푼 돈을 모으면서 아이를 키우는 꿈이 소소해져 버린 것이다. 그리하여 남자는 이삿짐을 나르던 사다리차에서 뛰어내리다가 발목을 다친다. 삶을 지탱하고 있었던 일상으로부터 벗어나고픈 내면적인 충동이 그의 삶에 상처를 남긴 것이다. 집에서 다리를 치료하다가 멜로디언을 발견한 사내는 그 소리에서 언젠가 들었던 알 수 없었던 소리를 떠올린다. 그 소리가 내면에서 울려나올 때 말로 표현하기 어려울 만큼 "무언가가 꽉 차 오르는" 정신적인 충일감에 사로잡힌다.

소리는 사라져가던 기억을 되살리는 마술적인 성격을 지녔다. 너무 빨리 늙어버린 소녀와 아직도 여린 마음을 간직한 남자는 내면적인 울림에 귀를 기울임으로써 삶의 진정한 의미를 찾고자 한다. 일상적인 삶을 지배하는 무의미성은 검은 매니큐어를 아무리 덧칠한대도 결코 감춰지지 않는 피아노의 상처와도 같이 삶의 구석구석에 숨어 있다가 문득문득 모습을 드러낸다. 소녀는 죽음을 앞둔 탈영병을 만나고, 남자는 일상적인 삶에 가치를 부여하는 여자와 헤어져 방랑의 길을 떠난다. 정반대의 모습을 하고 있는 두 사람임에도 불구하고 정상적인 삶으로부터 추방당했다는 것은 부인할 수 없다. 삶의 의미는 그렇듯 죽음과 깊은 친연성을 지니고 있다. 그것을 두려워하며 피해 버릴 때 삶의 의미 역시 영원히 유예될 수밖에 없다. 삶이 항상 죽음의 빛깔로 채색되어 있음을 받아들이는 것만이 삶을 의미 있게 만들 것이다.

집, 가족, 그리고 가족주의

— 이현수 · 정지아 · 편혜영

집의 시간성과 공간성

가족은 사회적 존재로서의 인간이 세상에 태어나서 최초로 만나게 되는 집단이자 가장 오랫동안 함께 지내는 집단이다. 그래서 가족은 한 개인의 자아 형성과 성장에 가장 커다란 영향력을 미친다. 이 때문에 사회적 관계의 역동성을 포착하는 서사 양식으로서의 소설은 가족을 오랫동안 창조의 원천으로 삼아 왔다.

그런데, 가족이라는 이 원초적인 관계는 집을 벗어나서 존재할 수 없다. 집은 가족에 대한 공간적 상징이지만, 동시에 개인과 사회를 연결해 주는 매개적 공간이기도 하다. 집 밖에서 낯선 타인을 만나게 될 때 그 공간은 '길'이 되고, 집 안에서 자신만의 내밀한 세계로 침잠해 들어갈 때 그 공간은 '방'이 된다. 이처럼 집은 개인과 사회, 자아와 타자, 폐쇄성과 개방성이라는 의미 층위로 변주되는 방과 길을 결합시키는 동시에 자신만의 독특한 공간성을 형성하고 있는 역동적인 장이라고 할 수 있다.

물론 집이 이러한 공간성만을 지니는 것은 아니다. 길과 방이 각각 사회적인 시간성과 개인적인 시간성을 지니고 있듯이 집도 마찬가지로 자신만의 시간성을 지니고 있다. 하나의 생명이 탄생하고 성장하고 죽어가는 과정 속에서 집은 한 세대의 죽음이 새로운 세대의 탄생으로 이어지는 세대적 시간성을 획득한다. 이처럼 집이 내포하고 있는 시간성과 공간성을 통해서 우리는 한 시대가 빚어내는 사회역사적인 흐름을 엿볼 수 있게 된다. 오늘 우리가 꿈꾸고 있는 희망과 아픈 절망의 흔적들이 집의 모습 속에 고스란히 담겨 있는 것이다.

함께 살아가야 할 못난 것들 : 이현수의 「장미나무 식기장」

'장미나무 식기장'이라는 제목을 처음 접하는 순간 고풍스러운 느낌의 고급가구를 떠올리게 된다. 장미나무(rosewood)라는 이름이 풍기는 고급스러운 어감, 설령 장미나무가 악기와 가구의 재료를 이용되던 붉은 빛의 자단목(紫檀木)을 가리킨다는 점을 알아낸다고 하더라도 장미나무 식기장은 대량생산된 상품과는 구별되는, 이를테면 아우라를 간직한 어떤 물건을 연상시킨다. 물론 최근의 유행에 민감한 이들이라면 앤티크 취향을 떠올릴지도 모르겠다. 그리고 앤티크 취향이 자신의 경제적 여유와 문화적 소양을 과시하기 위한 미학적 스타일이며, 웰빙 열풍과 맞물리면서 우리 사회의 계층적·문화적 구별 짓기를 위한 장치로 활용되고 있다는 점에 주목할 지도 모른다.

「장미나무 식기장」에서는 두 종류의 가구가 등장한다. 첫 번째 가구는 모델하우스에서 만난 모던풍의 가구들이다. 이 가구들은 현대적인 디자인 감각에 걸맞게 매우 뛰어난 기능성을 지니고 있다. 그래서 벽인가 싶어 짚어보면 신발장이 튀어나오기도 했고, 때로는 벽의 한 면이 빙그르르 돌면서 이불장과 옷장이 있는 공간으로 변신하기도 했다. 눈으로 볼 수 있는 것은 침대와 소파, 식기장뿐이었고, "아파텔의 모든 가구는 벽 안에서 저 홀로 은밀히 존재했다"

소설의 주인공은 본래 대학에서 고고학을 전공한 남편만큼이나 세상 물정에 어두운 존재였다. 그래서 그들 부부는 다른 사람들로부터 '환상의 복식조'라는 소리를 들을 만큼 융통성도 없고 남들처럼 돈을 모으는 것에도 능력이 없는 고지식한 사람들이었다. 그런데, 고고학자인 남편의 "무엇 하나 버리지 못하는 괴상한 성미로 인해 쓰레기장을 방불"케 바뀌게 되면서, 집도 넓힐 겸 투자를 해서 돈을 모으기로 결심하기에 이른다. 막대한 투기자금이 주상복합아파트로 몰린다는 소식을 듣고, 분당에 있다는 오피스텔에 투자하기로 결심했던 것이다. 그래서 그녀가 찾아간 곳은 '아파텔'이었고, 그곳에서 현대적인 가구를 만나게 된다.

두 번째 가구는 아버지가 만든 책상이다. 아버지는 책상과 쌀통이라는 두 가지 기능을 동시에 충족시키려는 욕심에서 네 가마니의 쌀이 들어가는 거대한 책상을 만들었다. 그런데 겉은 책상이고 속은 쌀통인 이 가구는 정작 책상으로 쓰기에도 불편하고 쌀통으로 쓰기에도 불편했다. 책상치곤 너무 커서 방 안에 들어가지도 못한 채 마루 귀퉁이나 현관에서 비를 맞고 뒹굴면서 쌀통 역할을 하다가, 점차 허름한 궤짝으로 쓰였고, 마침내 불쏘시개로 사라지고 만 것이다.

그런데 전혀 무관한 듯 보이는 현대적인 감각의 가구와 아버지의 투박한 가구 사이에는 유사성이 존재한다. 그것은 조그마한 빈틈도 허용하지 않겠다는 욕심이다. 아버지는 하나의 가구 속에 두 가지 기능을 담으려는 욕심에 한 가지 기능도 수행하지 못하는 가구를 만들었다. 마찬가지로 웰빙 마감재로 치장된 40층짜리 오피스텔의 모델하우스는 멋지고 현대적인 건물임에도 불구하고 집으로서의 기능을 전혀 수행하지 못한다. 그곳은 주거용 아파트와 사무용 오피스텔의 특징을 합친 아파텔이지만, 둘 중에 어느 것도 충실할 수 없는 공간인 것이다.

집은 살기 위해 있는 것이지 보이기 위해 존재하는 것은 아니었다. 아파텔은 나와 있어야 할 게 숨어있고 숨어있어야 할 게 나온 것이 문제였다. 집이란 나물 씻는 양푼이나 푼수 없이 크기만 한 고무대야, 교자상을 넣을 어두운 공간도 필요한 법이다. 고작해야 일 년에 한두 번 사용하는 것이긴 해도 없으면 불편한 것들이다. 사람 사는 일이 항용 그렇듯 사람 사는 공간도 어둡고 그늘지고 막힌 데가 있어야 한다. 이불을 빨아 말릴 베란다 한칸 없는 아파텔은 잠시 들어와 눈만 붙이고 나가는 숙소이지 집은 아닌 것이다. 집이란 사람이 나고 살다 늙어죽은 집이란, 인간의 육신과 영혼을 담보하는 집이란, 적어도 저렇게 빙충맞아서는 안되는 것이다.

결국 주인공은 아파텔에서 사는 꿈을 포기하고 자신이 살던 방식 그대로 살아가기로 작정한다. 그녀가 그렇게 허황된 욕심을 접은 날 축복처럼 만나게 된 것이 바로 누군가가 버린 장미나무 식기장이었다. 이제 장미나무 식기장은 거실 한 구석에 자리잡은 채 식구들의 손때가 묻으면서 조금씩 익숙해지고 조금씩 낡아갈 것이다.

집도 마찬가지이다. 허접쓰레기와도 같은 잡동사니로 가득 차 있어서 불편하고 비좁더라도 그 속에서 함께 부대끼고 살아갈 수 있을 집만이 인간다운 집이라고 할 수 있다. 세월의 흐름 속에서 점차 마모되어 가는 가구나 집처럼 힘들고 외로울 때 서로 위로해주고 힘이 되어주는 것이 가족인 것이다. 때로는 아버지의 책상처럼 아무짝에도 쓸모 없는 애물단지가 되어버린다고 할지라도 아무렇지 않게 받아들이고 따뜻하게 보듬는 것이 삶의 진정성을 얻어가는 지혜이다. "낱낱으로 보면 별것 아닌" 존재들이지만, "옹기종기 다사롭게 모여 있을 때" 아름다운 광경으로 새롭게 탄생하도록 만드는 것이 가족인 것이다.

세월과 함께 낡아가는 집의 풍경 — 정지아의 「봄빛」

가족의 역사를 구성함에 있어서 가장 흔히 등장하는 것 중의 하나는 부자간의 대립과 갈등이다. 남성중심적인 가부장제의 오랜 전통 속에서 아버지와 아들이 벌이는 갈등의 드라마는 많은 작품들을 통해서 형상화된 바 있는 낯익은 주제라고 할 수 있다. 「봄빛」도 그런 맥락에서 보자면 별로 특이할 것 없는 작품인지도 모른다.

소설 속에 등장하는 아버지는 매우 책임감이 강한 사람이다. 아버지는 아홉 살 무렵에 벌써 가장으로서의 역할을 두 어깨에 짊어진다. 그가 떠안은 것은 아이를 낳은 후에 밥도 잘 해먹지 못할 정도로 아프기만한 어머니와 인제 막 걸음을 떼놓는 막내를 포함한 세 명의 동생들, 그리고 시집 안 간 누이뿐이었다. 그에게 있어 가족은 '혹'이자 '짐'이었을 뿐이다. 눈앞이 캄캄해지는 그 힘겨운 상황 속에서 아버지는 삶에 대한 강렬한 의지를 이끌어냈다 "내가 인차 아부지 대신이구나 싶은 게 참말로 눈앞이 깜깜했어야. (……) 근디 이상하지야. 눈앞이 캄캄항게야 무선 것이 없드라. 죽기배끼 더 허겄냐. 나는 아홉 살 때부텀 그런 맴으로 살았다."

그로부터 아버지는 자신한테 부여된 가혹했던 운명을 극복하기 위해 최선의 노력을 다했다. 사범대학을 마치고 초등학교 선생으로 교직에 몸담으면서도 스무 마지기의 논농사와 삼천 평의 밭농사를 야무지게 해냈던 것이다. 남들이 세 번 밭을 맬 때 다섯 번 매고, 날이 가물면 어깨의 피부가 다 벗겨질 때까지 물지게로 물을 져나르는 노고를 마다하지 않았던 덕택이다. 그렇다고 해서 아버지가 독선적이기만 했던 것도 아니었다. 젊어서부터 관절염이 심했던 어머니를 대신해서 초등학교 교감 신분을 무릅쓰고 장을 보기도 했던 애처가였던 것이다.

그렇듯 완벽한 모습이었기에 아들에게 아버지는 도저히 넘기 어려운 거대한 산맥이었다. 아무리 안간힘을 쓰고 발버둥을 쳐도 늘 아버지의 눈에 들 수 없는 모자란 아들이었을 뿐이다. 그래서 아버지와의 대결이 부질없는 일이라는 것을 깨닫게 된 순간, 아버지가 그어 놓은 선 안으로 절대 들어가지 않으려 했고, "당신이 나를 버린다면 나 또한 기꺼이 당신을 버려주마"라는 오기로 버티게 된다. 가슴속에 아버지에 대한 복수의 칼날을 벼리고 벼리면서 지금까지 살아왔던 것이다.

그런데, "운명을 무릎 꿇렸듯 세월도 무릎 꿇게 할"것처럼 보였던 아버지가 이제 세월 앞에서 낡아가고 있다. 아들이 아버지를 넘어서기도 전에 세월이 아버지라는 거대한 산맥을 무너뜨리고 있는 것이다. 작년 무렵까지 때로는 호랑이처럼, 때로는 천 년 만에 폭발하는 화산처럼 불을 뿜었던 아버지의 형형했던 눈빛은 어느새 여느 노인네와 다름없이 총기를 잃고 흐리멍덩한 눈빛으로 변해 버린 후였다. 변한 것은 아버지뿐만이 아니다. 어머니는 80년 가까운 세월 동안 자신의 감정을 좀처럼 드러내는 법 없이 인종의 삶을 살아왔다. 그리고 자식들을 위해 모든 것을 기꺼이 내던질 수 있는 헌신적인 면모를 보여주었다. 그런데, 더없이 따뜻하고 순종적이었던 어머니도 다른 사람이 무슨 생각을 하든지 돌아보지도 않고 신세 한탄만을 늘어놓는 할머니가 된다. 어머니는 마치 처음 보는 사람인 양 낯선 모습으로 변해 버렸다. 그래서 아들은 "어머니를 코앞에 둔 채 어머니를 그리워" 할 수밖에 없게 된다.

이처럼 세월과 함께 퇴락해가는 아버지와 어머니의 모습을 보는 것은 힘겨운 일이다. 이성으로 통제되어 오던 이기심이나 탐욕 같은 동물적인 본능이 표면으로 드러나는 노년의 시간은 오랜 세월 동안 쌓아왔던 아름다운 기억조차 추악한 것으로 변질시킬 지도 모를 일이다. 그렇게 오랜만에 찾아온 고향에서 그는 아버지와 어머니를 잃고 있는 것이다. 그런데, 의사로부터 치매 선고를 받고 돌아오는 길에 그는 초라하게 잠들어 있는 부모의 모습을 보면서 전혀 예상치 못했던 경험을 하게 된다.

　잠잠하기에 후면경으로 흘깃 보았더니 두 사람은 언제 싸웠냐는 듯이 머리를 맞댄 채 잠들어 있었다. 이른 새벽에 먼 길을 움직였으니 여든의 나이에 피곤하기도 했으리라. 죽음보다 더한 치매 선고를 받고도 잠들 수밖에 없을 만큼 부모님의 몸이 늙었음을 깨달은 순간 정체를 알 수 없는 물기가 촉촉이 눈에 고였다. 너무나 오랜만의 눈물이었다. 당황조차 할 겨를이 없이 한 줄기 눈물이 뺨을 타고 흘렀다.

　아내로부터 "뼈와 살 대신에 기계 부품"으로 이루어진 '인조인간'이라는 말을 들을 만큼 차갑던 아들은 어느새 늙은 부모의 모습을 보면서 뜨거운 눈물을 흘린다. 그 눈물은 나이든 부모에 대해 느끼는 연민을 포함하고 있기는 하지만, 결국 자신 또한 아버지가 걸었던 길을 그대로 걸어가고 있다는 각성을 포함한 것이기에 이채롭다. 세월은 아버지뿐만 아니라 자신에게서도 삶의 활기를 빼앗기 시작했음을 깨닫게 된 것이다.

　치매에 걸려 예전의 당당함을 모두 잃어버린 채 고적하고 을씨년스러운 모습으로 남겨진 아버지는 더 이상 아들이 싸움을 걸 만한 상대가 되지 못한다. 이제는 부모가 자식을 키워냈듯이 이제 자식이 부모를 거두어 편안히 떠나보내도록 도와주어야 한다. 가슴에 깊은 앙금을 남기는 차가운 손길이었을지라도 자신의 생명을 키워준 부모로부터 받은 빚을 갚아야 하는 것이다. 아들은 어린 시절 먼 여행을 할 때마다 부모의 품에 안겼듯이 이제 먼 여행을 떠날 부모를 품에 안아야 한다. 아버지와 아들 사이의 오랜 갈등은 그렇듯 세월의 흔적 앞에서 사그라든다.

위기의 가족주의 : 편혜영의 「사육장 쪽으로」

아름답고 따뜻한 정으로 가득찬 가족에 대한 욕망은 모든 인간에게 보편적이고 근원적인 차원에 자리잡고 있다. 그래서 많은 소설들이 가족을 통해서 세상의 상처를 따뜻하게 위로받는 모습을 꿈꾸는지도 모른다. 하지만, 편혜영의 소설 속에 등장하는 집은 이러한 우리의 기대를 배반한다.

「사육장 쪽으로」에 등장하는 집은 겉으로 보기에 모든 사람들이 꿈꿀 만한 아름다운 전원주택의 모습을 하고 있다. 그의 집은 고속도로를 두 시간쯤 달려야 도착할 수 있는 전원 속에 위치해 있다. 그는 본래 도시 외곽에 있던 삼층 연립주택에서 살고 있었다. 그런데 "전원주택이야말로 진정한 도시인의 꿈이 아니겠느냐"라고 묻는 Y의 말을 좇아 이곳으로 이사를 온다. 파란 하늘을 떠돌고 있는 흰 구름, 푸른 상추와 붉은 고추를 기를 텃밭, 계절마다 다른 꽃이 피어나는 정원의 화단, 그리고 무엇보다도 경사진 지붕의 새하얀 단층집을 갖게 된 것이다.

이처럼 소설 속의 주인공이 전원주택을 구입하게 된 동기는 자신의 내면에서 우러나온 것이 아니다. "전원주택이야말로 진정한 도시인의 꿈이 아니겠느냐"라고 묻자 '진정한' 도시인이 되기 위해 그는 전원주택을 구입하기로 결정한다. 그는 사실 "도심 한복판에 산 적도 없고 도시를 떠나본 적도 없다는 점에서 전형적인 도시인"이었음에도 불구하고 전원에 사는 것이 자신의 오랜 꿈인 양 착각한다. 타인에 의해 불어넣어진 가짜 욕망에 의해 현혹되면서 "사람들이 생각하는 전원주택이라는 게 왜 죄다 그 모양이냐"고 중얼거리는 Y의 또다른 목소리는 들리지 않는다.

이처럼 "조립식 자재를 사용하여 거대한 레고 블록을 쌓듯 모서리를 맞춰 나사를 조이고 자재를 끼워넣"어 공사를 함으로써 "같은 공장에서 생산된 공산품처럼 똑같"은 모양으로 집이 완성된다. 집 모양만 똑같은 것은 아니다. 전원주택의 가장들은 비슷한 시각에 차를 타고 마을을 빠져나와 도시로 가는 고속도로로 향한다. 그들은 "전원에 살고 있기는 하지만 도시 사람들과 다름없는 생활을 하고 있는 셈"이다. 그들은 대량생산된 제조품처럼 똑같은 모양의 집에서 똑같은 방식의 삶을 살아간다.

그렇듯 전원생활은 실체가 없는 것이기에 항상 불안하고 위태롭기만 하다. 이러한 불안감은 소설 곳곳에 감지된다. 거실 창문을 열면 가장 먼저 눈에 띄는 것은 검은 연기를 뿜어낼 것 같은 굴뚝이다. 전원주택이 들어선 곳은 중화학공장 단지가 있던 자리였기 때문에 미처 철거하지 못한 공장 건물과 굴뚝 잔해가 곳곳에 흩어져 있는 것이다. 뿐만 아니라 고속도로의 화물차 지나가는 소음과 땅 속에서 기계가 웅웅거리며 작동하는 듯한 소음들이 이러한 불안감으로 더욱 고조시킨다.

이러한 불안감은 오래 지나지 않아 현실로 드러난다. 먼 곳에서 소리로만 들려오던 사육장의 개들이 전원주택에 나타난 것이다. 사실 주인공은 이곳에 이주하면서 그리 멀지 않은 곳에 사육장이 있다는 사실을 알고서도 "사육장의 개들이 서로를 물어뜯을 정도로 사납더라도 그들 가족과 마주치지만 않는다면 문제될 게 없다"고 생각한다. 그가 전원주택을 살 때 꿈꾸었던 것은 가족의 안정과 행복뿐이었다. 사나운 개들이 짖는 소리가 아무리 전원주택을 위협하더라도 자신의 공간을 침범하지 않는다면 아무 문제가 없다는 이기주의적인 태도를 견지하는 것이다.

그런데, 갑작스럽게 나타난 사나운 개들은 이러한 꿈을 갈기갈기 찢어놓는다. 사나운 개들이 아이를 물어뜯자 마을 사람들에게 도움을 요청해보지만, 그의 가족을 "도와줄 만한 사람은 없었다. 사람들은 이미

개 짖는 소리를 듣고 집안으로 들어가 문을 꽁꽁 잠갔"던 것이다. 자신과 가족의 안전과 행복만을 중요시하는 가족주의는 타인의 삶에 대한 무관심으로 이어지거니와, 결국에는 부메랑이 되어 자신에게도 되돌아왔다. 그리하여 홀로 상처 입은 아이를 안고 병원을 찾지만, 어느 곳에서도 병원을 발견하기는 어렵다. 사육장 근처에 병원이 있다는 소리를 듣고 개 짖는 소리에 귀를 기울여보기도 하지만, 사방에서 들려오는 소리에 방향을 잡기조차 힘들 뿐이다.

편혜영의 소설에서 집은 표면적으로 대단히 평화스러운 모습을 취하고 있지만, 내면적으로 많은 위협과 불안 속에서 위태롭게 흔들리고 있다. 공동체적 관계를 상실함으로써 현대인이 맞이하게 된 정신적 외로움은 흔히 가족에 대한 맹목적인 집착으로 나타난다. 전원주택에 대한 꿈은 타인의 말이 불러일으킨 왜곡된 욕망이었지만, 자신과 가족의 행복을 최우선으로 생각하는 가족주의에서 파생된 것이었다. 하지만, 그 욕망의 결과는 참으로 참담했다. 자신의 가족만을 생각하는 가족이기주의에 의해서 가족은 파멸 상태에 놓이게 된 것이다.

이렇듯 가족의 삶을 음험하게 위협하고 있는 개 사육장은 그 실체를 드러내고 있지 않지만, 어쩌면 우리가 살아가고 있는 도시 전체를 지칭하고 있는지도 모르겠다. 주인공이 개 소리를 좇아 고속도로로 들어선 것은 그러한 작가적 인식을 잘 보여준다. 우리가 살고 있는 지금 이 땅은 개 사육장이라고 해도 좋을 만큼 타인에 대해서 잔혹한 곳이다. 그곳에서 혼자 도피했다고 해서 집은 평화를 얻을 수 없다. 집 바깥에서 피에 굶주린 개들이 날카로운 이빨을 번득이면서 우리의 집을 노려보고 있다. 집 밖의 사육장을 없애지 않는 한, 집이 가족을 지켜주리라는 것은 공허한 환상일 뿐이다.

21세기 천로역정

— 허혜란 · 김윤영 · 김미진

죽음의 골짜기 : 허혜란의 「소녀 수 콕으로 가다」

「소녀 수 콕으로 가다」는 이국적인 풍경으로 시작한다. 중앙아시아에 자리잡은 우즈베키스탄공화국의 작은 도시 사마르칸트에서 벌어지는 결혼식 전야의 모습, 특히 잔치에 쓸 양을 도살하는 장면이 소설의 첫대목에서 우리를 기다리고 있다. 무슬림들은 본디 이슬람식 도살법에 의해 도살된 고기만을 섭생하는 것으로 알려져 있다. 이 도살법은 "비쓰밀라"(하나님의 이름으로)라고 먼저 외친 다음 날카로운 칼로 짐승의 목을 단번에 베는 방법이다. 목을 벤 후에는 거꾸로 매달아 몸 안의 피를 모두 빼내야 하는데, 이는 피를 생명의 근원이라고 믿기 때문이다.

양의 머리가 단칼에 베어지고, 가죽이 벗겨져 시뻘건 속살이 드러나고, 머리가 잘린 채 밧줄에 매달려 검붉은 피를 쏟아내는 '할랄'의 과정은 끔찍하고 참혹하게 느껴진다. 인간의 축제를 위해 희생되는 생명이 어디 우즈베키스탄의 양뿐이겠는가마는, 살아있는 생명을 순식간에 죽음으로 몰아넣는 상황만큼은 언제 마주쳐도 눈을 질끈 감게 만든다. 하지만, 희생양의 마지막 모습을 "놀라울 정도로 깨끗하고 예쁜" 모습으로 기억하는 한 남자가 있다. 그의 성정이 잔혹하기 때문도 아니고, 문화적 다양성을 신봉하기 때문도 아니다. 그는 스스로 죄를 지었다고 생각하는 까닭에 죽음을 친근하고 아름다운 풍경으로 받아들인다.

그가 이곳 사마르칸트에 온 것은 누이의 죽음을 막지 못했다는 죄책감 때문이었다. 누이는 자신의 선택이나 의지와는 무관하게 집안의 이익을 위해서 마치 "기업과 기업이 합병하듯" 한 남자와 결혼했다. 하지만, 남들이 보기에 전혀 부러울 것 없는 것처럼 보였던 결혼생활은 파경으로 치닫고 만다. "회사의 공식 모임 외에는 마주앉아 식사를 해본 적이 없고 집보다 호텔에서 잠자는 날이 더 많은 잘생긴 남편"을 둔 누이는 넥타이에 목을 매단 채 세상을 버리고 말았던 것이다. 누이는 집안의 이익 때문에 죽음으로 내몰린 희생양이었던 것이다.

그런데, 누이의 죽음은 갑작스러운 것이 아니라 이미 예견된 것이었다. 결혼식 전날 누이는 웨딩드레스가 "아무리 해도 매듭을 풀 수 없는 밧줄 같아. 아무리 해도 벗겨지지 않는 살가죽 같아"라고 말하며 흐느낀다. 하지만, 누이의 절절한 애원과 호소를 모른 체하고 나는 쏟아지는 졸음을 견디지 못한 채 잠에 들고 만다. 누이의 마지막 호소를 무시했다는 죄책감은 누이의 죽음과 함께 엄청난 중압감으로 짓누르자 "모래로 뒤덮인 사막을 지나 낡고 푸른 도시" 사마르칸트까지 도망치듯 유학을 떠나왔던 것이다.

그렇게 찾아간 우즈베키스탄에서 한국은 선망의 땅이다. "땅덩어리는 작고 한때는 이들보다도 가난했으나 이제는 이 나라에 새 차를 공급할 만큼 부유해졌다는 이유"만으로 한국은 누구나 부러워하는 나라가 되었던 것이다. 그래서 결혼식에 나타난 한국인은 "낯설고도 특별한" 손님으로 대접받는다. 하지만, 이러한 특별한 대우를 받고 있는 자신을 내세우지 않고 "누군가의 상대방"으로 살아간다. "비싼 디지털카메라로 사진까지 찍어주느라 어쩌면 문짝이 덜렁거리는 벤츠의 조수석에 앉는 불운"을 감내하며, "그들이 원하는 대로 얼마든지 사진을 찍"어주는 얼치기 사진사처럼 살아간다. 한순간의 이기적인 욕망 때문에 누이를 죽음의 길에서 구해내지 못했다는 죄책감을 씻어내기 위해 다른 사람의 말을 듣고, 다른 사람이 원하는 것을 하며 살아가는 것이다. 그것은 타인에 대한 배려와 아량으로 자신의 죄를 속죄하려는 고행의 순례라고 할 수 있을 지도 모른다.

그렇지만, 황량한 고비사막을 넘어 아무도 아는 사람이 없는 우즈베키스탄의 사마르칸트로 도망쳐 왔지만, 언제나 제자리에 서는 것이 사람살이일 것이다. 그의 카메라 렌즈는 어느새 결혼식을 앞두고 기쁨에 넘쳐 비스밀라를 외치던 아버지가 깊은 한숨을 내쉬고 있고, 나이 어린 우즈베키스탄의 소녀는 결혼식 패물을 앞에 두고 흐느끼고 있는 모습을 포착한다. "한 바퀴 뒤집어진 채 여전히 한길로 이어지는 뫼비우스의 띠"처럼, 어쩌면 한국의 죽은 누이와 우즈베키스탄의 어린 소녀는 그렇게 같은 길을 걷고 있는 것이다.

그래서 "누나처럼 병든 자작나무가 될까봐, 새벽의 흐느낌이 롤라 아주머니처럼 백발이 될 때까지 이어질까봐" 주인공은 소녀에게 "오늘 밤에 당신이 집을 나가도록 도와주겠소"라고 제안한다. 당당하고 자신감 있게 웃을 수 있는 신부가 되기를 바라는 간절한 바람을 담아 "공부를 할 수도 있고 한국에 갈 수도 있어요"라고 말하는 것이다. 그런데, 소녀는 뜻밖에도 정확한 한국어로 고맙다는 말과 함께 "너무나 막막한 표정이지만 고요한 생기가 스며있는 미소"를 지을 뿐이었다.

그는 소녀의 그런 모습에서 어린 동물이 가지고 있는 어떤 순진무구함을 보았다. 벗겨진 가죽 아래 드러난 양의 몸통에서 보았던 그 어떤 정결함과 어여쁨 같은. 자기 앞에 내밀어진 칼날을 맨손으로 받아쥐는 자의 정직함 같은. 설명할 수 없는 강한 힘이 소녀로부터 나오는 것을 그는 느꼈다. 그는 문득 밧줄에서 자유로울 수 있는 세 번째 방법을 깨달았다. 밧줄을 끊는 것과, 누나처럼 또다른 밧줄로 자신 자신을 끊어내는 것. 그것이 전부가 아니다. 또하나의 방법이 있는 것이다.

　　사람들은 흔히 고통스러운 일을 겪을 때마다 비극적인 운명의 덫에 사로잡혀 있는 것처럼 묘사한다. 그리고 운명에 순응하기도 하고, 저항하기도 한다. 그런데, 운명에 순응하는 방식이나 운명에 저항하는 방식이나 모두 운명에 불과하다는 사실만큼은 분명하다. 자신에게 부여된 초월적인 힘으로부터 벗어날 길이 없는 것이다. 우즈베키스탄의 소녀는 타인에 의해 결정된 운명에 좌절하고 순응하는 것처럼 보인다. 이제 그녀 앞에는 기약할 수도 없이 긴 나날만이 기다리고 있을 것이다. 그녀는 기회의 땅 한국으로의 '특별한' 야반도주 대신에 우즈베키스탄에서의 평범한 삶을 선택했다. 설령 그것이 가혹한 운명이라 할지라도 언제 어디서나 지속되어야 할 삶을 선택한 것이다. 어차피 한번은 맞부딪쳐야 할 죽음을 향해 천천히 걸어가는 그것을 우리는 삶이라 부를 뿐이다.

허영의 시장 : 김윤영의 「내게 아주 특별한 연인」

　　「내게 아주 특별한 연인」은 먼 이국땅이 아니라 우리 주변에서 벌어지고 있는 이야기를 다루고 있지만 당혹스럽기는 마찬가지이다. 소설의 주인공은 S증권 소공동 지점에서 애널리스트로 일하고 있다. 그녀는 세칭 "잘 나가는 20대 여자"로 회사 동료들에게 '얼음공주'로 통한다. "질질 짜며 상황을 땜빵하는 여자처럼 살기 싫어서 나는 이를 악물고 여기까지 기어올라왔다" 사회적으로 성공하기 위해서 감정 결핍의 인간이 되어야만 했던 것이다. 그래서 "혼자 중절수술대에 올라가 다리를 벌리고 있는 그 순간에도 초연"할 수 있는 얼음공주로 살아간다.

그런데, 이처럼 미래를 위해서 인간적인 감정조차 포기했던 그녀는 최후의 성공을 위해 능력 있는 남자와의 결혼을 소망한다. 지금까지는 준수한 상승곡선을 그려왔지만, "만일 성공적인 결혼을 하지 못하면 5년 이내 하향곡선을 그리게 되어 있고, 또 10년쯤 뒤에는 그 경사가 심해질 것이며, 그 이상은 얼만큼이나 추락할지" 알 수 없다고 우려하는 것이다. 이렇듯 사랑과 연애와 결혼은 모두 하나의 상품이며 비즈니스의 대상이 된다. 결혼 비즈니스에서 성공하기 위하여 그녀는 자본주의적 경제 원리에 따라 교환가치를 극대화하고자 노력한다. "내 나이 스물여덟, 아직 상품가치가 녹슬지 않았을 때, 남보다 조금이라도 경쟁 우위에 있을 때 공세적으로 나가야 한다. 나는 연애의 경제학, 수요와 공급의 고전적인 원리를 신봉할 뿐이다"

이렇듯 애널리스트로서의 분석과 전략은 성공적인 것처럼 보인다. 기존의 결혼 시장은 "어떻게든 엮어보려고 몸부림치는 적나라한 쟁탈전. 그 속에서 승리한 커플의 속물적인 축하연. 수많은 들러리들. 가족이란 너울을 쓴 자본주의적 거래"로 얼룩진 레드오션으로 변해버린 지 오래이다. 그래서 그녀는 적자생존, 우승열패의 원칙이 지배하는 기존의 결혼 시장을 벗어나 "음울한 코발트 블루로 뒤덮인" 청색시대의 피카소 작품들이 걸려 있는 미술관에서 연애의 블루오션을 발견한다. 이곳에서 여자의 까다로운 기준을 통과할 만큼 멋지고 세련된 남자를 만나는 것이다.

이준호. 그는 유명한 다국적 기업에 다니고 있고, 누나와 형까지 모두 아이비리그 출신이며, 명품들로 자신을 세련되게 치장할 줄 아는 사람이다. 신분과 재력과 능력 면에서 누구에게도 뒤처지지 않을 만큼 준수한 인물이며, "앞으로 15년 뒤, 능력 있는 남편과 귀여운 아이들을 둔 커리어우먼이면서 골프나 즐기는 삶"을 보장해 줄 '특별한' 존재인 것이다. 하지만 지은의 기대와는 달리 준호는 친구에게 소개함으로써 지은과의 관계를 정리하고자 한다. 상대방을 특별한 존재라고 생각했던 것과는 달리 그녀는 언제든지 교환 가능한 존재에 지나지 않았던 것이다.

> 그 남자, 이진호는 역시 뭔가 다르긴 했다. 왜 그가 아직까지 솔로였는지 그 의문도 이제 좀 풀린 셈이다. 그는 뼛속까지 자본주의적 인간이다. 그에게 왜 그랬느냐고 묻는 건 넌센스다.
> 블루오션 전략은 어쩌면 우리에게 해당되는 얘기였다. 그는 경쟁 상대 없이 나를 독자적 상품으로 차지한 셈이다. 지금은 그렇지. 그러나 이 세상 어디든 영원한 청정구역은 없는 법, 푸른 산호초와 돌고래가 노는 그 바다는 언제 흙탕물로 뒤덮인 냄새 나는 바다로 변할 지 알 수 없다.

누구나 타인으로부터 특별한 존재로 인정받고 싶어한다. 자신의 겉 모습을 꾸미거나, 세련된 몸짓이나 매너를 보여주는 것도 모두 타인으로부터 인정받고 싶다는 욕망의 표현이다. 특히 사랑은 상대방에 대한 특별한 의미를 전제로 이루어지는 관계일 것이다. 그렇지만 김윤영의 소설에서 특별한 것은 언제나 물질적인 대차대조표로 치환된다. 달리 말하면 그것은 사용가치의 측면에서 다른 상품들과 큰 변별적 차이를 지니지 않음에도 불구하고 구매자들의 허영을 자극함으로써 교환가치를 극대화시키는 전략을 지칭할 뿐이다.

소설 속의 주인공 지은이 연애의 블루오션에서 취했던 전략 역시 이와 크게 다르지 않다. 명품이라고 불리는 브랜드 전략에서 잘 드러나는 것처럼 희소성을 높이는 방법으로 구매자의 욕망을 자극함으로써 교환가치를 극대화하고 있을 뿐이다. 하지만, 특별한 것은 언제나 더 특별한 것에 의해 빛을 잃어버린다. 준호뿐만 아니라 지은에게도 "남자를 바꾸는 건 오일 교환과도 같"았던 것이다. 이처럼 김윤영은 낭만적 사랑이라는 멜로드라마의 신화를 해체한다. 그 대신 위악적인 포즈로 교환으로서의 연애관계를 전면에 부각시킴으로써 근대인의 탐욕과 위선을 비판하고 있는 것이다.

하늘의 도시 : 김미진의 「그녀는 안개와 함께 왔다」

「그녀는 안개와 함께 왔다」는 서술자나 배경 등을 설정함에 있어서 여타의 소설과는 다른 면모를 보여준다. 소설의 배경은 미국 버지니아 주 블루리지 파크웨이이다. 과문한 탓에 이곳이 어디인지도 전혀 알지 못했고, 아마도 특별한 인연이 없는 한 내가 이곳을 찾을 기회도 없을 것이다. 그래서 존 덴버가 〈테이크 미 홈 컨트리 로드〉에서 "라이크 헤븐"이라고 지칭했다는 설명이 없었더라면 아무런 느낌도 지니지 못했을지도 모른다. 그런데, "라이크 헤븐"이라는 말 한 마디로 이곳의 풍경은 생생한 아름다움으로 새롭게 펼쳐졌다. 하지만, 그것이 무슨 소용이란 말인가. 그것은 모두 내가 만들어낸 환상일 뿐이다. 내가 지니고 있는 모든 아름다운 풍경을 한 곳에 모아놓은 것에 지나지 않을 것이다. 따라서 「그녀는 안개와 함께 왔다」라는 제목처럼 낭만적인 빛깔로 채색된 이국 땅에서 벌어지는 한 편의 소설다운 이야기로 받아들였을지도 모를 일이다.

하지만, 그곳은 결코 낭만적인 로맨스의 현장이 아니었다. 눈 덮인 겨울, 인적조차 드문 이 한적한 곳에 낡은 픽업트럭을 탄 한국인 부부가 등장한다. 그들은 삼 년 전에 미국으로 이민을 왔지만, 낯선 땅에 뿌리를 내리지 못한 채 각박한 삶을 살아야 했다. 그런데, 얼마 지나지 않아 남편은 전재산 삼백이십 달러를 몽땅 여자에게 남겨두고 사라져 버린다. 남편이 떠난 후에야 비로소 이 소식을 알게 된 여자는 모텔에서 파트타임으로 일하며 남편을 기다린다. "미국에는 남편이랑, 나 두 사람뿐이에요. 달리 연고지가 있는 것도 아니고, 주소도 없고, 서로 연락할 전화번호도 없어요. 그때 탬파에서 살다가 아파트를 정리하고 뉴욕으로 가는 길이었어요. 여길 떠나면 남편이 날 어떻게 찾겠어요. 그러니 기다릴 수밖에요"

봄, 여름, 가을이 지나고 다시 겨울이 다가올 동안 여자는 돈을 모으고, 차를 수리하고, 자신을 향한 이국 남자의 청혼도 물리치고 오직 남편만을 기다린다. 다른 사람들은 모두 그녀가 곧 떠나리라고 여겼지만, 그녀는 한사코 블루리지 파크웨이를 떠나지 않는다. 마치 산정호수의 섬에서 오랜 세월 동안 자라고 있는 "흰 자작나무 한 그루"처럼 남편을 기다리고 있는 것이다. 그런데, 세월이 지난 후에 남편이 다시 돌아왔을 때, 여자는 미련 없이 남편을 두고 홀로 길을 떠난다. 일 년 전에 남편이 떠나면서 여자에게 전해달라고 남긴 손가방을 이제는 남편에게 전해달라고 부탁하면서.

> 그래요. 처음엔 저도 죽고 싶을 만큼 비참했어요. 그래서 무작정 대책 없이 남편을 기다리는 것 외에는 아무것도, 아무것도 다른 걸 할 수가 없었어요. 그런데 차츰 내가 기다리는 게 남편이 아니라 또 다른 거라는 걸 알았어요. 난 자신이 없었던 거예요. 난 이제껏 남이 시키는 대로만 하고 살았어요. 이렇게 세월 보내면서 늙어가는 게, 그게 다인 줄 알았어요. 그런데 막상 그 지경이 되고 보니 내 자신이 한심했어요. 난 그 어디에도 없었어요. 뭔가에 의지하고 종속되어 있는 내가 있었을 뿐이죠. 그때나 지금이나 난 똑같아요. 얼굴도 똑같고, 옷차림까지 똑같고. 그래요, 신발 하나만 바꿔 신었을 뿐에요. 그렇지만 지금 난 그때 내가 아니에요.

오랜 기다림 끝에 여자가 만난 것은 남편이 아니라 자기 자신이었다. 누군가에 의지하지 않고서는 혼자 지탱하지 못할 것 같은 나약한 여자가 아니라 혼자 힘으로 말하고, 혼자 힘으로 느끼고, 당당히 세상으로 나아갈 수 있는 강한 여자로 거듭 태어났던 것이다. "섬뜩하리만큼 냉정한" 또 다른 여자가 된 그녀는 낡은 픽업트럭을 얻어 타는 대신에 자신이 닦아놓았던 링컨콘티넨털을 몰고 홀로 블루리지 파크웨이를 떠난다.

이처럼 소설은 한 여자의 자기인식의 과정을 담고 있다는 점에서 여성성장소설의 면모를 보여준다. 자신을 얽매고 있던 낡은 관습과 관념의 틀을 깨트리고 세상과 맞설 용기를 지닌 존재가 되자, 그동안 특별한 의미를 지녔던 남편은 하찮은, 혹은 무의미한 존재로 전락해버린다. 남편으로부터 버림받고 삶의 목표조차 상실해 버린 채, 낯선 땅에서 죽음과도 같은 삶을 살아야만 했던 여자는 오랜 기다림 끝에 자신을 발견함으로써 힘차게 세상을 향해 비상하고 있는 것이다.

어둠 속의 현실, 빛을 향한 열정

— 하성란 · 박상 · 조영아

삶의 전체성을 포착하려는 열정 : 하성란의 「뒷모습」

사람들은 항상 그림자와 더불어 살아간다. 빛이 있는 곳에 모습이 드러날 때마다 자신을 닮은 그림자를 만난다. 영원히 내 곁에 머무르는 분신이지만, 결코 나와 하나가 될 수 없는 다른 존재이다. 그래서 그림자는 함께 세파를 헤쳐 나갈 동반자를 떠올리게 하기도 하고, 세상 어느 곳에도 숨지 못하는 고단한 운명을 떠올리게도 한다.

그림자가 나와 함께 하는 타자라면, 등은 나의 일부이면서 결코 만질 수 없고 볼 수도 없다는 점에서 내 안의 타자라고 할 수 있다. 나의 몸을 이루고 있는 일부이면서도 나를 닮았는지, 혹은 나와 다른지 알 길이 없기 때문이다. 그 대신 타인들은 나의 등을 보면서 지나온 인생을 짐작해보기도 하고, 감추어진 욕망을 읽어내기도 한다. 아무리 숨기려 해도 내가 지나온 흔적들이 은폐되지 않은 채 때[垢]가 되어 남아 있기 때문이다.

「뒷모습」에서 '등'은 상충하는 두 개의 이미지로 구성되어 있다. 영화 〈채털리 부인의 사랑〉에 등장했던 등은 아름다움 그 자체이다. 영화 속에서 남자배우의 등은 "어깨와 엉덩이, 그리고 발목에 이르는 소근육들이 황홀"할 정도로 잘 정돈되어 있어서 강렬한 관능미를 발산한다. 앞모습을 보기 위해 "돌아~서!"를 연발하는 관객들의 관음증적 기대와는 달리, 등은 무언가를 은밀하게 감춤으로써 에로틱한 미의 영역으로 이끌어간다.

이에 비해 한평생 어부로 살았던 할아버지의 등은 모래알이 박힌 사포처럼 거칠고 울퉁불퉁한 모습이었다. 평생 동안 뜨거운 태양을 고스란히 받아내며 노동을 해야만 했던 할아버지의 삶이 등에 아로새겨져 있는 것이다. 손이 닿지 않는 그곳에 세월의 먼지처럼 생활의 고통이 쌓여 있는 것이다. 이렇듯 사람들의 뒷모습에는 생활의 흔적이 아로새겨지기도 하고, 생활의 고통이 말끔히 지워지기도 한다.

주인공 '나'는 "인물의 뒷모습을 찍는 사진 작가"이다. 그것은 에두아르 부바처럼 인물의 뒷모습 '만'을 찍었기 때문이 아니라 내가 찍은 몇몇 뒷모습 사진이 사람들에게 널리 알려졌기 때문이다. 십수 년 전에 국산 고급위스키 광고 사진은 그런 유명세를 얻게 된 결정적인 계기가 되었다. 그 사진 속에 표현된 모델의 등은 "살 위로 돌출한 등뼈와 마치 한때 우리도 날개가 있었을지 모른다는 생각을 갖게 하는 견갑골이 대칭을 이루고 있는" 아름다운 모습이었다.

그런데, 아름답게 포착된 모델의 배면(背面)은 삶의 고통을 감추고 있음을 간과해서는 안 된다. 본디 모델 H는 그림을 그리는 김선생이 "화구나 정리하고 가끔 차라도 끓여달라기 위해 먼 친척을 통해서 소개"받았던 아이였다. 그런데, 디자이너의 눈에 띄어 모델 일을 하게 된 뒤에도 H의 이름 뒤에는 김선생의 이름이 그림자처럼 따라다녔다. 그리고 김선생이 가는 곳마다 "선생의 뒤에서 한두 걸음쯤 뒤처진 채 선글라스를 끼고 뒤따라" 다니는 H의 모습을 발견할 수 있었다. H는 김선생의 배경(背景)으로서만 존재하는 것이다.

'나'와 H의 동거생활이 시작된 것은 타인의 배경 역할에서 벗어나 자신의 삶을 살고 싶은 H의 욕망과 관련된다. 하지만, H와의 불안한 동거생활은 오래 이어지지 못했다. 어느 날 냉면을 먹던 중 창문으로 스며드는 "불을 지피는 아궁이 냄새, 밥이 눌어붙는 냄새"를 맡으면서 어릴 적 외갓집에서의 행복했던 기억을 떠올리지만, 정작 냉면을 먹고 나왔을 무렵 두 사람을 행복하게 했던 냄새가 이층집을 완전히 태울 때 난 냄새였음을 알게 된다.

> 화재가 있던 날 밤 H는 쓰레기로 너저분한 골목길을 보듯 삶의 뒷모습을 보았던 것은 아닐까. 고향에 대한 향수를 불러일으키고 잠시 동안 우리를 행복하게 했던 추억의 냄새가 사실 누군가의 삶을 송두리째 앗아간 화재였다는 것을 안 순간 H는 참을 수 없어졌을 것이다.

그렇듯 화재 사건 직후 H는 '나'에게 등을 보인 채 다시 김선생의 집으로 돌아간다. H는 화재 사건을 통해서 적산가옥 2층의 초라한 삶을 문득 보았고, 다시 배경으로 물러섰던 것이다.

그런데, 김선생에게 있어 H는 배경 그 이상도 그 이하도 아니었다. H가 교통사고로 죽은 이후 김선생의 그림에서 배경이 사라진 것도 이런 맥락에서 이해될 수 있을 것이다. 따라서 H가 배경에서 튀쳐나가는 것을 이해할 수도 없었고 허락하지도 않았다. 김선생이 늙고 병든 몸을 이끌고 지구반대편에서 13시간 동안이나 비행기를 타고 한국에 들어와서 '나'에게 H와의 관계를 캐물어야 했던 것 역시 한때 자신의 배경이기를 거부했던 H에 대한 배신감 때문이었을 것이다. H가 자신을 떠나 타인에게 갔을지도 모른다는 자존심의 상처는 H가 죽은 지 십수

년이 지나도록 치유되지 않은 채 남아 있었던 것이다.

그런데, 타인을 배경으로 삼아 자신을 돋보이게 하는 이런 방식만이 존재하는 것은 아니다. '나'에게 뒷모습 사진을 부탁하는 육군 상사 출신의 세무사는 전혀 다른 방식의 삶을 살아간다. 그에게 있어 등은 여러 의미를 지니고 있다. 군인으로 한평생을 살았던 그에게 있어서 행군 중에 앞장서서 걷고 있는 전우의 등은 동지애과 안도감을 주지만, 적과 만나는 순간의 등은 치욕과 패배와 죽음을 의미한다. 그래서 군인으로서 살아가는 동안 다른 사람에게 자신의 등을 내보이지 않는다. 그런데, 전역 후에 생사고락을 같이했던 전우에게 사기를 당한 후, 문득 자신의 뒷모습이 궁금해진다. 전우의 배신은 자신을 성찰하는 계기가 되었던 것이다.

결국 사진작가인 '나'에게 있어 등은 할아버지의 등처럼 현실의 고통을 상기시키는 기호인 동시에 배우의 그것처럼 아름다움의 표상으로 남았다. 이런 맥락에서 소설 속에 등장하는 사진 작가의 모습은 소설가 자신을 닮아있는지도 모른다. 누구나 자신의 뒷모습을 보고 싶어 하지만, 정작 자신의 뒷모습은 볼 수 없다. 그래서 나의 소유이면서도 내가 볼 수 없는 것을 타인이라는 거울을 통해서 바라본다. 소설을 쓴다는 행위는 그렇듯 타인의 앞모습과 뒷모습을 함께 그려내는 것이리라. 삶의 긍정성과 부정성, 아름다움과 고통, 신뢰와 배신, 드러난 것과 감추어진 것 등이 함께 엮어가는 삶의 풍경을 고스란히 그려내는 것이 작가로서의 책무인 것이다. 카메라 뷰파인더처럼 삶의 희로애락을 견디며 세상의 그림자로 살아가는 모든 사람을 '결정적 순간' 속에서 포착하는 것이야말로 작가가 추구하는 진정한 소설일 것이다.

고무동력기는 고무줄이 꼬여야 고무된다 : 박상의 「치통, 락소년, 꽃나무」

「치통, 락소년, 꽃나무」는 언뜻 보기에 이미지의 현란한 움직임이 돋보이는 소설이기는 하지만, 하성란과 마찬가지로 예술가소설로서의 면모를 보여주고 있다. 아무런 연관관계도 없어 보이는 치통, 락소년, 꽃나무가 쉴새없이 변전하는 이야기 속에서 하나로 수렴된다. 그것이 '왜' 그렇게 구성되는가를 묻는 것은 의미 없는 일일 터이다. 그렇게 멀리 떨어져 있는 사물을 어떻게 연결했는가를 살펴보고, 작가의 상상력을 따라 유쾌한 여행을 떠나면 그만인 것이다. 이제 치통에서 시작된 상상력, 언어, 이미지들의 잔치가 꽃나무로 수렴되는 과정을 따라가 보자.

소설 속의 주인공 '나'는 '재크와 콩나무 밴드'에 소속된 락커이다. 그렇다고 여러 명으로 구성된 짜임새 있는 밴드를 떠올리지 말라. "나는 재크, 내 기타는 콩나무" 그러니까, 혼자서 플라잉브이 기타와 함께 진정한 락커가 되기를 꿈꾸는 얼치기 락커, 곧 '락소년'인 셈이다. 그가 심한 치통 때문에 치과를 찾아갔다가 돌팔이 약사를 만나고, 편의점에서 술을 마시고, 나중에는 무전취식으로 유치장 신세를 진다. 그곳에서 오래전에 헤어졌던 옛애인을 만나고, 그녀를 위해서 노래 「소주와 꽃나무」를 작곡한다.

이러한 '나'의 행동과 생각들이 상상인지 그렇지 않은지는 불분명하다. 그것을 구분하려고 하는 시도조차도 헛된 일일지도 모른다. 작가가 그것을 구분하는 것 자체를 불가능하도록 만들어놓았기 때문이다. 예컨대 편의점에서 여자 점원이 보고 있는 잡지에는 '기면발작증에 걸린 락커 재크'라는 기사가 보이고, 실제로 '나'는 편의점에서 기면발작 증세를 보이기도 한다. 혹은 "현실에 이런 여자는 없다"와 같은 진술을 통해서 상상의 세계인 척 위장술을 펼치기도 한다. 따라서 소설 속에서 펼쳐지는 이야기는 허구적 상상일 수도 있고 그렇지 않을 수도 있다.

'나'의 상상 혹은 현실은 "고통의 감각"과 "감각의 마비"라는 두 가지 문제 사이에서 존재한다. 치통은 바로 현실의 고통을 상징한다. 그래서 "도저히 살 수가 없어. 이런 식으로는 못 살아. 치통도 지겹고 삶도 지겹고, 견디는 것도 지겨워. 그냥 끝내버리고 싶어"라고 외치기도 한다. 그래서 돌팔이 약사를 만나 여섯 시간 동안 모든 고통을 잠재우는 마취제를 얻게 된다. "여섯 시간 동안은 편안히 누워서 갖은 슬픔, 모든 전쟁, 모든 기아, 지랄 같은 천재지변, 끝없는 죽음, 개 같은 돈, 잃어버린 사랑"과 같은 고통으로부터 해방되는 것이다.

하지만, 고통의 소멸은 음악의 소멸이기도 하다. 치통에 시달리고 있던 치과 대기실에서는 메가데쓰의 헤비메탈에서 애니 해슬램의 팝페라, 그리고 빌 프리셀의 재즈에 이르기까지 다양한 장르의 음악들이 떠올랐지만, 고통이 사라지면서 음악도 함께 사라지고 만다. "나는 치과에서처럼 노래를 불러보려고 했지만, 입을 벙긋하기도 전에 플라잉 브이 기타처럼 생긴 괴물 물고기가 나타났"던 것이다. 고통은 은폐되거나 망각될 수 있을지라도 사라지지 않는다. 언제든지 기회가 생긴다면 다시 살아난다. "고통의 마비"는 일시적인 허상일 뿐이다. "치통이라는 고통보다는 고통을 사라지게 하는 고통이 더욱 싫다". 뿐만 아니라 고통이 소멸되면서 고통을 어루만져줄 음악도 멈추고, "고통 없는 세상"에 대한 꿈도 함께 사라진다.

> 자신의 삶을 다른 사람에게 설명하고 이해받으려 하면 안된다. 어차피 이해가 안 된다. 그런 걸 왜 하고 있냐고 사람들은 묻는다. 돈 되는 음악도 많은데. 돈 되는 음악을 하는 건 쉬운 줄 알아? 라고 말들 하지만, 돈 안되는 음악을 하려면 얼마나 미쳐야 되는지를 안다면 꼼짝도 못할 것이다. 바보들이 모르는 건 본질이다. 음악의 본질은 진짜 노래하는 것이고, 의약의 본질은 인류의 고통과 진짜 싸우는 것이다.

그것이 진정한 락의 정신이다. 고통을 견디는 사람들을 위로하고 세상을 살아가는 사람들을 축복하는 '진짜' 노래를 불러야 한다. 물론 소주 맛을 모르는 돈 많은 남자보다 "가진 게 고통스런 락 정신뿐"인 남자를 사랑해주는 여자는 현실에 존재하지 않을 지도 모른다. 그렇다고 하더라도 고통스러운 현실을 자양분 삼아 음악을 만드는 것만큼은 포기할 수 없다. '나'라는 고무동력기는 고통이라는 고무줄이 꼬여야만 세상을 향해 날 수 있기 때문이다. 이처럼 「치통, 락소년, 꽃나무」는 락 정신을 빌어 자신의 소설론을 펼치고 있는 셈이다.

지옥에서 만난 낯선 우리들 : 조영아의 「우리는 진화하거나 소멸한다」

「우리는 진화하거나 소멸한다」를 읽으면서 내내 이상의 소설 「날개」를 떠올렸다. 소설 속의 주인공은 문 밖에는 나가지 못하도록 감금된 채 방바닥을 기어 다니는 개미의 다리를 떼어 놓고 돋보기를 꺼내 태워 죽이는 일을 유일한 재미로 삼고 있는 한 남자 아이이다. 그는 33번지 18가구가 살고 있는 유곽에서 아내가 외출하면 조그만 돋보기를 꺼내가지고 "아내만이 사용하는 지리가미를 꺼내 가지고 그을려 가면서 불장난을 하"는 「날개」의 주인공을 닮았다. 그리고 아내로 상징되는 권태롭고 무료한 일상적 현실에서 벗어나기 위해 지난한 노력을 펼치는 「날개」의 주인공처럼 아버지를 죽이고 유유하게 이곳을 빠져 나가기 위해 힘을 기르는 일을 유일한 삶의 목적으로 설정하고 있다는 점도 유사하다.

아버지를 죽이고 자기의 세계를 건설하려는 욕망은 주인공이 세상을 살아가는 유일한 동력이다. 아버지는 "콩알만한 엄마 심장을 황소 간만하게 부풀려 놓는다는 명목" 하에 살아있는 닭의 모가지를 비틀고, 다시 모가지에 칼을 꽂아서 손질하도록 강요했다. "엄마에게 닭집은 지옥이었다" 지옥에서 살아가는 엄마를 보는 '나' 역시 지옥에서 살기는 마찬가지이다. 아버지는 지옥을 관장하는 염라대왕이었던 것이다.

"머리를 잘라야겠어"
나는 순간적으로 두 손으로 머리를 움켜잡는다. 내가 제일 싫어하는 일이다. 동시에 그가 제일 즐기는 일이기도 하다. 그는 누군가의 얼굴이 일그러지는 걸 즐긴다. 닭 잡을 때 하얗게 질리던 엄마의 얼굴도 머리 자를 때 울상이 되는 내 얼굴도 모두 그의 기쁨조다. 그는 한 마디로 죽일 놈이다.

결국 '나'는 아버지에 대한 복수를 감행한다. 가스밸브를 자르고, 라이터에 불을 붙여 부엌을 향해 던진다. 하지만, 불길을 헤치고 튀어나온 것은 복수의 대상이었던 아버지였다. '나'는 불길 속으로 뛰어들지만, 끝내 엄마를 구하지 못한 채 "지 에미 잡아먹은" 패륜아로 전락한다. 아버지에 대한 복수의 열망은 이처럼 참혹한 결과를 초래한 것이다. 어머니의 죽음이라는 비극적인 결말뿐만 아니라 '나' 역시 세상에서 유폐되는 상황이 찾아온다. 그리고 방 한 구석에 비밀스럽게 자리잡고 있던 옷장을 열어제친 순간 알게 된 것처럼 흉터 투성이의 몸으로 겨우 살아남는다. "벌겋게 속살이 내비치는 얼굴. 심하게 일그러진 눈두덩. 간신히 흔적만 남은 뭉개진 코"를 가진 모습으로 망가뜨렸던 것이다.

소설 「우리는 진화하거나 소멸한다」는 이처럼 오이디푸스 콤플렉스를 배면에 깔면서 한 소년의 성장을 탐구한다. 전통적인 성장소설은 기존의 사회 질서에 대한 동화를 전제로 한다. 동화의 구심력이 일탈의 원심력을 제압했을 때, 한 인간은 정상적인 존재로 아버지의 추인을 받게 되는 것이다. 그것은 아버지의 권력에 맞서는 힘의 열세, 그리고 그것이 초래할 소멸에의 두려움 때문이다. 복수가 죽음을 초래할지도 모른다는 두려움에 굴복하여 아버지의 권능에 몸을 낮추는 것이 전통적인 의미의 성장이었던 것이다.

하지만, "무덤 속에서 걸어 나온 듯한 흉측한 형상"의 괴물은 아버지의 질서에 순응하는 것을 거부한다. 소멸의 두려움에서 벗어난 자리에서 탄생한 괴물은 아버지에 대한 복수극을 멈추지 않는다. 날개가 돋아 지상의 현실에서 비상하기를 꿈꾸는 대신, 괴물이 되어서도 복수를 멈추지 않는다. '초특급절대완전체'로 진화하여 '절대완전체'를 제압하려는 열망은 마침내 폭발 직전의 초신성이 되어 아버지의 집에 불을 놓는다. 이제 아버지를 닮은 아들을 재생산하는 전통적인 성장소설의 문법은 완전히 사라졌다. 이 낯선 괴물은 우리 눈앞에 있지만, 어떻게 길들여질지 알 수가 없다. 어쩌면 영원히 길들여지지 않을지도 모른다. 우리 안에서 자라고 있지만, 지금까지 한 번도 만나보지 못했던 낯선 괴물을 들여다보는 일은 두렵기만 하다.

언제나 그러했듯이 소설은 삶의 흔적들을 포착하는 예민한 감각이다. 현실은 조영아의 경우처럼 눈을 뜨고 바라보는 것조차 두려운 것일 수도 있고, 맞서 싸워서 극복되어야 할 그 무엇일 수도 있다. 또한 하성란의 경우처럼 진지한 열정에 의해서만 포착될 수 있을지도 모르고, 박상의 경우처럼 유쾌한 상상의 모험을 통해 우회되기도 한다. 하지만, 분명한 것은 우리가 그곳에서 결코 벗어날 수 없다는 사실이다. 설령 현실의 본질을 영원히 포착할 수 없다 하더라도 삶의 갈피갈피에 숨겨져 있는 의미를 찾아내기 위해 눈을 뜨고, 귀를 열고, 아픔을 느껴야만 한다. 그 숨겨진 의미를 찾는 일이 고통스럽고 두려운 일이 될지도 모르지만, 본질에 다가서려는 작가적 열정이 있는 한 삶은 여전히 견딜 만하다.

세 가지 빛깔, 사랑

— 박상우 · 주희 · 정찬

이진법으로 환원될 수 없는 삶의 빛깔들

디지털 기술의 발전은 놀랍다. 불과 20여 년 사이에 16색, 256색을 거쳐 하이 컬러, 트루 컬러로 진화를 거듭하면서 우리가 눈으로 식별하기 어려운 미묘한 차이까지도 디지털 기호로 표현하고 있다. 그래서 32비트 급 VGA카드는 2의 32제곱, 무려 4,294,967,296 종류로 구분하기도 한다. RGB 값으로 요약되는 평면 좌표 위에서 무수히 분할되는 디지털 시대의 기호들.

하지만, 여전히 아날로그적인 방식으로 지속되고 있는 삶의 그 깊은 색감을 온전히 표현하는 진정한 트루 컬러의 시대는 아직 도래하지 않았다고 말할 수 있지 않을까? 어쩌면, 아무리 기술이 발전한다고 해도, 사람이 태어나고 살아가면서 만들어가는 그 깊고 웅숭깊은 빛깔을 담아내지 못할지도 모른다. 그것은 언어가 지니고 있는 수많은 의미의 층 때문이다. 하나의 점마다 지니고 있는 의미의 층위들, 디지털식으로 말해 레이어야말로 여러 색채 정보를 살아있는 빛깔로 다채롭게 만들어내는 것이다.

어쩌면 사랑도 그런 것인지도 모른다. 서로 다른 길을 걸어왔던 두 사람이 문득 사랑에 빠지고, 행복에 겨웠다가, 또다시 각자의 인생으로 돌아가는 과정은 0과 1의 이진법체계 속에 한 점으로 담을 수 없다. 나이와 직업, 학력, 지위 등으로 아무리 세분하더라도 결국에는 환원될 수 없는 수많은 빛깔들이 숨겨져 있다. 한 사람이 살아오면서 만들어왔던 그만의 체취와 흔적들, 오직 그 사람만이 지니고 있는 의미의 충위들이 모든 사랑을 세상에서 "유일하고도 특별한" 것으로 만들어낸다.

조금씩 다른 빛깔을 지닌 세 편의 사랑 이야기를 읽는다. 천 년에 한 번쯤 다가올 사랑이라고 믿으며 내딛었던 첫발은 어느덧 삶의 무게가 짓누르는 마지막 발걸음으로 바뀌고, 그 속에서 사랑은 언제나 절망감과 음울함, 그리고 허망함으로 변모해 간다. 그리고 아름다운 빛깔이든, 혹은 참담한 빛깔이든 모질게 사랑했던 기억들은 내딛는 발걸음 속에서 조금씩 퇴색되어 간다. 그렇게 사랑이 지나가고 다시 새로운 사랑이 시작되는 것이 인생일 것이다. 사람은 사랑을 통해서만 움직이는 가장 단순한 기계이므로.

첫 번째 사랑 이야기—체념의 빛깔 : 박상우의 「융프라우」

「융프라우」는 자신이 서 있어야 할 존재의 입지를 발견하지 못한 채 절대적인 상실감에 사로잡혀 있는 한 주인공을 내세우고 있다. 그는 군대에서 제대하여 학교에 복학하기 전까지 숙부가 운영하는 펜션 융프라우에서 잠시 일을 거들고 있다. 그가 펜션에서 일하게 된 것은 한 여인에 대한 분노 때문이다. 군에 입대하자마자 결혼했던 미향은 제대

후 다시 찾아온다. 하지만, 앙칼진 '도둑고양이'처럼 욕망을 노골적으로 드러내는 미향에게 잔혹한 적의감만이 앞설 뿐이다. 미향에 대한 분노가 극에 달하면서, 어쩌면 그런 분노를 억누르지 못하면 사람을 죽일지도 모른다는 두려움에 깃들고, 광기에 도달하기 직전의 분노를 삭히기 위해서 그는 도망치듯 펜션 융프라우에 찾아든다.

그의 눈에 비친 세상 사람들은 두 부류의 족속으로 분류된다. "함부로 세상을 사는 사람"들과 그렇지 않은 사람으로 말이다. 그가 일하고 있는 펜션은 그렇듯 함부로 세상을 사는 사람들이 흘러드는 곳이다. "술에 취해 들러붙어오는 속물"들과 "불륜을 위해 오직 전망 좋은 방만을 찾는 인간"들의 집합소인 것이다. 펜션의 주인인 숙부 역시 함부로 세상을 사는 사람의 전형이라고 할 수 있다. 그는 수염을 기르고, 붉은 손수건을 목에 걸고, 날이 흐린 날에도 산악용 고글을 착용하고 다니지만, 정작 산에 오르는 것을 좋아하는 알피니스트와는 거리가 멀다. 단지 패키지 해외여행으로 융프라우에 한 번 다녀온 후 펜션 사업을 시작하면서 융프라우라는 간판을 내걸고, 펜션의 모든 방마다 융프라우 사진을 걸어두었을 뿐이다. 아내와 자식을 캐나다로 보낸 채 홀로 살고 있는 그의 유일한 관심사는 오직 여자에 관한 것이다. "자고로 남자새끼들은 유목민의 유전자를 받고 태어났기 때문에 민들레 홀씨처럼 자기 씨를 멀리멀리 퍼뜨리고 싶어 하는 거야"라고 말하면서 펜션을 아방궁처럼 꾸미고자 안달을 하는 속물적인 인간인 것이다.

소설의 주인공은 이렇듯 세상을 함부로 사는 사람들에 대한 분노를 가라앉히기 위하여 힘겨운 싸움을 하고 있다. 달리 말하면, 세상을 함부로 사는 사람들이 오히려 잘 살고 있는 현실을 거부하기 위하여 자신을 두들겨 패듯 장작을 만들고, 그리고 숙부를 '똥푸라우'라고 조롱하면서 버티고 있는 것이다. 함부로 사는 사람들을 위한 세상에 대한 분노의 이면에는 성실했던 부모님의 삶에 대한 연민이 자리잡고 있다.

아버지는 어려운 가정 형편 때문에 대학을 포기하고 신부나 목사가 되고자 했던 꿈조차 버리고, 구청 공무원으로 재직하면서 힘들게 동생을 뒷바라지 했지만, 결국에는 간암으로 급작스럽게 세상을 뜨고 만다.

그에게 있어 인생이란 "참뜻을 가진 자의 허리를 꺾어 허랑방탕한 자의 허리를 세우게 하는 것"에 지나지 않았다. 왜, 아버지처럼 착한 사람은 뼈 빠지게 고생만 하다 허망한 죽음을 맞이하고, 어머니처럼 성실한 사람은 아버지 같은 사람을 만나 늙어서도 고생을 하는가? 이에 비해, 숙부 같은 속물적인 인간은 그토록 한심하게 살면서 희희낙락하면서 살 수 있으며, 미향이처럼 인생을 마구잡이로 사는 사람들은 정신병원에 갇히지 않는가? 그 까닭을 알 수 없기에, 어느 누구도 자신의 인생을 제대로 살고 있다고 자신 있게 말할 수 없다는 회의에 빠져 삶도 죽음도 아닌 "중음의 시간" 속에 갇히고 만 것이다.

인생에 대한 의구심, 진실과 거짓, 똥푸라우와 융프라우를 구분할 수 있는 방법을 알 수 없다는 이 회의주의자는 미향에 대한 감정 역시 사랑인지 증오인지 구분하지 못하는 회색지대에 남아 끝없이 자신을 소진해 나간다. 그 과정에서 '환영'처럼 만났던 중년의 남녀가 있다. 융프라우에 찾아온 남녀들과는 달리 오래된 타성의 때도, 능숙한 불륜의 냄새도 느껴지지 않았던 그들은 이십여 년 만에 우연히 만나게 된 오래된 연인이었다. 자신들의 만남을 운명이라 믿고, 그 오랫동안의 헤어짐 역시 사랑이라 받아들이면서 상대방을 먼저 위로하고 껴안는 그들의 모습은 똥푸라우가 보여주는 속물적이고 육체적인 사랑과는 대척적인 위치에 있다. 그래서 죽음을 앞에 두고 두 중년 남녀가 나누는 대화는 짧지만 깊은 여운을 남긴다. 그들의 침묵 속에는 깊은 아픔이 내재되어 있으며, 삶에 깊이 자리잡고 있는 거대한 허무가 숨겨져 있다. 강물처럼 흐르고 흘러서, 언젠가 물방울이 되고, 구름이 되고, 비와 눈이 되어, 융프라우에 도달할 수 있을지도 모른다는 그들의 꿈은 사랑만이 빚어낼 수 있는 아름다운 환각이다.

　세상의 속물성 때문에 지긋지긋한 환멸이 찾아올 때, 짝퉁 융프라우가 아니라 진짜 융프라우를 찾아나서야 한다. 진짜 융프라우에 가고 싶다는 꿈은 인간으로 남아 있을 자리가 보이지 않을 때마다 떠오르는 환상인 셈이다. 그래서 기회만 된다면 정말 융프라우에 가고 싶다고 끊임없이 주절대기도 한다. 그렇지만, 인생은 그런 환상을 실현할 수 있는 아름다운 세계가 아니다. 그는 영원히 융프라우에 갈 수 없을 것이다.

　　소주를 반병쯤 마시고 인생을 결정낼 수 있다면 나도 그러고 싶었다. 그게
　　아니라면 반쯤 취한 정신으로 또다시 똥푸라우와 지지고 볶으며 하루를 살아
　　야 할 터였다. 그가 사 온 찬거리를 받아 아침을 하고, 청소를 하고, 장작을
　　패고, 시간이 나면 인터넷에 접속해 미향의 메일도 읽어야 할 터였다. 아무리
　　끊어도 끝끝내 끊어지지 않는 것……. 어차피 인생은 그런 거니까.

　그런 점에서 박상우의 소설은 분노라기보다는 체념에 가깝다. "삶은 돌고 도는 게 아니라 끊고 끊는 일일 뿐이니까. 그리고 아무리 끊어도 끝끝내 끊어지지 않는 것"이니까. 세상은 자신만의 논리로 여전히 진행되고 있고, 사람은 그 속에서 세상 속으로 들어갈 것인가 벗어날 것인가 만을 선택할 수 있을 뿐이다. "어차피 나를 거치지 않고는 세상으로 나갈 수 없을" 것이라는 미향의 말처럼, 소설의 주인공이 인생을 걸고 선택할 수 있는 방법은 어쩌면 이미 정해져 있는지도 모른다. 지긋지긋한 환멸의 세계 속에 다시 들어가야만 하는 것이다. 소설에서 또 다른 축을 형성할 것처럼 보였던 중년의 남녀가 소설적 기능을 제대로 수행하지 못한 채 환영처럼 스러져 간 것도 이 때문일 것이다.

두 번째 사랑 이야기 – 허무의 빛깔 : 주희의 「사막으로 흐르는 강」

「사막으로 흐르는 강」은 조금 복잡한 퍼즐과 같다. 소설 속에 등장하는 두 명의 인물들이 독자적인 시점으로 서술하고 있기 때문에 상황 자체를 파악하는 것이 쉽지 않다. 소설적 상황을 종합적으로 고려하면, 한 아파트에서 6층에 살고 있는 여자와 7층에 살고 있는 남자가 소설의 초점화자들이다. 그들은 사랑의 상처를 안고 있다는 점에서 공통점을 지니고 있다. 608호에 살고 있는 여자는 친구의 남편과 불륜에 빠졌다가, 갑작스러운 교통사고로 연인을 잃고 나서, 그 사람이 가고 싶어 했던 인도 갠지즈강 유역을 떠돌고 있다. 708호에 살고 있는 남자는 첫사랑의 자살 이후 사랑의 기억을 지우기 위해 끊임없이 퍼즐을 맞추면서 삶을 견디고 있다.

708호 남자의 고통은 재영에 대한 기억과 관련되어 있다. 요리학원에서 만난 재영을 사랑했던 그는 야채와 과일을 이용해 조각 작품을 만드는 실장을 돕는다. 그리고 아름다운 꽃을 만들어 재영에게 선물한다. 하지만, 그가 사랑했던 재영은 실장을 사랑했다. 그리고 아이를 낙태한 자리에서 재영은 아이의 아버지가 그가 아니었음을 밝힌다. 이제 남자에게 남겨진 것은 첫사랑에 관한 기억뿐이다. 기억은 거머리와 같아서 언제 어디서든지 그를 옭아맨다. 하다못해 미역국 끓이는 일조차 재영의 욕조에서 타인의 머리카락을 빼어내는 기억을 떠올리게 하기에 고통스럽다. "물에서 미역을 건져 올릴 때, 손가락 사이에 들러붙는 미역을 떼어내는 일은 남의 머리카락을 떼어내는 것처럼 불쾌했다"

608호 여자 역시 사랑의 기억 때문에 고통스럽기는 마찬가지이다. 그녀는 한 남자, 겨울비가 내리는 날 우산을 들고 다니는 것조차 힘들어 비에 흠뻑 젖은 채 찾아드는 남자를 사랑했다. 비에 젖어 주름진 구두를 대신할 새 신발을 사기 위해 아침 일찍부터 바쁘게 뛰어다니면서도 나비처럼 가볍게 날아다니는 모습이라든가, 사랑하는 연인을 위해 나물을 데치고 무치면서 콧노래를 흥얼거리는 모습은 사랑만이 만들어낼 수 있는 아름다운 풍경일 것이다. 그녀가 사랑을 할 때, 모든 햇살은 여느 때보다 맑고 투명했으며, 그녀의 양 볼에 깊은 보조개를 만들어낸 기쁜 미소는 주위 사람들에게 기쁨을 선사했다.

하지만, 그녀가 사랑했던 남자는 친구의 남편이었다. 그 남자와 함께 있고 싶다는 그녀의 사무친 마음에도 불구하고, 그 남자는 일상의 세계를 결코 버리지 않았다. 아내의 생일, "오늘만, 제발 오늘만 같이 있어줘요"라고 애타게 울부짖는 여자를 모질게 떼어내고, 그 남자는 돌아선다. 그런데, 남자는 교통사고를 당해 먼저 세상을 떠난다. 어쩌면, 그녀가 준비했던 신발을 보면서 농담처럼 던졌던 말, "신발 사 주면 그거 신고 도망가는 거 알어?"처럼 운명은 그녀의 연인을 영원히 함께 할 수 없는 곳으로 이끌어 버렸던 것이다.

언제나 그러하듯이 사랑을 잃어버린 후에 남겨진 기억은 날카로운 칼로 도려내고 싶지만, 결코 도려내지지 않는 그 무엇이다. 사랑과 함께 기억도 떠나가면 좋으련만, 사랑은 항상 행복했던 순간을 기억하도록 만드는 고통을 남겨둔 채 혼자 떠난다. 여자는 인도에서 자신에게 남겨진 흔적과 기억을 되돌아보면서, 하나씩 둘씩 자신을 버린다. 우루벨라 바자르에서는 슬리퍼 끈이 떨어지고, 마하보디 대탑에서는 신발을 벗는다. 맨발이 된 그녀는 용광로처럼 달구어진 대지가 송곳이 되고 칼이 되어 발바닥을 찌르는 것을 견뎌야 한다.

바람이 건조하군요. 온몸의 수분을 모두 날려버린 것 같아요. 마른 모래가 강물처럼 출렁거려요. 얼굴을 쓸어내리자 모래 알갱이가 떨어지네요. 입안에도 모래가 서걱서걱 씹히고요. 침을 모아 뱉었지요, 울컥 울음이 나오네요.
더 이상 당신에게 집을 지을 수가 없을 테지요, 아무리 집을 지어도 그곳은 모래뿐이고 바람이 불면 허물어져 버릴 테지요. 눈물로, 내가 흘린 눈물로 이 강이 채워져 다시 흐른다 해도 당신은 돌아오지 않을 테지요. 모래가 흐르고 풀이 흐르고, 염소 떼가 흐르고, 상처를 감춘 그림자가 흐르는…… 끝내 사막 으로 흐르는 강.

사랑하는 연인과 헤어진 채 세상을 견뎌야 한다는 것은 물기 하나 없는 사막에서 살아가야 한다는 것과 다를 바 없다. 사랑의 상처에 아파하던 남자는 함께 젓가락을 드는 것으로 "오랫동안 방치되었던 내 슬픔을, 슬퍼하고 있는 그녀에게 위로받"을 수도 있지만, 여자는 영원히 채워질 수 없는 그 무엇에 대한 절대적인 상실감만을 껴안는다.

낱개의 조각들을 맞추며 사는 것이 삶이라면, 그 마지막 하나를 채우는 것은 사랑이리라. 남자에게 "절대로, 결코 잊혀질 것 같지 않지만, 잊혀지는 것이 사랑이었다. 사랑이 다시 오는 것에 대해서 확신이 없지만, 오기도 할 것이다." 남자는 여자의 사진으로 만들어진 천 조각의 퍼즐을 맞추며 새로운 사랑을 꿈꾼다. 하지만, 퍼즐이 항상 완성되는 것은 아니다. 운명의 엇갈림 때문에 마지막 한 조각을 잃어버리고 끝내 망연자실하게 미완성의 퍼즐을 지켜보아야 하는 경우도 얼마든지 있다. 그리고 사랑이 영원히 다시 찾아오지 않을 수도 있다. 여자는 잃어버린 한 개의 조각 때문에 구백아흔아홉 개의 퍼즐을 버린다. 608호 여자에게 사랑은 그런 것이었다.

세 번째 사랑 이야기 – 투명한 빛깔 : 정찬의 「희생」

「희생」은 아주 오래된 사랑 이야기이다. "아주 오래된"이라는 말은 이중적이다. 아주 오래전에 있었던 사랑 이야기라는 의미이기도 하지만, 아주 오래전에나 있을 법한 이야기라는 뜻이기도 하다. 소설은 20여 년 전 홀연히 사라져버린 후 어떤 소식도 없던 옛연인으로부터 갑작스러운 편지를 받는 것으로 시작된다. "그리운 당신"으로 시작되는 편지는 48살의 남자를 순식간에 20년 전의 젊은 시절로 되돌려놓는다. 그것이 사랑의 마술이다. 사랑은 시간조차 넘나들게 만드는 놀라운 힘을 가지고 있다. 세월이 흘러 "비와 바람에, 일상의 먼지에, 눈가의 주름살에, 허영심과 누추한 욕망에, 꽃들의 황혼"에 흐려졌던 젊은 날의 기억이 백일몽처럼 눈앞에 펼쳐진다.

하지만, 정작 편지의 주인공은 이미 이 세상 사람이 아니었다. 암으로 죽어가면서 써내려간 편지는 딸의 손을 거쳐 한때 모질게 사랑했던 사람의 손에 건네진다. 그들이 사랑했던 시간들, 20년 전의 그것들은 폭력으로 채워져 있었다. 이제는 잊혀가고 있지만, 기억하건대 그 시절은 폭력이 권력이라는 이름으로 세상을 타락시켰던 시대였다. 그래서 젊은 남자는 세상의 끄트머리에 서서 세상을 바꾸고자 했고, 그것이 자신들에게 부여된 운명이라고 믿었다.

> 젊음의 열정은 운명의 장엄함을 숭배하는 열정이라고 저는 생각했어요. 당신이 인천 쪽방에서 행복해 했던 것은 운명의 장엄함을 숭배했기 때문이었어요, 그땐 당신의 희우도 젊었었어요. 운명의 장엄함 앞에서 기꺼이 무릎 꿇을 준비가 되어 있었어요. 하지만, 저를 급습한 운명은 장엄하지 않았어요. 장엄하기는커녕 지독하게 통속적이었어요.

그런데, 장엄한 빛깔의 운명을 가슴 벅찬 희열 속에서 받아들이며 세상을 살만한 것으로 바꾸겠다고 결의했던 젊은 날의 영혼들은 무참하게 훼손당한다. 가혹하고 잔인하고 교활한 운명은 그들의 조그마한 사랑조차 용납하지 않았던 것이다. 그녀의 몸은 폭력 앞에서 무참하게 훼손되었고, 그녀의 영혼은 병들었다. 그녀는 고문하는 사내에게 겁탈 당해 임신했고, 결국 아이 때문에 삶조차 끊어내지 못한 채 비루한 세상 한가운데로 내던져졌을 뿐이다. 그래서 그녀는 다만 살기 위해 이

땅을 떠났고, 자신을 버렸고, 사랑을 버렸고, 과거를 지워버렸다. 그렇게 지워진 "아득한 날들의 풍경"은 훼손되지 않은, 눈부시게 완전한 몸의 기억을 담고 있다. 어머니의 죽음과 함께 찾아온 과거의 기억은 자신이 버렸던 지난날의 모습이 얼마나 아름다운 존재였는지를 뼈저리게 일깨워준다.

아마도 작가가 말하고자 하는 것도 그것일 것이다. 철저한 고립 속에서도 비애와 분노에 사로잡히지 않고, 무서운 꿈과 절망에 함몰되지 않은 채, 자신을 지켜나갈 수 있도록 만드는 "사무치게 아름다운 사람" 말이다. 사랑은 그런 점에서 자신만이 만들어낼 수 있는 하나의 꿈이다. "제가 누군가를 꿈꾼다면, 누군가는 저를 꿈꿀 수 있지 않을까요? 서로에 대해 꿈을 꿀 수 없다면 그건 정말 아무 관계가 아닌 거예요. 그런 점에서 장자의 말은 의미심장해요, 우리가 나비를 꿈꾸었다면, 나비도 우리를 꿈꿀 수 있는 거예요. 나비를 신(神)으로 바꾸어보세요, 우리는 신을 꿈꾸는데, 신이 우리를 꿈꾸지 않는다면, 우리와 신은 무엇으로 연결되어 있을까요." 꿈은 인간이 야만의 세계를 넘어 신성한 세계로 들어가는 유일한 통로이다. 어떤 생명도 파멸시킬 수 있는 공포의 세계, 저항과 탄압이 난폭하게 충돌하는 폭력의 전쟁터에서도 사람을 사람답게 만드는 것은 꿈이고 사랑이다.

> 분노와 원한은 달라요. 폭력에는 분노해야 해요. 폭력에 분노하지 않는다는 것은 폭력을 인정하는 행위나 마찬가지예요. 그 분노를 껴안으면서, 분노를 넘어서는 감정이 슬픔이예요. 세상은 폭력으로 가득 차 있지만, 그럼에도 세상이 아름다운 것은 슬픔에 감싸여 있기 때문이예요.

폭력을 넘어서는 슬픔의 세계는 이 작가가 오래전부터 보여주었던 것이기도 하다. 「슬픔의 노래」부터였을 것이다. 작가는 여전히 우리가 살고 있는 세계의 근원이 '폭력' 이라는 가혹한 진실에서 벗어나지 않고 있다. 그에 따르면, 세계의 폭력에 맞서 원한을 표현할 때 또다른 폭력이 나타난다. "폭력적 인간이란 고통에 대한 원한이 쉽게 노출되는 인간"일 따름이다. 80년대를 살았던 많은 사람들이 폭력의 기억을 몸 밖으로 노출시킴으로써 또다른 폭력적인 인간이 되고 말았다. 폭력을 넘어서는 길은 폭력을 몸 안의 기억으로 남겨두는 것이 아니라, 폭력을 새로운 생명으로 잉태하는 길이다. 근원적 희생자로서의 여성은 '슬픔'을 바탕으로 새로운 생명을 잉태시킨다. 폭력이 빚어내는 몸의 고통과 그 고통의 기억이 만들어내는 원한을 정화해서 슬픔으로 정화시키는 것이 예술이다. 폐허의 세계에 흐르는 슬픔은 여전히 세상을 아름답게 만들고 있는 것이다.

다시, 삶의 진정성을 꿈꾸다

— 김나정 · 김현주 · 천운영

다시 읽는 루카치

G. 루카치는 고대 그리스 문화를 언급하면서 "별이 빛나는 창공을 보고, 갈 수가 있고 또 가야만 하는 길의 지도를 읽을 수 있던 시대는 얼마나 행복했던가? 그리고 별빛이 그 길을 훤히 밝혀 주던 시대는 얼마나 행복했던가?"라는 시적인 문장으로 우리를 매혹시킨 적이 있다. 칸트의 「실천이성비판」의 한 구절을 인유하면서 "세계와 자아, 천공의 불빛과 내면의 불꽃"이 분열되지 않은 원환적인 세계야말로 영원한 문화적 유토피아임을 감동적으로 밝히고 있는 것이다.

그렇지만, 우리가 살아가고 있는 시대는 세계와 자아, 천공의 불빛과 내면의 불꽃이 결코 합치될 수 없는 불행한 세계 상황 속에 놓여 있다. 선험적 고향 상실이라는 세계 상황 속에서 천공의 불빛은 사라져 버렸고, 오직 내면의 불꽃에 의지해서 스스로 길을 밝혀야 하는 문제적 개인의 시대가 되어버렸던 것이다. 그래서 한 개인의 삶을 의미 있게 만들어 줄 내면의 불꽃은 항상 마성적인 것에 사로잡혔을 때에만 빛을 발한다. 삶의 진정성이 신적인 것이 아니라 마성적인 것에서 촉발된다는 사실 때문에 소설은 아이러니를 내적 형식으로 삼을 수밖에 없는 것이다.

소설의 내적 형식이 삶의 진정성을 향한 마성적인 열정이라는 루카치의 진단이 정당한가 혹은 그렇지 않은가에 대해 검증할 능력을 지니고 있지 못하지만, 적어도 그의 논의가 삶의 한 국면을 보여주고 있다는 것만은 분명해 보인다. 사회적·제도적·윤리적 가치와 대립하는 것으로서의 개인의 내면적 가치, 하이데거적 용어로 '양심'에 해당할 이것들이 일상적인 삶에 지쳐가는 현대인들에게 커다란 울림을 가지고 있기 때문이다. 객관적이고 보편적인 진리는 사라져 버렸으니, 진정성을 향한 열정만이 한 개인의 영혼을 가까스로 구원할 수 있으리라는 비극적인 상황인식을 통해 현대를 살아가는 우리들에게 진정한 삶의 의미를 묻고 있는 것이다. 진정성을 향한 일상의 모험을 담고 있는 소설들에 관심을 갖게 되는 것은 바로 그 때문일 것이다.

진실을 향한 우울한 열정 : 김나정의 「구(求)」

「구(求)」는 동생을 죽인 유괴범을 추적하는 이야기이다. 동생 수현은 놀이터에서 그네를 타다가 언니 수인이 잠시 아이스크림을 사러 자리를 비운 동안에 유괴범들에게 납치당한다. 범인들은 수인을 유괴한 직후 "아이는 무사하니 염려하지 말고 돈이나 마련하라"고 전화를 건다. 그들의 말을 믿은 가족들이 아버지의 퇴직금을 고스란히 넘겨주었음에도 불구하고 동생은 한 달 후에 국도변에서 싸늘한 시체로 발견된다. 돈을 노리고 아이를 유괴한 잔혹한 범인들에 의해 단란했던 가정은 처참하게 파괴된다. 유괴범에게 퇴직금을 날린 아버지는 술에 젖어 몸을 상하고, 어머니 역시 딸을 잃은 슬픔을 이기지 못한 채 광기에 사로잡힌다.

그런데, 놀이터에서 잠깐 본 얼굴을 단서로 삼아 유괴범을 찾으려는 시도는 실패한다. 주인공 수인은 범인의 얼굴을 기억하지 못한다. 놀이터에서 만났던 유괴범의 얼굴은 아무런 특징도 지니지 않는 그저 평범한 여자로만 남아 있을 따름이다. 그래서 범인의 얼굴을 몽타주로 만들겠다는 시도도 허사로 돌아가고, CCTV에 찍힌 수많은 사람들 중에서 범인의 얼굴을 구분하는 것도 불가능했다. 얼굴을 본 것은 분명하지만, '구름'처럼 흐릿한 인상만 남아 있는 얼굴을 어떠한 말로써 설명할 수 없는 것이다.

주인공이 순간적으로 대면한 얼굴은 분명 실체를 지닌 존재였다. 하지만, 수현을 유괴한 범인을 찾는 데 아무런 도움도 되지 않는다. 유괴범의 진짜 얼굴은 섬광 속에서 잠시 모습을 드러냈다가 순식간에 사라져버렸고, 주인공 수인의 기억 속에 남겨진 것은 아무것도 없다. "모두가 그녀 같았고, 모두가 그녀가 아닌 것 같"았기 때문이다. 범인(犯人)과 범인(凡人) 사이의 경계는 흐트러져 버렸다. 어쩌면 그녀가 어렴풋하게 기억하고 있는 것조차 범인의 진짜 얼굴이라고 말하기 어려울지도 모른다. 다른 것과 뚜렷하게 구분할 수 없는 것은 아무것도 아니다. 진실은 흔적조차 남기지 않은 채 사라져버렸고, 그녀가 진실이라고 믿는 것 역시 헛것에 지나지 않는다. 이제 분명한 것은 헛것을 통해서는 진짜 범인을 잡을 수 없으리라는 사실이다.

그렇지만, 한순간의 방심 때문에 동생을 죽음 속에 몰아넣었다는 죄책감 때문에 수인은 끊임없이 범인을 찾아 거리를 헤맨다. 유괴범과 비슷하다고 여겨지는 사람을 좇아 미행했던 아홉 번의 시도는 모두 무위로 끝났다. 범인이라고 단번에 확신했지만, 미행의 끝에서 만난 것은 평범한 사람들이었다. 그런데, 아무런 소득도 없이 사건이 벌어졌던 원점으로 거듭해서 되돌아가는 것은 주인공 수인뿐이다.

　　내 옆에는 텅빈 그네가 매달려 있다. 나는 이제 수현이의 얼굴을 또렷하게 기억하지 못한다. 얼굴은 사라지고 흐릿한 미소만 남아 있다. 나는 그네를 더 높이 띄운다. 하늘에서 별이 흔들린다. 빛나는 별은 떨어지며 타들어간다. 멀찌감치 떨어져 있는 사람들은 별똥별을 보면 소원을 빈다. 별똥별은 지붕을 뚫고 식사를 하던 일가족을 덮친다. 돌은 방바닥 위에서 차갑게 식어간다. 한 명이 죽고 셋은 살아남는다. 아무리 발을 굴러도 그네는 나간 남큼 뒤로 밀려간다. 힘껏 차올리자 신발 속으로 모래가 흘러 들어온다. 덜커덩, 덜커덩 그네줄은 금속성 울음소리를 낸다.

　사랑하는 가족을 잃었음에도 불구하고 시간은 모든 것을 망각의 늪 속에 깊이 파묻고 재빠르게 일상의 평화를 회복시킨다. 아버지는 술을 끊고 복직을 했으며, 어머니는 병원에서 약을 타온다. 그것이 설령 무덤 속 같은 생활일지라도 살아가기 위해서는 끔찍했던 기억들을 의식의 저편으로 몰아넣어야 하는 것이다. 삶을 유지하기 위한 현명한 지혜를 배우지 못한 수인만이 유괴범을 찾아 온몸에 칼을 꽂고 목을 베어 버리려는 원한과 복수, 살의라는 마성적인 감정에 사로잡혀 있을 뿐이다.

　그런데, 유괴범을 찾으려는 수인의 노력이 지속되는 한, 동생은 영원히 기억 속에서 사라지지 않고 살아남을 것이다. 기억하는 것이야말로 살아남은 자가 할 수 있는 유일한 일이다. 그것이 죽음을 삶으로 바꾸는, 부재를 존재로 바꾸는 유일한 방법인 셈이다. 여덟 살에 멈추어 버린 동생을 삶을 기억함으로써 현재의 삶에 잇대어주는 것이다. 그래서 수인은 생전에 한번쯤은 만날지도 모를 유괴범의 진짜 얼굴을 찾기 위해서 오늘도 망각으로 이끌어가는 시간의 흐름에 맞서 싸운다. 설령 패배가 예견된 것이라고 해도 어쩔 수 없다. 절망이 시간의 끝에 놓여 있을지라도, 절망이 두려워 포기하는 것보다는 절망을 향해 담담하게 나아가야 하는 것이다. 진실은 시간 속에서 사라져 가겠지만, 진실을 향한 포기할 수 없는 열정만이 삶을 빛나고 의미 있게 만들 것이다. 그 우울한, 혹은 우울할 수밖에 없는 진정성을 김나정의 소설을 통해서 다시 배운다.

벗어날 수 없는 삶의 고독 : 김현주의 「모래」

「모래」는 마치 입안 가득 모래를 씹는 듯한 서걱거림이 있다. 아무리 뱉어도 뱉어지지 않은 채 입안에 남아 있는 이물감처럼, 삶의 근원에 자리잡고 있는 절대 고독의 상황 속에 주인공이 처해 있기 때문이다. 사막과도 같은 일상, 절대 고독의 상황 속에서 그녀의 육체와 영혼은 조금씩 바스라진다. 사실 주인공의 삶은 타인에게 있어서 아무런 존재 감도 지니지 못한다. 그녀의 존재 상실은 '실종 신고' 라는 이름으로 구체화된다. 남편과의 불화를 견디지 못하고 집을 나갔다가 돌아왔을 때, 그녀를 기다린 것은 "당신 실종 신고 했는데, 이제 부활시켜야겠어"라는 남편의 담담한 목소리였다. 가정을 떠나 있던 동안 그녀는 세상에 없는 존재였다. 적어도 세상의 기록에서 그녀는 감쪽같이 지워져 있었던 것이다. "외부와 모든 연락을 끊고 죽은 듯이 생활에 묻혀 살았던 시간들" 속에서 그녀는 '이미' 부재하는 존재였던 것이다.

남편의 담담한 목소리는 지금까지 주인공이 지키고자 했던 모든 것들이 무의미한 것이었음을 알려준다. 남편과의 불화는 예정된 것이었다. 어머니의 강요에 의해 시작한 결혼생활은 처음부터 파국을 향해서 치닫고 있었다. "학교를 마치고 난 후 집에 들어앉아 책만 끼고 있는" 딸을 골칫거리라고 여기던 친정엄마는 "애물단지 치우듯" 결혼을 서두른다. "이미 세상과는 등을 돌린 상태"에서 어머니의 자그마한 행복을 위해 치른 희망 없는 결혼은 "뼈가 저리게 고독하고 슬픈 시간"만을 안겨주었을 뿐이다. 그래서 결혼과 함께 생겨난 아이를 남편의 동의도 받지 않은 채 낙태를 시키고, 뒤이어 두 번째 아이 역시 유산되고 만다.

이렇듯 삶의 불모성 속에서 몸은 병들어 가고 결국에는 아무것도 살수 없는 불임의 상태에 놓이게 된다. 자궁은 "이 세상에 태어나고 싶은 생명들"의 집이 아니라 "아기들의 무덤"이었던 것이다. "희망에 부풀어서 잉태를 기다리는 것이 아니라" "거짓으로 시작된 이 결혼에 종지부를 찍고 싶"어서 스스로 아이의 잉태를 거부했던 경험은 끝내 자궁 적출 수술로 귀결된다. 남편과의 결혼생활을 견디지 못하고 의식적으로 아이를 죽인 죄업의 결과인 셈이다.

> 그것은 섬광처럼 왔다. 나는 참을 수 없는 통증을 견디면서 집으로 돌아와 내내 울었다. 고통과 싸우면서. 사흘째 되던 날에야 난 수술하리라 결심했다. 그런데, 이상했다. 뱃속에서 무엇인가, 알 수 없는 것이 뱅뱅 돌더니 슬그머니 빠져나가는 것 같았다. 마치 내게 작별인사를 하는 듯했다. 말할 수 없이 서글픈, 어떤 기운이었다. 안타깝고 애처로운 어떤 것……. 그것이 내 몸을 한 바퀴 돌더니 빠져나가가더니 방 안을 또 한 바퀴 돌았다. 그런 후에 내가 늘 앉아 있는 책상 밑으로 들어 책상 밑에 아주 가만히 웅크리는 것이었다. 그리고 흐느끼기 시작했다. 난 순간적으로 깨달았다. 내 영혼의 집, 내 존재가 나를 빠져나가는 구나, 라고. 여자의 본질, 여자의 집이 나를 떠나는 거야. 그것이 바로 존재의 영혼일까?

그런데, 자궁 적출 수술 때문에 더 이상 아이를 낳을 수 없게 되자, 그녀는 가정에서 아무런 존재 가치를 지니지 못한다. 아이를 바라는 남편에게 그녀의 몸은 아무 쓸모도 없어진 것이다. 그것은 육체적인 유용성의 차원에 머물지 않고 그녀의 존재 자체까지도 부정하는 결과를 초래한다. 이처럼 영혼을 잃어버린 몸은 빈 껍데기에 지나지 않는다. 무기력과 우울증, 상실감 속에서 그녀의 죽음과도 같은 깊은 잠 속에 빠져든다. 살고 싶지 않다, 라고 생각하면, 그녀는 혈압이 저절로 떨어지고 신체가 기능을 스스로 정지하면서 혼수상태로 접어드는 것이다. 숨 막히는 결혼생활로 인해 빠져들었던 존재의 상실감이 자궁 적출 수술과 연관되면서 세상의 질서로부터 스스로를 소외시키고 있었던 것이다.

이처럼 상실감과 부재감, 혹은 불모성은 한 인간의 몸과 마음을 뜨거운 사막 속에서 달구어진 모래로 만들어 버린다. 결혼을 통해서 세상과 타협하려고 했지만, 내면의 목소리는 그녀를 끊임없이 위기의 상황으로 몰아넣는다. 내면에서 들리는 "모래 언덕이 우는 소리"는 그녀 자신이 우는 소리였고, 그녀의 슬픔을 담아내는 울림이었던 것이다. 결국, 그녀는 모래 언덕이 우는 소리를 들으며 사막의 오지에 숨어 있을 오아시스를 찾아 떠나지만, 그것 역시 갈증이 빚어낸 신기루에 지나지 않는다. 뜨거운 태양 아래에서 윤기를 모두 빼앗긴 채 아무렇게나 굴러다니고 있는 모래처럼 삶에 대한 본능적인 욕망마저 사라지고, 껍데기만 남은 삶은 모래가 되어 일상의 사막 속으로 소멸한다.

평범한 일상에 깊이 박혀 있는 허무의 흔적들을 우리는 서영은을 통해서 보았고, 그리고 윤대녕을 통해서 만난 적이 있다. 김현주의 소설은 일상의 사막을 가로지르는 구도자의 모습이라는 점에서 매우 낯익은 것이기는 하지만, 일상 속에서 음험하게 입을 벌리고 있는 허무의 흔적들을 예민하게 포착하고 있다는 점에서 근원적이라고 할 수 있다. 세상은 끊임없이 변화하는 듯하지만, 삶의 근원적인 고독은 한 번도 사라진 적이 없기 때문이다.

진실에의 열정이 사라진 뒤 : 천운영의 「틈」

「틈」은 자살을 결심한 한 중년 사내를 주인공으로 내세우고 있다. 그가 죽음이라는 극단적인 선택을 결심한 것은 평온했던 삶에 불쑥 끼어든 어떤 사건 때문이었다. 유학을 떠난 아이와 함께 미국으로 건너간 아내와 이혼을 한 중년의 대학교수는 여제자의 유혹을 이기지 못하고 육체적 관계를 맺게 된다. 그런데 이 사실이 알려지자 사내를 유혹했던 여제자는 입을 다물었고, 지위와 권력을 이용해 여제자를 욕보인 파렴치한으로 몰리게 되었던 것이다. 세상 사람들에게 억울함을 호소하기도 했지만, 그에게 되돌아온 것은 질책과 비난뿐이었다. 진실은 어느 곳에도 없었고, 사람들은 그에게서 모든 것을 빼앗았다. 그는 결국 더러운 오물을 뒤집어 쓴 알몸이 되고 말았다.

모든 것을 잃어버린 중년의 사내가 찾아든 막다른 피신처가 늪이었다. 그곳에서 그는 "내 죽음이 진실을 대신하리라"라는 짧은 유서를 손에 든 채 늪으로 들어간다. 처음에는 "사내를 둘러싼 의혹과 질책"을 피해 잠시 숨어들었지만, 안개에 덮인 거대한 늪은 사내를 죽음으로 인도했던 것이다. 그가 죽음을 결심한 것은 이처럼 지금까지 이루어왔던 모든 것, 권력과 지위와 명예뿐만 아니라 자부심조차 뭉개버렸기 때문이다. 그에게 있어 죽음이란 자신의 진실을 밝혀줄 수 있는 최후의 방법이었던 것이다.

이처럼 중년의 사내에게 있어 진실이란 죽음 혹은 삶 전체와 비길 수 있을 만큼 무거운 것이었다. 그래서 죽음을 향해 걸어가는 순간까지 그는 결코 완전히 자신을 버리지 못한다. 사내는 마지막 유서의 내용을 "진실을 밝히리라"라고 썼어야 한다고 후회하고 있으며, 끝까지 손에 쥔 팬티를 놓지 않았다. 그에게 있어 죽음은 그 자체로서가 아니라 진실을 위한 수단이었고, 삶을 향한 마지막 몸부림이었던 것이다. 삶에 대한 미련과 후회가 죽음으로 가는 발목을 잡고 있었던 것이다. 그런 맥락에서 죽음은 죽기 위한 것이 아니라 살기 위한 호소였는지도 모를 일이다. 그렇기에 늪에서 생활하는 여자의 도움으로 다시 살아났을 때, 그는 자신이 살아있음에 감사한다.

이와 함께 늪은 부활과 신생의 공간이기도 하다. 새로운 삶을 위해서 지금까지 자신을 감싸고 있던 허물을 벗어던지는 뱀처럼 과거의 주박에서 벗어나 새로운 삶을 시작하는 상징적인 기호인 것이다. 뱀들이 다시 태어나기 위해서 "며칠 동안 물 한 모금 안 마시면서 몸에 물기를 없애"고 "흐린 안개 눈을 하고 늪으로 오"듯이 사막에서 벗어나기 위해 사내는 늪을 꿈꾸었던 것이다.

> 여자와 계집애는 손을 잡고 석양 속으로 걸어갔다. 가끔 여자를 올려다보며 종알거리는 계집애의 말소리와 웃음소리가 까르르 흩어졌다. 그 뒤를 따르던 사내는 문득, 그 사이에 끼어 나란히 함께 걸어도 좋겠다는 생각을 했다.
> 사내의 눈에 뿌연 안개 같은 것이 끼면서 몸이 근질거리는 기분이 들었다. 허물 벗기 직전의 뱀 눈이 이럴까. 눈이 씀벅씀벅했다. 그리고 목이 탔다. 사내는 묽게 물든 하늘을 바라보며 침을 삼켰다.

이렇듯 중년의 사내는 늪가에 사는 세 여자가 만들어내는 일상에 자연스럽게 스며들면서 삶에 대한 의욕을 되찾는 것처럼 보인다. "스스로 경계를 허물어 하나의 덩어리로 합쳐지는 안개 속 풍경"과도 같은 것이 삶이다. 진실과 거짓을 구분하는 것은 삶을 유지하는데 하등의 도움도 되지 않는다. 오히려 끝없는 의심 속에서 삶을 파멸시킬 뿐이다. 노파가 들려주는 '노래하는 탑'에 관한 이야기나 미명에 들리는 휘파람 소리는 안개처럼 모든 경계를 허물어뜨리고 삶에 대한 기쁨으로 가득차 있다.

하지만, 새로운 탄생을 향한 기쁨도 그리 오래가지 않는다. 우연히 강둑에서 만난 노인네가 들려준 탱자나무 울타리집 이야기는 사내에게 또다른 의심을 가져다준다. 의심을 갖기 시작하면 모든 것은 달라지고 만다. 친절은 음모로 바뀌었고, 진실은 거짓으로 변질된다. 하나도 바뀐 것은 없지만, 그것을 바라보는 시선이 달라지면 모든 것은 달리 보인다. 그리고 지금까지 자신이 밝히고자 했던 진실이라는 것이 존재한다고 생각했지만, 목숨을 걸고 밝히고자 했던 진실조차 거짓이었을지 모른다는 생각을 하게 된다.

　자신이 진실이라고 믿었던 것조차 회의하게 되는 순간, 그는 다시 죽음을 선택한다. 이제 그는 팬티 한 조각으로도 자신을 감추지 않는다. 이제 "진실이 무엇인지는 중요치 않다. 밝힐 진실도 대신할 진실도 남아 있지 않았다. 진실은 모두 늪 안에 있을 것이다" 한때 삶에 남겨져 있다고 믿었던, 삶의 마지막 의미라고 믿었던 진실조차 무의미해지는 순간 그는 독한 회의와 허무에서 벗어날 수 없게 된다. 진실과 거짓 사이에 놓여 있던 칼날 같은 경계가 무너지는 순간 삶과 죽음 사이의 경계도 무의미해진다. 삶이란 거짓을 거부하고 진실을 향해 나아갔을 때에만 의미가 있기 때문이다.

운명 혹은 우연과 필연

— 이승우 · 김미월

모이라의 힘

세상을 살다보면 마음 한 구석이 헛헛할 때가 있다. 그럴 때마다 우리는 자신의 삶에 숨겨져 있을지도 모르는 비의(祕意)에 대해 생각한다. 무의미한 것으로 치부하기에는 죽는 날까지 견뎌야 할 삶의 무게가 너무 무거운 까닭이다. 그래서 운명이라는 단어를 떠올리기도 하고, 우연과 필연을 넘나들면서 의미를 부여하기도 한다.

고대 그리스 세계에서 삶의 진실은 '운명'이라는 단어로 포착되었던 듯하다. 모이라(moira)는 최고의 권능을 지닌 존재는 아니었지만, 여신이 관장하는 운명은 인격화된 신의 감정과 의지를 넘어서는 그 무엇이었다. 그래서 아무리 뛰어난 능력을 소유한 영웅일지라도 '이미' 정해진 바에 따라 자신에게 부여된 몫들을 견디는 일만이 허용되었다. 프로메테우스가 그러했듯이, 운명을 무시하고 경계를 넘어서는 순간, 인간은 자신이 저지른 오만의 대가를 지불해야만 했던 것이다.

그렇지만, 현대를 살아가는 우리들은 운명이라는 인간적인 개념 대신, 필연성·법칙성과 같이 탈인간화된 과학적인 개념을 동원하여 세계를 설명하는 데 익숙하다. 세계는 특별한 목적이나 섭리 없이 단지 그렇게 될 수밖에 없는 결정론적 체계로 이루어져 있고, 그것을 우리는 객관적인 필연이라고 부른다. 특히 근대 과학에서 물리적 필연성은 누구도 거역할 수 없는 중성적인 법칙으로 세계를 질서화하는 데 성공함으로써 세속적인 세계에서 초월적인 힘을 제거한다.

그런데, 과학적인 필연성은 '어떻게' 그런 법칙성이 관철되는가를 설명할 수 있지만, '왜' 그런 법칙성을 보이는가에 대해서는 아무 말도 하지 않는다는 점을 간과해서는 안 된다. 우리가 어떤 사고를 당했다고 가정해보자. 대부분의 경우 과학적인 법칙성에 따라 사건이 일어나게 된 원인을 설명하는 것은 가능하다. 하지만, 많은 사람들 중에서 하필이면 그가 사고를 당하게 된 것에 대해서는 아무것도 설명할 수 없다. 그것은 인과론적 메커니즘을 찾을 수 없다는 의미에서 필연성의 결여, 곧 우연성의 영역인 것이다.

그렇지만, 인과관계를 따질 수 없다고 하더라도 우연성이 한 인간의 삶에 영향을 미치는 한 의미론적으로는 매우 중요하다. 그리고 그 의미를 찾기 위해서는 '왜'라는 형이상학적 질문을 던지지 않을 수 없는 것이다. 이 지점에서 인과론적으로 설명 불가능한 사건은 그 의미가 밝혀지지 않는 '우발적'(contingent)인 사건으로 전환된다. 따라서 우발성은 존재론적 개념이다. 서사란 이처럼 원인을 밝힐 수 없는 우발적인 사건이 이미 일어났다는 사실, 그 사실을 앞에 두고 숨겨진 의미를 찾아나가는 작업이라고 할 수 있을 것이다.

우연의 세계와 공감의 윤리 : 이승우의 「실종사례」

「실종사례」는 대구 지하철 방화 사건에서 출발하고 있다. 아직도 선명하게 기억되고 있듯이 이 사건은 한 정신질환자의 방화로 말미암아 수백 명이 목숨을 잃었던 비극적인 사건이었다. 그렇지만, 당시 사건의 실체가 어떠했던가 물어본다면, 우리는 사건 그 자체를 알고 있지 못하다는 사실을 깨닫게 된다. 사건을 '직접' 경험했던 사람들 중에서 죽은 자들은 더 이상 사건 자체를 떠올릴 수 없을 터이고, 살아남은 자들 또한 당시의 공포를 떠올리는 것이 두려울 것이기 때문이다. 그 대신 우리의 집단 기억은 미디어를 통해서 전달된 희생자들의 참혹한 모습이나 가족을 잃고 절규하는 희생자 가족들의 아픔을 담고 있는 몇 개의 이미지로 구성된다.

미디어를 통해 재현된 이미지에 대한 경험이라는 점을 염두에 둔다면, 사건 그 자체를 경험했던 사람들의 고통 역시 우리의 경험이라고 할 수 없다. 그들이 사건 현장에서 겪었을 상상하기조차 힘든 두려움의 경험은 '나'의 것이 아니라 '타인'의 것에 지나지 않는다. 그렇지만, 타인의 고통은 미디어를 통해 시각적으로 재현됨으로써 '나'의 고통이 되기를 강요한다. 형체를 알 수 없을 만큼 처참하게 파괴된 전동차의 모습과 가족을 잃고 울부짖는 가족들의 모습을 반복적으로 재현함으로써 그것이 결코 나와 무관한 것이 아니라고 속삭이고 있는 것이다.

「실종사례」의 주인공 '나' 역시 텔레비전 화면을 통해서 방화 사건의 현장을 보게 된다. 수많은 사람들의 억울한 희생과 고통의 장면들이 화면 속에서 생생하게 재현된다. 아무런 여과도 거치지 않은 채 가식 없는 표정과 행동으로 고통을 증언하고 있는 희생자, 혹은 희생자 가족들의 모습은 화면을 지켜보고 있는 '나'에게 방화범에 대한 증오와 희생자에 대한 동정을 불러일으키기에 충분하다. 나와 함께 세상을 살아가고 있는 타인이 아픔을 겪고 있다는 사실을 받아들임으로써 고통을 받고 있는 타인이 나와 무관한 것이 아니라 '또다른 나' 라는 사실을 인정하는 것이다.

하지만, 미디어를 통해서 재현되는 고통의 경험들은 짧은 순간밖에 기억되지 않는다. 타인의 고통이라는 낯설고 불편한 스펙터클이 시각적으로 반복되면서 닳고 무디어져서 허공 속으로 사라진다. 그것은 사건 그 자체가 아니라 사건에 대한 고통스러운 이미지일 뿐이기 때문일 것이다. 타인의 고통은 나와 동일한 시간과 공간 속에서 일어난 것이 아니라, 미디어 속에서 재현된 것에 지나지 않는다. 타인이 겪었던 사건에 대한 공포가 내 삶 속에 침투해 오는 것을 막기 위해 서둘러 인간적인 연민과 동정을 소비해버리는 것이다. 그래서 미디어를 통해서 재현된 타인의 고통은 기껏해야 재해성금을 모금하는 ARS 번호를 누르는 순간까지만 지속된다. 이처럼 윤리적 행동이란 자신의 삶 속에 불쑥 찾아온 불편한 현실을 망각하는 데 일종의 알리바이를 제공하고 있는 셈이다.

그런데, 텔레비전이라는 상자 속에서만 있어야 할 타인의 고통, 혹은 즉각적으로 소비되어야 할 타인의 고통이 예상치 못하게 '나' 의 삶에 관여한다. 텔레비전 속에 등장하는 얼굴 하나가 자신의 삶과 깊숙이 연관되어 있기 때문이다. 나와는 무관한 채 소비되었어야 할 타인의 고통이 나의 삶에 관여하게 된 것이다.

이름은 홍동철. 그렇게도 찾으려고 했던 사람이었다. 그렇게도 찾아지지 않던 사람이었다. 그런데 이렇게 이상한 방법으로 사람이 찾아지다니, 허탈하고 혼란스러웠다. 지난 시절, 잡히기만 하면 멱살을 잡아 내팽개친 다음 실컷 두들겨 패주겠다고 벼르고 별렀던 남자가 남쪽 어느 도시에서 일어난 대형 사고의 희생자가 되어 나타난 것이다.

그 사람으로 인해서 자신이 받았던 상처와 고통의 기억이 채 아물기도 전에, 그리고 상처와 고통을 되갚아주기도 전에 그는 희생자의 얼굴로 모습을 드러냈던 것이다.

텔레비전 속에서 홍동철의 아내는 남편의 사고에 몸서리치는 피해자의 모습으로 등장한다. 그녀의 얼굴을 보는 순간 '나'는 오랜 시간 동안 자신을 괴롭혔던 고통스러운 과거를 떠올리게 한다. 아이엠에프 직전 의류공장을 운영하던 홍동철 부부는 일시적으로 자금 회전이 원활하지 않자, 평소 친하게 지내던 '나'에게 아파트 중도금 명목으로 마련해 놓은 돈을 사업자금으로 변통해 줄 것을 청하게 된다. 그런데, 아이엠에프와 함께 사업이 파산지경에 처하게 되자 사라져 버렸고, 아파트 중도금을 마련할 수 없었던 '나'는 아파트 입주를 포기해야만 했다. 그렇게 세상 밖으로 숨은 듯했던 홍동철 부부가 불쑥 희생자의 모습으로 텔레비전 화면 속에 등장했던 것이다. '나'는 고통으로 얼룩진 홍동철 부부의 얼굴을 보면서 희생자에게 윤리적인 동정을 보내던 채무자의 위치에서 순식간에 받아야 할 빚을 가진 채권자의 위치로 옮아간다. 자신에게 빚을 지고 있는 도덕적 채무자를 향한 오래된 원한과 분노가 되살아난다.

이렇듯 작가 이승우가 「실종사례」를 통해서 일상인들의 윤리적 감각이 지극히 허약하다는 사실을 지적한다. 우리가 가지고 있는 윤리적 감각이란 채권자와 채무자, 혹은 가해자와 희생자의 대립 속에서 구성되어 있는지도 모른다. 희생자를 향한 부채의식이 윤리적 감각의 근원에 놓여 있는 것이다. 따라서 정신적 부채를 갚았다고 생각하는 순간 윤리적 감각 역시 느슨해진다. 윤리란 채권-채무관계의 변용에 지나지 않는 것이다. 이렇듯 홍동철 부부의 등장은 스펙터클한 화면을 포착하려는 미디어의 탐욕스러운 시선에 우연히 포착된 것이었으나, 그 우연적인 사건을 통해서 작가는 윤리성의 근원을 묻는다.

그런데, '나'와 홍동철 사이의 채권—채무관계는 이미 예기치 못했던 방식으로 해소된 것이기도 했다. 빌린 사업자금을 갚지 못하게 되자, 홍동철은 나에게 강원도 산간의 두 마지기 밭문서를 넘겨주었고, 이 땅이 개발되면서 적지 않은 돈을 손에 쥐게 되었던 것이다. 따라서 그러한 사실을 모른 채 숨어살다가 비극적인 죽음을 맞이한 홍동철에게 '나'가 정신적인 채무를 지고 있다고 할 수도 있다. 결국 '나'는 정신적인 부채를 갚기 위해 사건 현장을 찾아갔다가 당혹스러운 사태에 직면한다. 죽은 줄로만 알았던 홍동철이 살아있었던 것이다. 홍동철의 실종은 잦은 사업 실패로 인해 가출한 남편을 이용해 거액의 보상금을 노리고 꾸민 홍동철 아내의 연극이었다. 이 사실을 알게 된 홍동철 역시 "남편의 목숨을 가지고 벌이는 마누라의 장난질"에 잠시 씁쓸해하기도 했지만, 이내 마음을 고쳐먹고 아내의 연극에 함께 참여한다. 오히려 죄의식 때문에 연극을 그만두려는 아내를 설득하여 계획대로 진행하던 중에 '나'를 만나게 된 것이다.

이처럼 작가는 대구 지하철 방화 사건이라는 우연한 사건을 통해서 윤리라는 이름의 가면 뒤에 숨겨진 추악한 본성을 말한다. 타인의 고통을 나의 고통으로 받아들임으로써 타인과의 진정한 일체를 이루는 진정한 공감은 찾아보기 어렵다. 그것은 채권—채무관계로 한정되는 이기적인 욕망의 표현일 뿐이다. 홍동철의 등장이 '나'에게 불러일으켰던 불편함의 근원에는 이러한 추악한 이기심이 놓여 있는 것이다. 이를 통해 작가는 진정한 공감의 윤리란 빚을 갚음으로써 잊어버리는 것이 아니라 모든 것을 타인에게 빚지고 있는 의식에서 비롯하고 있다고 말하는지도 모른다.

우연의 우연성을 인정했을 때 : 김미월의 「현기증」

「현기증」은 우연적인 사건의 연속이다. 소설 속에 등장하는 주인공의 이름은 '달리'이다. 그저 "달리 할 말도 없었다"라는 문장에 매료된 20대의 남자는 자신의 본명 대신에 이 이름으로 불리기를 원한다. 그는 자신의 별명만큼이나 일상적인 사고방식과는 거리를 두고 있다. 예컨대, 청소를 해본 적이 없어서 방바닥에 있던 압정에 찔리게 되자, "젖은 발바닥 위에서 은빛으로 도도하게 반짝이는 제 불결함과 게으름의 징표를 내려다보며, 그는 앞으로 청소를 잘해야겠다가 아니라 실내에서도 슬리퍼를 신고 다녀야겠다, 고 다짐" 하는 것처럼 말이다.

그런 인물이기 때문에 입사 한 달 만에 맞게 된 실직 역시 그리 심각한 것으로 받아들이지 않는다. "남들처럼 안정된 직장에서 꼬박꼬박 월급 받으며 평범하게 살" 수 있으리라는 꿈이 사라진 것이기는 해도, 그것은 삶의 위기도 아니고 그저 "시작은 있으되 끝이 없는 잔인한 휴가" 정도로 받아들여진다. 이처럼 주인공 달리는 김미월의 소설에 등장하는 인물들이 항용 그러했듯이 미래에 대한 희망을 상실했음에도 불구하고 심각성을 찾아보기 어렵다. 그저 강이 흐르듯이 그때그때 삶을 선택하고, 그 삶을 살아갈 뿐이다.

소설은 주인공이 온갖 잡동사니로 가득찬 방을 나와 점집을 찾아가는 가는 과정으로 채워져 있다. 이 과정에서 가장 중요한 역할을 하는 것은 유사성 혹은 동일성에 바탕을 둔 끊임없는 연상이다. 해고를 통보하는 사장의 "상대를 존중해주는 척 하면서도 실은 자신의 힘과 지위를 재확인할 뿐인, 그럼으로써 상대에게 오히려 더 큰 모욕을 주는 언사"는 여자 친구에게 사랑을 고백했다가 거절당했을 때 들었던 목소리이기도 했다. 그 여자의 목소리를 따라 거슬러 올라간 기억 속에서 달리는 열여섯 살 무렵에 만났던 여선생의 흔적을 발견한다.

이처럼 달리의 의식은 연상을 통해서 끊임없이 움직인다. 그 연상의 종착점은 중학교 3학년 무렵에 만났던 젊은 여교사에 대한 추억이다. 조그만 소읍의 중학교에 초임 발령을 받아 부임한 젊은 여교사는 순수함과 열정으로 학생들을 매료시킨다. 특히 달리를 매혹시켰던 것은 "세상의 보편적 질서에 구애받지 않는" 자유로운 사고방식을 지니고 있다는 점이다. 그런데 통일에 관한 주제로 학급회의를 벌이던 중 여선생의 발언이 문제가 되어 해직되고 만다. 그런데 여선생의 해직에 결정적인 빌미를 제공했던 것은 다름아닌 달리가 서기를 맡았던 학급회의의 일지였다. 가장 존경하고 사랑하는 선생을 달리로부터 뺏어간 것은 바로 달리 자신이었던 것이다. 달리가 여선생을 닮은 여자 친구에게 "용서를 빌고 싶다는 불가해한 충동"과 예전의 여선생이 그러했던 것처럼 "그녀가 자신의 머리를 쓰다듬어 주었으면 좋겠다는 갈망"에 사로잡히게 되는 것은 이렇듯 마음 한구석에 깊이 박혀 있는 상처 때문이다.

여선생이 떠난 후 달리는 한꺼번에 대량생산한 인형들처럼 같은 모습과 같은 생각만 하도록 만들어지고 있는 유니폼 입은 아이들의 세계에서 벗어난다. 그리고 빨리 어른이 되어 마을을 벗어나는 꿈만을 꾸며 살아간다. 이처럼 현재의 달리를 만든 것은 열여섯 살 때의 경험이다. 여선생에게 매혹되어 사람들의 일상적인 사고방식과 행동방식과 다른 삶을 살기를 꿈꾸었고, 지금 그렇게 살고 있는 것이다. 그때의 경험은 현재를 규정하는 근원적인 것이다. 그 경험을 경계로 해서 이전의 삶과는 전혀 다른 삶이 펼쳐진다. 주인공 달리가 전경들의 모습을 보면서 현기증을 느끼는 것은 그 때문이다.

어인 일일까. 전경 일개 소대가 이열종대로 줄 맞춰 구보를 하고 있었다. 표정 없는 얼굴들이 똑같아 보였다. 달리는 시선을 내려뜨렸다. 질서정연하게 움직이는 군홧발을 보고 있으려니 눈앞이 어지러웠다. 군화들은 서로 크기도 모양도 색깔도 같고 그림자까지 똑같았다. 그는 돌아서서 손으로 벽을 짚었다. 숨을 크게 들이쉬고 내쉬었다.

전경들이 시야에서 사라지자 어지럼증도 가라앉았다.

이처럼 삶의 시간을 거슬러 오르는 긴 여행의 결과는 단순하다. 자신의 현재를 이루고 있는 많은 것들이 실상은 과거의 경험에서 파생된 것에 지나지 않는다는 것을 인정하는 것이다. 다른 사람과는 다른 방식으로 살아가고 있는 현재의 모습들이 과거에 있었던 근원적인 사건에서 비롯되었음을 인식하게 되는 것이다. 그런데, 여선생의 흔적을 좇아갔다가 점쟁이로부터 "미래가 궁금하면 과거를 잘 살펴보게. 과거는 거짓말을 못하는 법이니까"라는 말을 들었던 것처럼 미래는 미래의 과거, 곧 현재에 의해 예비된다.

그렇다면 현재의 삶은 어떤 모습인가? 어떻게 살아가는 것이 현명한 것이라고 말할 수 없다는 사실에 달리는 두 번째 현기증을 느낀다.

아침부터 피를 흘린 탓일까. 가벼운 현기증이 일었다. 그는 피를 닦아낼 만한 것을 찾아 바지 주머니를 뒤졌다. 두 번 접혀 있는 종이를 펼쳤다. 부동산 중개인. 은행 지점. 점쟁이 사내의 필체가 그새 눈에 익었다. 달리는 골목 한가운데 외발로 서서, 부동산 중개인과 은행 직원의 공통점은 무엇일까 고민해 보았다. 답이 쉬이 나오지 않았다. 이런 문제에도 정답이 있을까.

삶은 인과론적인 메커니즘으로는 설명하기 어려운 우연적인 사건들로 채워져 있다. 그리고 우연적인 사건들은 사람들의 삶을 예기치 못한 방식으로 이끌어간다. 그런데, 삶의 굽이굽이마다 사람들은 선택을 하거니와, 그 선택이 바로 그 사람의 운명을 결정한다. 운명이란 삶의 바깥에 존재하는 것도 아니고, 초월적인 힘으로 선택을 강요하는 것도 아니다. 다만 그 순간순간마다 온갖 우연적인 계기들을 고려하며 선택했던 것들이 그 사람의 운명을 이루고 있는 것이다.

 따라서 삶에 불쑥불쑥 삽입되는 우연적인 사건을 의미를 찾는 것은 살아가는 인간의 몫이다. 아무리 사소한 것일지라도, 설령 인과론적으로 설명되지 않는다고 하더라도 의미 없는 사건이란 존재하지 않는다. 그리고 그 의미 역시 확정되어 있지 않다. 정답은 존재하지 않는다. 누구나 자신만의 방식으로 정답을 만들어가지만, 그것은 완성되지 않거나 혹은 완성되는 순간 종말을 맞이한다. 다만 그것을 살아내고, 견뎌내며, 의미를 부여할 수 있을 뿐이다. 김미월의 소설이 말하고 있는 것은 바로 그것이다. Carpe Diem.

기억의 풍경들

― 전상국 · 임철우 · 남한

전쟁, 혹은 망각된 기억 : 전상국의 「지뢰밭」

「지뢰밭」을 읽다가 문득 유월이 멀지 않았음을 깨닫는다. 예전 같으면 전쟁을 떠올리게 하는 행사들이 기다리고 있겠지만, 지금 우리는 아무 일도 일어나지 않았던 것처럼 그날을 보낼 것이다. 우리가 살고 있는 이 땅과 참혹했던 일들이 벌어졌던 그 땅이 다른 행성이기나 한 것처럼 말이다. 그렇지만, 그날의 흔적들이 남겨져 있지 않은 땅이 단 한 곳이라도 있을까. 무고한 목숨들이 흘렸던 피는 흙 속에 배어 있고, 원통한 죽음들이 남긴 이야기는 바람이 되어 대지를 흐르고 있다.

그런데, 한국전쟁을 경험했던 세대가 역사의 뒤안길로 물러가고 나면 우리가 기억하게 될 전쟁은 아마도 화면을 통해서 보는 총천연색 시네마스코프이거나 혹은 적을 향해 무차별 공격을 감행하는 신나는 게임과도 같은 스펙타클이기 십상이다. 조금은 흥미롭게 그리고 조금은 가슴 아프게 떠올리다가도 마침내는 그들의 고통이 나의 것이 아니라는 사실 자체에 지극히 만족하며 전쟁을 잊어갈 것이다. 그렇기 때문에 유년 시절에 직접 경험했던 세대들이 들려주는 전쟁의 기억은 소중하다. 잊혀가고 있지만, 여전히 현재를 이루는 전쟁에 대한 마지막 이야기일지도 모르기 때문이다.

소설 「지뢰밭」은 지방 방송국 뉴스에 보도된 국군 유해 발굴 장면에서 시작된다. 두개골이 함몰된 상태로 발굴된 주검 옆에는 만년필 한 자루만이 유품으로 남겨져 있을 뿐, 신원을 알려줄 군번줄이나 인식표조차 발견되지 않는다. 주검은 자신에 대해서 아무것도 말하지 않은 채 침묵하고 있다. 하지만, 오십여 년 동안 땅 속의 어둠에 갇혀 있다가 빛의 세계로 나온 주검은 전쟁이 끝나지 않았음을 웅변하고 있다. 주인공 장효식 역시 전쟁이 한창이던 여름날 친구를 만나고 오겠다는 말만 남긴 채 종적이 묘연한 형의 안부를 궁금해 한다. 형은 그렇게 살지도 죽지도 않은 실종 상태 그대로 오십칠 년의 시간을 견뎌내고 있는 것이다.

시간이 멈춘 것은 형의 실종 사건만이 아니다. 형이 실종되던 무렵, 이곳에서 열 살짜리 아이를 오줌 지리게 했던 사건 역시 여전히 잊혀지지 않은 채 남아 있다. 전쟁이 나고 미처 피난을 떠나지 못해 인민군 치하에서 몇 달을 숨어 지내던 마을 사람들은 인천상륙작전으로 전황이 급변하고 서울 탈환이 눈앞에 왔다는 소식을 접하자, '대한구국청년결사대'라는 이름의 비밀조직을 결성하여 인민위원회 간부들을 제거한다. 그러자 인민위원회 위원장이었던 윤재복의 동생 재천이 패주하는 인민군 부대를 동원해 마을 사람 몇 명을 본보기로 처형했고, 이에 맞서 마을 사람들은 포로가 된 인민군 패잔병을 무참하게 학살했던 것이다.

이러한 피비린내 나는 복수극의 원인이 무엇인가를 따지는 것은 불가능하다. 학살의 주모자였던 용재두의 개인적인 원한 때문일 수도 있다. 서북청년단 단원으로 활동하면서 많은 원한을 샀던 용재두는 어렵게 얻은 자식을 잃고 만다. 용재두에게 원한을 가진 이가 전짓줄로 아들의 두 손을 묶은 채 불태워 죽였던 것이다. 그런데, 용재두가 원한과 복수의 연쇄극에서 한 역할을 담당한 것은 분명하지만, 그가 모든 책임을 뒤집어쓰는 것은 온당치 않다. 오히려 마을 사람들의 공포와 불안, 그리고 까닭모를 적개심과 어울려 그런 비극적인 일이 반복되었다고 보는 것이 적절할 것이다.

그런데, '그 해 여름'의 학살은 잊혀져야만 했다. 잊어야만 살 수 있는 것이 삶이기도 하다. "가방끈 길어 고향 떠난 너 같은 놈들이야 밝은 대낮에 삐쭉 들러 그때 일이 어쩌구저쩌구 짖어대다 가면 그만이지만, 여기 평생 처박혀 사는 우린 그게 아니란 말이여. 밤마다 여기두 귀신 저기두 오싹인데 우리가 그래 그런 걸 하나하나 기억하고 싶겠냐"라는 영팔의 말에 공감할 수밖에 없는 것은 그 때문이다. 어차피 삶이란 망각하는 과정을 통해서 지속될 수 있는 것이 아니었던가? 그 망각을 위해서 사람들은 집단학살이 벌어졌던 사건 현장을 방치하고, 사건이 촉발되었던 외딴집을 불태우려다가 산불을 내기까지 한다. 사람들로 하여금 그해 여름의 기억을 떠올리게 할 만한 물적 증거들은 모두 없어져야 했던 것이다. 그렇지만, 학살이 자행되었던 그 땅이 비어 있는 한, 오십칠 년 전의 그 기억이 텅 빈 여백으로 남아 채워지기를 기다리는 한 전쟁은 아직 끝나지 않았음을 반증할 뿐이다.

전화기를 통해 들려온 낯선 사람의 목소리는 그날의 사건이 결코 사라질 수 없다는 것을 알려준다. 많은 세월이 흘렀음에도 불구하고 "오십칠 년 세월이 한 덩어리의 불똥으로 내 정수리에 내리 꽂히는 느낌"이었던 것이다. 이제 과거의 사건들은 현재의 시간 속으로 틈입한다. 그날 이후 캄캄한 어둠 속에서 웅숭깊게 나를 바라보고 있던 눈빛이 모습을 드러냈던 것이다. 치매에 걸린 오홍춘 노인의 경우처럼 그날의 기억은 끝없이 덧나는 상처처럼 집단적인 망각 상태에서 벗어나 의식으로 떠오르는 것이다.

> 지뢰는 이 땅에서 어떤 금기를 위한 세뇌용 상징으로 존재한다. 지뢰표지 하나 걸어놓고 수십 년간 이 땅을 으스스한 금기구역으로 갈라놓은 것이다.
> 문제는 내 안에 더 많았을 것이다. 벌써 오래 전에 내 마음속에서 제거했어야 할 지뢰였다. 안에 지니고 있으면 위험하다는 걸 알면서도 그걸 털어버릴 용기가 없었던 것이다. 되도록 지뢰밭을 멀리하며 산 일이 죄라면 죄일 수도 있다.
> 지뢰는 숨쉬고 있다. 그것이 살아있기 때문에 더 무서웠다.

결국 주인공 장효식은 용재두의 무덤을 벌초하는 인물과 만나면서 과거의 기억과 화해를 시도한다. 하지만, 그 시도는 녹록하지 않다. 오십칠 년 동안 살아오면서 사람들은 그때의 기억을 떠올리는 것조차 두려워하고 있기 때문이다. "난 모르는 일이우. 전혀 기억에 없다니까. 그 말 한마디면 그만이었다. 실제로 그런 일이 있었던 건 아니지요? 누가 그렇게 묻는다 해도 하릴없이 그냥 고개나 주억거릴, 그렇게 오랜 세월 저쪽에 있었던 일이다" 더구나 오랜 억압의 흔적 때문에 사실대로 기억한다는 것조차 불가능하다. 가해자의 기억과 피해자의 기억이 어느 순간엔가 뒤바뀌어 기억은 항상 자신의 현재에 유리한 방향으로만 기억되어 왔던 것이다.

이처럼 오십칠 년 전에 있었던 사건의 원형을 복원한다는 것은 불가능하다. 사실을 사실대로 밝힌다는 것은 허울 좋은 미망에 지나지 않는다. 살아온 흔적만큼 시간의 때가 내려앉은 까닭이다. 따라서 애써 묻어두었던 사건을 다시 떠올리는 것은 현명하지 못한 일인지도 모를 일이다. 머릿속에 숨겨 두었던 지뢰를 터뜨리는 일이기 때문이다. 그렇지만 '그 해 여름'의 사건들을 묻어둔다면, 지뢰가 숨겨져 있는 땅은 영원히 사람들이 발 디딜 수 없는 금기의 땅으로 남을 것이다. 물론 문어두었던 학살의 흔적들을 시간의 지층에서 꺼내어 햇빛에 드러나게 하는 것은 어쩌면 꺼져가던 불씨를 다시 활활 타게 만들지도 모르지만, 그렇게 드러내는 것이 죄책감으로부터 벗어나는 것이며, 죽은 자와의 화해일 뿐만 아니라 자기 자신과의 화해이기도 한 것이다.

사랑, 혹은 마술적인 기억 : 임철우의 「묘약」

「묘약」의 소설적 무대를 이루고 있는 '황천'은 지극히 환상적인 공간이다. 첩첩산중 막막한 산골 오지에 자리잡고 있지만, 한때 금광으로 흥청망청했던 곳이었다. 그런데, 금광의 채굴 작업이 중단되고 치명적인 역병이 유행하면서 그곳은 예전의 활기를 잃어버리고 말았다. 더욱이 주당들의 입맛을 사로잡던 전설적인 '칠선녀주'가 사라지면서 "귀신들만 사는" 어둡고 황량한 유령의 마을로 전락해버렸다.

그런데, 크리스마스를 앞둔 어느 해 겨울 마을에는 이상한 사건들이 계속 발생한다. 한겨울에 눈이 퍼붓다가 순식간에 봄날의 아지랑이와 같은 안개가 뒤덮기도 하고, 사람들이 곤히 잠든 한밤중에 메마르고 쓸쓸한 목소리로 "오고 있다. 오고 있다."라는 소리가 반복되어 울려 퍼진다. 또한 마을 사람들이 모두 비슷비슷한 꿈을 꾸기도 한다. 이러한 마술적인 공간 속에서 벌어지는 사건 역시 기괴하기 짝이 없다. 철커덕이라는 소리와 함께 가위날이, 젓가락, 자물쇠와 열쇠가 달라붙고, 교미하던 짐승들도 철커덕 소리와 함께 달라붙었던 것이다. 한 남자와 여자가 이곳에서 은밀한 정사를 나누다가 철커덕이라는 소리와 함께 한 몸처럼 붙어버리는 일은 이러한 기괴한 사건의 절정에 놓여 있다.

이러한 설정은 작가 임철우가 1980년대 초에 발표했던 작품 「사산하는 여름」을 떠올리게 만든다. 1980년 광주민주화운동이 지배권력에 의해 은폐되고 통제되고 있었을 때, 임철우는 하나의 알레고리를 통해서 우리에게 광주의 아픔이 결코 잊혀질 수 없다는 점을 보여준 바 있다. 즉 정사 중에 한몸이 된 채 죽어버린 한 쌍의 남녀 이야기가 사람들의 입과 입을 통해서 끊임없이 유통되고 소비되는 과정을 형상화함으로써 권력에 의해 은폐된 민주화운동을 기억하고자 했던 것이다.

> "비슷한 얘길 소설에서 읽었어. 제목은 잊었는데, 팔십년 봄에 저 아래 남쪽 도시에서 난리가 났었잖아. 그 난리 직후엔가 직전에 그런 희한한 사건이 있었다더군. 남녀가 결합 직후 분리가 안된거야. 자웅동체가 된 남녀를 손수레 싣고 병원으로 옮겼는데……"
> "그거 진짜 일어났던 사건이래?"
> "유언비어라고 했던 것 같은데, 소설 속에서는."
> "거봐. 완전 픽션이잖아."

「사산하는 여름」에서 '유언비어'로서의 소문은 인쇄매체, 곧 권력에 의해 통제되는 공식 역사에 저항하는 민중들의 구술담론에 대한 유비이자 상징이었다. 사람들은 그 소문을 들을 때마다 잊혔던 사건을 다시 떠올려야 했다. 그런 점에서 소문은 망각의 무덤 속에 갇혀 있던 과거의 시간을 불러내는 주문과 유사하다.

그런데, 「묘약」의 전편을 이루고 있던 「나비길」에서 임철우는 소문이 더 이상 권력에 대한 저항의 의미를 지니기보다는 한 사람의 인생을 파괴할 수도 있는 또다른 권력임을 보여준 바 있다. 근대적인 언어가 인식론적 이분법, 혹은 타자에 대한 폭력성을 기반으로 하고 있다는 사실이야 새삼스러울 것도 없겠지만, 문자로 쓰인 것뿐만 아니라 말로 표현되는 것조차도 폭력성을 지니고 있었던 것이다. 낯선 존재에게 죄를 덮어씌움으로써 자신을 구원하는 것은 세상의 오래된 질서이다. 군대에서도 마찬가지였고, 황천에서도 변한 것은 아무것도 없다.

소문 속에서 사람들은 집단 속에 자신을 감춘 채 냉혹한 폭력의 언어를 구사하는 것이다.

이러한 작가적 인식의 변화는 「묘약」에서도 발견할 수 있다. 한 남녀가 정사 중에 한몸이 되어 이야기는 작품 속에서 「사산하는 여름」과는 전혀 다른 기능을 수행한다. 소설에서 이 기괴한 사건은 전설 속의 명주 '칠선녀주'를 복원하는 과정과 결합되어 있다. 황천읍에서 대대로 술을 빚고 있는 '황홍녀' 일가는 특별하고도 기구한 집안 내력을 지니고 있다. 모두 아비가 없거나 아비가 정확히 누구인지 모르는 까닭에 오떡례-황옥봉-황금심-황홍녀로 이어지는 모계의 성을 따르고 있는 것이다.

그런데, 황씨 집안은 읍내에서 갈보리교회를 개척한 허씨 가문과 삼대에 걸친 지독한 악연을 간직하고 있다. 칠선녀주를 처음 개발할 무렵 마을에 일곱 마리의 아름다운 두루미가 찾아왔고, 상해에서 밀파된 독립군 요원과 황옥봉의 사랑도 시작되었다. 하지만, 젊은이가 일본 순사에게 쫓겨 교회로 숨어들자 흉악한 강도로 오해한 갈보리교회 허영칠 목사는 일본 순사에게 신고해 젊은이의 목숨을 앗아가고 금심이 유복녀로 태어나게 된 빌미를 제공한다.

갈보리교회의 허씨 집안과 황천주조장의 황씨 가문 사이의 악연은 여기에서 그치지 않는다. 같은 날 태어난 허기진 목사와 황홍녀 사장은 미래를 약속한 사이였다. 그런데, 허기진 목사가 베트남 전쟁 중 머리에 외상을 입고 기억상실에 빠지고 만다. 베트남 전쟁 중 상사의 명령을 받고 열예닐곱 살 된 여자아이를 무참하게 죽인 기억 때문에 허기진 목사는 일종의 기억상실에 빠져들었던 것이다. "전쟁터에서 영혼을 빼앗기고, 눈 하나와 함께 사랑을 영영 잃어버린 사내"가 되고 말았던 것이다. 황홍녀와의 사랑의 약속 또한 허기진 목사의 기억상실과 함께 사라진다.

허기진 목사와의 좌절된 사랑 속에서 황홍녀는 끊어진 칠선녀주를 복원하는 데 자신의 열정을 쏟아 붓는다. 오래전 어머니의 어깨 너머로 보고 배운 것을 하나씩 더듬어가며 집요하게 연구와 실험을 거듭했지만, 칠선녀주는 끝내 복원되지 않는다. 칠선녀주는 단순한 술이 아니다. 술을 술 이상의 명주로 만드는 묘약을 지니고 있지 못한 까닭이다. 묘약을 만드는 비법은 이미 끊겨 버렸다. "네 영혼과 육신과 마음을 다하여, 평생을 걸고서라도 스스로의 힘으로 찾아나서거라. 지상의 딱 하나뿐인 '사람'을 찾아야만 넌 비로소 천하명주의 '혼'을 만날 수 있게 될 거란다."라는 어머니의 말만이 남겨져 있을 뿐이다.

작가의 마술적인 상상력이 발휘되고 있는 것은 바로 이 대목이다. 작가는 여기에서 황천에서 은밀한 정사를 나누다가 한몸처럼 붙어버린 괴상스럽고 괴기스러운 한 쌍의 남녀를 칠선녀주 복원과 결합시킨다. 자웅동체의 괴상스러운 몸이 "처음 태어날 때부터 하나인 것들이 둘로 나누어진 것들", "한쪽이 쓰러지면 다른 한쪽도 쓰러지고 마는 공동운명체", "모태의 양수 속에 포근히 잠겨 있는 이란성 쌍생아"로 여겨지면서 그들의 언 몸을 녹이기 위해 따뜻하게 데웠던 술이 칠선녀주를 만드는 묘약으로 화했던 것이다.

천하명주를 만드는 마법의 묘약은 이처럼 사랑과 함께 태어난다. 옥봉이가 중국에서 찾아온 독립군 청년과 사랑에 빠져 금심이를 가졌을 때 첫 번째 선녀주가 탄생했고, 금심이가 한국전쟁 중에 동상에 걸린 중위를 간호하다 홍녀를 얻었을 때 칠선녀주가 복원되었다. 마찬가지로 황홍녀가 천하명주를 복원하기 위해서는 새로운 사랑을, 새로운 생명을 잉태해야 한다. 소설의 마지막 대목에서 자기모멸에 빠져 고통받던 허기진 목사는 스물세 해 전에 나누었던 "우리 아이를 낳아줘"라는 약속을 떠올리고 옛연인을 찾는다. 그리고 사랑의 묘약을 얻은 술은 천하명주 '분홍주'로 재탄생한다.

이처럼 칠선녀주는 사랑과 동의어이다. 월남 참전 후 허기진 목사는 증오와 불신과 자학과 냉소 속에서 사랑을 기억하지 못했고, 황폐한 거리의 풍경처럼 정신적으로 피폐한 삶을 살았다. 그렇지만, 스물세 해 전의 사랑을 다시 기억했을 때, "영혼과 육신과 마음을 다하여" "지상의 딱 하나뿐인 사람"을 찾았을 때 삶은 새로운 빛깔로 채색된다. 마치 칠선녀주가 "수많은 사람들의 가슴 벅찬 평화와 기쁨과 그리움의 에너지"를 담아내듯이 사랑은 한 사람의 삶을 신비하고 놀라운 것으로 만들어냈던 것이다. 이처럼 임철우의 「묘약」에서 사랑의 기억은 삶을 무의미의 늪에서 구원하는 마술적인 성격을 지니고 있다. "처음 태어날 때부터 하나인 것들이 둘로 나누어진" 삶은 "지상의 딱 하나뿐인 사람"을 찾았을 때 비로소 완성된다고 말하고 있는 것이다.

역사, 혹은 인류의 기억 : 남한의 「유다와 첫 번째 인류」

「유다와 첫 번째 인류」는 이천 년의 세월을 넘나들면서 진행된다. 소설의 칠레 산티아고에서 고위관리직을 그만두고 지하생활자가 된 한 '유다'의 말로 시작된다. 그는 "이천 년의 긴 세월 동안 이 세상 곳곳에서 살았던 '유다들'이 모두 '나'라는 상념"에 사로잡혀 있다. "세상에서 가장 오래되고 빛바랜 기억의 소유자"로 인식하고 있는 것이다. 소설 속의 주인공은 자신의 분신으로 여겨지는 3명의 유다 '들'을 찾아 역사를 거슬러 올라간다.

첫 번째 유다. 그는 서기 1500년 무렵 아마존 강의 지류 과포레강을 뗏목으로 거슬러 올라 원주민이었던 아라라족에게 열병과 죽음을 선물했던 포르투갈 군대의 지휘관이었다. 그가 만났던 아라라족은 "인간은 물고기의 영혼을 빌려 살고 있으며 무한한 생명 고리 가운데에서 아주 작은 부분에 불과"하다고 믿었던 종족이었다. 그런데, 유다는 자신을 세상의 주인이라고 믿고 지상의 끝 엘도라도를 찾아 긴 모험을 떠난다. 과포레강을 거슬러 아마존 강 깊숙이 진출하여 원주민을 정복하고 노예를 획득하였던 것이다. 그에게 있어 원주민은 영혼조차 소유하지 못한 "이름 없는 미개인"이었을 뿐이다. 하지만, 그 역시 꿈의 엘도라도를 찾지 못한 채 결국에는 반란을 일으킨 부하들의 칼에 목이 베여 비참한 최후를 맞이하게 된다.

두 번째 유다. 그는 서기 1250년 경 덴마크 반도의 튀링기아에서 영주의 아들로 태어났던 인물이다. 그런데, 어린 시절 성홍열에 걸려 죽을 뻔한 이후 아버지를 따라 영지를 보살피고 곡물을 거두어들이는 일 따위에는 전혀 관심을 보이지 않았을 뿐만 아니라, 어머니를 따라 신을 섬기는 일에도 관심을 갖지 않았다. 그는 "극도의 무관심, 혹은 무기력에 빠진 듯 세상을 관망"할 뿐이었다. 한때나마 삶의 의미를 찾기 위해 십자군 전쟁에 참가하기도 하지만, 절대자에 대한 절망과 회의는 더욱 깊어질 따름이었다. 십자군 전쟁에서 패배한 뒤 고향에 돌아오는 길에서 만난 모습 역시 질병과 약탈, 광기와 죽음으로 가득 찬 것이었다. 그 속에서 사람들은 인간의 육체가 모든 죄악의 근원이자 악마의 거처이기 때문에 육신에 매질을 가하는 편타 고행을 통해서 정신을 정화시킬 수 있으리라는 믿음을 보여준다. 그렇지만, 고행을 통해서 육신의 죄를 벗어날 수 있다고 믿는 사람들과는 달리 두 번째 유다는 선지자 요한의 기도를 물리치고 단독자로서 절대자 앞에 선다.

> 내 마음은 너무 차가워서 도저히 하느님의 가르침을 받아들일 수 없을지도 몰라요. 그러나 내 머리는 용광로처럼 뜨겁소이. 내 머리는 진실을 갈구하고 있어요. 나는 알고 싶어요. 내가 이 세상에 왜 태어났는지, 투르크 인들과 싸우는 것에는 무슨 의미가 있는지, 사람들이 이유 없이 괴질로 죽어가는 것은 무슨 까닭인지, 이 모든 것을 이해하고 싶어요.

이처럼 두 번째 유다는 인간이 조물주의 발치 아래 엎드린 개구리나 도롱뇽처럼 낮은 위치를 차지할 뿐이라는 종교적 인간의 자세를 거부하고 세계와 타인 앞에 당당히 섰던 근대적 인간을 표상하고 있다. 그는 죽는 순간까지 스스로 진실을 알고자 하는 열정을 간직하고 있었기에 절대자에게 자신을 내맡기지 않는다. "내가 만약 신앙심을 갖는다면 그것은 나를 속이는 것"이라는 믿음 아래 악마의 자식이기를 자처했던 것이다.

세 번째 유다. 이스가리오트 유다는 잘 알려져 있다시피 예수의 열두 제자 중 한 사람이었으나 제사장들에게 은화 30냥에 팔아넘긴 인물이다. 그는 자신이 모시던 예수가 재판에서 사형을 선고받자 후회하여 자살하였다. 복음서들은 그를 단 한순간도 하나님을 받아들인 적 없었던 불신자이자 진정으로 신앙을 부정했던 사탄의 분신으로 기록하고 있다. 하지만, 절대자가 인간의 구원을 위해 예수를 보냈다면, 이스가리오트 유다 역시 인간의 구원을 위해 필요한 존재가 아니었을까? 전지전능한 절대자는 인간의 구원을 위해 그를 예정하고 또한 사용했던 것은 아니었을까? 그렇다면, "하나님의 계획을 제대로 이해하고 주어진 역할을 수행하는 것은 오직 유다와 예수"뿐이다. 유다는 "예수의 거울"이며, 더 나아가 "세상 사람들이 져야 할 모든 고통"을 대속하는 '메시아'인 것이다.

이처럼 산티아고의 지하생활자 유다는 이천 년에 걸친 인류의 역사를 거슬러 올라가면서 사람들과는 다르게 사유하는 '유다들'을 탐구한다. 첫 번째 인류가 세상이 시간과 운명, 그리고 이를 지배하는 절대자를 위해 존재한다는 믿음 아래 자신을 내맡긴다면, '유다들'은 첫 번째 인류와는 달리 앎에 대한 욕망, 곧 필로소피를 바탕으로 세상과 불협화음을 일으키는, 그래서 결국에는 정신적 격변을 가져온 '두 번째 인류'인 것이다.

이처럼 작가는 자신의 본래적 의미를 찾기 위해 절대자를 부정했던 첫 번째 유다와 두 번째 유다를 통해서 삶과 죽음, 자유와 억압, 인간과 신이라는 오래된 질문을 또다시 떠올린다. 자신의 운명을 절대자에게 맡기지 않고 스스로의 지식과 판단으로 삶을 살아가고자 했던 그들 덕분에 인간은 절대자로부터의 자유를 획득한다. 하지만, 그러한 자기중심성은 다른 사람들의 자유를 억압하는 모습으로 타락해 버린다. 세 번째 유다가 보여주는 모습이 바로 그것이다. 두 번째 유다가 그토록 갈구했던 진실은 세 번째의 유다의 타락과 동전의 양면을 이루고 있었던 것이다.

이처럼 세 명의 유다들을 통해서 작가는 인류의 역사를 반추한다. 기억은 그런 의미에서 인류의 역사와 다를 바 없다. 어쩌면 네 번째 유다가 지하생활자가 된 것은 이러한 인류 전체의 역사를 기억할 수 있는 능력 때문일지도 모른다. 우리의 삶과 마찬가지로 역사에도 기억하고 싶은 것과 기억하고 싶지 않은 경험들로 이루어져 있다. 자랑스러운 경험들은 현재의 삶 속에 반복적으로 재현되면서 더욱 빛을 발하고, 부끄럽고 수치스러웠던 사건들은 의식의 어두운 저편 속으로 끊임없이 억압되고 은폐된다. 그런 맥락에서 이해하자면 과거는 객관적으로 존재하는 것이라기보다는 '사후성의 논리'에 따라 현재에 의해서 창조된 것에 지나지 않는다. 황혼이 깃들 무렵에야 미네르바의 올빼미는 과거에 의미를 부여하거나, 혹은 더 정확히 말해 의미 있는 과거를 창조할 수 있을 뿐이다. 그렇게 모든 것이 끝나버린 황혼의 현재에 의해서 과거가 창조되고, 경험들은 기억되어야 할 것과 망각되도록 기억해야 할 것으로 질서화될 것이다. 남한이 우의적으로 그려내고 있는 모습은 개인을 넘어선 인류의 기억이며, 그것에 대한 총체적인 반성인 것이다.

여성의 몸, 세계의 중심

— 김민효 · 김이설 · 한지수

스타킹을 벗기 위하여 : 김민효의 「스타킹」

「스타킹」은 여성의 삶을 파괴하는 남성들의 이기적인 욕망에 관한 이야기라고 할 수 있다. 소설의 주인공은 관광 가이드 일을 맡고 있는 미혼모이다. 그녀는 사고로 남편을 잃고 어린 딸을 혼자 키우면서 살아가고 있다. 그런데 그녀가 관광 가이드로 일을 하게 되면서 아이는 문 잠긴 아파트에 홀로 남겨지게 된다. 아이는 빈 아파트에 갇힌 채 돌아오지 않는 엄마를 한없이 기다리면서 시간을 보내야만 한다. 그녀가 아이와 함께 행복한 가정을 만들려는 꿈을 꾸는 것은 가장으로서 짊어지고 있는 삶의 무게 때문이 아니다. 아이가 미혼모의 자식으로, 혹은 아빠 없는 아이로 살아가면서 겪어야 할 온갖 사회적인 편견으로부터 벗어나게 해주고 싶은 어머니로서의 마음 때문이다.

물론 이러한 꿈은 오래전부터 계속되었던 꿈이기도 하다. 그녀는 어려서 어머니를 잃고 새어머니가 들어오자 가족 내에서 늘 "버거운 존재"로 남아 있었다. "아무리 웃게 하려고 해도 웃지 않는 음침한" 얼굴을 하고 삶을 견뎌내야만 했던 것이다. 그녀가 유리 아빠를 만나 사랑을 하고 서둘러 아이를 낳았던 것은 지옥 같은 집에서 벗어나기 위한 선택이었다. 질주본능밖에 없는 바이크광이었던 남편을 통해서 소름 끼치는 가족의 속박에서 벗어나고 싶었던 것이다. 하지만, 스물다섯의 남편이 어린 유리만을 남겨두고 갑작스럽게 세상을 뜨자 혼자서 생계를 유지하기 위해 관광 가이드로서의 삶을 살아가게 되었고, 아이에게 자신이 겪었던 것과 크게 다를 바 없는 지옥같은 삶을 강요한다. 그래서 관광 가이드 교육을 담당했던 교수와 함께 유리를 위한 따뜻한 가정을 이루겠다는 꿈을 되살리게 된 것이다.

하지만, 남자의 욕망은 그녀의 미끈한 육체만을 향한다. 그녀의 아름다운 몸은 손가락이 길면 게으르다는 우리의 오랜 속설처럼 일상적인 삶과 대척적인 위치에 놓여 있다. 그래서 어린 시절에는 새어머니로부터 "게을러터진 저년의 긴 손이 느닷없이 내 목을 조를 걸"이라든가 "뱀같이 낭창낭창한 저 년의 다리가 내 몸을 칭칭 감아버릴 것 같"다는 등의 저주 어린 말들을 들어야 했다. 그런데, 성숙한 여인의 매끈한 다리는 고통스러운 일상의 늪에 젖어들지 않는 까닭에 남성들의 시선을 붙잡는다.

> 백화점 매장에 서있던 마네킹의 다리들. 그물망, 물결 무늬, 나선형, 물방울 무늬, 장미무늬, 인동초 무늬 ……. 스타킹을 신은 다리들은 가랑이를 벌린 채 발바닥을 쳐들고 세워져 있었다. 그 다리들은 어느 것 하나 치마를 필요로 하지 않았다. 남자가 아니었다면 그렇게 많은 스타킹이 있다는 것을 알지도 못했을 것이다. 내가 치마를 입을 일은 없었을 테니까.

강한 탄력을 지닌 스타킹으로 다리를 꽉 조여서 미끈하게 보이도록 만드는 것은 남성의 시선에 자신의 몸을 내맡기는 것이다. 스타킹은 여성의 몸을 남성들의 폭력적인 시선에 노출시키는 장치인 셈이다. 따라서 행복한 가정을 이루고 싶다는 그녀의 오랜 소망은 남자에게 있어서 아무런 의미도 없다. 남성들이 바라보는 것은 언제나 백화점에 걸려 있는 마네킹처럼 죽어있는 다리, '바비 인형'의 매끈한 다리였을 뿐이다.

사실 남자는 첫사랑의 상처에서 벗어나지 못한 에고이스트에 불과하다. 그가 따뜻한 눈빛을 가졌다는 것도 모두 거짓이다. 아파트 열쇠 한 벌만 달라는 요구에 정색을 하고 거부해버리는 것에서 알 수 있듯이 그는 자기 세계에 타인이 끼어드는 것을 결코 용납하지 않는 것이다. 남자는 스테인리스 파이프로 무장한 코뿔소 모양의 지프처럼 자신의 욕망을 향해 달려가는 이기적인 존재인 것이다. 그녀는 남자에게 있어서 섹스의 대상에 불과했다. "나와 살고 싶다는 소망은 이렇게 식탁에 마주 앉아서 밥을 먹을 때와 섹스를 할 때뿐이다." 남자가 유적 발굴 조사과정에서 성애 장면이 조각된 토우에 집착을 보이는 것도 이 때문이다.

이렇듯 아이의 아버지를 만들어주고 싶다는 여자의 욕망은 자신이 만들어낸 신기루에 지나지 않는다. 그리고 아파트에 홀로 남겨진 채 어머니를 기다리던 아이는 누군가에게 끔찍한 추행을 당한다. 결국 여자는 행복한 가정을 이루고 싶다는 오랜 욕망을 포기하고 자신의 몸에 둥지를 틀고 있는 아이를 낙태시킨다. 김민효의 소설에서 여성의 삶은 이처럼 "피 한방울 흘리지 않고 많은 토막으로 잘려진 낙지"를 닮았다. 생명의 끈이 잘렸는데도 쉽게 죽음을 받아들이지 않은 채 꿈틀꿈틀 생에 대한 욕망을 간직하고 있는 도마 위에 놓인 낙지 말이다. 그래서 "어제와 같은 아니 달라야 하는 하루"가 시작되었지만, 여전히 지옥 같은 일상이 계속된다. 남자들과 함께 살아가는 세상은, 스타킹으로 여성의 몸을 억압하고 있는 세상은, 고구려 고분 모양으로 치장한 오피스텔처럼 죽음의 세계인 것이다.

존재와 부재가 만나는 자리 : 김이설의 「환상통」

시인 김신용은 시 「환상통(幻想痛)」에서 새가 앉았다 떠난 자리에서 가늘게 흔들리고 있는 가지를 보면서 '환상통'을 앓고 있다고 말한다. 환상통이란 무엇인가? 본디 교통사고나 질병으로 인해 몸의 일부를 절단한 후에도 통증이 느껴지는 현상이다. 육체와 감각이 사라진 뒤에도 고통은 사그라들지 않고 유령처럼 떠도는 것이다. 그래서 유령통 (phantom pain)이라고도 한다. 따라서 근원을 알 수 없는 고통을 치유하기란 불가능하다. 더 이상 절단해야 할 육체도, 마비시켜야 할 가감각도 없기 때문이다. 다만 고통이 사라지는 그 순간만을 기다려야 할 뿐이다.

김이설의 「환상통」은 암 때문에 자궁을 적출한 30대 여성을 주인공으로 내세우고 있다. 그녀는 7년간의 연애 끝에 동갑내기 남편과 결혼한다. 그런데 결혼한 지 이태가 지나도록 아이가 생기지 않자, 병원을 찾아갔다가 자궁경부암 판정을 받는다. 결국 3년이 넘는 시간 동안 자궁 적출 수술과 항암치료를 받고서야 완쾌 진단을 받지만, 퇴원 후에도 환상통에서 벗어나지 못한다. "마지막 항암 치료를 마치고 완쾌 진단을 받았다. 정기적인 검사와 평생 먹어야 할 약들이 남았다. 배꼽부터 아래로 길게 난 수술 자국도 남았다. 나에게 남지 않은 건 자궁과 아이, 그리고 남편이었다."라는 문장으로 요약되듯이, 목숨은 그녀에게서 많은 것을 빼앗았고, 빼앗긴 것들은 고통으로 남아 있는 것이다.

은희가 환상통에 시달리는 원인은 '자궁'의 상실이다. 오랫동안 투병생활을 하고 있는 며느리를 병문안 온 시어머니의 초라한 뒷모습을 보고는 이혼을 결심한다. 시어머니가 "손자 하나 안을 수 없는 보잘것 없는 노년"으로 전락해 버렸다고 여겼기 때문이다. 아이를 낳을 수 없다는 것은 시어머니와 남편을 볼 때마다 주인공을 괴롭히는 가시가 될 것이다. 그래서 아이를 생산할 자궁만을 바라보는 가정을 버리고 홀로 세상에 나앉았던 것이다. "남편과 헤어져야겠다는 생각이 들었"을 때 "자궁이 있던 자리에 모래바람이 일"면서 아릿한 느낌의 환상통이 찾아든다.

환상통의 또다른 원인은 어머니의 죽음과 관련된다. 어머니는 딸의 병간호를 하는 동안 온몸에 암세포가 퍼져가는 것조차 알지 못했다. 그래서 딸이 완치되었을 무렵, 어머니의 몸은 더 이상 회복할 수 없는 상태에까지 이르고 말았다. "내 항암 치료 때문에 엄마는 당신 몸에 암세포를 키웠다. 만약 나보다 엄마의 발병을 먼저 알았더라면 나 역시 엄마의 상황까지 진전되었을 것이다" 결국 어머니는 딸을 세상에 남겨둔 대신, 세상을 떠난다. 이제 어머니가 있던 텅 빈 자리를 보는 순간 "실존하지 않지만 기억을 끄집어내는 통증이 몰려"온다.

이처럼 주인공 은희를 괴롭히는 환상통은 모두 '자궁'과 관련되어 있다. 자궁은 생명의 상징이며, 암세포는 이 생명의 기원을 잠식한다. 자궁의 부재는 생명을 잉태할 수 없다는 것. 그래서 더 이상 아이를 낳을 수 없는 여자가 되었을 때 남편과 이혼한다. 자궁의 부재가 아이의 존재를 지시한다는 것은 고통이기 때문이다. 하지만, 자신의 존재가 누군가의 부재를 떠올릴 수밖에 없다는 것 또한 고통이다. 나의 존재는 곧 어머니의 부재 대신에 남겨진 귀중한 생인 것이다.

삶이란 그렇게 존재와 부재가 서로 자리바꿈하는 그 무엇이 아닐까. 탄생과 소멸, 희망과 절망, 고통과 행복이 교차하면서 삶은 지겹도록 반복될 것이다. "아픈 건 언제나 남은 사람의 몫"이지만, 그 고통 역시 살아가며 견뎌내야 할 몫인지도 모른다. 그렇다면, 삶은 고통 그 자체이지만, 언제가 죽음에 도달하면서 사라지는 환상통 같은 것인지도 모른다.

델포이 신전의 옴파로스 : 한지수의 「배꼽의 기원」

고대 그리스인들에게 세상의 중심은 델포이였다. 제우스가 두 마리의 독수리를 각각 동쪽과 서쪽으로 날려 보내자, 두 마리의 독수리들은 세상을 한 바퀴 돌아 델포이에서 만난다. 그래서 사람들은 그곳을 옴팔로스(Omphalos)라 불렀다 한다. 델포이가 대지의 자궁이라면, 그 한가운데 옴팔로스 곧 대지의 배꼽이 자리잡고 있었던 것이다. 비단 그리스 문화뿐만이 아니다. 멀치아 엘리아데에 따르면 많은 고대의 문화들이 이러한 배꼽의 상징을 통해서 문화적 우월성과 세계 중심성을 표현해 왔다. 잉카의 도시 쿠스코라든가 이스터섬이 모두 '배꼽'이라는 의미를 지녔던 것은 이 때문일 것이다.

「배꼽의 기원」은 바로 이러한 신화적 상상력을 후광으로 삼고 있다. 소설은 "나는 당신의 자궁이다"라는 다소 도발적인 언어로 시작한다. '나'는 "배꼽에 손목을 대고 아래를 향해 주먹을 쥐어보며, 바로 그 주먹의 위치에 주먹보다 조금 작은 크기"에 불과하다. 하지만 그런 '나'를 지닐 때에 우리들은 그 존재를 여성이라 부른다. 그런데 여성을 여성이라고 부를 수 있게 만드는, 혹은 여성의 여성다움을 상징하는 '나'가 제거될 위기에 놓여 있다. 의사는 몹쓸 병에 걸린 '나'를 들어내라고 종용하는 것이다.

소설은 자궁 적출 수술을 받기 위해 수술대 위에 누워있는 한 여성의 자궁 곧 모든 생명 탄생의 흔적인 배꼽의 기원인 '나'의 마지막 유언이다. '나'는 '나'의 주인을 향해, 그리고 세상을 향해 말을 한다. '나'는 누구인가? '나'는 "신성한 중심"이며, 생명 탄생의 기적이 펼쳐지는 장소이다. 따라서 '나'를 품고 있는 여성이야말로 세상의 중심이며 우주 그 자체이다. 그래서 "자궁을 들어내고 당신 몸에 방부 처리를 하면서 이십 년을 사는 것"보다 "설령 이 개월을 산다 하더라도, 그것

이 이십 년보다 훨씬 빛나는 시간이 될 수도 있"다고 믿는다

> 내가 사라지고 난 뒤의 당신은 중심이 흔들려서 더 자주 넘어질 것이고, 너무 가벼워진 당신이 허공으로 둥실 떠오를지도 모른 일이었다. 자궁을 버리고 현실로부터 자유로워졌다며 어머니처럼 떠벌리고 다닐지도 모르고, 그런 당신의 눈동자에서 자궁이 사라진 텅 빈 자리를 모든 사람들이 단박에 알아볼 것이었다.

하지만, 세상은 생명의 기원에 대한 경외를 잃어버린 지 너무도 오래였다. 자궁이 "신의 작은 피조물을 키우는 그릇이고, 그래서 무엇보다도 소중한 곳"이라는 사실을 외면한 채 무절제한 성적 방종을 일삼는 여학생을 만나기도 한다. 병원에서는 환자가 생리 날짜를 잘못 말하는 바람에 임신 사실을 모른 채 맹장수술을 하다가 낙태를 하고도 아무렇지 않은 듯이 말하는 '지독한 환멸'이 펼쳐진다.

생명을 창조하는 여성성을 학대하는 것은 짐승들에게서는 보기 힘든 일이지만 인간의 세계에서는 아무런 부끄러움도 불러일으키지 않는다. 그런 점에서 「배꼽의 기원」은 자궁의 입을 빌린 여성의 몸에 대한 담론이다. 비록 한번도 "내 안에 생명을 품어보지 못"했지만 생명이 탄생하는 기적의 장소로서의 여성의 몸과 생명의 가치를 말한다. '나'는 "내 안에 세상의 모든 성을 품을 수 있"기 때문이다.

한지수의 현명함은 이처럼 여성의 몸에 대한 맹목적인 예찬에 머무르지 않는다. 소설 속에는 크고 작은 이야기들이 얼키고 설켜 있다. 여성의 몸에 대한 은밀한 비밀을 거리낌 없이 드러내면서 오래된 편견을 들추어낸다. 자궁을 지닌 존재로서의 여성을 히스테리와 연결 짓는 것을 즐겨했던 고대 그리스와, 여성의 성적 욕망을 통제하기 위해 자궁을 악마적인 것으로 치부했던 빅토리아 시대와 중세의 역사를 넘나들면서 '여성'의 '몸'을 이중적으로 통제하고자 했던 왜곡된 남성중심주

의를 비판하는 것이다.

이처럼 모습은 남성과 여성의 사랑을 통해서도 드러난다. 사랑이란 "사랑하는 사람 앞에서 최대한 몸을 낮추는 것"이기에 여자는 한 남자를 자신처럼 사랑하고 "아무렇지도 않고 예쁠 것도 없는 사철 발 벗은 아내"가 되기를 간절히 소망한다. 하지만, 남자는 여자의 몸에서 나는 냄새에 민감했고 그것을 거부하려고만 한다. 자신의 생명이 태어난 바로 그 근원에서 도망가려 했던 것이다. 어쩌면 그녀의 병은 "임신에 대한 기대도 없이, 생명을 품지 못하고 시들어간다는 서글픔으로 자주 앓아야 했"던 사랑에 대한 "좌절된 정념" 때문에 생겨난 것이리라. 하지만, 남자는 여자를 사랑했고, 그래서 여자의 배꼽 위에 편안하게 얼굴을 묻으면서 그녀는 다시 생명에 대한 정열을 되찾게 된다.

배꼽은 신체의 중앙 혹은 무게중심이라는 기하학적 중심이 아니라 모든 생명의 기원을 담고 있는 성스러운 장소이다. 작가는 '배꼽의 기원'으로서의 자궁을 통해 여성의 몸이 지닌 위대성을 예찬하고 사랑이 빚어내는 놀라운 기적을 말한다. 그리고 "가장 가까운 대상에게 치명적인 상처를 주게 되는 세상의 아이러니"라든가 "죽음 선을 슬쩍 밟고 서서 시치미를 떼고 있는"과 같은 아포리아를 통해서 삶과 죽음에 대한 성찰로 확장시키고 있다. 한지수의 소설이 매력적인 것은 이처럼 여러 겹으로 이루어진 중층적인 세계를 구성하고 있기 때문일 것이다.

제1부 소설을 읽으며 작가를 생각하다

「자기에게 돌아오는 머나먼 모험」, 제31회 이상문학상 수상작품집 『천사는 여기 머문다』, 문학사상사, 2007

「방향(芳香)과 악취(惡臭), 그 경이로운 냄새들」, 『문학사상』, 2006년 3월호

「초라한 현실을 넘어, 다시 판타지를 넘어」, 제34회 이상문학상 수상작품집 『아침의 문』, 문학사상사, 2010

「기억되는 아픔, 기억하는 기쁨」, 『문화예술』, 문화예술위원회, 2004년 6월호

「하현(下弦)의 어둠 속에서 찾은 희망」, 이명랑 소설집 『입술』 해설, 문학동네, 2007

「불면의 밤과 환영의 나날」, 『문학과경계』, 2004년 여름호

「기억 속의 전쟁, 기억과의 전쟁」, 『문학동네』, 2004년 봄호

제2부 소설 속에서 사람을 만나다

「언어의 산상 축제」, 『달궁 가는 길—서정인의 문학세계』(이종민 편), 서해문집, 2003

「난가(亂家) 속의 '홀로어멈' 들」, 『한국문학평론』, 2003년 봄호

「복수를 꿈꾸며, 모멸을 견디며」, 『문학동네』, 2004년 여름호

「미로 속에서 사람을 만나다」, 『문학동네』, 2004년 여름호

「환상이 창조하는 기억」, 『실천문학』, 2004년 여름호

「불모의 삶과 초월에의 꿈」, 김경 소설집 『얼음벌레』 해설, 문학나무, 2009

「늙은 여자가 되고 싶다!」, 『실천문학』, 2004년 겨울호

「유비쿼터스, 혹은 모나드의 존재론」, 『문학동네』, 2004년 봄호

「환멸과 방황, 그 젊음의 기억들」, 한수산 문학선집 2 『그리고 봄날의 언덕은 푸르렀다』 해설, 중앙 M&B, 1993

「마흔, 운명을 만나는 방법」, 『문화예술』, 문화예술위원회, 2004년 10월호

제3부 소설과 더불어 세상을 살다

「폭력으로서의 언어, 그 너머」, 『문학나무』, 2005년 가을호

「세상의 끝에서 만난 사람들」, 『문학나무』, 2005년 겨울호

「우울한 가족 이야기」, 『문학나무』, 2006년 봄호

「죽음의 그림자 옆에 서서」, 『문학나무』, 2006년 여름호

「집, 가족, 그리고 가족주의」, 『문학나무』, 2006년 가을호

「21세기 천로역정」, 『문학나무』, 2006년 겨울호

「어둠 속의 현실, 빛을 향한 열정」, 『문학나무』, 2007년 봄호

「세 가지 빛깔, 사랑」, 『문학나무』, 2007년 여름호

「다시, 삶의 진정성을 꿈꾸다」, 『문학나무』, 2007년 가을호

「운명 혹은 우연과 필연」, 『문학나무』, 2007년 겨울호

「기억의 풍경들」, 『문학나무』, 2008년 여름호

「여성의 몸, 세계의 중심」, 『젊은소설』, 문학나무, 2006

| 찾아보기 |

저자 **김종욱**

　1967년 전라남도 신안 출생. 서울대 국어국문학과 및 동 대학원 졸업(문학박사). 1992년 중앙일보 신춘문예 평론 부문 당선. 평론집『소설 그 기억의 풍경』및 문학연구서『한국소설의 시간과 공간』,『한국현대소설의 서사형식과 미학』등 발간. 현재 세종대 국어국문학과 교수.

푸른사상 비평선 8

텍스트의 매혹

인쇄 2012년 9월 20일 | 발행 2012년 9월 25일

지은이 · 김종욱
펴낸이 · 한봉숙
펴낸곳 · 푸른사상사
주간 · 맹문재 | 편집 · 지순이 | 마케팅 · 박강태

등록   제2-2876호
주소   서울시 중구 초동 42번지 아시아미디어타워 502호
대표전화   02) 2268-8706~7 | 팩시밀리 02) 2268-8708
이메일   prun21c@yahoo.co.kr / prun21c@hanmail.net
홈페이지   www.prun21c.com

ⓒ 김종욱, 2012

ISBN 978-89-5640-946-7 93810
　값 24,000원